應用書信與公文

第四版

林安弘 編著

全華圖書股份有限公司

新版序言

本書自 2005 年 8 月初版以來,已歷經三版。今為了因應時空的推進,包括:日新月異的電腦科技發展。如手機簡訊的普遍使用,電子郵件的傳遞,訊速且簡便,已超過傳統的文字書寫方式和傳遞,大大地改變了人們的生活型態。

但以文字書寫的書信,雖少用,但還是有它留傳和學習的價值。所以本書將增多有關電子郵件的語詞,以利讀者取用。名片的使用,已甚普遍,今名片的背面也印文字,少有留白,因此用它來寫留言的功能漸失,但此一功用也有留傳的必要。另外在喪葬柬帖部分,有些古代禮俗,今民間雖然少用,但也須讓後人知道有此一禮儀。

為讓採用本書作教材的教授們,有斟酌取捨的空間,所以在本書的章節,沒有作大的刪減。

至於公文,如公文的處理程序的教學,可作簡化。另外附加的標點符號教學,也可簡化。

本書先編私文書而後編公文書,因兩者有相關的對照關係。先學會私文書的受信者之輩分、發信與受信間的關係、禮貌的口氣、表尊敬的書寫方式與專門用語等,同樣有助瞭解公文書的受文單位之行政系統、隸屬關係、用語的禮貌、表尊敬的書寫方式等,對學公文書更易融會貫通,可收事半功倍之效。

本書所介紹的內容，是應用文書最重要的精華部分，也是學好應用文書的基礎。本書具有以下特色：（一）橫式書寫，與現行其他教科書一樣的排列方式，將有助於閱讀習慣者。（二）套色印刷，使讀者感受色彩生動之美，減輕眼力疲勞。（三）習作題多，可以輔助學生課後的自我學習效果評量。（四）實例特多。應用文重視實際寫作，再多的文字敘述，比不上一個實例，觀摩仿作，依樣畫葫，是學習最有效的方法。（五）學以致用。各種實例和習作題目，都與現實生活有關，非遙不可及，所以學習中，不會覺得「學而無用」之感。

　　以上是本書的特色，在生活、有趣、易懂、實用的定位上，使「知其然，亦知其所以然」；不僅是要你懂，而且更要求你會做。

　　最後要向本書的愛用讀者，與採用本書為教材的教授們，致上最高的謝忱與敬意。本書新版，力求完善，如發現有疏漏的地方，希望　惠予指正。

2014 年 1 月　編者謹識

編輯大意

一、本書依據教育部公布之應用文書課程標準及行政院公文處理手冊編輯。

二、本冊可供科技校院修習應用文書課程教學，與教師命題參考之用。

三、本書編輯目標，在使學生學習現行應用文書的各種固定格式、專門用語與寫作方法，以提昇學生寫作能力。同時沐濡固有文化，陶冶涉世禮儀，以培養待人處世之正確態度。

四、本書之內容，精選切合現代日常生活需要之書信及公文為主。

五、本書之編列以同性質、關聯性及基礎性作為編排章節考量，例如以書信類為先，公文類為後，每一單元先理論之說明，而後範例之列舉，最後是問題之練習，俾加深印象，達成教學效果。

目錄

CONTENTS

第 1 篇

應用書信

Chapter 1

概論

學習目標

讀完本章，你應該能夠：

1. 瞭解書信的產生與意義
2. 認識書信的別稱
3. 瞭解應用書信的特性
4. 認識書信的價值與功能

3

第一節　書信的產生與意義

一　書信的產生

　　人類先有語言而後才創造了文字。有了語言文字，人與人之間的溝通和傳遞信息更為方便且有效。所以人類除了身體動作可以表達情意之外，語言文字就成為人與人互通信息，表達情感、思想、觀念與行為的主要工具與方法。

　　人類尚未創造文字之前，傳遞信息都靠人傳話，以人傳話謂之「信」。據《說文》：「信，誠也。從人言。」段註：「人言則無不信者。」故「信」字的本義為誠實不欺。甲託某「人」傳「言」給乙，乙相信某「人」所傳之「言」屬實，即為「信」，故古稱「使者」為「信」。當時也都藉人的口來傳話，又稱「口信」，迨有文字後，藉筆書寫文字，以表達情意、傳遞訊息，正稱「書信」，「書信」一詞，於焉產生。

二　書信的意義

　　書信，是一種用文字來表達情感、傳遞信息、交流思想的文書。凡個人與個人之間、機關、團體之間、或個人與機關、團體之間，有因公務有因私事，藉由文字傳達訊息、問候、應酬、議論、敘事、說理……等內容所製作的文書，通稱為「書信」。在今日文明進步，工商發達的時代，雖可利用電話或簡訊直接溝通傳訊，但書信仍然有其難以取代的價值存在。

第二節　書信的別稱

　　我國自古以來，在古籍上對書信的異稱頗多且分歧。其原因是歷代延綿，物質文明日進，書寫的工具或材料改變，名稱也隨之而異。後世有稱「書」，有稱「啟」、有稱「移」、有稱「牘」、有稱「簡」、有稱「刀筆」或有稱「帖」等皆是。稱「書」為信，如戰國時樂毅報燕王書。《文心雕龍。書記篇》云：「書者，舒也。舒布其言，陳之簡牘。」將言詞寫於竹簡、木版者為「書」。以「啟」代「書」，始自魏國。《文心雕龍。奏起》云：「啟者，開也。……至魏國箋記，始云啟聞。」故啟即開陳其事，將事說開之意。而「移」與「檄」之性質相近，為公文書之一種。古無紙時，書寫於竹片曰「簡」，於木版曰「牘」，亦謂之「牒」，也謂之「札」。漢人書於長一尺之薄木版，故稱「尺牘」。「箋」為紙之精緻華美者曰箋或曰牋，多供題詠書札之用，故書札通稱曰「箋」。古以簡策當紙，以筆寫之，寫錯則用刀削而除之，後來就以「刀筆」為「書札」之代稱，掌管文書案牘之吏曰「刀筆吏」。《史記・蕭相國世家》：「蕭相國何，於秦時為刀筆吏。」宋朝楊億、黃庭堅皆自稱自己所寫的尺牘為「刀筆」。

　　據今人張仁青先生蒐取往來書信中，敬稱對方來信之用語，計有七十六種：如書疏、書記、書啟、尺素、雁書、雁封、雁帛、雁音、魚雁、雁信、雙鯉、雙魚、魚書、魚素、魚箋、尺書、尺牘、尺簡、尺翰、尺紙、尺楮、尺函、玉札、玉函、玉音、好音、瑤函、瑤章、瑤札、瑤緘、華翰、簡、帖、牘、牒、札、箋、牋、刀筆、朵雲、雲箋、緘札、華簡、華札、琅函、芝函、瑤簡、雲翰、手書、手札、手翰、大札、惠書、惠翰、惠簡、手筆、手啟、手紙、慈論、手示、手

諭、言諭、賜書、賜函、手教、翰諭、翰示、稟函、來稟、來書、來函、書、書函等。

　　以上列舉的別稱，其名稱的由來，歸納起來，有下列幾種原因：一、因使用的材料不同而得名的。如簡、箋（牋）、札、牘、牒、帖、帛、素等，都是在紙張未發明前，書寫在竹片、木片、絲織品上的書信。二、因使用的工具不同而得名的。如筆、翰、刀筆等，都是以毛、羽、刀作為工具所寫的書信。三、因裝藏的封篋而得名的。如緘封、函、尺函、瑤函、函封、雙鯉等。而「啟」即打開之意，如書啟、啟聞、謹啟、啟事都是有開啟密封的書信之意。四、因抒布自己的言詞而得名。書者，舒也，舒布其言，陳之簡牘。信是使者傳訊。書、信合起來成「書信」成最普遍的名稱。五、因尊稱對方的書信而得名。如手示、大函、手函、華函、華翰等。

第三節　應用書信的特性

　　書信冠以「應用」兩字，而稱「應用書信」，是指所學之書信，切合實際日常生活之使用。凡社會人際活動，包括個人或團體的訊息傳遞、觀念表達、意見溝通等，都離不開文書。所以應用書信已成為現代人生活的一部分，絕不可能與生活無關。

　　應用書信雖然與普通文章一樣，都是用文字表達，但與普通文章有顯然的差異。這些差異性，就是應用文書的特性，茲將其特性敘述於後。

　　一、書信須有對象。隨著對象的輩分、關係、交情、性別、及地位不同，在稱謂、提稱語、應酬語、敬語、問候語、末啟詞等禮節、語氣及格式也隨之而有不同。

二、書信須應事而寫。因應某一事實需要而發信。人的一切活動，離不開「事」的範圍，無論它是私事或公事，都是書信的主體。書信以人或機關團體為對象，同時也以「事」為內容。有了對象和內容才能達到書信的目的。

三、書信有固定格式。書信的文字表達特別重視禮節和情分的交流，故在格式上有抬頭和側書的禮規習俗，以表示謙虛有禮，使受信人有良好觀感。例如：書信的行款格式是否恰當，不但與禮貌有關，也表現出寫信人的學養。

四、書信有專門用語。書信因對象的輩分、關係、交情、性別、地位等不同，在稱謂、提稱語、啟事敬詞、敬語、問候語、自稱、末啟詞及啟封詞等用語上也有不同，且具多樣性。寫信者，可就對方的身分、彼此的關係、以及發信人和受信人當時的情況，依照一般禮俗，靈活應用專門用語，才稱合宜。

五、書信傳承禮教。中國傳統禮儀文化能夠傳承下來，社會才能和諧有序。而書信可說最能表現這種謙恭有禮的特性。現今雖然講求民主平等，但人際的交往禮儀仍須講求「分際」。「分際」是指人際關係之分量。在書信修詞中，遣詞用字，必須注意關係的親疏、地位的尊卑、年齡的長幼等等，都須切合身分，也就是「切合分際」。書信是用文字來表達意思的一種工具，斟酌切合分際的用語，以及適人適分的稱呼，實為人際倫理的最基本要求，如不予講究，將有損於書信的效能，以及人際關係的情誼。可見，一個人處在世上，須受禮教的薰陶，講求長幼有序的倫理觀念，這樣社會的人際關係就可出現和諧現象，反之，不講求分際，不相謙恭有禮，如此，社會的人際關係就會有相互不尊重的無禮現象。

六、書信的主體是人與事。書信可為特定的一個人或若干人，或為特定的機關、團體為對象，且為某一事實需要而寫作，此一事實需

要，離不開日常生活的問題，有為應酬、有為應用、有為議論、有為聯絡而作，即以日常生活的事實為一定範圍和目的。而且要考慮人的關係、地位、性別，不像其他文章，可以無範圍和時空的限制，可以任意揮灑。

第四節　書信的價值與功能

　　書信可以說是世上使用最廣泛的應用文體。隨著人們在社交活動的日益頻繁而被重視。人們除了用語言聲音傳達消息，溝通思想感情外，用文字書寫的信函，其功用不比語言遜色。古往今來，無論中外，都留下許多精采的信函文件，這些傑作，有出自革命家、政治家、軍事家、科學家、作家等名家的手筆。內容有論政、上書、諮詢、舉薦、邀約、研討、情書、慶賀、慰唁等等，包羅廣泛，內容豐富。不但具有文學的、哲學的以及史學的價值，而且從中透視作者的人生態度、政治觀點、思想情感。從國家大事到個人的意趣情懷，有愛國憂民、嫉世諷俗；有指陳時弊、慨嘆身世；有勸勉進諫、舉賢薦能；有評文論學、尊師重道；有思親戒子、懷友敘舊等等。雖然筆法各異，但那豐富的情懷、為國為民、嫉惡如仇的遠見卓識等皆值得我們學習效法的。例如：李密的《陳情表》、李白的《與韓荊州書》、司馬遷的《報任安書》、李陵的《答蘇武書》以及諸葛亮的前後《出師表》等皆有口碑的名篇佳作。

　　綜合上述，茲將書信的價值與功能，歸納為五項作說明：

一　文學上的價值

　　書信之所以具有文學價值，端視書信的用字遣詞是否優美，感情是否真誠流露。古往今來，中外名家不乏留下膾炙人口、世代相傳、

歷久不衰的名篇佳作，供後人閱讀欣賞。如《曾文正公家書》林覺民的《與妻訣別書》。

二 史學上的價值

書信的價值是因其能印證歷史，成為研究歷史的第一手資料。從往返的書信中，記載著當時社會活動狀況，時代背景以及作者的經歷和感受。研究歷史，需要的是一些私人資料，除回憶錄外，書信也是最珍貴的史料。因為在書信中會不自覺地流露出隱藏在內心深處的行為動機。我們不要忘了「歷史曾經是一度的實際生活。」正因為如此，書信能使我們了解名家偉人的生活狀況，或充滿激情的競爭，或綺麗浪漫的情愛，或困厄危亡中的拼搏，或登峰造極時的得意等等狀態，活生生的呈現在我們面前，使我們獲得最直接的感受。

個人的書信，不論是家書、情書或其他書信，如能保存起來，也是具有紀念的價值。

三 思想上的價值

我們研究古今中外偉人時，對其思想學說或理念主張，除了他的著作外，書信也是最珍貴的資料。因為書信也是生活中與人論學言志，交流思想感情的重要工具。例如研究　國父孫中山先生的革命思想，對其在革命時期的電文、書信的蒐集、閱讀和研究是不可遺漏的。

由此可知，書信除了作為社交應酬、傳遞消息外，在談學論道的書信中，也蘊涵著十分豐富的思想或觀念，這也是書信存在的價值之一。

四 實用上的功能

處在電子科技與工商發達的今天，彼此聯絡問候、敘事傳意，雖然可以利用電話、電視、電傳、電郵、語音、傳播等一系列先進科技

產品為工具，而達省時方便之利，但人際之間的交往活動，許多事物的處理，仍然離不開白紙黑字的書面文書。書信是以文字為工具的應用文書，在人際之間的文字交流，還是需要依靠書信的使用。

書信在社會活動上仍然是最普遍、最基本，也是最實用的文書。在社會的人際事務中，有如慶賀、弔唁、慰問、感謝等的應酬書信；有如請託、訂貨、簽約、申請、借貸、推薦等的應用書信；有如論學、論事、勸勉等的議論書信。再如問候、通知等的聯絡書信。樣樣顯示應用書信在日常生活中的重要性與實用性。

五 禮教上的功能

禮儀是人際社交活動中很重要行為表現。我國素稱禮義之邦，傳統文化上強調修身養性、知書達禮、溫文儒雅。在社會人際的交往中，要謙虛有禮貌。而表現在書信上也須符合傳統文化與禮儀的要求。

書信的對象是人或機關團體。普通分為公文書和私文書，或稱「公文」與「私信」。其實書信並不完全為了私事，許多公事，也常用私信來溝通意見，解決問題。因此，就機關團體或主管個人來說，有對上的上級機關或長官，有平行的同等機關或其主管，以及下行的隸屬機關或其主管。這三種關係當然是以公務兼用私信而言。若從純粹的個人私誼關係來說，有謂上行書信，指的是受信人是長（前）輩，如祖父母、父母、岳父母、長官、師長或年齡大於自己二十歲以上的人；有謂平行書信，指的是受信人是平輩，如兄弟姊妹、同學、同事、朋友；有謂下行書信，指的是受信人是晚輩，如子女、姪、甥、門徒或年齡小於自己二十歲以上的人。由於受信對象的關係與年齡差別，講求的禮節也隨之各異。要想自己成為一個懂禮儀，受尊重的人，就必須陶冶傳統的書信規範，用字、用語、用辭、稱謂、提稱語、自稱、應酬語、敬語、署名敬辭（末啟詞）等等表達雙方身分、年齡、關係

的禮節，要親切得體，不可錯用。在各個不同層次，不同場合的應酬中，往往在稱呼上一語之差、文體上一字之錯、柬帖上一格之誤，就會產生誤會或貽笑大方。我們社會上交際應酬也有著悠久的良好傳統，這些傳統的禮教文化，是維護當今社會和諧、富而好禮所需要。當然，社會不斷發展，應酬方式、用語也不是一成不變的，但文雅的用語，練達的人情，莊重的禮節等做人的基本態度，仍然不可受「民主平等」的口號所誤導而廢除。不僅要重視書信的修辭及內容，對於書信表達尊敬的語辭、表示尊敬的格式，如稱人夫婦為「賢伉儷」的雅語，如「抬頭」、「側書」的書寫禮節在表示「抬人不抬己」及側自稱以表示謙虛，對受信人「側名字而不側職稱」以表恭敬及避諱。以及信紙的行數、顏色的規定、人名、機關的排序等都必須講究，以符合中華傳統禮教文化的要求。

Chapter 2

書信的分類

讀完本章,你應該能夠:

1. 瞭解書信分類的作用

2. 瞭解書信分類的方式

3. 認識書信的類別

應用書信與公文

第一節　書信分類的作用

　　應用書信是人世交際應酬的文書，這種文書的本質仍然以文字作為主要的媒介。但為了因應人世間的各類事與人際間的相互關係，應用書信自然產生了各種不同的寫作方式和內容。

　　人們為了能在很短的時間內，瞭解應用書信的寫作，於是以書信的寫作內容和形式上加以區分和歸納，使其標準化、定型化，以利學習仿作。

　　處在現今科技發達的工商業社會，由於事類繁雜，人際關係各異，對於書信加以分門別類確實有其必要性。當人們寫信時，首先須要考慮的是收信的對象跟寫信者之關係為何？同時也須要考慮書信的內容，是為何事而寫。因為沒有特定的對象，書信無從發出；沒有事情，就不必寫信。所以，在寫信時，一定要先設定對象，然後決定所要表達的事情。

　　有人以為只要具備書信的主體「人」與「事」，就可以表達情感，敘述事理，不需要什麼形式、結構、用語的規範，只要能夠把情感表達清楚，事理敘述明晰就可以了。但是，書信的寫作方式、結構、用語、敬辭等已累積幾千年的文化社交習俗和禮儀，至今，為了做到書信的條理清晰，取材適當、用情親切、運用語詞得體、符合禮節，以預防錯用格式，套錯用語，欠缺禮貌等等的批評，區分書信的作用，對學習者是有助益的，值得吾人加以重視。

第二節　書信分類方式

　　書信的分類方式，有各種不同。有依使用的語體而分作：文言書信及白話文書信。有依傳媒而分作：郵遞信、傳真信、託帶信、與電子郵件(E-mail)等。有依書寫的紙製文件而分作：箋函（含信紙和信封）、郵簡（紙張正面當信紙，背面當信封，兩者兼用同一紙張的簡便信）、明信片（硬卡片的正面當信封，背面當信紙使用的信）。有依郵遞服務方式而分作：平信（普通信）、快信（分限時專送、航空、郵輪）、掛號信（分單掛號、雙掛號及存證信函）等商業性服務。

　　上述的分類方式，係就書信的外部形式的分法。書信的外部形式，會隨時代與習慣而演變，例如電子設備為傳播媒介的「電子郵件」、「簡訊」等。惟書信的分類，最重要的是要從書信的「人」和「事」來分析和歸納，這是探討書信分類的真正目的。

　　人類的活動，不外乎是「人」與「事」。因此，書信的分類方式，應從人們社交應酬的「事」和社交應酬的對象「人」加以劃分。有了劃分方式之後，寫信者，可以依事類的不同，以及與受信對象的關係，做主要考量，俾在寫作的格式、使用的用語、表現的禮節等都能做到適人適事，以避免用錯格式、套錯用語、不顧禮節的缺失。有了分類，在學習上，可以達到「易學」「易懂」「易記」「易用」之效果。

第三節　書信的類別

　　寫信時，都離不開「人」與「事」兩大主體。「人」是指發信人與受信人；「事」是指發信人是為何「事」或「目的」而寫信。因此，可照此來劃分書信的種類。

當寫信給受信人時，寫信人必須考慮自己和受信人彼此之間的「關係」和「輩分」。如此，在稱呼、提稱語、應酬語、敬辭、請安（問候）語、自稱等等用語才能做到最妥切的安排。當寫信給受信人時，除須認清自己和受信人之「關係」和「輩分」外，也要思考談什麼「事」。而這些「事」的性質當歸屬何類的問題。凡在書信中談論的「事」而予以分門別類，如抒發情感的事，則歸為「通候」之類；議論道理的事，則歸為「議論」之類；實際應用的事，則歸為「應用」之類；交際應酬的事，則歸為「應酬」之類。

現就「人」與「事」兩方面分類如下：

一 就「人」的「關係」與「輩分」來分

㈠家族類

例如受信人是對祖父母、父母、伯叔父母等有家族關係的長輩寫信，便屬於「上行書信」一類。如對同胞兄弟姊妹、堂兄弟姊妹等有家族關係的平輩寫信，便屬於「平行書信」一類。如對兒女、姪子女、曾孫等有家族關係的晚輩寫信，便屬於「下行書信」一類。

㈡親戚類

凡對有姻親關係的人寫信，歸於此類。例如受信人是對外祖父母、外伯叔祖父母、舅、姨父母、太岳、岳父母等有親戚關係的長輩寫信，便屬於「上行書信」。如對親家夫婦、姨丈、表兄弟、表嫂、弟媳等有親戚關係的平輩寫信，便屬於「平行書信」。如對內姪子女、外孫、外孫女、甥、甥女，女婿等有親戚關係的晚輩寫信，便屬於「下行書信」。

㈢師長類

凡對老師、長官、世伯叔父母、義父母（乾父母）、仁丈、世丈等有師徒、部屬或世交關係的長輩寫信，便屬於「上行書信」。

㈣朋友類

凡對世交平輩、同學、朋友、年齡相近的同事、一般社會人士等有情誼關係的人寫信，便屬於「平行書信」。

㈤其他類

寫信的對象，並不完全都有一定的關係，也不一定都為私事，許多公事，也常用私信來溝通意見，解決問題。因此，機關團體的公務用私信發文時，比照公文的行文系統分上行文、平行文和下行文。一般人在社交應酬上，有時寫信給對方，不一定有私誼關係，此時需要考慮雙方的地位、年齡等，在格式、稱呼、用語、自稱等方面，作最恰當的安排，以適應社會各界人士。

二 就「事」的「性質」與「目的」來分

㈠應酬性的

凡事關婚、喪、喜、慶的書信皆屬之。如壽誕、婚嫁、生子、畢業、開張、遷移、升官、慰唁、問病、恤災等。

㈡應用性的

凡事有求於對方，思望達成目的之書信皆屬之。如借貸、催索、推薦、邀請、捐募、謀職、辭謝、感謝、謝罪、寄贈、買賣等。

㈢議論性的

凡事關議論道理的書信皆屬之。如論學、論道、論事、規勸、論為人、論處世、頌讚、自述等。

㈣聯絡性的

　　凡事關抒發情感，懷友敘舊、互通訊息的書信皆屬之。如敘別、思慕、慰藉、問候、仰慕等。

　　以上係就書信兩大主體「人」與「事」來分。由此可知，書信一定有個特定的事，以及有個想要的目的。即使是純粹的問候，也是寫信的目的，所以平常寫信時，人與事是不可截然分割。今為了學習書信寫作，為了符合各事類的寫作方式以及適應各異的人際關係，而作如此劃分，其用意在於適當取材、親切用情、表現禮貌、切合實際、才不得不對書信作分類。

Chapter 3

信封的構造與寫法

讀完本章,你應該能夠:

1. 認識中式郵遞信封的格式與結構
2. 學會郵遞信與託帶信的封文寫法
3. 認識西式郵遞信封的格式與寫法
4. 學會英文信封封文結構與寫法
5. 學會明信片與柬帖封文的寫法

19

第一節　中式郵遞信封的格式與結構

寫信的傳遞有藉電子科技傳媒，但也可以郵寄及託人帶交。郵寄是由郵差送達的書信，就稱「郵遞信」。託人帶交的書信，就稱「託帶信」。郵遞信的信封與託帶信封的封文寫法有不同，如何寫這兩種不同的封面，將作分別敘述。本節則是針對中式郵遞信封的敘述。

一　中式郵遞信封的格式

郵遞信封有「直式的信封」與「橫式的信封」。直式信封被稱之「中式信封」，橫式信封被稱之「西式信封」。其間封面的寫法也有差異。本節僅述中式的郵遞信封，西式信封另節說明。

中華郵政印製的中式標準信封（如圖 3-1）是直立式長方形的封套。封面中間劃有一長方形的紅線框，此長方形紅線框內，就稱它為「框內欄」。此框為準，其右側就稱它為「框右欄」，其左側就稱它為「框左欄」。在「框右欄」之處，是寫受信人的地址，並在右上角填入收信人的「郵遞區號」號碼。信封中間長方形紅線框的「框內欄」，是寫受信人的姓名、稱呼及啟封辭。在「框左欄」之處，是寫發信人的地址及姓氏或姓名之處，並在下方的空格填入寄信人的「郵遞區號」號碼（如圖 3-2）。

除郵遞標準信封外，也有因應需要而自行印製的各種大小式樣之信封。信封封套的顏色也成多樣化。有全面素白色的信封，即沒有印上長方形紅線框的。用此信封，在書寫時，可比照上述格式來寫。如遇有喪事時，書信的信紙和封套以素白為宜，但也可將紅色線框，以黑藍色塗蓋，以示哀傷。

收件人郵遞區號寫在這裏

606-□□

郵票正貼

嘉義縣中埔鄉林森路二段495號

王天明　先生台啟

新北市永和區得和路二段180號李緘

234-□□

寄件人郵遞區號寫在這裏

▲標準信封

郵票

框左欄　框內欄　框右欄

寄件人郵遞區號

▲信封的格式

▶ 圖3-1、3-2　範例說明

二　中式郵遞信封的結構

根據直式郵遞信封的格式，其封面格式有三欄，各欄書寫的文字，如何稱它。這些名稱，即為信封上的「封文結構」。

一封完整的郵遞信封，其結構項目有：

甲、框右欄　包括受信人的「郵遞區號」及「地址」。

乙、框內欄　包括受信人的「姓名」、「稱呼」及「啟封詞」。

丙、框左欄　包括發信人的「地址」、發信人的「姓氏」或「姓名」、「緘封詞」和「郵遞區號」（如圖 3-3）。

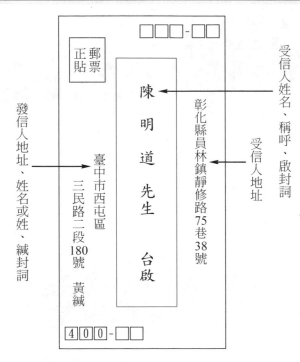

發信人地址、姓名或姓、緘封詞

臺中市西屯區 三民路二段 180 號　黃緘

陳 明 道　先生　台啟

彰化縣員林鎮靜修路 75 巷 38 號

受信人地址

受信人姓名、稱呼、啟封詞

郵票正貼

4 0 0 - □□

▶▶▶ 圖 3-3　信封封文寫法

第二節　郵遞信與託帶信的封文寫法

前已述及，書信以人為傳遞的方式，有郵寄和託帶的。郵寄和託帶的書信封面之文字寫法不同。這種寫在信封面上的文字，我們簡稱它為「封文」，茲將此兩種方式的封文寫法分別敘述如下：

一　直立郵遞信封的封文寫法

根據直立郵遞信封的格式與結構，信封分三部分，即框右欄、框內欄及框左欄。現依序說明各欄內的文字，該寫什麼和怎麼寫。

甲、框右欄內的文字寫法

　　根據郵政標準信封的框右欄是寫受信人地址的地方，從上直寫下來或成二行，如果字數較多，可分成兩行書寫，第一行先寫行政區（包括市縣、鄉鎮市區），第二行寫街路名稱（包括段、巷、弄、號、樓層及室）如受信人有郵政信箱，則逕寫其郵政信箱號碼。信封右上角的郵遞區號要以阿拉伯數字端正的填入其紅框格內。寫受信人地址的第一個字，要低於框內欄受信人的姓，而且字體要略小些，以表達對受信人的尊敬。如果信件是寄到受信人服務的機關學校或公司行號，此時要將服務機關公司的名稱抬頭，自成一行。而且第一個字的高度要和受信人的姓字平齊，以表尊重。

乙、框內欄內的文字寫法

　　封面正中央長方形紅線的框內欄，是寫受信人的姓、名、稱呼或職位及啟封詞。字數和字間的距離，一定要預先算好，使之勻稱。惟受信人的姓要寫在框內的頂端，不可觸及紅線。啟封詞的第一個字與前面的字之間，要留較大的距離。框內欄的文字排法，其式樣如（如圖3-4）。

　　框內欄受信人的「姓、名、稱呼或職位」的正確組合寫法有四種方式，但每一式所表示的禮貌程度不同，以下僅就「姓、名、稱呼或職位」的正確組合方式，先作解說並圖示（如圖3-5）其後再說明「啟封詞」的寫法。

　　第一式的寫法是先寫姓名、後寫稱呼。稱呼採一般通用的「先生」、「女士」、「小姐」、「君」等。此式的寫法最普遍。

　　第二式的寫法是先寫姓名後寫職稱。此式的稱呼，改用受信人的職位。如職位為局長，把先生的稱呼改換為局長，此式寫法較前式尊敬。

應用書信與公文

彰化縣員林鎮中山路
大有企業股份有限公司　煩轉

張　得　功　先生　親啟

彰化市

民生路一段9號　黃緘

510

500

郵票
正貼

▶▶▶ 圖3-4　框內文字排法 ─────────

第一式　普通寫法

王　水　德　先　生　勛啟

第二式　較尊敬寫法

王　水　德　主　任　勛啟

圖3-5　姓名稱呼及職位的四種寫法

　　第三式的寫法是先寫姓、再寫職位、後寫名字。此式寫法更尊敬。

　　第四式的寫法是將第三式的名字，採「側書」方式。就是略向右偏寫，字體略小。如果受信人有字或號，即本名以外取的字或別號，則可直接寫他的字號替代，不可再寫他的名。此式寫法最尊敬。從第一至第四式的寫法，其禮貌程度依次加深。為對受信人表示尊敬而使用「側書」的時候，須要注意的：一、是不能用在受信人的「稱呼」或「職位」上，只能用在受信人的「名」或「字號」上，更不能用在「啟封詞」上。二、是側書完全不適用於第一式的組合。對於晚輩不必側書，可以直呼其名，甚至連「稱呼」也可免了。

　　瞭解框內欄的姓、名、稱呼或職位的組合寫法後，對框內欄「啟封詞」，要如何使用，也甚重要。

　　「啟封詞」是發信人請受信人開啟信封的語詞。啟封詞通常由兩個字組成，下字是「啟」字。在「啟」字上的另一個字，如何「用字」，變化很多，須要根據發信人與受信人的「關係」、「輩分」而定。現將常用的啟封詞，以表列方式註明其用法。

發信人	與受信人之關係或輩分、地位	啟封詞
孫姪	有家族、親戚關係之祖父輩以上	福啟
子女	有家族、親戚關係之父執輩	安啟
學生門徒	對師長	道（安）啟
部屬、一般人士	對長官、長輩、服公職者	鈞（勛）啟
一般人	對尊長	賜（鈞）啟
一般人	對平輩、朋友	台（大）啟
弔唁者	對居喪者	素（禮）啟
一般人	不分輩分、關係	親啟
長輩	晚輩	啟、收啟

丙、框左欄內的文字寫法

　　長方形紅框左側的「框左欄」，是寫發信人的「地址」、「姓名或姓」、「緘封詞」及「郵遞區號」。發信人的地址不可省略，以便利受信人回信或郵差投遞不到時可以退件。

　　在寫發信人地址時，第一個字要低於「框右欄」受信人的地址，這也是表示自己的謙卑和敬意。發信人地址可分成兩行書寫。在第二行要加上發信人的姓或姓名。通常除掛號信、報值掛號等重要的書信外，都只寫發信人的「姓」就可以了。在「姓或姓名」之下，還有「緘封詞」的用法。緘封詞是發信人封信的行為，是對受信人講的，表示發信人封信的慎重。受信人是長輩要用「謹緘」。如平輩或晚輩可一律用「緘」。最後發信人要將自己的「郵遞區號」號碼填入空格內。

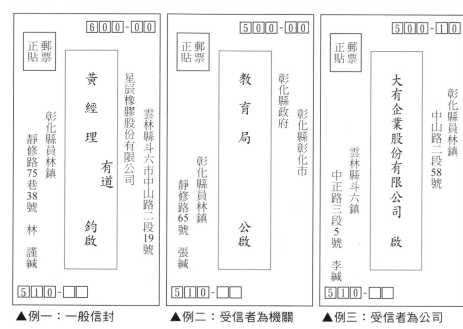

▲例一：一般信封　　▲例二：受信者為機關　　▲例三：受信者為公司

🔑 圖3-6　　郵遞封文範式

二 託帶信的封文寫法

託帶信是發信人請託熟人帶信送交受信人的一種傳遞方式。因此，託帶信的封文結構、寫法，與郵遞信是不相同。

㈠茲將完整的託帶信之封文結構名稱，說明如下：

1. 框右欄的結構

包括「附件語」和「請託詞」。附件語是發信人對受信人說的話，讓受信人看到信封，就知道發信人除封內的信（箋）文外，還附寄物件。請託詞是發信人對帶信人表示請託的話。請託詞的用詞，要考慮到發信人、帶信人及受信人三人之間不同關係而定。

2. 框內欄的結構

　　包括受信人的「姓名」、「稱呼」和「收件詞」或「啟封詞」。「收件詞」是發信人對受信人的話，要受信人收下書信。託帶封通常不封口，所以用「收」件詞，不用「啟」封詞。如託帶封作封口時，也能用「啟封詞」。給長輩的託帶信封多不封口，使長輩方便取信以示敬意。

3. 框左欄的結構

　　包括發信人「自署」、「拜託詞」和發信「時間」。發信人「自署」在框左欄上，主要是針對帶信人而署名的，緊接對帶信人寫上「拜託詞」。在「拜託詞」的後右方或右下方，寫上發信日期「月日」即可，且字體要略小些。

　　框右欄的「請託詞」與框左欄的「拜託詞」兩者僅一字之差。「請」字有請求之意，是對帶信人表示請求之意。而「拜」字有「行禮」之意，是對帶信人感謝之意。封文結構（如圖 3-7）

圖 3-7　託帶信封封文結構

(二)茲將託帶信封封文的寫作方法，說明如下：

1. 框右欄的寫法

框右欄上要寫上「附件語」及「請託詞」。「附件語」適用於發信人除書信外還附帶物件。若無附寄物件，就可免予寫上。

至於「請託詞」的寫法，則須視發信人、帶信人及受信人這三人之間的「關係」與「輩分」而定，關係和輩分不同，使用的「請託詞」也不同。而「請託詞」由兩部分組成。其先是「請求敬語」。如「敬請」、「敬煩」、「請」等，其後是「交遞語」。如「面呈」、「面陳」、「面交」、「便交」、「送交」、「煩交」、「帶交」等。在「請求敬語」與「交遞語」之間，發信人為了方便讓受信人認識帶信人，也會寫上帶信人的姓名，或不寫姓。帶信人的姓名，放置的高低，須視其輩分而定。如帶信人與受信人同屬平輩，可以齊平。如受信人為帶信人的長輩，帶信人姓名要寫低些。還有派專人送信的，多半是自己的晚輩或部下、門徒、僕役等，就可不用「請求敬語」，逕寫「交遞語」。如「專呈」、「敬呈」、「敬陳」、「面陳」、「面上」、「面致」。

因為帶信人是熟人，多數知道受信人的地址或工作地點，因此不寫地址和地點。倘若不知道時，發信人就要在上寫明，或另用小紙條寫給帶信人照著指定處去遞交。

另有受信人趁來人之便，希望來人幫他帶回函時，其信封的「交遞語」可寫「藉呈」、「回呈」，（此受信人為帶信人之長輩時用之）；「敬請回交」、「回交」、「回致」（此受信人為帶信人之平輩或晚輩時用之）。

以下將託帶信的「請託詞」製成一覽表

發信人	帶信人	受信人	請託交遞語
長輩	平輩	平輩	面交、煩交
平輩	平輩	長輩	（敬）請　面陳、煩請面陳
平輩	平輩	平輩	請　面交、煩請面交
平輩	平輩	晚輩	請　擲交、請　帶交
晚輩	長輩	長輩	敬請　袖交
平輩	晚輩	平輩	面陳
平輩	長輩	平輩	敬請　擲交、煩請　吉便帶交

2.框內欄的寫法

　　框內欄上要寫受信人的「姓名」、「稱呼」和「收件詞」或「啟封詞」。受信人姓名、稱呼要如何寫，須先瞭解的是⑴受信人姓名和稱呼是發信人向帶信人說的「稱謂」，或發信人對帶信人稱呼自己的親友。⑵發信人與受信人的私誼關係和輩分，會改變對姓名的寫法。⑶發信人與受信人有直系親屬關係時，連「名、字、號」都不能寫，只要寫上對他人自稱的「稱謂」就可以了。

　　因為帶信人是熟人，所以為要表現發信人與受信人的私誼關係，寫受信人的姓名、稱呼時，通常都不寫受信人的姓，只寫其名及稱呼。除私人關係外，帶信人是長輩，對受信人也只寫「姓」與稱呼。如果帶信人是平輩或晚輩，只寫受信人的「名」與稱呼。如果受信人是發信人的家族長輩，不能寫其名、字、號，而要用對他人自稱的家族稱謂，如寫給祖父母、父母，則要寫「家祖父母」、「家嚴」、「家慈」。在後頭可加上「大人」的尊語，如「家嚴大人」。接者寫「收件詞」或是「啟封詞」（如圖3-8）。

▲例一：一般託帶信封

▲例二：加帶信人名字之
　　　託帶信封

▲例三：專送信封

 圖3-8　範例說明

　　關於「收件詞」或「啟封詞」的寫法，須視託帶信有無封口
而定。託帶信封通常不封口，尤其寫給長者表示尊敬。

　　不封口的託帶信，只能用「收件詞」。如果託帶信還附帶物
件，則收件詞要用「檢收」、「驗收」、「查收」等語。如果沒
有附件時，則收件詞的使用，須考慮收信者的輩分。給長輩的信，
收件詞要用「賜收」，給平輩則用「台收」，給晚輩則用「收」。

　　有封口的託帶信，得換用「啟封詞」。如果有附件，則啟封
詞可用「檢啟」、「查啟」等語。如果沒有附件時，則「啟封詞」
的使用，也必須考慮受信人的輩分。對長輩用「賜啟」，對平輩
用「台啟」、「大啟」，對晚輩用「啟」或「收啟」等用語。

茲將託帶信的「收件詞」與「啟封詞」表列如下：

甲、託帶信的「收件詞」用法

發信人	受信人	收件詞	
長輩	晚輩	有附件	無附件
		檢（查）（驗）收	收
平輩	平輩	檢（查）（驗）收	台收
晚輩	長輩	檢（查）（驗）收	賜收

乙、託帶信有封口的「啟封詞」用法

發信人	受信人	收件詞	
長輩	晚輩	有附件	無附件
		檢（驗）（查）啟	啟、收啟
平輩	平輩	檢（驗）（查）啟	台（大）啟
晚輩	長輩	檢（驗）（查）啟	賜（鈞）啟

3.框左欄的寫法

　　框左欄內發信者要寫上「自署」、「拜託詞」及發信的「日期」。寫「自署」和「拜託詞」時，要注意兩點：一是自署與拜託詞都是發信人對帶信人說的話，而不是對受信人。二是發信人寫自署與拜託詞時，也須依其受信人的「關係」、及「輩分」來寫作。因此，發信人為對帶信人表示客氣，可以全署姓名，為表示親密，則可僅署「名」。

　　在「自署」下的「拜託詞」；發信人也要考慮帶信人的輩分，如果是他的長輩，則用「敬託」、「請託」；如果是平輩，則用「拜託」、「謹託」；如果是晚輩，僅用「託」字即可。茲列其用法如下表。

託帶信的「拜託詞」用法

發信人	帶信人	拜託詞
長輩	晚輩	○○○託
平輩	平輩	○○○謹託（拜託）
晚輩	長輩	○○○敬託（請託）

最後發信人要註明發信日期（幾月幾日），寫在「拜託詞」的右方或右下方，字體要略小。另外，發信人屬意受信人回信時，得在信封左上角，寫上「候復」兩字。

下面將上述兩節的「中式郵遞信封」及「託帶信封」的格式、寫法及注意事項一併說明如下：

在直寫的中式郵遞信封的寫作時，除要注意上述所列的格式外，還須注意的有：

1. 書寫時，字體要端正清晰，使郵務人員和受信人都能看懂。對長輩的信封，更要正楷書寫。

2. 信封和信箋的用筆要一致，不能混雜使用。其中毛筆書寫最好，其次是用鋼筆、原子筆，不能用鉛筆、色筆、簽字筆。

3. 信封上的書寫行數，古代有「三兇四吉五平安」的說法，這種說法是有道理的，因為信封只有三行字，會顯的單調，六行以上又太多了。所以四行或五行字最適當，且能顧及信封佈局之美觀。所以對朋友寫信，信封封文以四行為宜，對家人寫信，封文就常寫五行。惟現代書信已經不太重視這樣的規矩、禮俗和禁忌，只要做適當的安排就可以了。

4. 寫地址時，要注意地址的第一個字，不可高於受信人的「姓」，而且字體要略小一些，以對受信人表示尊敬。寫受信人服務的機關或公司行號的名稱一定要抬頭，自成一行，第一個字可和受信人的「姓」齊平。

5. 封文上的「側書」，是對受信人表示尊敬的禮貌寫法，意思是避免直呼對方的「名字」。所以僅能對受信人的「名」或「字、號」側書，其他職稱、稱呼都不能用側書，用了就犯了錯誤。

6. 寫「啟封詞」時，要特別注意發信人與受信人的「關係」和「輩分」。「啟封詞」是發信人對收信人講的話，如你給父親的信，是你對父親講的「啟封詞」，要父親「平安的拆信」，其啟封詞為「安啟」。

7. 郵遞信封才有封口，故需使用「緘封詞」和「啟封詞」。明信片或便柬沒有封套，不用「啟封詞」而代之用「收件詞」的「收」字。也不用「緘封詞」而代之以「寄」字。

8. 託帶信的「請託語」是發信人對帶信人表示請託之意。同時也請帶信人遞交之意，所以有「交遞語」的使用。其間須注意帶信人與受信人的「輩分」。例如某老師請某同學帶信給另一位老師，其「請託語」要用「某某同學面陳」。

9. 託帶信的「自署」及「拜託詞」的寫法，也是發信人對帶信人講的話。須注意發信人與帶信人二者之「關係」和「輩分」。如前例，發信的老師，在託帶封上的自署可以「署名」，其下「拜託詞」用「託」字即可。

10. 託帶信的受信人是發信人的家人時，就連姓名、字號都不能寫。如受信人是父親，只能寫「家嚴」並加上「大人」的尊詞。

第三節　西式郵遞信封的格式與寫法

　　西式信封是指橫式的信封。其式樣有印彩邊的、也有全素色的、也有將機關學校、公司行號印好在信封的左上角處（如圖 3-9）。

國立臺灣師範大學
NATIONAL TAIWAN NORMAL UNIVERSITY
East Ho-Ping Road, Taipei, Taiwan 106
Republic of China

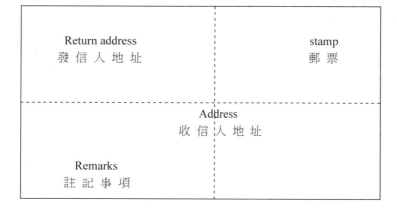

Return address
發 信 人 地 址

stamp
郵 票

Address
收 信 人 地 址

Remarks
註 記 事 項

圖 3-9　西式信封

　　橫式的信封的結構名稱，與直式信封的封文並無差異。因書寫的
方式不同，其格式分有四種方式：

一 豎封直寫法。其結構及書寫如下：

　　此式是將橫封豎直，但信封不用加劃紅色長方形框內欄。其結構
及書寫如中式信封；有受信人地址、受信人姓名、稱呼及啟封詞，發
信人地址姓名及緘封詞。其樣式（如圖 3-10）

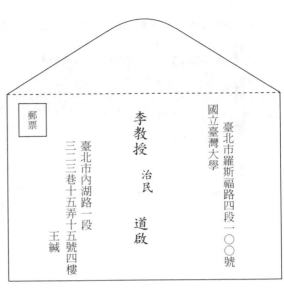

圖 3-10　豎封直寫法與橫封直寫法

二　橫封直寫法。其結構及寫法如下：

甲、受信人的姓名、稱呼及啟封詞等直寫在信封的中央。

乙、受信人的地址寫在受信人姓名的右邊，但地址的第一字不可高於受信人的「姓」字。以示敬意。郵遞區號橫寫在地址上或內。

丙、發信人地址、姓名、緘封詞等寫在受信人姓名的左邊，且要低於受信人的地址，郵遞區號寫在地址下或內。其樣式（如圖 3-11）

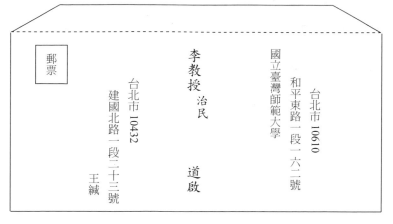

圖 3-11　橫封直寫式

三 橫封中式橫寫法。其結構及書寫如下：

甲、受信人的姓名、稱呼和啟封詞等橫寫在信封中央。

乙、受信人的地址寫在受信人姓名的上方，但地址的第一個字不可超出受信人的姓字，以示敬意。郵遞區號寫在地址左前方或內。

丙、發信人的地址、姓名、緘封詞等寫在受信人姓名的下面一列，且要往右處寫。郵遞區號寫在地址前方或內。樣式（如圖 3-12）

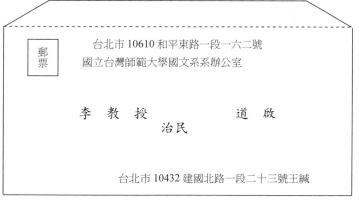

台北市 10610 和平東路一段一六二號
國立台灣師範大學國文系系辦公室

李　教　授　　　　　道　啟
　　　　治民

台北市 10432 建國北路一段二十三號王緘

圖 3-12　橫封中式橫寫式

四　橫封西式橫寫法。其結構及寫法如下：

　　甲、發信人的姓名、緘封詞及地址等寫在橫封的左上角處。先寫地址，下方寫受信人的姓名及緘封詞。

　　乙、橫封的中間處，先寫受信人的地址，再寫受信人的姓名、稱呼及啟封詞。地址的第一個字，不可超出受信人的「姓」字。

　　丙、郵遞區號皆放在地址的前方。樣式（如圖 3-13）

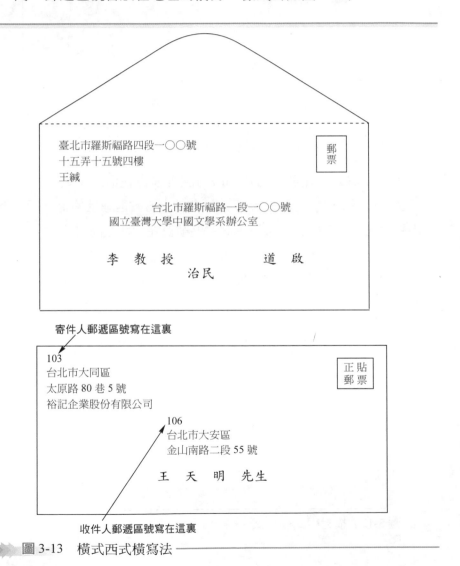

圖 3-13　橫式西式橫寫法

第四節　英文信封封文結構與寫法

　　本節介紹如何書寫英文書信的封文。在國際化的趨勢下，對寄往外國的書信增多，因此，特闢本節敘述。

一　英文信封封文結構

1. 橫式信封的格式，要用西式的「橫式橫寫法」書寫。可在心目中虛擬以十字線由正中央化成左上、左下、右上、右下四大方塊。左上方，是寫發信人姓名、地址及國名。信封的正中央，為受信人的姓名、地址及國名。右上角是貼郵票(stamp)處，左下角是註記處 (Remarks)

2. 對受信人的稱呼，放在姓名之前，如 Mr.、Mrs.、Miss.、Ms.等。而發信人自己在信封上只寫姓名就可以了。

3. 信封上的郵遞區號(Zip Code)沒有方格。直接寫阿拉伯數字。

二　英文信封封文的書寫

　　橫式信封的英文寫法與橫式封面西式寫法是一樣的。只因中西文化不同、稱呼也不同。現扼要列舉說明如下：

1. 發信人的姓名、地址、國名等寫在橫封的左上角，只是寫英文地址，與中文寫法不同，要由小單位開始寫起，再到國名。如果寄給外國人親友，可寫中文地址，後面用英文寫國名，如ROC.Taiwan即可。

2. 對受信人的稱呼，寫在姓名之前，也不用寫「啟封詞」。受信人的稱呼，姓名是寫在正中央處。

3. 受信人的地址是在姓名的下面一列書寫。地址由小單位開始寫起。從「門牌號碼」、「路名」、「城鎮名」、「郵遞區號」、「國名」。國名要單獨寫在另一列。

4. 地址、常用簡寫，如樓以（F）、弄以(Alley)巷以(Lane)路以(Road:Rd)街以(Street:st)段以(Section:set)。郵遞區號(Zip Code)以五位數表示，在美國，前三位數表示州或都市，後二位表郵局代號。

5. 信封封面文字，如果不是打字的，就要用「印刷字體」寫，不可以用「草體」。

　　以上是橫式信封，以英文寫封文的寫法。另外，也用郵局出售的「郵簡」寫信寄往國外的情況。現在將郵簡的寫法，介紹於下：

1. 郵簡多半用於對國外的通信，為了方便和減少貼郵票及封口的麻煩，所以信封和信紙合而為一，正面是信封，背面是信紙。由於郵資不同，現今郵局出售的郵票，分為「港澳地區」、「亞太地區」、「歐美地區」三種現成品出售，皆為航空郵簡。

2. 郵簡封面的左上角有「From：寄件人姓名、地址、區號」字樣。中間部分有「To：收件人姓名、地址」字樣。只要依照格式填寫就行了。寄往亞太、歐美地區，要用當地語文書寫。一般而言，寫發信人和受信人時通常都排成三列，第一列寫姓名、第二列寫地址，由門牌號碼、路名、城鎮名、郵遞區號。第三列國名的簡寫。第二列的文字太長時，可往下列寫。惟國名一定要單獨一列，而且要和各列頭一個子齊平。

第五節　明信片與柬帖封文的寫法

一　明信片的封文寫法

　　明信片和郵簡一樣，正面當信封，背面當信紙。直式郵簡和明信片視同中式信封。橫式郵簡及明信片，視同西式信封。惟明信片的面積小，所以書寫時，字體要縮小。另外，明信片因不必封口，所以不

用「啟封詞」，而把「啟」字改為「收」字。如「○○○先生台收」切勿寫成「○○○先生台啟」。也不用「緘封詞」，把「緘」字改為「寄」字。

明信片不具保密作用，只能用在親近的平輩親友和晚輩，不宜寄給尊、師長，如只要交代些不關重要的事情時才用，不作正式的函件。

二 柬帖的封文寫法

柬帖之名，是因古代尚未有紙張前，書寫在竹片和小絹帛而得名。雖然名稱不同，但都用來指「書信」。現今「柬帖」一詞，已合為一個名詞，而且以稍厚的紙張印成卡片或摺疊，作為婚喪喜慶及社交應酬的書面通知。

柬帖分卡片式和摺疊式兩種，這兩種的印製，須視禮俗與事類而定。有關婚嫁喜慶及一般應酬的柬帖，都印製為單卡或兩面折合，並放入封套。此封文的寫法比照一般信封來寫。但對受信人的「啟封詞」不必書寫。尤其是喪葬柬帖的「訃聞」，多採折合式，及表面是封面，裡頁是「訃文」，此時喪家寄訃聞時，對受帖人不用寫「啟封詞」。只寫受帖人之姓名及稱呼。具帖人也只寫地址、電話，不用「緘封詞」。

婚嫁的邀宴喜帖，對受帖人只寫他的姓名和稱呼，其「啟封詞」可以換寫「全福」、「全家福」，或「伉儷」或「夫婦」或「暨夫人」、「暨夫君」等。如果以職位稱呼受帖人時，最好用側書寫他的名或字，並在側書旁邊，寫上「夫人」或「夫君」。茲圖示（如圖3-14）。

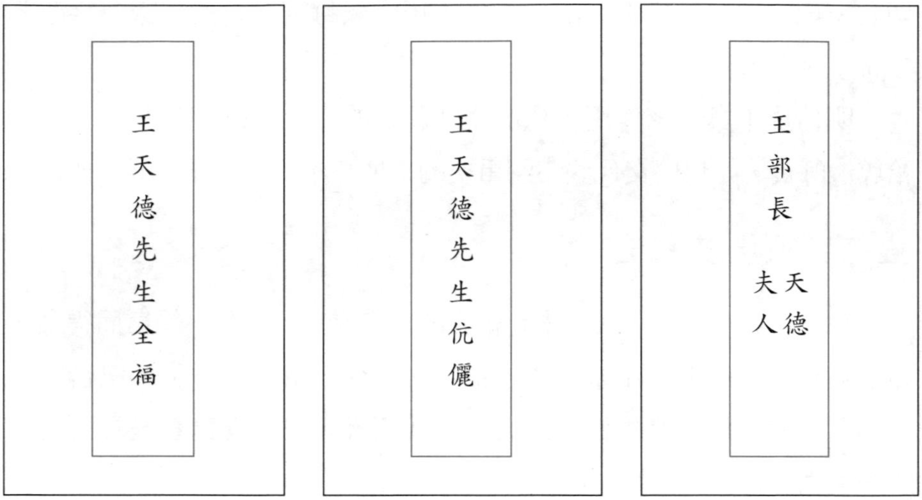

王天德先生全福

王天德先生伉儷

王部長　天德
夫人

圖 3-14　邀宴喜帖封文寫法

Chapter 4

信文的基本結構與名稱

讀完本章,你應該能夠:

1. 瞭解傳統書信的信文結構項目
2. 信文結構名稱之意涵
3. 瞭解信箋的款式與禮規
4. 瞭解書信的寫作要領

43

第一節　傳統書信的信文結構項目

　　書信的內容，是指信（箋）文的寫作。傳統書信已累積成一套格式和結構，照這套格式和結構，可以使書信的寫作，條理清晰，用語得體，而且能符合習俗和禮儀，達到書信傳遞音訊，交流思想、感情的目的。所以，到了今天學習傳統書信，必須先從信文的結構作探討。

　　一封完整的信文，可分三大段落，學習十三個項目。但並非每封箋文都要具備齊全，其中有些項目可以視需要而加以斟酌省略。對於箋文的結構，列一簡表如下：

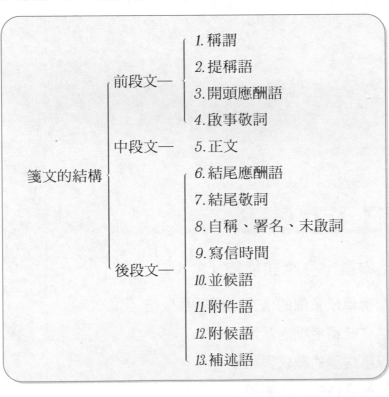

箋文的結構

前段文—
1. 稱謂
2. 提稱語
3. 開頭應酬語
4. 啟事敬詞

中段文—
5. 正文

後段文—
6. 結尾應酬語
7. 結尾敬詞
8. 自稱、署名、末啟詞
9. 寫信時間
10. 並候語
11. 附件語
12. 附候語
13. 補述語

　　傳統書信寫箋文是直行直書，由上而下，從右至左。一封信文的結構，分成三大段落，前一段信文的內容，主要在表達禮節。開始先向對方打個招呼，然後再講幾句應酬的話。中段信文的內容，主要是書信的主體，也是寫此信的目的。可以分段，也可以不分。後段信文的內容，主要是結尾的應酬語和請安祝福的話。惟前後文章的用語、口氣、禮節等都要一致，親切得體，不可錯用。

第二節　信文結構名稱之意涵

　　本節是對信文寫作時，篇文中的結構名稱，加以解釋意涵，俾瞭解其意義、原理、用法及應行注意事項。茲依結構之排序，列之於下

一　稱謂語

　　稱謂語是指信文開頭的稱謂，發信人對受信人的稱呼。寫信時，是不可缺少稱呼對方的，這是一種禮貌。傳統禮節素來對於人倫和名位的講究和尊崇特別重視。因此各種稱謂都有一定的倫理，必須得體，不可誤用。

　　使用稱謂時，發信人先要想到和受信人的「關係」及「輩分」。例如學生寫信給老師，雙方有師生關係，而且老師是尊長，此時的稱謂是「某某老師」、「某某吾師」、「某某夫子」惟女學生稱男老師避用「夫子」二字。照此例看，可知稱人時，要先叫出「名」或「字」或「號」，然後再加上「私誼關係」。如無關係的一般人，則用「先生」、「女士」、「小姐」等。照此例看，可知稱人時，如「某某先生」、「某某女士」。對於「名、字、號」的使用，也須依「輩分」而定。如對直系親屬的長輩，不可直接稱呼其「名、字、號」。如對父母、祖父母等直系親屬的稱謂，可直稱「父母親」、「祖父母親」

再加上「大人」二字「尊詞」為「父母親大人」、「祖父母親大人」。對比較疏遠的親長，如有姻親或世誼關係者，可用「姻伯」、「姻叔」、「世伯」、「世叔」、「世兄」等稱呼。

再者，如對有職位之長官或長輩或平輩或社會賢達之人士，其稱謂宜用「字號」，或從「字號」中選擇一個適當的字，字後再加一個「公」或「翁」或「老」字，而成為最尊敬的稱呼。如韓愈，字退之，世稱韓文公，亦稱韓昌黎，他的學生就可稱呼他為「文公夫子」、「昌公吾師」。今人少取「字」或別號。因此，可以比照選擇「名」中的一字，而稱呼「某公（翁）（老）」。如有「職銜」時，稱呼為「某公院長」、「某公董事長」、「某公校長」、「某公議長」等等。

另外，在職銜之下，還可加「先生」、「女士」或「吾兄」，如「某校長先生（女士）」、「某議員吾兄」等，先「職銜」後「私誼關係」。如私誼關係未深時，不宜用「吾兄」。對平輩間可斟酌彼此關係的深淺，使用「某某先生」、「某某女士（史）」、「某某學長（姐）」「仁兄」、「學兄」、「我兄」等。對晚輩，可以直接稱呼其「名」。如「某某吾兒」、「某某吾女」、「某某賢婿」等。

由上述各例，可見信首的稱謂語，可由「名、字、號」、「公職銜」、「私關係」及「尊詞」四者組合，但並不一定要四者全備，可依據對象的實際狀況，斟酌組合。如校友寫信給母校現任校長，校長是昔日的任課老師，此時的稱謂，用「某公校長吾師大人」或「某公校長吾師」或「某某校長吾師」、「某某校長」這些寫法都是正確，只是禮貌的程度有別而已。「某公」、「某某」是對尊長的「字號」之使用。「校長」是公職銜，「吾師」是私關係，「大人」是尊詞。加「大人」、「大師」、「大老」、「大德」、「上人」等詞，以示尊重。惟名的稱呼，不須視有無「字號」，若有字號則優先取用，若

對方確無「字號」或未知其有無「字號」時，得就其「名」中取一適當「字」，底下加「公」字，如「某公恩師」，對平輩則直接用「字號」或「名」不必加「公」字。

現再列上幾條白話書信的稱謂語：

1. **給家人與親戚的信**：對長輩應寫稱謂，不可直呼其姓名。如爸爸（或父親）、媽媽（或母親）、爺爺（祖父）、奶奶（祖母）、舅舅（舅父）、姑姑（姑媽）等。若是關係較疏遠的親戚，有時可在稱謂前加上名或字，如「秋香堂姨」、「昌明表叔」等。對平輩，有時單寫稱謂，如「大哥」、「小妹」，有時可直呼其名，有時也可連用，如「明德大哥」、「春梅小妹」等。對晚輩直呼其名，或加「賢」字，如「賢侄」、「賢婿」。

2. **給師長的信**：通常只寫其「姓」或其「名」，再加上「老師」二字。如陳老師、沈師傅、秀惠老師等。假如連名帶姓，在信首前稱「陳大川老師」、「沈建國師傅」，就顯的不太自然。對學有專長、德高望重的師長，往往在姓後，加「老」字，以示尊重，如郭老、謝老，亦可以在姓後加「先生」二字，如郭先生、謝先生。也有職務相稱，如張教授、陳大夫、土工程師，以表尊重。

3. **給朋友、同學、同袍的信**：一般單寫其名，或在後加上「友」、「同學」、「同志」、「同袍」、「仁兄」等。有時，對年紀比自己小的，也稱「仁兄」、「世兄」。這裡的「兄」字，只是表示禮貌。

4. **給不太熟悉的人寫信**：通常是稱其「姓名」並加「先生」、「同志」。如不知對方姓名，則可寫其職稱，並加「先生」、「同志」二字，如「編輯先生」、「記者先生（同志）」或「執事先生」等，或略而不稱，直以「敬啟者」開端。對團隊群眾稱「將士」、「鄉親」、「同胞」、「同志」、「同學」等。

5.**致函二人以上的信**：可將各人的名或號，並排在一行（直寫）或一列（橫寫）。三人有長幼之分，當以稱呼最高者居中，其餘一左一右（直寫）或一上一下（橫寫）如「○○仁兄均鑒」。

上述受信者的稱謂前，也可按特殊對象，視情況加上「尊敬的」、「親愛的」等形容詞，以表示尊重或親密之情，但須用的適宜。

二 提稱語

緊接在稱謂之下的「提稱語」，它是一種「敬詞」。所以又稱「知照敬詞」。這是發信人恭請受信人察閱信文的意思。其下加冒號「：」。此項用語，須視發信人與受信人的關係、輩份、職位、性別、職別、喜喪事而定。雙方不同關係，提稱語也各不同。如直系尊親用「膝下」、「膝前」、「尊前」、「尊右」、「侍右」、「尊鑒」等，如父親大人膝下。對師長關係的提稱語，如「函丈」、「道鑒」等，如「某公吾師函丈」、「某某老師道鑒」。尊長用「某某世伯大人尊前」，名望之長者用「鈞鑒」、「賜鑒」如「某公資政賜鑒」、「某某部長鈞鑒」。通常在教育界的提稱語常用「函丈」、「道鑒」、「崇鑒」；政界常用「鈞鑒」（有隸屬關係）、「勛鑒」；軍界常用「麾鑒」、「麾下」。至於平輩或同學可用「臺（台）鑒」、「大鑒」、「偉鑒」、「左右」、「惠鑒」、「閣下」、「足下」、「硯右」、「雅鑒」、「硯席」、「文席」等。對平輩年小者可用「如晤」、「如面」、「如見」等，晚輩用「青鑒」、「青覽」、「知之」、「收悉」、「知悉」。用於婦女時，長輩用「懿鑒」、「淑鑒」、「懿右」；平輩用「妝次」、「惠鑒」、「雅鑒」、「芳鑒」等；晚輩用「英覽」、「清覽」等。用於宗教界可依其教別使用「方丈」、「法鑒」、「壇席」、「道鑒」等；弔唁則用「苦次」、「禮席」、「禮

鑒」。居喪者之哀啟用「矜鑒」，對有婚事之喜者用「吉席」、「喜席」。提稱語在傳統書信仍需要用，但現代白話書信，已省略不用。

三 開頭應酬語

這是述說正事之前的「客套話」或稱「寒喧語」。一般均緊接在冒號之後。有表思慕，有敘離情，有頌德業，有問候起居，有寄信語，有接信語等不勝枚舉，這是書信和一般文章不同的地方。像對尊長的接信語「頃奉　手諭、敬悉種切」；對長輩的思慕語「仰企　德輝、神情渴往」；對平輩的問候語「自違　雅教，倏已數月，比維起居如恆，諸事順遂，為幸為祝」，以上都是開頭應酬語。這些開頭應酬語，都是現成的語句，惟選用這些語句時，須依其語意性質、受信者輩分、職位、業界等。但是，難免會有不真實之感。在現代書信的寫作，可依時地、情景、人物的因素，自撰應酬的話，這樣就會顯的真實自然些。在傳統書信裡，開頭應酬語通常不可缺少，惟使用時，必須斟酌事實、體察情境、輩分、切合時地、婉轉寒喧，藉以拉近感情。

四 啟事敬詞

這是陳述事情的「發語詞」。通常緊接在開頭應酬語之後，正文之前。如省略開頭應酬語時，就接在提稱語的冒號（：）下直用之。

啟事敬詞必須與稱謂之尊卑配合使用之，而且還考慮彼此關係、輩分、事由等，妥選適當用詞。對尊者用「敬稟者」、「叩稟者」、「敬肅者」，如「父親大人膝下：敬肅者」、「某某世伯大人尊前：謹肅者」。對親友長輩及師長用「敬啟者」、「敬陳者」、「謹肅者」。如「某某吾師函丈：謹肅者」。復信用「敬復者」、「謹復者」。對平輩用「茲啟者」、「啟者」回信用「敬復者」、「茲復者」。有請託之意時，長輩用「敬懇者」、平輩用「茲懇者」、「謹

託者」或「茲託者」。對報喪之訃文，則以「哀啟者」、「泣啟者」等字以示哀傷之情。不過，啟事敬詞，現今已經少人使用。

五　正文

這是書信的主要部分。也是書信的主旨所在。內容有通候、議論、請託、借貸、餽贈、申謝、允諾、婉謝、探詢、慶弔、規勸、告誡等。在傳統書信，正文是緊接在啟事敬詞之後，現行書信，若不用啟事敬敬詞，可另外一行低二格書寫，如橫寫時則另外一列縮二格寫起。

六　結尾應酬語

這是信文結束前的客套語。前文有「開頭」的客套話，後文也有「結尾」的客套話，同樣是聯絡感情的。不同的是，開頭是表達問候的心意；結尾是表達希望、企盼的心意。如企盼對方復信，用「敬祈示復，俾獲南針」或希望對方保重，用「秋風多厲，尚祈保重」。或希望對方允許，用「倘荷　俞允，不勝感禱」等，都是結尾應酬語。惟使用現成的語句，必須要考慮到「應酬的事類」，如臨書語、請教語、請託語、求恕語、歉遜語、餽贈語、請收語、盼禱語、求允語、感謝語、保重語、干聽語及候復語等之外，還須考慮對方的輩分，如此才能做到禮節周到，切合人事。

七　結尾敬詞

在結尾應酬語之後，還有收束上文的「結尾敬語」。包含表達「敬意」和「問候」兩項語詞。（一）表「敬意」的語詞，須與「啟事敬詞」相應。啟事敬詞用「敬啟者」，此處用「敬此奉達」或簡縮為「敬此」。前用「茲復者」此處用「專此布復」或簡縮為「專此」等語。（二）表「問候」的語詞，又可分「請」、「頌」兩用詞。凡用「請」

字，務必用「安」字。如對父母用「敬請　福安」、「叩請　金安」。凡用「頌」字，下當用「祺」、「祉」、「綏」等字，如對記者朋友用「祇頌　文祺」、「順頌　台綏」、「並頌　台祉」等用語。

　　現行書信對「敬意」語，往往省略，或僅用前兩字，如「敬此」、「耑此」、「手此」、「草此」等。但「問候語」在信文上是不可缺的。問候語的四個字中，後面兩字須另外一行頂格書寫。如信文以橫式寫時，同樣將後面二字，須另外一列頂格書寫。

八　自稱、署名、末啟詞

　　信文最後要署名，但在署名之上面，還要加上自己的稱呼，這叫「自稱」。在署名底下又有一個敬詞，有稱「署名敬詞」或「禮告敬詞」或「末啟詞」。

　　自稱、署名及末啟詞三者在一封信文中，是不可缺少的。而且放置在問候語的下面，或下一行（列），約直行信紙的二分之一處書寫。

　　（一）自稱應與受信者的稱呼相應，適合彼此關係。如對受信人稱呼父親，自稱「兒」或「女」。對受信人稱呼老師，自稱「受業」或「學生」。受信人是長輩，自稱「晚」或「後學」，受信人是長官，自稱「職」。受信人是平輩，自稱「弟」、「學弟」、「學妹」。如受信人是子女，自稱「父」或「母」。對其他晚輩，自稱「愚」。在傳統上，也有加上「愚」、「劣」或「竊」等自謙稱呼，如愚兄、劣舅父或「竊職」之類謙稱。

　　信上的自稱，都須側書，字體略小。橫寫的書信，側書要略為上移即可。

　　（二）自稱之下的「署名」，是一種負責與禮貌的表示。除家族及關係極親近的人，只寫「名」不寫「姓」之外，其餘的署名，必須寫全姓名，必要時還要蓋上私章，以示尊重。通常寫上「姓名」是對

受信人表尊敬客氣之意涵，惟給至親的信不寫「姓」，反有親密之感。但絕不可用自己的「字」或「號」替代署名，因為字號是別人對自己的尊稱，自己怎可尊稱自己。居喪者，署名時，須再「姓」下「名」上，加一側書的「制」字。如「弟蔣^制經國」。

（三）在署名底下，又有一個敬詞，此稱「末啟詞」。「末啟詞」是表示敬禮或告白的言辭。如對父母用「敬稟」、「叩稟」；對長輩用「敬上」、「拜上」、「謹上」；對平輩用「敬啟」、「謹啟」、「拜啟」、「頓首」、「鞠躬」；對晚輩用「手書」、「手啟」、「手示」、「手字」等。下列一表「末啟詞」語彙，提供參考。

對　　　象	末啟詞語彙
族（姻）親長	（敬・謹・拜・叩・肅）稟・上・叩
尊（師）（官）長	（敬・謹・拜・叩・肅）上・叩
平輩	（敬・謹・拜）啟・頓首・鞠躬・上
晚輩	手（書・示・啟・諭・覆・白・字）

九　寫信時間

寫信的時間必須標明在末啟詞的右下或左下方，字體略小。但不可忘掉。一般都只寫某月某日、理應年、月、日、時全寫。如此更具有紀念性及日後查考的方便性。遇到節氣或特殊日子時，亦可加上如「端午節」、「除夕」、「中秋節前夕」等。

十　並候語

這是發信人請受信人代替自己，向受信人的親友問候的話，是一種禮貌性的問安方式。「並候」一詞，有一並代為問候之意。如對受信人的父（母）親問候時，用「令尊（堂）大人前，代叱名請安」；對受信人配偶問候時，用「嫂夫人前祈代致意」之類。

並候語須寫在問候語旁邊一行（列），頭字的位置須視受信人與被問候人之間的輩分而定。若被問候者是受信人的平輩或晚輩，就要低於前面問候語；若是長輩，就要和前面問候語齊平。並候語多半用於至親好友的書信，應用類書信，以不用為妥。

十一　附件語

這是有附寄物件時，始需在信上書寫，如無附件則此項可免。寫附件語的位置是在並候語的次一行（列）略低處書寫。

十二　附候語

這是發信人自己的親友囑託發信人附筆向受信人本人問候致意的話，此多半是禮貌式的問安。

「附候」一詞，有發信人親友向受信人附帶問候之意。如代母親向受信人問候時，用「家母囑筆致候」。發信人代兒子向受信人問候時，用「小兒侍叩」。可見附託的人與發信人的輩分不同，用語也有差別。代長輩時用「囑筆」，代平輩時用「囑筆」、「附筆」請安，代晚輩時用「桌筆」請安、「侍」叩、「隨」叩。

附候語要寫在署名的左側。頭一個字的位置高度須視附候人與發信人之間的輩分而定。若附候人是發信人的長輩，附候語的頭一個字要高於署名。若附候人是發信人的平輩或晚輩，就要低於署名。附候語與並候語都不宜在應用類之書信上使用。

十三　補述語

補述語是不得已的辦法，比較恭敬的書信，以不用為宜。如有補述幾句的必要時，那就在信尾另起一行，跟正文齊平或低一至二格。如一張八行信箋不夠，沒有補述的餘地，也可以另紙書寫。不過信後

的補述，只能有一、二項，文字也愈短愈好；否則，補述太多，會有喧賓奪主，不夠莊重之譏。

補述語的開頭可寫上「再啟者」、「再啟」、「陳請者」、「陳情」、「再者」等字樣；並用「又啟」、「又及」、「又陳」等字樣，殿在補述語之後。但不可用英文"ps"（post script）來代替。

以上是信文結構三大段中的十三項目，一封傳統的信文，不是全部備齊，但信文中的十三項結構名稱一定要知道不可，而且還要會寫作，以備不時之需。

以下舉兩封信文涵蓋十三項結構之名稱，作為實例來加以分析說明。

◆例一

祖母大人膝前：叩別慈顏，瞬逾半載，孺慕之心，時切馳依。前日堂兄來訪，敬悉福躬康泰，一如往常，甚釋下懷。敬稟者，自完婚後，離鄉北上就職，叩承庇佑，身心健康，公私順遂，足慰廑注。本月二十日為大人九秩華誕，孫原定返家祝壽省親，無奈公司冗務纏身，未克如願，實感歉疚。時值屬秋，氣候多變，盒，奉申壽敬，藉表孝行。謹具壽桃禮品雙伏祈大人留心起居，珍重攝生為禱。肅此奉稟，叩請

金安

雙親大人前乞叱名請安

孫正男敬稟十一月五日

孫媳秀珠囑筆候安

再稟者：孫媳已懷孕三個月了，又稟。

壽桃禮品兩盒，另托郵。

54

箋文語句	結構名稱	分析解說
祖母（大人）	稱謂語	稱謂之下加「大人」一詞，是「尊詞」。
膝前	提稱語（知照敬詞）	對祖父母、父母，用「膝下」「膝前」
叩別慈顏……甚釋下懷。	開頭應酬語	屬應酬語之思慕語
敬稟者	啟事敬詞	為開頭應酬語與本文的連接「發語詞」
自完婚後……藉表孝行	正文	書信之主體。信文的旨意。
時值屬秋……為禱	結尾應酬語	屬應酬語之保重語
肅此奉稟，叩請　金安	結尾敬詞	肅此奉稟為結束語，現行書信往往省略不用，或僅用前二字。「叩請金安」為問候語，「金安」要另行（列）頂格（平抬）表尊敬。
孫正男謹稟	自稱、署名、末啟詞	自稱要側書略小，直系親屬不署「姓」。「敬稟」為末啟詞
十一月五日	寫信時間	必須標明，最好是年月日時全部具備。
雙親大人前乞叩名請安	並候語	孫要祖母代向父母親問候，位置低於祖母一格書寫
壽桃禮品兩盒，另託郵。	附件語	有附件時才有此項。位置在並候語次行（列）略低寫起
孫媳 秀珠囑筆候安	附候語	秀珠正男之妻，為祖母的孫媳婦，故附筆向祖母請安
再稟者：孫媳已懷孕三個月了，又稟。	補述語	是順便稟告之事，不關緊要，但有報喜之意味

◆例二

安弘教授道鑒：自離開母校，瞬已五載矣！每當想起吾
師殷殷教誨，總是無比溫馨與振奮，只因負笈國外深造，致多年未曾
回校向恩師侯安請益，深感歉疚。敬肅者，日昨從報紙獲悉吾
師榮獲本年度教育部師鐸獎，學生甚感與有榮焉。欣喜之餘，特修書恭
賀，藉申敬忱。昔日吾
師金玉良言，學生銘記在心，謹遵教誨，奉行不渝，必當做一個堂堂正
正之人，俾不辜負吾
師教導之恩。　肅此　敬請
誨安
　　　　　　　　　　　　　學生陳志明　敬上 100 年 9 月 30 日
　　　　　　　　　　　　　內人李春嬌　附筆請安
師母前乞代候安
　　致贈禮品壹盒，另託郵寄上
　　　　再陳者。暑假將回國度假，屆時謁府請益，又啟。

結構名稱	語句起止	分析解說
稱謂語	安弘教授	師名加上稱呼
提稱語	道鑒	另函丈、講席皆可用
開頭應酬語	自離……歉疚	思慕語
啟事敬詞	敬肅者	轉折發語詞
正文	日昨……敬忱	寫信之旨意
結尾應酬語	昔日……之恩	感謝語
結尾敬詞	肅此　敬請　誨安	敬語加請安語
自稱署名末啟詞	學生陳志明敬上	對師長自稱、末啟詞
寫信時間	100 年 9 月 30 日	
並候語	師母……候安	向老師的太太請安
附件語	致贈……寄上	敬贈禮品
附候語	內人……請安	自稱太太為內人
補述語	再陳……又啟	回國將晉謁老師

第三節　信箋的款式與禮規

　　寫信時，需要有「筆」和「紙」外，還要知道寫信的行款格式。行款格式是否恰當，不但與禮貌有關，而且也是寫信人的學養與教養的表現。傳統書信對信箋的書寫方法及行款格式的講求，至為重視。因此本節將提出箋文寫作時，須注意的款式及其禮規，供寫作之遵循。

一　信紙的質料與顏色

　　信紙的質料，有宣紙、棉紙和模造紙。宣紙、棉紙適合用毛筆書寫。

　　信紙的顏色，在中式紙箋有兩種，一是素色，一是白紙印有紅色線條和邊框。一般框的上邊留白多於下邊，蘊涵「天長地久」之意。框邊左右空間相同，蘊涵「左右逢源」得心應手之意。

　　紅線信紙有印八行、十行及十二行的，但忌奇數。八行信紙較正式，通常推薦求職的書信，有稱「寫八行書」，以八行書信最適合用於對尊長或慶賀上。書寫的張數，恭敬者須書滿兩紙，多則四紙。

　　弔唁與居喪者須用素色信紙，或用藍線素紙，忌用紅線素箋。信箋蓋印，居喪者須改以藍色或黑色印泥沾蓋。

二　信紙的用筆與字體

　　寫信以毛筆最正式，其次鋼筆，再次是原子筆，至於簽字筆、色筆、鉛筆避免使用，除非特殊情況。字跡的顏色，以藍色、黑色最佳，切忌使用紅色，蓋古時判官以朱筆圈判死刑犯，故有絕交之意思，不可亂用。

　　至於字體的大小，以配合間隔寬度，不觸及行線為原則。字體宜端正，以楷書最正式，行書次之，草書應少用。對長輩以楷書最正式，行書次之，草書應少用。對長輩用楷書為宜，對平輩與晚輩，可用行書或草書，而且應避免使用簡、俗字和寫錯字。

三　信紙的行款格式

(一)信紙的起首寫法

　　直式書信的起首，指紅色橫線下第一行。通常第一行的第一個字，須頂格而不觸及上面紅線，惟要用單抬、雙抬時才要預留抬頭的空間。

　　如致函二人以上，信紙起首對受信人的稱謂，須遵古禮「以右為尊」、「以上為尚」的規則，將長輩排右，輩份小者居左；橫式書寫時上為長輩，下為晚輩並列，並用長輩的提稱語，如「賜鑒」。兩人都是平輩，兩人並列成一排，提稱語用「均鑒」。受信人三人時，以中為大，右邊次之，左為末的原則並排，最尊者居中，並用最尊者之提稱語。

　　若致函機關官署、公司團體時，則可寫「某某機關諸先生均鑒」。

(二)信紙的抬頭

　　信文中的抬頭，是用來表示尊敬。書信的抬頭，有「三抬」、「雙抬」、「單抬」、「平抬」及「挪抬」五種款式。前三種已少用，現在常用的後兩種「平抬」與「挪抬」。

　　「平抬」是將頭一個字，在另一行（列）頂格寫起；「挪抬」是將頭一個字，在原行（列）挪一格寫起。五種款式以「三抬」最尊敬，以「挪抬」居末。

　　在使用抬頭時，必須注意時機及原則：

1. 使用抬頭的時機：一、凡對受信人的稱呼及有關事或物時。二、發信人提及自己的尊親屬時。前項如稱呼受信人為「吾□兄」時或受信人開的商店，稱「□貴店」。後項如發信人提及自己的父親時用「□家父」、「□家慈」，前面空格表示抬頭。

2. 使用抬頭的原則：一、「稱人重於稱物」；二、「抬人重於抬己」。稱人重於稱物是對抬頭款式的選用原則。稱人要用「平抬」為宜；稱物可以用「挪抬」。抬人重於抬己，也是對抬頭款式的選用原則。當稱受信人的尊親屬時用「平抬」為宜；稱自己尊親屬用「挪抬」就可。稱受信人晚輩時用「挪抬」；稱自己的晚輩就不能抬頭。

　　另外，還有「抬人」而不能「抬己」的原則。凡稱及自身，不可抬頭，即吾字不能抬頭。如「吾□兄」，只抬「兄」字，不能抬「吾」字而寫成「□吾兄」。

(三)信文的吊腳禁忌

　　中式信紙的寫法，是由右至左，從上到下，通常都要寫到行底，但因有抬頭的關係，以致原行沒有寫到底，此謂之「吊腳」。

　　一封信文不可行行吊腳，這是書信之大忌，要儘量避免，必須有幾行寫到底，以免被譏不莊重。另外還要留意，「單字不成行」及「單行不成頁」的禁忌，以及遇到人名或字號時，不可拆開作分行書寫。要避免上述情形的發生，最好用增減字數的方法或少用「平抬」作補救。

(四)信文的側書

　　信文上的側書及抬頭都是表示敬意。在信文書寫時，將某特殊的「字」，略小書寫，並略偏右側，橫寫則略偏上，謂之「側書」。

　　在信文中使用側書的時機有：*1.*當自稱時；*2.*涉及自己的身體或有關事物時；*3.*談及自己的卑親屬時。如：自稱「弟」、「姪」、「孫」等；如對自己的身體稱「賤軀」，對自己的房舍稱「敝舍」；對自己的卑親屬稱「小兒」等類屬之。

「側書」與「抬頭」雖然同樣表示「敬意」，但性質有別。「抬頭」是表「尊重」對方；「側書」則是自己表「謙遜」，具有謙卑，不敢居正之意，對受信人表自謙，不敢自誇、自大、自豪、自滿的謙虛表現，反而是一種對別人的「尊敬」。

側書除表「謙遜」外，也有表「避諱」的用法。「避諱」原是古時為了尊敬，不敢直說君主或祖宗的名字。如今應用在書信上，則有「封文上的側書」和「信文上的側書」。前者在信封框內欄的受信人之「名」或「字、號」側書，即是對受信人表示尊敬、禮貌，有不敢直呼對方名或字的意思。後者在信文中，有時會提到受信人的親朋好友的名或字，此時為了表示尊敬，因此也用側書，如「令師新民先生」就是。

另外，在使用側書時，也有幾項須加注意的。

1. 信文中提及自己的父母、尊長，不作側書及小寫，改用挪一格的「挪抬」來寫，如「□家嚴」，「□家祖父」等。

2. 側書的「字」，要避免出現在一行中的頭一個字，此即「側書不抬頭」的說法。再者，側書只用於生者，不用於亡者，此即「生側，死不側」的說法。如尊輩已歿，「家」字應改為「先」字，稱已歿父親，為「先父、先君、先嚴、先考」等，但不用側書。

㈤信文的具名

具名是指信尾的簽名。在署名時，也要注意幾點：

1. 對家族親人的書信，不必書寫「姓」，但可寫上「名」。如果「名」是雙字，不得只寫一個字。還有祖對孫、父對子的信，祖父和父親均不必寫自己的名，只寫上「祖字」或「父字」。

2. 信尾具名時宜加自稱。此自稱是發信人與受信人之間的關係為依據，如為一般朋友，通例均自稱「弟」；如身分較尊，無適切之自稱語時，可逕寫「姓名」，不用「自稱」也可。

3. 凡居喪有制服在身者，致人書信，須在具名的「姓」下「名」上，加一「制」或「期」字，字體略小。一年的喪服稱「期」，居父母之喪者稱「守制」。如先總統蔣公崩逝後，長子蔣經國守喪期間，致函時，具名時須加一「制」字，如「蔣制經國」。

4. 自身有服制，致函賀人喜事時，則須在「姓」下，加上「從吉」二字，另有自己喜事告人者，也須在「姓」下加寫「權吉」二字。

㈥信紙的摺疊法

信文寫好後，要摺疊起來，放進信封內時，也須加予重視折疊方法的禮貌和禁忌。

折疊信紙，一定要字面朝外，切忌字面朝內，除非凶信、喪事、絕交信，才反折朝內。

因此，第一步先直摺對半，再看信封大小。如信大口小時，再作一公分的小直摺，然後從下端五分之二處橫折成一跪形，這是寄給尊長的信，然後裝進信封內，信紙字面受信人的稱謂緊貼在信封正面，如此裝法和折法，是對受信人的一種尊敬行為。因受信人面對信封正面拆開封口，拉出信紙時，一眼就見到自己的稱謂，這種折疊法，最受喜愛，也最有禮貌。

橫折下端的長短也有不同的意義。如橫折較短，約五分之二，是給尊長的信，表示自己下跪行禮；如橫折一半齊平，是給平輩的信，表示彼此行禮；如橫折比一半還超過，是寫給晚輩的信，表示受信晚輩下跪行禮。

現代書信對信箋的折疊方式並沒有特別講究和顧忌，以花俏取寵，創出很多花式折法，但是只能給親密平輩的信或情書中使用，對於尊長或正式書信，還是以傳統的折法為宜。

第四節　書信的寫作要領

　　書信是以文字為傳達信息的工具，也是一種書面的語言，因此，要怎樣寫好一封書信，讓對方閱讀時，能夠如見其人，躬聽其聲的感受，那就必須要能掌握書信的寫作要領，不管長信短信，都可一揮而就，達成寫信的目的。

　　以下的寫作要領如能切實做到，相信可以寫出像樣的信來。

一　書信的意旨要明確

　　寫信都須考慮到的「給什麼人」、「談什麼事」這兩大要件。「談什麼事」是書信中最重要的部分，也是寫信的目的所在。敘事的內容，是屬應酬類的，或是應用類的，或是議論類的，或是聯絡類的，都須在寫作前確定清楚。

　　書信的意旨確定後，取材敘事才能得心應手；措辭用語才能切合人事，達到通情達意的目的。

二　書信的關係要認清

　　無論寫何種書信，都先要認清自己與對方之間的親疏關係，是家族關係、親戚關係、師生關係、隸屬關係、世誼關係或社交關係等，如此，在用語措辭方面才有所依據。從親疏的關係，來斟酌「稱謂」、「提稱語」、「敬語」、「問候語」、「自稱」及「末啟詞」等，而做最妥適的安排。

三　書信的行輩要講求

　　書信的稱謂、提稱語、敬辭、應酬語等等，都是一種表現禮貌的文字，一定要按照行輩的尊卑、關係的疏密，斟酌運用。

　　行輩是指年齡與輩分。書信的寫作，要考慮「給什麼人」這是書信的對象，對象有長輩，如祖父母、父母、長官、師長或年齡比自己大二十歲以上的人；有平輩，如兄弟姊妹、同學、朋友、同事等；有晚輩，如子女、姪、甥、學生或年齡小於自己二十歲以上的人。

　　對長輩，禮貌當然要尊敬，語句要能表示親密的不同關係，言語也要質樸誠懇。對平輩，不宜浮詞濫調及虛偽的客套，要實實在在，有什麼說什麼的友愛本色。對晚輩，不可仗著長輩身分，說話過於隨便，但也不能過於嚴峻，該誠則誠，該慰則慰，和藹而不輕佻，莊重而不冷漠，如此感情才能維繫，規勸才能收效。

四 書信的款式要恰當

　　書信的寫作，須照傳統書信的行款格式才恰當，但可斟酌實際情況而作調適。例如傳統書信的提稱語、啟事敬語、應酬語，現已成非必要的項目。因此，在通行的款式下，也要隨時代的演進，作必要的革新。在形式上作革新，但卻不可失去傳統款式的精神和用意之所在。

五 書信的用語要適切

　　累積數千年的書信用語，不只是珍貴的文化遺產，而且也是社會文明生活的表徵，值得珍惜。

　　書信前文的「稱謂」、「開頭應酬語」、「提稱語」等，以及後文的「結尾應酬語」、「結尾敬辭」、「末啟詞」、「並候語」及「附候語」等項，都會使用到書信的專用語，惟在引用時，必須依雙方的親疏關係、行輩的尊卑，作妥慎應用，俾切合分際、適人適事。

六 書信的禮貌要顧及

　　書信寫作時必須遵守一些規範，這些規範也是一種禮規。從前寫信有很多規矩，如信箋的顏色、行數、墨色、字體、用筆以及抬頭、

側書、款式、自稱、稱人等，處處都有規矩，一不小心，就會造成錯後，貽笑大方，甚至被譏為無禮教的人。

七　書信的語氣要謙抑

寫信如同書面上的談話，在語氣上要讓對方閱讀起來，有誠懇、謙遜、真切和被尊重的感覺，才算是一封好的書信。

語氣是態度的一種表現行為。有誠懇無偽的態度，才能有謙遜客氣的措辭。如對長輩則能端莊謙遜；對平輩則能虛心平實；對晚輩則能和藹親切。在語氣上避免顯現傲慢、輕率、冷嘲、虛偽的態度。

八　書信的文字要暢達

書信的使用工具是文字，而文字的表達必須做到簡潔、明白。為使信文達到簡潔，必須避免使用贅語，去除重複、陳腔濫調的客套語；為使信文的語義明白，必須避免使用含糊、隱晦、艱澀的詞語，使書信達到簡潔明白、通暢達意的要求。

九　書信的構造要分明

書信的構文須按項目依序書寫，如前文各項在表現禮貌的稱呼、寒暄、問候等應酬語；後文各項，也是表現禮貌的祝福、珍重等辭行之應酬語，都是書信結構的重要部分，一封完整的書信是不可欠缺的。書信的內容要在中段書寫，這是箋文的主體部分，絕不可少的。

信文的構造是經長期實際運用，已成定型，在形式上要照順序去寫，才能顯現信文井然有序，也可預先避免雜亂無章之缺失。

Chapter 5

各類書信作法舉例

讀完本章後，你應該能夠：

1. 瞭解應酬類書信的作法
2. 瞭解應用類書信的作法
3. 瞭解議論類書信的作法
4. 瞭解聯絡類書信的作法
5. 名人書信鑑賞

應用書信與公文

第一節　應酬類書信的作法

壹　慶賀書信類

　　慶賀書信之對象，以賀壽、賀結婚、賀生子，以及賀畢業、賀開張、賀落成、賀喬遷、賀得獎、賀升遷等為範例，蓋取其常用之故。慶賀書信大都表示不能親往，故在信文結束時必須陳明不克親往的原因，且表示深致歉意，雖似刻板文章，但理亦當如此。

一、賀友結婚

大雄仁兄喜鑒：

　　闊別數載，懷思正切，忽獲喜訊，欣悉月之五日，為吾　兄與佳慧小姐合卺佳辰，敬維璧人成對，鸞鳳和鳴，關雎詠頌，不啻天成佳侶，可羨可賀！弟以遠處彼岸，關山隔阻，婚禮之盛，不克觀禮道賀，至以為歉！謹具菲儀，敬申賀悃，尚希　莞存為幸！耑此奉賀，並頌

潭第百福

弟陳傑夫敬啟　○年○月○日

二、答謝賀結婚

傑夫吾兄大鑒：日昨接讀

惠函，以弟與佳慧小姐舉行婚禮，寵頌吉語，並蒙　厚貺，謹領之餘，曷勝感謝。弟與佳慧小姐相識多年，由友誼進而結為夫婦，純是情投意合，且得雙方家長同意，始得如願。婚宴之席未蒙　台駕光臨，不勝惆悵為憾。惟俟他日偕內人趨訪道謝。耑此奉謝，順請

台安

弟王大雄謹復　○年○月○日

三、賀友于歸

靜香學姊吉席：驪歌一別，轉眼數載，正切緬懷之際，忽奉喜柬，敬
悉下月五日為　學姊于歸大喜之吉日，遙想珠聯璧合，宜室宜家，為
祝為賀！茲值佳日，理應趨賀觀禮，奈因公務纏身，不克躬與嘉禮，
為歉為悵！特託秋香學姊奉上戒指成對，用申衷敬，惟祈　哂納是幸！
耑此申賀，並頌
喜祺　　　　　　　　　　　　　妹李美雀謹啟　〇年〇月〇日

四、賀友生子

大雄仁兄台鑒：半年闊別，正切懷思，忽奉彌柬，欣悉吾　兄有添丁
之喜，天賜石麟，遙想啼聲宏大，必是寧馨兒，他日繼志象賢，自意
中事。翹望　杏門，不勝忻賀！弟以公私蝟集，不克赴湯餅之會，至感
悵歉！謹具彌敬，聊表微意，至希　哂納。耑此敬賀麟禧，並請
儷安　　　　　　　　　　　　　弟陳傑夫謹啟　〇年〇月〇日

五、答謝賀生子

傑夫仁兄足下：頃接
華翰，並蒙　惠賜厚賭，實不敢當。隆情厚誼，何以為報。尚祈　時
惠教言，以匡不及，幸甚！盼甚！專此申謝，並請
大安　　　　　　　　　　　　　弟王大雄謹復　〇年〇月〇日

六、賀友升遷

新民仁兄台鑒：久未晤面，馳思正切，昨晤同寅林兄告悉，吾　兄榮
升經理之職，可喜可賀！以兄卓越經濟長才，脫穎而出，自是意料中
事。此後自必宏展抱負，發揮長才，定可為　貴公司鴻猷大展，業績
日盛。弟才疏學淺，愧無所成，尚祈　時賜教言為幸！特修短箋，聊申
賀忱。耑此，順頌
時綏　　　　　　　　　　　　　弟杜德偉敬啟　〇年〇月〇日

七、賀友人碩士畢業

致遠吾兄惠鑒：同窗共硯，相處四年，親如手足，驪歌一別，各奔前程。數年不見，久疏音問，正懷　鴻儀，忽聞吉報，欣悉吾兄今夏獲碩士學位殊榮，同感榮焉！弟廁身商界，日與股友為伍，庸碌如恒，至今仍無成就，自感汗顏，與吾　兄相較真不可以道里計矣！又聞下季有出國留學，攻讀博士之佳音。足見吾　兄好學之篤，進取之殷，令人欽佩。何日首途？敢乞　告知，擬聊備菲酌，藉以餞行。專此申賀，並請

學安
　　　　　　　　　　　　　　　　　　弟王大雄謹啟　　○年○月○日

八、賀友獲獎

志明學長硯右：今晨閱報，欣悉　學長榮獲全國大專校院電腦軟體設計競賽冠軍，捷報傳來，舉校騰歡，立即以紅色大幅海報敬賀外，身為同窗好友，亦感榮焉！此次榮獲冠軍，為校爭光外，據聞獎金也甚優渥，一學年零用金已不虞匱乏，可謂名利雙收，可喜可賀！

此次獲獎足以證明　學長資質優異，平日為學縈實，非同儕可比，而且為門楣增光，令雙親大人欣慰，亦是大孝之行為，堪稱為人子之楷模，足堪激勵學子。學弟才疏學淺，愧無所成，尚祈　學長時賜指導，期有一日同登榮榜。耑此申賀，順頌

學祺
　　　　　　　　　　　　　　　　　　弟王照雄謹啟　　○年○月○日

九、賀友人母壽

新民吾兄大鑒：久違

芝儀，深以為念。傾奉　華箋，藉悉月之五日為伯母大人六旬榮慶吉辰。遙想　宏開壽宇，喜庭溢階，翹企　德門，莫名忻頌。弟忝居交末，理宜登　堂祝嘏，奈以職務羈身，不克如願，至感歉愧。謹具壽幛成幀，聊表微忱。耑此申賀，謹請

侍安
　　　　　　　　　　　　　　　　　　弟陳志明謹啟　　○年○月○日

貳 慰唁書信類

　　遇失意事需慰唁，猶之對得意事需慶賀，人情之常也。而失意之需慰唁，較之得意之需慶賀更為必要。蓋現代社會上，如得意而慶賀，有時不免有錦上添花之嫌，不如失意時而能慰唁，或雪中送炭，使身受者，尤為感激不忘，既切實而且有意義。慰唁書信分兩類：唁是弔喪之用，弔死而唁生，故重視對「人」之安慰；慰是慰藉普通失意事而用，每於惋惜中致其勸勉之意，故重視對「事」之安慰。

一、唁友喪父

鴻儀學長苫次：頃接
訃聞，驚悉
老伯大人於五日棄世！駭悼莫名！　閣下篤孝性成，一旦猝遭大故，自必哀痛逾恒。惟念老伯大人德譽素隆，遐邇共仰，畢生無憾。禮云：「守身為大」，尚祈　節哀，慎持大事，不宜哀情毀身，是所至盼！弟誼屬至交，理宜登堂叩奠，奈身繫大陸，關山遙阻，不克趨奠，至深歉疚。謹具輓幛一幀，即乞　代懸伯父大人靈前，聊表哀悃。專此馳唁，
　　並詢
孝履　　　　　　　　　　　　　　學弟陳志明謹啟　○年○月○日

二、復友唁喪

志明仁兄台鑒：先嚴之喪
賜書垂唁，並蒙　厚賻遙頒，高誼厚情，歿存同感！先嚴之病，造端甚微，原非不治之症，乃為庸醫所誤，遂致不起，疏忽之咎，百身莫贖！逢此大故，乃荷　雅意慰唁，感甚！感甚！現擬開弔後，隨即奉安故里。專此泣謝，祇請
台安　　　　　　　　　　　　　　棘人王大明稽顙　○年○月○日

三、唁友喪夫

靜香吾姊素覽：昨日忽接

訃聞，驚悉　尊夫新民先生遽捐館舍，曷勝愴悼！以吾

姊伉儷情深，猝遭慘變，別鳳離鸞之痛，自難言喻。惟今後生活更趨

艱困，上奉　慈親，下撫弱息，仔肩正重。尚望　起居自珍，以志制

情，勉抑悲懷，是所切禱！妹相睽遠道，未能趨莫　總帷，悵歉良深。

謹附奠敬一函，即乞　鑒存為荷！專此奉慰，順請

禮安　　　　　　　　　　　　　　妹陳秀美謹啟　○年○月○日

四、復友唁夫喪

秀美賢姊惠鑒：頃奉

唁函，撫慰亡夫之痛，並蒙　賻儀，　厚愛隆情，至為銘感！妹自于歸

夫家，夫婦同心，偕老百年，奈何為時未幾，遽遭悼亡，追念前情，

悲懷難抑！加之家婆終日悲戚，膝前弱女，哀聲索父，觸景感傷，令

人不堪設想。忝在知愛，其將何以適之，尚祈　教之。專此復謝，順請

儷安　　　　　　　　　　　　　　妹何靜香泣復　○年○月○日

五、唁友喪子

鎮遠仁兄大鑒：違

教多時，正深思懷，忽奉　手書，展讀之下，驚悉　仁兄近抱西河之

痛，洵足憐哀，自難言喻。　令郎英才偉器，學業出群，天不假年，

遽違膝下！令人惋惜。然死生有命，長短有數，既遭不祥，祇能強忍

悲痛，自我珍重。況臨風玉樹，滿植庭階，悉屬頭角崢嶸，天資英敏，

可造之材，厚望無窮，尚祈　善為寬解，是所至禱！弟擬於下月初旬，

作普吉島之遊，敢請　仁兄偕往，玩賞風景，藉釋　悃鬱。希即示復

為荷！專此奉慰，並請

健安　　　　　　　　　　　　　　弟陳志明謹啟　○年○月○日

六、復友慰喪子

志明兄偉鑒：喪子之痛，辱承
賜書慰問，至為銘感。弟命途多舛，老乃益蹇。近日營業虧損，已覺悒
鬱難抑，復遭此不幸，可謂屋漏偏逢連夜雨，將何以自慰！叨在知己，
深蒙厚愛，邀作普吉島之遊，藉資排遣，具見用情周到，敢不唯命乎！
屆時弟當趨府，再行偕往。專此復謝，並頌
近祺　　　　　　　　　　　　　　　弟趙鎮遠謹復　　○年○月○日

七、慰友落榜

崇德學長大鑒：日昨林兄過訪，言及此次台大商研所考試之事，據聞
業已揭曉，尊名竟在榜外，不勝扼腕。一般學子對台大傾慕殊甚，均
以錄取為榮，故逐鹿眾多，中選自非容易。古人謂一日短長，原無足
據，此言不謬，　學長不必為此小挫，致抑　壯志。目前尚有其他學
府，師資、設備亦不輸台大，學長盍不前往一試？失之於此，或能得
之於彼也。蓋求學之道，貴在造詣，何苦偏重頭銜！學長以為然否？
同窗好友，爰書奉慰，尚祈　再接再勵，尤所企盼！耑此，即頌
秋祺　　　　　　　　　　　　　　　弟鄭國英謹啟　　○年○月○日

八、復友慰落榜

國英仁兄台鑒：弟此次報考台大商研所，係臨時奉　家嚴之命，事先
不及準備充足，遂致名落孫山。每一念及，輒深慚怍。今蒙　見愛，
賜書相慰，至為感謝。承　介紹其他研究所，弟決計遵命前往一試。該
校招生簡章，均已閱過，俟明年應試，準備時間必較前充裕，必可雪
恥，重振信心，望　仁兄勿見外，至禱！耑此道謝，順頌
時綏　　　　　　　　　　　　　　　弟林崇德謹復　　○年○月○日

九、慰友人生病

> 志遠仁兄大鑒：多日未見吾
>
> 兄駕臨辦公，懷念殷切，後問浩雲同仁始悉　貴體欠安，請假就醫。弟本擬昨日詣　府探病，奈因要公須出差臺中，故難如願，悵甚！容後天返北再行趨候。但祈曠達心懷，善為調治，吉人天相，俾早癒勿藥也。行前已先託工友詣府奉上蘋果禮籃，敬希　見收是荷！順祝
>
> 早日康復　　　　　　　　　　　　　弟黃傑民謹啟　　○年○月○日

十、復友人慰生病

> 傑民仁兄偉鑒：此次賤體欠安，辱承
>
> 馳函慰問，並蒙惠賜鮮果禮盒，至以為感。弟因假日攜眷登山，後因雨返家，途中淋雨，翌日發燒流鼻涕，頭昏腦脹，致無法上班，請假就醫，經醫師開藥及內人照顧，已漸痊癒，祇須休息一兩天，即能銷假上班。此次連累家人，驚動朋友，實感抱歉與慚愧，俟病癒後再一一踵謝。耑此復謝，順頌
>
> 潭祺　　　　　　　　　　　　　　　弟陳志遠謹復　　○年○月○日

參　餽贈書信類

　　餽贈為人生交際應酬所必需，不但增進情感，而且也有冀相親密、毋相忘懷之用意。餽贈之物，不一而定，最好能投其所好，應其所需。如對樸素的人餽以奢侈品；對窮困的人贈以玩賞物，不但得不到感謝，反使對方有漠不相知，漠不關心之感。本為聯誼，反而疏遠，乃智者所不為也，故所餽贈之物，應能洽如其分，投其所喜。

一、贈友土產

鎮遠兄大鑒：久違
雅教，時切依馳。弟上月有大陸粵東之行，往返數旬，昨始抵里。彼地
氣候，常年溫暖，土產亦較他省為多，果品尤為甜美。歸途曾購數籩，
品嚐之餘，不敢獨享，茲遣王兄餽送荔枝一籩得以同領其風味，望
祈　曬納是幸！緩日再當趨晤，一敘情悰也。專此奉達，並頌
暑祺　　　　　　　　　　　　　　　弟陳志明謹啟　○年○月○日

二、復謝贈土產

志明兄大鑒：昨日返家，內人告悉，吾
兄遣人專程送來粵東荔枝一籩，無任感謝！嶺南荔子，自昔擅名，唐
楊貴妃尤好品嚐，故有「一騎紅塵妃子笑」之詩句，其得意可想而知。
舍妹尤嗜此物，待　足下蒞舍時，當專誠出拜，以謝盛意也。專此道謝，
　敬請
著安　　　　　　　　　　　　　　　弟趙鎮遠謹復　○年○月○日

三、贈入場券

文華學長偉鑒：本月十一日為敝校四十周年校慶，當日有各項慶祝活動
外，在晚上七點也有本校話劇社公演節目，地點在南海路國立藝術館，
均須憑票入場，弟手上有數張入場券，茲附函奉贈兩張，屆時盼能偕愛
人淑芳蒞臨，弟當候　駕於館前，一道觀賞。專此，並頌
文祺　　　　　　　　　　　　　　　學弟林維德謹啟　○年○月○日

四、復謝贈券

維德學弟雅鑒：貴校創校已四十周年，校務日盛，學生也大見增多，
校譽甚佳，有口皆碑。頃接　來函並惠贈兩張入場券，謹領致謝。屆
時如無意外要事，當趨前一廣眼界。此復，並頌
台祺
　　　　　　　　　　　　　　　　　學長黃文華謹復　○年○月○日

第二節　應用類書信的作法

壹　商業書信類

　　商業書信與一般酬酢文字不同，因商場出入，俱屬金錢貨物，利害息息相關，故下筆時，務須格外審慎。商務往來，皆賴書信聯絡，招徠生意，價值數十萬之貨物，祇憑一封書信或契約而輸送，可見書信之重要。

一、寄給貨樣

> 金信先生大鑒：久仰
> 大名，無緣拜晤，至以為悵！鄙自忝任新華紡織廠經理以來，實力不逮，時虞隕越，惟於各種出品，力事改良，出售價格，一再減低，以答歷來惠顧商家之雅意。近又新出奈米布料一種，價廉物美，且甚實用。茲寄上樣品一份及說明書一紙，敬請　試用，如合　尊意，務乞源源賜顧，倘蒙　廣為介紹，尤所深感！專此，順頌
> 台祺　　　　　　　　　　　　　　李玉成謹啟　〇年〇月〇日

二、復寄貨樣

> 玉成經理先生台鑒：接奉
> 來函，敬悉種切。承　賜奈米布料樣品，已收到不誤，特此致謝。該物試用之後，質料精良，殊為滿意。茲奉上訂貨需求單，乞照最低之批價計算為禱！專此奉復，祗請
> 籌安　　　　　　　　　　　　　　弟林金信謹復　〇年〇月〇日

三、索寄貨樣

> 新華紡織廠經理先生閣下：金風滌暑，玉露生涼，恭維
> 駿業日新，鴻圖大展，為祝！遙聞　貴廠近來生產驟增，且花樣顏色，
> 俱加鑽研改良，因之品質新穎，洗久不退，信譽卓著，頗為仕女樂用。
> 而敝號經營布業批發多年，銷路頗廣，茲為求貨色普遍起見，故特懇煩
> 貴廠惠寄貨樣，並請各別標明價目，藉供參酌，以便訂購，專此布意，
> 敬候　復音。順頌
> 財祉　　　　　　　　　　　　　　弟林金信謹啟　　○年○月○日

四、索寄樣本

> 執事先生台鑒：近閱聯合報，知　貴局將出百科全書一套，無任欽佩！
> 是書久為世界聞名，卷帙浩繁，翻譯不易。凡不通外國文者，徒羨其
> 名，卻苦於無法拜讀。今　貴局譯本一出，可以彌此大憾矣！敬乞
> 惠賜樣本一份，俾先試閱，再行訂購。專此，並頌
> 財祺　　　　　　　　　　　　　　吳道遠謹拜　　○月○日

五、復索寄樣本

> 吳道遠先生大鑒：接讀　大札，敬悉一是。
> 先生需百科全書樣本，已遵囑寄出。敝局此次譯印此書，係屬嘗試性
> 質。近來出版界，均集中於學校教科書及舊藉之翻印，故少有價值之
> 新書可讀，敝局因之不計成本，邀請國內專門學者翻譯此書，紙張印
> 刷，均極上選。先生檢閱樣張，當知所言非自誇也。將來出版後，銷
> 路好如預期，自後當再繼續譯印其他名著，以應需要。如荷　惠購，
> 不勝歡迎之至！此復，並請
> 大安　　　　　　　　　　　　　　新民書局謹啟　　○月○日

六、查詢貨價

華南公司經理先生台鑒：久仰　盛名，未緣晤面。遙聞　寶號買賣公道，誠信無欺，所製各種貨品，質既精美，價亦低廉，馳譽中外，頗受社會歡迎。敝店貨源均來自　貴公司，故特寄上購貨單一紙，敬希批明價目，權衡優惠。請即　示復為禱！
專此，敬頌
商祺　　　　　　　　　　　　　　　　　弟葉吉生謹啟　○年○月○日

七、退貨

英貿先生大鑒：頃由航運交到來貨，啟出檢視，其中有一百箱，均與敝公司開陳之配貨單不符，想係　寶號誤發，特交原班退還，請　查收補寄。此項退貨之運費，自應由　貴公司承擔，與敝公司無涉，惟耽誤銷路之損失，敝公司顧及多年往來關係，只能忍痛不予計較矣！專此布達，即頌
籌社　　　　　　　　　　　　　　　　　　葉吉生謹啟　○年○月○日

八、復退貨

吉生先生惠鑒：接獲
函示及退回一百箱貨物，均已收訖無誤。此次誤發之貨，係另一公司所批，裝箱時，一時忙亂，貼錯封條，以致相互誤置。多瀆　清神，實深歉疚！所有稅負及運費，自當由本公司負責。蒙　貴公司不計及耽誤銷路之損失，深見寬大，尤為銘感！各貨已照單換正寄上，請查收為禱！專此道歉，順請
台安　　　　　　　　　　　　　　　　　弟林英貿謹復　○月○日

貳　借還書信類

　　意外之需，人所常有，尤以金錢為甚。但向人借款，往往較之借物為難，蓋人之常情，以為借物用畢而物仍存在，可以即還，極少借

而不還者；借款則原為應支出，一旦抵補無著，即難照償，故往往出之躊躇，甚之須取信之於抵押品與保證人者。故此類書信，尤須特別顯示誠摯，以示信於對方，始能生效。還款之信，尤須表示萬分感謝之誠，不僅為他日留餘地，亦理所當然也。至於復信，雖拒絕人，亦須婉轉辭謝之，以示確實不能而非不肯，否則有傷情誼也。

一、借書籍

> 浩雲學長大鑒：期末考畢，匆匆整裝返鄉，未與 學長照面，甚感抱歉！別後瞬已半月矣！遙想起居如恒為祝為頌。弟擬利用暑期閱讀一些古籍，以加強國文能力，近聞友人談及，知學長有一部「中國名著精華全集」，此書固弟所夢寐系念，欲拜讀而不得者。茲擬告借一讀，叨在知己，想不致 給予拒卻也。弟閱書頗速，至多一個月內即可奉趙，並負保管之責，勿介！倘荷 俞允，請交舍弟帶轉為盼！專此，並頌
> 潭祺　　　　　　　　　　　　學弟林文明謹啟　○月○日

二、復借書

> 文明學兄台鑒：暑氣鬱悶，終日家居閒坐，忽接大札，不勝欣喜！事關借書，當照所囑交令弟帶上，唯來前務必先電話告知，避免撲空。還書之期，不必急於一時，可俟返校後再還。專復，順頌
> 暑祺　　　　　　　　　　　　學弟廖浩雲謹復　○年○月○日

三、借錢

> 福祥學兄惠鑒：弟家居南隅，務農為生，每遇水災，經濟頓感拮据，家寒求學，倍感艱辛，現當繳納學費之期，而囊中又無分文，本擬退學返里，又想半途輟學，恐招無恒心之譏，思之再三，祇有請求 學兄助我一臂，慨借新臺幣伍萬元，俾得繳納學費，以濟燃眉之急，終得求學之願！仰念 雲義，忝屬知己，如蒙 惠允，無任感激，並當力圖報恩也。專此，並候
> 近安　　　　　　　　　　　　弟李朝光謹啟　○年○月○日

應用書信與公文

四、歸還借款

福祥學兄台鑒：弟前以急需，承荷
惠貸伍萬元，感激莫名。近半年來，從事工讀機會，始能湊足清償金
額，茲計該款及利息為伍萬伍佰元，一併如數匯上，至祈　查收。至
所存照借據，請代塗銷為感。專此，並頌
潭祺　　　　　　　　　　　　　弟李朝光謹啟　　○年○月○日

參　懇託書信類

　　此類書信，應以所要懇託之事，視為主題。然有求於人，其措詞
須有誠摯，尤應婉轉表達，用意修辭，使人一讀，難於推卻。

一、託購書籍

國賢學兄惠鑒：久未通問，懷念殊深。頃接華翰，敬悉吾　兄明日將
赴台北遊覽，弟因俗務纏身，未能奉陪，惆悵奚似！舍弟今夏投考大學
以求深造，但天資不敏，深恐名落孫山，為能加強其應試能力，聞台
北志成補習班出版「升大學各科試題測驗」一套，內容充足，編輯優
良，堪稱升大之良師，故特請　代購一套，所需書款及郵寄費請先
代墊，候　兄返鄉，自當照數面算，諒能慨允也。專此奉託，敬請
旅安　　　　　　　　　　　　　弟施振聲謹啟　　○月○日

二、託世伯向父親說項

永慶世伯大人尊鑒：久違
教誨，時切依馳。敬維福體康泰，事業興隆為祝為頌！小姪轉眼將從高
職畢業，為能適應時代趨勢，決意繼續升學。奈　家父因店中乏人相
助，切望小姪在家幫其一臂之力，惟念求學之機一逝難再，為此修書懇
求伯台大人鑒諒衷情，請向　家父磋商，賜准升學，俾能繼續深造。
　　肅此，敬請
崇安　　　　　　　　　　　　　世姪莊小華敬上　　○月○日

肆 薦引書信類

　　薦引須先看對方情誼如何及對方是否需要。故此類書信，往往須請與對方極有關係之人書寫，且又深悉對方確實需要而投遞之，始能有效。

一、代友謀職

輔臣仁兄足下：一別迄今，倏經數月，每懷豐采，時切葵傾。昨聞吾兄榮任新華公司經理之職，拜悉之餘，殊深雀躍！茲啟者，敝友陳君忠賢，早年供職本市南華企業多年，今春該公司收歇，遂賦閒家居迄今，生計艱困，再三囑弟代覓工作，因聞　貴公司正值擴充之際，需才孔殷，故敢修書引薦。吾　兄愛才若渴，務望　裁酌召用，庶陳君棲身有託，弟亦同感　雲情矣。專此奉懇，盼候　佳音，並請

籌安
　　　　　　　　　　　　　　　　　弟蔡振生謹啟　　○月○日

二、向世伯自薦求職

淑國世伯尊鑒：久隔　德輝，曷勝景仰。敬維玉躬納祉，福第延釐，為無量頌。姪命舛逆，家難頻連。先父棄養，家慈復因憂煩而染沈疴。然上有祖母，下有家妹，一家生計既難維持，自無力再供求學，來日困難，思之而慄。因求　伯台俯念世交之誼，憫恤遭遇，惠賜枝棲之所，俾圖上進，以安家計，則先君在九泉之下，亦感荷　厚德無盡矣！

　　肅此奉懇，敬請

崇安
　　　　　　　　　　　　　　　　　世姪王繼志敬上　　○月○日

三、自薦信

> 經理先生台鑒：日前閱報，藉悉　貴公司徵求企劃人員數名，本人對
> 此項職務甚感興趣，自信可以勝任，故敢冒昧自薦，以期獲得該職。
> 本人於民國九十九年畢業於○○大學商學系，雖非專攻企管，但對於
> 企劃案一門，頗感興趣。自學校畢業後，曾在服役期間擔任財務官，
> 退伍後即在貿易公司負責撰擬信件至今。謹將自傳、履歷表及相關證
> 件附上，如蒙　賜予約見，隨時趨前候教，無任感激。專此奉達，敬頌
> 籌祺　　　　　　　　　　　　　　後學○○○敬上　　○年○月○日

伍　邀約書信類

　　邀約書信，普通往往以便條或簡帖出之，係因無太多話可說之故，
但也有須說明原因者，故其體裁近於說明文，而且用詞選句，切勿呆
板、單調，應以輕鬆筆法為宜，即如邀友遊覽名勝，對於該地風景，
務須輕描淡寫，始能啟動愛慕欲往之心。至其復信，或允或辭，均隨
其便，允則表示贊成與同意；辭則表示遺憾與歉意。

一、約觀展示會

> 益民仁兄大鑒：久疏問候，渴念莫名。近想潭祺增吉，定符鄙頌。今
> 日報載，本年度全國電腦大展，將於七月二十日起至七月三十日止，
> 假台北世貿中心展示。查此次所展示之機型與功能，已較前改進很多。
> 弟認為此次展示會，意義確屬深長，不但認識科技進步，日新月異，而
> 且藉以鼓勵廠商鑽研改進之動力。此次無論如何，決定抽暇往觀，擬
> 定本星期日上午十時在世貿中心展示會入口處候吾　兄駕臨，偕同進
> 場參觀，以廣見聞，尊意如何？即希　示復，專此奉邀，並頌
> 近祺　　　　　　　　　　　　　　弟王文達謹啟　　○年○月○日

二、復邀參觀展示會

> 文達學兄偉鑒：昨接 華翰，得悉吾 兄邀同參觀電腦展之事，深獲
> 我心，有伴相陪，曷勝欣幸！屆時當準時前往，晤面在即，不盡欲言，
> 敬復，並頌
> 佳吉　　　　　　　　　　　　　　　　弟林益民謹復　　○月○日

三、邀遊陽明山

> 世民吾兄大鑒：當此春光明媚，鳥語花香之三月季節，最宜遊覽，故弟
> 擬於本星期日，前往陽明山一遊。陽明山風景秀麗，中外聞名，該地
> 旅館俱設溫泉浴池，當下櫻花盛開，遊客絡繹不絕，因特馳函奉邀吾
> 兄倘有雅興，請於是日上午七時三十分，在台北火車站南二門相會，
> 然後一同前往。專此，並頌
> 春祺　　　　　　　　　　　　　　　　弟王添福謹邀　　○月○日

陸 謝罪書信類

　　謝罪即道歉信。道歉信出之主動，且多道實事，冀人原諒而發信。
受道歉者，於復函除表示絕對諒解外，須加誠懇之慰藉語，或反自責
以相慰，俾情誼永固。

一、道歉失約

> 添福學兄惠鑒：日前接奉 手書，承
> 約星期日同作陽明山之遊，弟當即復函贊成，並言屆時陪從，不料上星
> 期六 家母突患中風，全家惶急異常，弟亦日夜不寐，為之護理一切，
> 迨至小瘥，匆匆已三日，而吾 兄之約期已過，今日忽然憶起，自覺
> 抱歉異常，失約之咎，自知難辭。叨在知交，豈未能以事出意外而相
> 恕乎？臨筆惶恐之至！專此道歉，敬頌
> 時綏　　　　　　　　　　　　　　　　弟王世民謹啟　　○年○月○日

二、復道歉

世民吾兄大鑒：日前約　兄同遊陽明山，即承復示見允，無任欣喜！當日候　兄迨至晌午，未見到來，即隻身坐公車上山，自度吾　兄若非有意外之事，不致爽約。昨接　書函，始悉伯母突罹恙，吾　兄正忙於侍奉湯藥，自不克分身來此。頃得惠示，知　伯母稍癒，下懷為釋，而吾　兄乃以前日失約事自責，聲聲道歉，未免太見外也。專此函復，敬請

侍安
　　　　　　　　　　　　　　　　　　弟王添福謹復　○月○日

三、道歉損壞

義雄學兄大鑒：前承　惠借「古文觀止」一書，弟已披閱一過，置於几上，正擬郵寄奉還，不料幼妹無知，戲弄墨水，汙及書面，原擬另購新書賠償，但恐拖延時日，未照約定歸還，有勞系念，故先行奉還，他日購新本後再行交換，不知　尊意如何？忝為知交，且祈　曲宥為幸！
　　專此，敬請

學安
　　　　　　　　　　　　　　　　　　弟陳新民謹啟　○月○日

四、復道歉

新民學兄偉鑒：接誦　手書，藉悉一切。承　擲還該書，亦已收到。此書曾經多人借閱，業已破舊，書面略添汙漬，亦無損內容，吾兄何必如此認真，必欲以新本相償？在昔弟頗有潔書癖，故非知己者不敢借與，恐遭汙損，為之不歡累日，今癖性已移，不再若前之介意！吾兄以弟仍承舊癖，故有此請，一經言明，當可釋然矣！
　　專復　順頌

暑祺
　　　　　　　　　　　　　　　　　　弟林義雄敬復　○月○日

柒 問事書信類

　　問事書信皆屬有事情詢問而發信，故其內容較易充實。然問事必求人作復，而作復係煩人心神之事，故對此所用語氣，要極婉轉中表希望及歉意與謝意，使對方明鑒其誠，必能如願復信。至復信以簡單扼要為主，只要能滿足對方之希望，不必嚕囌，否則令人讀之生倦。

一、問病情

天福姊丈賜鑒：日來大姊病況，是否減輕，家母及弟無時不念。前月弟造府省視大姊，見其形容消瘦，怏怏不樂，似有難言之痛。此次之病或由憂鬱所致。若大姊有所不快，務乞　姊丈善為慰藉，其效或靈於藥石也。目前病情如何？延何醫診治？還乞詳示。至迷信鬼魔作怪，不惟無益，適足貽害。專此，敬頌

侍綏　　　　　　　　　　　　　　內弟陳志明敬上　〇月〇日

二、復問病況

志明賢內弟如晤：接讀手書，誦悉一切。令姊臥病以來，已將一個月，近已漸痊癒中，再俟數日可以不藥矣。至於令姊怏怏不樂之故，姊丈實在不知，且屢探詢，也未告知，慰藉無方，為之奈何？令姊如有何苦衷，賢弟倘知其因，可以遯於告知，俾盡力為之奔走。至迷信之事，亦未思及。諸多　關念，不勝感動。耑此，並頌

學祺　　　　　　　　　　　　　　姊婿王天福謹復　〇月〇日

第三節　議論類書信的作法

壹　討論書信類

　　討論書信類以普通論說文，只要裝上書信應有之頭尾而已。所討論之問題，各類皆有，不限範圍，但皆須思想要能適合時下，論題要能切合實際，否則徒花費紙墨與心力而已。

一、論提高文化

> 登輝先生崇鑒：昨聆　高論，主張吾國應多設高等學校，以提高文化，則不愁國家不強，此論既佩且欽。但管見所及，欲提高文化，仍須以普通知識為基礎，不如多設國民義務學校，以求達到普及教育之目的，教育既普及，則知識自增進，再進而提高文化，可收事半功倍之效。一偏之見，未知　尊見為何？尚祈　有以教之，專此，順請
> 道安　　　　　　　　　　　　　　　　後學吳清基謹上　○年○月○日

二、復論提高文化

> 清基先生閣下：接展　惠書，敬悉一是，多承指教，欣幸莫名。昨日鄙人在某處發表之言，係專就專門人才而說，提高文化，不過附帶提到，非屬論點之中心。造就專門人才一直與普及教育互為因果，不能偏廢。試想一國之內，無各領域之專門人才，國何以立？故愚見以為如多設高等學校，必能致國家於高強也。一偏之見，未必有當，尚盼續賜教言，以啟茅塞，不勝企盼之至！專復，即請
> 教安　　　　　　　　　　　　　　　　弟李登輝謹啟　○月○日

貳　規勸書信類

　　規勸書信以事之利害、是非方面作說明，以冀對方之悔悟，故語氣須要婉轉，不至傷及情感。且應就事，論其是非、利害，則受責者

為事而非人，縱言之過甚，亦不使人難堪，所謂「指桑罵槐」一語，最能盡規勸之妙。至於復書，如有辯白，亦當以感謝之意出之，如此才不傷及規勸之一片好意。

一、勸慎交友

子強吾兄大鑒：頃聞吾　兄有意競選立委，廣結善緣，此非壞事，然人品不齊，往往有被累之事，弟深以為慮。人活在世上，固然不可無友，但交遊太濫，則品類必雜，難免曠廢職務，徒耗金錢，殊屬無益之舉。故吾人交友，須稍存抉擇，吾　兄明敏過人，定能鑒及，當不以為饒舌也。雁魚多便，深望時通尺素，諸維　愛照，順頌

潭祉　　　　　　　　　　　　　弟陳新民謹上　○年○月○日

二、復勸慎交友

新民兄大鑒：正以久別為念，忽接　惠札，快慰何似！惟對弟不擇友而相責，則不敢苟同。聖人亦云：「四海之內，皆兄弟也。」既皆兄弟，何棄何擇？又云：「擇其善者而從之，其不善者而改之。」如不廣交，何以知其善與不善？弟平日對人，善者吾必效之，不善者則必勸之，從不盲從受愚，至被累云云，究屬偶然，不足畏也。弟以為人之交友，不在於抉擇，而在於辨別。如能辨別，則泛交亦何妨，如不能辨別，即不能抉擇，一經交接，便生惡果，致視為畏途。由此觀之，兄以須抉擇勗弟，不若弟之主張須辨別之澈底也。愚昧之見，容有偏激，仍希指教為幸！專復，順請

潭安　　　　　　　　　　　　　弟王子強謹復　○月○日

三、勸友升學

志強學兄偉鑒：日前文山君到敝舍過訪，談及吾　兄無意再升學，擬欲投身商場，以圖鴻展。弟聞後深不以為然。想及吾　兄在校之時，每學期成績，名列前茅，孜孜好學，師友稱讚，而吾　兄家境富裕，正當及時奮發，為何頓萌就商之念頭？須知求學機會，一失難再，切勿貪圖近利，空自虛擲光陰。忝在知交，故敢直言，尚望　再思是幸！專此布達，即請

近安　　　　　　　　　　　　　　　弟翁建華謹啟　　○年○月○日

參　詰責書信類

　　詰責書信，大多出之尊長對於幼輩，而不能行之於情誼不深之親友，否則信到則交絕，不如不寫為宜。至受責方面，如有辯白，儘可能照實奉復，雖明知責者為誤會，亦當致感謝及關切之語，以慰其好意，決不可反唇相譏。

一、責游蕩

正男賢甥如面：昨日汝母來舍，說汝近來常赴舞廳，兼喜賭博，往往夜深不歸，頗為汝憂心。汝早年失怙，汝母含辛茹苦，撫養成人，汝應如何報答汝母之苦心，告慰汝父之靈，而振起家聲，始能稍盡人子之職。今不務此，反一味遊宕，稍有人性，其將何以自安！所望能即時懸崖勒馬，痛自悔過，乃為時未晚也，此囑。

舅父志剛手啟　　○月○日

二、復責游蕩

> 舅父大人尊前：忽奉
> 手諭，展誦之下，感愧莫名。甥年幼識淺，不知世情，日前與友人同往
> 舞廳，甥本不願隨往，經其言語相激，以逢場作戲，無傷大雅所惑，一
> 時失智，遂陷深淵無以自拔。至於賭博，從未嘗試，因知其惡果足以
> 敗家喪身，故至始不敢觸及，實非敢謊於　舅父大人。從今以後，當
> 謹遵訓誨，謝絕外誘，努力向學，不辜負　大人與母親之期望。謹肅
> 奉復，敬請
> 崇安
> 　　　　　　　　　　　　　　　　甥林正男拜上　　○月○日

三、責開空頭支票

> 煥文先生閣下：敝店屢蒙賜顧，得能順利經營，至感雲情永固。茲查本
> 月十日，足下曾向敝店採購物品一批，蒙付本市華南銀行參萬元支票壹
> 紙，因足下平時信譽良好，始慨然承受支票，不料今早持票前往銀行
> 兌現，行員告知係屬空頭支票，際此銀根吃緊，增此意外枝節，週轉
> 頗受影響，為顧全足下名譽，特修書警告，至希迅即備款前來清賬，
> 否則唯有向法院訴償，勿怪未予預告也。耑此馳函，並頌
> 近祺
> 　　　　　　　　　　　　　　　　弟汪志剛謹啟　　○月○日

第四節　聯絡類書信的作法

壹　問候書信類

　　問候書信均用於平時不常會晤之親友師長。此類書信除問候對方
起居，報告自己近況外，無甚多言語可說，故用套語較多。惟必須客
套外，其他無關緊要的恭維，過分的自謙語，均須做到可省則省，以
避免俗而傷雅。

一、候恩師

振明恩師尊鑒：自違　教誨，瞬已經年，孺慕之殷，無時或釋。敬維潭祉安泰，教壇吉祥，定符私頌。回首三載學校生活，多蒙　諄諄善誘，殷殷啟導，恩重如山，銘感弗忘。學生畢業以後，因家境清貧，未續求深造，即投入商界，然涉足社會，始知世途崎嶇，頓悟學歷不足，現藉週末假日，就讀二技學院，聊以告慰　錦注。尚望　時賜南針，以資進益。肅此奉告，敬請

教安
　　　　　　　　　　　　　　　　　　　　　　學生林朝生拜上　　○月○日

二、候同學

育才學兄大鑒：數日未晤，時切馳思。弟因堂上年邁，須就近照顧，不敢在北部求學，下學年已轉進南部中山大學，藉便定省。惟與吾兄兩載同窗共硯，今以轉學之故，別我良朋，倍感惆悵！爾後尚祈　時賜教言，俾資策勉，是所至盼！耑此布臆，並頌

潭祺
　　　　　　　　　　　　　　　　　　　弟陳朝榮　謹啟　　○年○月○日

三、候女友

靜宜學妹雅鑒：一別經年，時縈夢寐，睽違兩地，倍切懷思。每憶校園情話，社團活動，恍如猶在目前，而時光迅速，今夏賢妹也行將畢業後報考研究所，遙想必列金榜，敬先祝賀。屆時一有捷報，請即函知，共享喜事，以慰相思，是所至盼！耑此布臆，即祝

進步
　　　　　　　　　　　　　　　　　　　小兄王大雄謹啟　　○年○月○日

貳　報告書信類

　　報告書信以家屬往來為多。家信與普通信不同者，全在於家書不宜用客套語，而以莊重語出之。至於報告之事實，大都為實際生活所常有，所謂「絮絮話家常」，從中可見天倫之樂事，不能因其平凡而

等閑視之。家信尤須對輩分之禮貌上多加注意，如幼對長須出之以敬；長對幼須恩威並施，此乃平日為人之道也。

一、子稟父

父親大人膝下：敬稟者，兒於十日坐車北上，一路平安，於當日晚上抵校。新學年度新生較多，比原來定額溢出七八十人，校舍不敷容納，因此舊生須到校外租屋，兒恐要另覓新舍住宿，支出費用也將增加，兒將會撙節開支，謹遵慈訓，專心學業，不敢稍涉荒嬉！致辜負大人之期望。惟遠離　尊前，掛念萬分，尚祈　時頒慈諭，以慰孺念！肅此，
　　敬請
金安　　　　　　　　　　　　　　　　男大雄敬叩　　○月○日

二、告歸期

母親大人膝下：敬稟者，遠隔　慈顏，時深孺慕。頃得家書，敬悉福體康泰，良深欣頌。正值六月天，氣候炎熱，校中也即將舉行期末考試，一俟考畢，即放暑假，兒將於三十日束裝返里，當日晚上可抵家矣。恐勞　懸念，謹先稟告。肅此，敬請
金安　　　　　　　　　　　　　　　　男大雄敬叩　　○月○日

三、母訓子

明仁吾兒收悉：昨接來信，知汝供職在外，起居安定，事事如意，深慰遠念！須知出外不比在家，凡事均得謹慎，況且都市繁華，環境複雜，交友更須留意，切勿隨波逐流，染上時下惡習，一旦失足，將來悔之晚矣！至於待人接物，務必誠實謙虛，對待長輩，不可怠慢。以上所述，皆立身處世之道也，切記！家中安好，希勿介懷，倘若有暇，須常寫信稟告。專此，並希保重。
　　　　　　　　　　　　　　　　　　母字　　○月○日

應用書信與公文

第五節　名人書信鑑賞

一、叔諭姪（國父自檀香山與姪昌書）

賢姪知悉：叔已於旬日前安抵此間，得欣晤諸老友，均屬康寧。汝堂弟科現在聖路易斯學院求學，並在自由日報擔任編譯之職。彼之中文程度甚佳，而軀體亦漸高大，儼然一青年矣。叔近已開始籌款，藉供汝等回國之需。不料今日接到汝父電報，謂祖母病重，須立匯去銀錢若干，因循其請，已先行遵照辦理，擬於明日匯去港幣一千元。故對汝方所需，不得不稍延，因叔之經濟能力不克同時負擔也。

叔　逸仙字　二年四月八日

二、國父致蔣介石先生函

介石吾兄：日來事冗客多，欠睡頭痛，至今早始完全清快。方約　兄來詳商今後各方進行辦法，而急聞　兄已回鄉，不勝悵悵！日內仲愷、漢民將分途出發往日本、奉天、天津等處活動。寓內閒靜，請　兄來居旬日，得以詳籌種種，為荷！此候
大安

孫文　九月十二日

三、國父唁李烈鈞父喪函

協和我兄禮次：久不接
教言，想念之深，與時俱積。岳軍來，驚諗尊公仙逝滬寓，聞之駭愕！竊念兄頻年身勤國事，久未盡趨庭之願，不謂時變方艱，頓遘大故。以兄之天性純篤，哀毀可知。然國步顛躓，正賴賢者力荷艱鉅。吾兄秉義方之訓，尚望善繼先志，稍釋哀感，務以國事為重，以慰尊公九泉之靈，而副國人之想望。茲特派郡元沖君代表奉唁，尚希節哀順變，為國珍重。專函申意，諸維亮照，不宣。

孫文啟　十一月二日

四、先總統　蔣公致吳稚暉先生祝壽函

稚老先生道鑒：茲值

先生八十誕辰，嵩華泰岱，不紀歲年，仰體曠懷，不敢效世俗祝壽之
舉。然二十年來，同舟風雨，教誨之殷，氣節之感，使中正受益無量。
仰止之情，不能自己，敬以寸箋，聊表敬意，祝　康強逢吉，長為我
黨同志之表率。他日建國成功，得奉侍杖屨，徜徉廬山五湖之間，從
容話舊，補晉一觴，當為　先生之所許，而亦中正之所禱祝者也。敬頌
健勝
　　　　　　　　　　　　　　　晚蔣中正率子經國頓首
　　　　　　　　　　　　　　　三十三年三月二十三日

五、先總統　蔣公家書

經兒知之：去年顧先生清廉來上海時，言「汝已有啟悟之意，天資雖
不甚高，然頗好誦讀」云云，聞之略慰。以後在家，當聽祖母及汝母
之命。說話走路，皆要穩重，不可輕浮；在學堂當靜聽各教習講訓時
應自細心領會，務求明白，讀書總以嫻熟為度。
　　　　　　　　　　　　　　　　　　　　　　父字　二月九日

六、胡適先生給蔣公之謝函

介公總統賜鑒：十五日晨，黃伯度先生來南港，帶來　總統親筆寫的
大「壽」字賜賀我的七十生日，伯度並說，這幅字裝了框，　總統看
了不很滿意，還指示重新裝框。　總統的厚意，真使我十分感謝！回
憶三十七年十二月十四日夜，北平已在圍城中，十五日蒙　總統派飛
機到北平接內人和我同幾家學人眷屬南下，十六日從南苑飛到京，
次日就蒙　總統邀內人和我到官邸晚餐，給我們做生日。十二年過去
了，　總統的厚誼，至今不能忘記。今天本想到　府致謝，因張岳軍
先生面告今天　總統有會議，故寫短信，敬致最誠懇的謝意，並祝
總統與夫人新年百福
　　　　　　　　　　　　胡適　敬上　四九、十二、十九

七、蔣故總統經國先生唁慰函

> 麗美老師惠鑒：
> 從報紙上得知陳益興老師，因奮勇救護學生而犧牲了自己生命，他這種偉大的愛心和義行，令我深深感動。人生自古誰無死，像陳老師這樣盡忠職守，捨身奉獻，真可以說是雖死猶生了。特寫此信，以表達我內心的哀悼和敬佩之忱，並對府上敬致慰問之意。在此艱難時刻，尚請多加保重，讓我們大家共同發揚陳老師的愛心，以慰他在天之靈。
> 　　順祝
> 教安　　　　　　　　　　　蔣經國　敬啟　七十四年十月廿九日

八、蔣故總統經國先生與王雲五書

> 岫老道鑒：今日欣值
> 覽揆令辰天錫長年，彌殷忭祝，適因事離北，未克趨賀，敬祈
> 垂察，藉頌
> 崧安　　　　　　　　　　　　晚蔣經國　拜上　六月二十四日

Chapter 6

書信的用語

學習目標

讀完本章，你應該夠：

1) 瞭解書信用語的意義
2) 瞭解書信用語的功用
3) 瞭解稱謂用語與提稱用語
4) 瞭解應酬用語
5) 瞭解敬辭
6) 瞭解附候語、並候語與啟封詞
7) 附錄：書信各項用語聯用表

應用書信與公文

第一節　書信用語的意義

「用語」是指各種行業上或學術上專門使用的語詞與語句。這些用語具有固定性及特定用意。所以專門用於書信上的用語、用辭，就稱之為「書信用語」。

其所涵蓋的範圍既廣且多。以箋文的結構項目來說，有㈠稱謂用語；㈡提稱用語；㈢啟事敬詞；㈣開頭應酬語；㈤結尾應酬語；㈥結尾敬詞；㈦附候語、並候語；㈧頌揚語及疏候語、祝福語等等。連信封的「啟封詞」也都有習用的專用語。

第二節　書信用語的功用

一封信最起碼要合乎三段的劃分法。如稱謂、正文及署名和日期。這個結構也用到專用語的時機，雖然每一封信，並不一定都須用到提稱語、應酬語、敬辭等部分，如現時的白話信。但學習文言書信，就有必要研究其他部分的用語了。因為白話信不太流行，尤其在機關團體學校裡，更是少有。

由於不重視書信的用語，以致寫信時，隨便使用，而造成笑柄。據說有一剛畢業的大學生，寫信給學校校長，請求介紹文書工作，一開頭的稱謂及提稱語，寫著「某某校長仁兄大鑒」，信尾的自稱、署名及敬辭，寫著「弟某某手啟」，如此簡單的稱謂、提稱語及自稱、末啟詞都弄錯，怎麼能夠替人家去掌理文書呢？

書信用語是書信的靈魂，也是學習寫書信的基礎。因為書信用語可以顯示寫信人的溝通知慧，語辭的運用能力及寫作技巧。固定的用語，具有四項功能：㈠實用性。㈡方便性。㈢禮貌性。㈣雅言性。因

其簡捷又切題，即可達到實用和方便，如同成語有畫龍點睛之妙。書信的尊稱用語，則具有禮教和雅言的作用；書信上禁忌、諱語，則具有文書修辭的作用；應酬的用語，則具有約定成俗的溝通作用。

第三節　稱謂用語與提稱用語

壹　稱謂用語

　　稱謂是信中最重要的部分，既不能省，尤不可錯。稱謂用語又有人稱之分；如第一人稱是「自稱」；第二人稱是「稱人」；第三人稱是「對他人稱」；第四人稱是「對他人自稱」。

　　稱謂是對人的稱呼，而人有親疏之別及長幼之分與地位之異，故對人的稱謂，無論在口頭上，或在書信上，或婚喪喜慶應酬中，自應瞭解清楚，辨別正確，應用之時，方不感疑難。茲依一、家族稱謂；二、親戚稱謂；三、世交師友稱謂；四、工友稱謂等四類列表於後，並加說明與注釋。

一、家族稱謂

稱人	自稱	對他人稱	對他人自稱
祖父母	孫孫女	令祖父①祖母	家祖父②母（或家大父③母）
伯（叔）祖父母	姪孫孫女	令伯（叔）祖父祖母	家伯（叔）祖父祖母
父親母親	男女（或兒）	令尊④（或尊公或尊堂或尊萱）⑤翁	家父（或君或尊或大人或嚴）母（或慈）⑥
君舅姑⑦（或父親母親）	媳（或兒）	令舅姑	家舅姑
伯（叔）翁姑（或伯（叔）父母）	姪媳	令伯（叔）翁姑	家伯（叔）翁姑

稱人	自稱	對他人稱	對他人自稱
兄（或某哥） 嫂（或某姊）	弟 妹	令兄 令嫂	家兄 家嫂
弟 弟媳（或某弟 某妹）	兄 姊	令弟 令弟婦	舍弟⑧ 弟婦
姊 妹	弟（妹） 兄（姊）	令姊 令妹	家姊 舍妹
吾夫（或某哥） 某某（單稱名或字）	妻（或妹） 某某	尊夫 某先生 令夫君	外子（或某某）
吾妻（或某妹） 某某（單稱名或字）	夫（或某某）	尊夫人（或尊閫）⑩ 嫂	內人⑨
吾兒（或幾女 女兒 或某兒女）	父 母	令郎（或公子）⑪ 令嬡⑫	小兒 小女
賢媳（或某某或某兒女）	父 母	令媳	小媳
幾姪（或賢姪 姪女） 姪女	伯（叔） 伯母（叔母）	令姪 姪女	舍姪 姪女
幾孫 孫女（或某孫 孫女）	祖 祖母	令孫 孫女	小孫 孫女
姪孫 孫女	伯（叔）祖母 祖	令姪孫 孫女	舍姪孫 孫女

【說明】

1. 凡尊輩已歿，「家」字應改為「先」字。自稱已歿之祖父母，為「先祖父母」或「先祖考」、「先祖妣」。稱已歿父母，父為「先父」、「先君」、「先嚴」、「先考」；母為「先母」、「先慈」、「先妣」。⑬

2. 稱人父子為「賢喬梓」⑭，對人自稱為「愚父子」。稱人兄弟為「賢昆仲」、「賢昆玉」⑮，對人自稱為「愚兄弟」。稱人夫婦為「賢伉儷」⑯，對人自稱為「愚夫婦」。

3. 家族幼輩稱呼，「賢」字大可不用，即使是媳婦亦可不用。

4. 舅姑對媳婦，本多自稱愚舅、愚姑，因與舅父或姑母之稱有時相混，故用「愚」字；其實可自稱父母，或逕寫字號為宜。

二、親戚稱謂

稱人	自稱	對他人稱	對他人自稱
外祖父/母	孫/孫女	令外祖父/母	家外祖父/母
姑丈/母	姪/姪女	令姑丈/母	家姑丈/母
舅父/母	甥/甥女	令母舅/舅母　令舅父/母	家母舅/舅母　家舅父/母
姨父/母	姨甥/甥女	令姨丈/母	家姨丈/母
表伯(叔)父/母⑰	姪/表姪女	令表伯(叔)/伯(叔)母	家表伯(叔)/伯(叔)母
表舅父/母⑱	表甥/甥女	令表母舅/舅母　令表舅父/母	家表母舅/舅母　家表舅父/母
岳父/母	子婿	令岳/岳母	家岳/岳母
伯(叔)岳父/母	姪婿	令伯(叔)岳/岳母	家伯(叔)岳/岳母
姻伯(或叔)父/母	姻姪/姪女	令親	舍親
姊丈(或姊倩)⑲	內弟(弟)/姨妹(或妹)	令姊丈	家姊丈
妹丈(或妹倩)	內兄(兄)/姨姊(或姊)	令妹丈	舍妹丈
表兄/嫂	表弟/妹	令表兄/嫂	家表兄/嫂
內兄(兄)/弟(弟)	妹婿/姊　姊丈	令內兄/弟	敝內兄/弟
襟兄/弟⑳	襟弟/兄	令襟兄/弟	敝襟兄/弟
姻兄/嫂	姻弟/侍生㉑(或姻愚妹)	令親	舍親
賢內姪/姪女	姑丈/母	令內姪/姪女	舍內姪/姪女
賢婿	愚岳/岳母	令婿(或令坦倩)㉒	小婿　女婿

應用書信與公文

稱人	自稱	對他人稱	對他人自稱
賢表 姪／姪女	愚表 伯（叔）／伯（叔）母	令表 姪／姪女	舍表 姪／姪女
賢姻 姪／姪女	愚姻 伯（叔）／伯（叔）母	令親	舍親
賢 甥／甥女	愚 舅／舅母	令 甥／甥女	舍 甥／甥女
賢外 孫／孫女	外 祖／祖母	令外 孫／孫女	舍外 孫／孫女

【說明】

1. 對人自稱兄姊長輩時前加「家」；稱弟妹晚輩時，則用「舍」字。

2. 親戚中「姻伯、叔、丈」，乃指姻長中無一定稱呼者，如姊妹之舅及其兄弟，兄弟之岳父及其兄弟，用此稱謂最具彈性。

3. 平輩者依表列定稱。

4. 幼輩稱呼「賢姻姪」三字，只能用於極親近者；普通親戚雖屬晚輩，亦以「姻兄」相稱，而自稱「姻弟」或「姻末」。

5. 「對人自稱」自己的兄姊長輩及弟妹晚輩；以及「稱他人時」的口訣：「家大舍小令他人」。

三、師友世交謂稱

稱人	自稱	對他人稱	對他人自稱
太師	門下晚生	令太師	敝太師
夫子（或老師或吾師）師母／師丈	生（或受業或學生）	令業師／師丈㉓　令師母	敝業師／敝師丈　敝師母
太世伯（叔）父／母	世再 姪／姪女	令太世伯（叔）父／母	敝太世伯（叔）父／母
世伯（叔）父㉔／母	世 姪／姪女	令世伯（叔）父／母	敝世伯（叔）父／母
仁（或世）丈㉕	晚㉖	貴仁（或世）丈	敝仁（或世）丈
世兄㉗／學長㉘（或兄、姊）	世弟／弟㉙／學妹（或妹）	貴同學、令友	敝同學、敝友
仁兄㉚（或兄、姊）／姊	弟／妹	貴同事	敝同事

稱人	自稱	對他人稱	對他人自稱
同學（或學^弟_妹）㉛	小兄（或友生某）㉜ 愚姊	令高足	敝門人、學生
世講㉝（或^{世臺}㉞_{世兄}）	愚（某某）	貴世兄	敝世講

【說明】

①「夫子」二字，常為妻對夫之稱；女學生以稱「老師」、「吾師」或「業師」為宜。對老師之妻稱「師母」，女老師之夫稱「師丈」。

②世交中伯叔字樣，視對方與自己父親年齡而定。較長者稱「伯」，較幼者稱「叔」。

③世交而兼有戚誼者，按尊長年齡比較，稱「太姻世伯（叔）」、「姻世伯（叔）」。

④確有世誼關係，如果年長於己，而行輩不易確定者，稱為「仁丈」或「世丈」亦可。

⑤世交平輩中，如係交誼深厚者，可稱「吾兄」、「我兄」。

⑥對世交晚輩自稱「世兄」。

四、工友稱謂

稱人	自稱	對他人稱	對他人自稱
某某（名稱）	某（單具名或字）	尊紀㉟（或貴^工_{女工}友）	小价㊱ 敝女工友

【說明】

①現代提倡平等精神，對工友可泛稱「先生」、「女士」、「小姐」或稱其姓，如「老李」、「李嫂」、「李太太」、「李小姐」。

②除上列四表外，尚有其他關係之稱謂，如部屬對長官，通常稱「鈞長」或「鈞座」、或稱職銜如「某公部長」；自稱「職」。如對舊時長官，則自稱「舊屬」。稱他人長官，則在職銜上加「貴」字，如貴部長。教師對校長可稱「校長」或「兄」，自稱時單稱名或「弟」，但不可用「職」。教師為聘任制，非校長之部屬，與校長為平行關係，故不稱「職」。若教師兼行政職務時，則照行政系統為之。

【注釋】

①令祖　稱人祖父之敬語。爾雅釋詁：「令，善也。」用為稱人親屬之敬辭。

②家祖　對他人自稱祖父之詞。顏氏家訓風操：「潘尼稱其祖曰家祖。」

③大父　墨子節葬下：「其大父死。」史記留侯世家：「大父開地，」集解：「應劭曰：大父、祖父。」

④令尊、令堂（萱）　稱人父母之敬語。禮記喪服小記：「養尊者必易服。」注：「尊謂父兄。」詩衛風伯兮：「焉得諼草，言樹之背。」傳：「背，北堂也。」野客叢書：「今人稱母曰北堂，蓋本於毛詩伯兮。」故稱人母為令堂、令萱。諼同萱。

⑤尊翁、尊萱　顏氏家訓風操：「凡與人言，稱彼祖父母、世父母、父母及長姑，皆加尊字。」廣雅釋親：「翁，父也。」萱見前條。

⑥家嚴、家慈　夏侯湛混弟誥：「納誨於嚴父慈母。」類書纂要：「自稱父曰家君、家大人、家尊、家嚴。」「自稱母曰家母、老母、家慈。」

⑦君舅、君姑　爾雅釋親：「婦稱夫之父曰舅，稱夫之母曰姑。姑舅在則曰君舅、君姑；歿則曰先舅、先姑。」

⑧舍弟　文選魏文帝與鍾繇書：「是以令舍弟子建。」稱謂錄：「對人自稱其弟曰舍弟。」

⑨外子、內子　稱謂錄：「恆言錄：夫婦相稱曰內外，晉魏以前無之，如秦嘉、顧榮皆有贈婦詩，不云贈內也。徐悱有贈內詩，又有對方前桃樹詠佳期內云，其妻劉氏有答外詩，內外之稱起於是矣。」

⑩尊閫　閫為宮中小門，與壼通，以婦女所居稱閫，故稱他人妻為尊閫。

⑪令郎　謂人之兒曰郎。蘇軾同遊金山浮金堂獻作此詩：「兩郎烏角巾。」

⑫令嬡　嬡本作愛，俗作嬡。類書纂要：「稱人之女兒曰令愛。」

⑬先考、先妣　禮記曲禮下：「生曰父曰母曰妻，死曰考曰妣曰嬪。」

⑭賢喬梓　世說新語注引尚書大傳：「商子曰：『南山之陽有木焉，名喬。』二三子往觀之，見喬實高高然而上。反，以告商子。商子曰：『喬，父道也；南山之陰有木焉，名曰梓。』二三子復往觀焉，見梓實晉晉然而俯。反，以告商子。商子曰：『梓者，子道也。』尊稱人父子故加賢字。

⑮昆仲、昆玉　詩王風葛藟：「謂他人昆。」傳：「昆，兄也。」說文：「仲，中也。」釋名釋親屬：「父之弟曰仲父，……位在中也。」故以昆仲稱兄弟。南史王份傳：「詮雖學業不及弟錫，而孝行齊焉。時人以為詮錫二王，可謂玉昆金友。」

⑯伉儷　稱人夫妻之敬詞。左傳成公十一年：「鳥獸猶不失儷……已不能庇其伉儷而亡之。」注：「儷，耦也。」「伉，敵也。」正義：「伉儷者，言是相敵之匹耦。」

⑰表伯父　祖姑之子而年長於己父者。

⑱表舅父　母之表兄弟。

⑲姊倩　姊夫。方言：「東齊之間，婿謂之倩。」後漢書梁冀傳：「時稱姊婿邴尊為議郎。」

⑳襟兄　兩婿相謂曰襟兄弟。嬾真子：「今江東人呼同門為僚婿。嚴助傳，呼友為婿，江北人呼連袂，又呼連襟。」

㉑侍生　對同輩自稱之謙詞，本為明清後輩對前輩之自稱。

㉒令坦　稱人婿之敬詞。晉書王羲之傳：「惟一人在東床坦腹食，獨若不聞。鑒曰：『正此佳婿邪！』訪之，乃羲之也，遂以女妻之。」

㉓師丈　稱女老師之丈夫。此為近年社會約定者。

㉔世伯父　稱父執輩而長於父者。

㉕仁丈　對尊長之敬語。大戴禮本命：「丈者，長也。」

㉖晚　後輩對前輩自稱曰晚生，或省稱晚。

㉗世兄　稱世交之子弟。

㉘學長　稱同學之敬語。或稱學長、學兄。

㉙學弟　對同學自稱。

㉚仁兄　朋輩之尊稱。共事之人曰同仁，此用以稱同事。

㉛同學　本為同受業於一師一校者之互稱。此為老師對學生之稱呼，取教學相長之義。

㉜友生　對學生之自稱。詩小雅常棣：「雖有兄弟，不如友生，」稱謂錄：「湧幢小品云：余在姚畫溪公家，見公座主王槐野名帖稱友生。」

㉝世講　稱世交之後輩。意為兩姓子孫世世有共同講學之誼也。官箴：「同僚之契，交承之分，有兄弟之義；至其子孫，亦世講之。」

㉞世臺　對世交之尊稱。臺本為官府，後以尊稱人。此用以稱世交晚輩。

㉟尊紀　稱人僕之敬語。左傳僖公二十四年：「秦伯送衛於晉三千人，實紀綱之僕。」正義：「諸門戶僕隸之事，皆使秦卒共之。」

㊱小价　對人稱自己工友之謙詞。供使之人為价。宋史曹彬傳：「走价馳書來詣。」

貳 提稱用語

　　提稱語也稱「知照敬辭」或「書奉語」。這是請求受信人察閱箋文的意思。通常緊接「稱謂」之後，在「提稱語」之下加冒號（：）。提稱語的使用，須要參酌發、受信人雙方的不同關係，以及輩分、職業、地位等而定。例如對父母的尊敬用「膝下」的提稱語；對直屬長官，通常用「鈞鑒」、「賜鑒」；對晚輩，用「鑒」字均屬客氣成分較多，用「覽」字次之。「如晤」、「如面」用於晚輩較親近者；對自己的卑親屬，大都用「收覽」、「收知」。如受信人有喜慶，則用「喜席」、「燕鑒」。寫給夫婦兩人的信，可用「儷鑒」；對平輩數人，用「均鑒」；對晚輩數人，用「共閱」、「共覽」；對長輩數人，用「賜鑒」；對宗教界，用「法鑒」；對文化界，用「撰席」、「文席」、「著席」等提稱語。茲將其運用在對人的提稱語列表於下：

用　　途	語　　彙
用於祖父母及父母	膝下①、膝前。
用　於　長　輩	尊前②、尊鑒、賜鑒③、鈞鑒④、崇鑒⑤、尊右、侍右⑥。
用　於　師　長	函丈⑦、尊前、尊鑒、壇席⑧、講座、道鑒。
用　於　平　輩	台鑒⑨、大鑒、偉鑒、惠鑒、雅鑒、左右、台右、閣下、足下。
用　於　晚　輩	青鑒⑩、青覽、青及、青閱、青盼、青睞、清鑒、清覽、英鑒、英覽、英盼、如晤⑪、如握、如面、如見、入覽、入目、收覽、收閱、收讀、收悉、閱悉、知悉、知之、見之。
用　於　政　界	勛鑒⑫、鈞鑒、鈞座、台座、台鑒。
用　於　軍　界	麾下⑬、鈞座、鈞鑒、幕下。
用　於　教　育　界	講席、座右、塵次⑭、有道⑮、著席、撰席、史席。
用　於　釋　家	方丈、道鑒、有道。
用　於　道　家	法鑒、壇次。
用　於　婦　女	妝次⑯、繡次⑰、芳鑒⑱、淑鑒、懿鑒（高年者用）。
用　於　弔　唁	苫次⑲、禮席⑳、禮鑒、禮次、盧次、素覽。
用　於　哀　啟	矜鑒㉑、哀鑒。

【說明】

①對直屬長官，可參酌尊長及軍政等欄，以用「鈞鑒」、「賜鑒」為普通。

②對晚輩欄，凡用「鑒」均客氣成分較多，「覽」次之。「如晤」至「如面」，用於晚輩較親近者，「收覽」以下，大都用於自己之卑親屬。

③喜慶無一定之提稱語，可按關係依表列酌用。結婚可用「喜席」、「燕鑒」。

④對平輩數人，用「均鑒」，對晚輩數人，用「共閱」、「共覽」，對長輩數人，用「賜鑒」。對夫妻兩人，用「儷鑒」。對宗教界用「道鑒」。對文化事業或傳播界用「撰席」、「文席」、「著席」。

【注釋】

①膝下　對直系尊親之尊稱。孝經聖治章：「故親生之膝下。」注：「膝下，謂孩幼之時也。言親愛之心生於孩幼。」

②尊前　尊長之前。對尊長之尊稱。

③賜鑒　惠賜察閱。請尊長察閱之敬語。

④鈞鑒　請從政者察閱之敬語。故事成語考文臣云：「鈞座、台座皆稱仕宦。」注：「鈞，均也。」言仕宦秉國之政，得其均平也

⑤崇鑒　意同尊鑒。請尊長察閱之敬語。

⑥侍右　對長輩之有尊親者之尊稱。

⑦函丈　對師長之尊稱。禮記曲禮：「若非飲食之客則布席，席間函丈。」注：「謂講問之客也。函猶容也，……容丈足以指畫也。」

⑧壇席　孔子講學處曰「杏壇」，故用為對師長之尊稱。義同「講座」、「講席」。

⑨台鑒　台同臺。三臺，星名，象三公。古人書啟中所用臺字，如臺候、臺照、臺祺之類，皆相尊之稱。尊莫過於宰相，故取三臺之義。今廣泛用之以示尊敬。

⑩青鑒　對晚輩察閱之美稱，因其年少故稱。

⑪如晤　如晤面。詩陳風東門之池：「可與晤言。」傳：「晤，遇也。」箋：「晤猶對也。」

⑫勛鑒　勛為勳之古字。勳，功也。對從政者之美稱。

⑬麾下　對將軍、軍官之稱呼。書言故事武官類：「稱呼將帥曰麾下。」

⑭塵次　塵尾為拂塵，古談論者用以指授聽眾，故以稱教育界人士。晉書王衍傳：「唯談老莊為事，每提玉柄塵尾，與手同色。」

⑮有道　對有學問者之尊稱。禮記禮器：「昔先王尚有德，尊有道。」

⑯妝次　對子女之敬語。西廂記張君瑞慶團圓雜劇：「奉啟芳卿可人妝次。」

⑰繡次　對子女之敬語。以其女紅代之。

⑱芳鑒　對女子察閱之尊稱。淑鑒、懿鑒同。

⑲苫次　對居喪者之稱語。禮儀既夕禮：「寢苫枕塊。」注：「苫，音ㄕㄢ，草墊也。」注：「次，倚廬也。」意指守喪時居陋屋，睡草蓆，以土塊為枕頭。

⑳禮席　對居喪者之稱語。以其在喪禮中也。

㉑矜鑒　居喪中請求人察閱之稱語。書秦誓：「天矜于民。」傳：「矜，憐也。」

第四節　應酬用語

　　書信的應酬用語，分正文前的客套話，即「開頭的應酬語」；正文後的客套話，則為「結尾的應酬語」。例如開頭的應酬語，又分成：㈠「思慕語」㈡「闊別語」㈢「頌揚語」㈣「疏候祝福語」㈤一般開頭應酬語。而結尾的應酬語，也分類成：㈠臨書語㈡請教語㈢請託語㈣求恕語㈤歉遜語㈥恃愛語㈦餽贈語㈧請收語㈨盼禱語㈩求允語㈪感謝語㈫保重語㈬干聽語㈭候復語等，非常廣泛，可酌事、人、地、時作選擇。

　　舊式書信在提稱語下，即可書寫應酬語。現行書信可在直式信紙次行低二格寫起。今人已習慣開門見山，直接說出正事，逐漸不用開頭應酬語，怕被譏迂腐。其實，能活用開頭的客套話，不但可以配合朋友見面寒喧，而且也是一種尊敬的禮節。

　　以下分「開頭的應酬語」與「結尾的應酬語」兩大部分，列表舉出各類性質的不同應酬語及語句。

壹 開頭的應酬語

(一)思慕語

1. 對人思慕

用　　　途	語　　　　彙
用於祖父母及父母	「引領○慈雲①，倍切孺慕。」、「引瞻○慈顏，良深孺慕。」、「仰望○慈暉②，孺慕彌切。」、「翹首○慈雲，倍切依依。」、「瞻企○慈雲，彌殷孺慕。」、「翹首○慈雲，孺慕彌殷。」
用於親友長輩	「光輝仰望，思慕時深。」、「引領○光輝，倍切神往。」、「仰睹○光輝，時深悵慕。」、「仰慕○光輝，神情渴注。」、「遙仰○山斗③，系念殊殷，……然停鸞峙鶴，無日不懸心目間也。……惟有翹首○鈞顏，徒切瞻依耳！」
用　於　師　長	「遙望○門牆④，輒深思慕。」、「瞻仰○斗極⑤，殊切依馳。」、「翹瞻○星嶽，倍切神馳。」、「路隔山川，神馳○絳帳⑥。」、「仰瞻○道範，倍切依依。」、「何日重立○程門，再聆○孔鐸？而依依○絳帳之思，未嘗不寤寐存之。」、「山川修阻，立雪無從，寸草○春輝，未嘗頃刻去懷也。」、「程門立雪，何日忘懷？遙企○斗山⑦，時深馳慕。」
用　於　長　官	「翹企○斗山，輒深景仰。」、「○仁風德化，仰慕彌殷。」、「○斗山之仰，深切私衷。」、「引領○福星，彌殷仰慕。」、「○雲天在望，心切依馳。」、「○雲天翹望，○泰斗瞻馳。」
用於親友平輩	「望風懷想，時切依依。」、「風雨晦明，時殷企念。」、「瞻企○芝標⑧，渴念殊極。」、「每念○故人，輒深神往。」、「相思之切，與日俱增。」、「言念○故人，形神飛越。」、「神馳○左右，夢想為勞。」、「屋梁落月⑨，時念○故人。伊人秋水，倍覺黯然。」

2.對景思慕

用　　　途	語　　　彙
用　於　春　季	「仰對春光，懷深雲樹。」、「暮雲春樹，想念殊殷。」、「春深南國，人佇春風。」、「對此鳥語花香之際，倍深懷思馳念之情。」
用　於　夏　季	「薰風披處，時念○故人。」、「靜對荷蕖，翹瞻倍切。」、「薰風拂拂，楊柳依依，長日無聊，倍念○知己。」、「對此柳線牽愁之日，殊多心輸夢轂之勞。」
用　於　秋　季	「每對秋光，彌深葭溯。」、「清風月朗，輒念○故人。」、「秋水蒹葭，倍切洄溯。」、「對此銀河瀉影之時，頓起異地同岑之感。」、「對此白露蒼蒼之候，殊深伊人渺渺之思。」、「悵望秋風，神馳夢寐。」
用　於　冬　季	「雪梅霜樹，仰企良殷。」、「寒燈夜雨，殊切依馳。」、「梅影橫窗，懷念倍切。」、「對此寒窗煮茗之時，益增落月屋梁之感。」、「瘦影當窗，懷人倍切。」、「寒梅將放，能不黯然神往也？」

3.未晤思慕

用　　　途	語　　　彙
用　於　親　友　長　輩	「久仰○斗山，時深景慕。」、「久欽○碩望，時切神馳。」、「仰企○慈仁，無時或釋。」、「每懷○德範，輒深神往。」、「久仰○芳型，未瞻○道範，未知何時得能暢領○金玉也。」、「夙仰典型，未領清誨，譬如北斗在天可望而不可及，悵何如之？」
用　於　親　友　平　輩	「景仰已久，趨謁無從。」、「瞻○韓徒切，御○李無由。」、「久仰○仁風，未親○儀範。」、「久慕○高風，未親○雅範。」、「久欽○叔度，○謦欬未親，未知何時能慰夙願耳。」

4.覆信思慕

用　　　途	語　　　彙
用 於 親 友 長 輩	「方殷思慕，忽奉○頒函。」、「仰企方殷，忽接○翰諭⑩。」、「翹企正切，忽蒙○賜函。」、「仰企正殷，辱蒙○翰示。」、「仰企正殷，蒙頒○雲翰，迴環捧誦，眷注殊深。」、「瞻仰正切，○手翰惠頒，如親○謦欬⑪。」
用 於 親 友 平 輩	「仰企正殷，忽奉○大札。」、「懷思正切，忽奉○瑤章⑫。」、「馳念正殷，忽得○手示。」、「方深景念，○華翰忽頒。」、「正欲修函致候，而○朵雲忽至，迴環雒誦，不啻晤言。」、「正深企念，忽奉○瑤章，捧誦之餘，恍親○芝宇⑬。」

【說明】

①上表中之「○」，表示其下面一字應抬頭，寫信時在「○」處空一格，或平抬、單抬、雙抬。

②思慕語為開頭應酬語之一，宜斟酌雙方身分，適當使用。

③曾見面者不能用第3表中未晤思慕用語。

【注釋】

①慈雲　尊親慈愛子女之恩情如雲之廣覆。此代指尊親。

②慈暉　慈愛如春光之煦物。此代指尊親。

③山斗　泰山，北斗，喻世所尊崇景仰者。新唐書韓愈傳贊：「學者仰之如泰山、北斗云。」

④門牆　師門。論語子張：「夫子之牆數仞，不得其門而入，不見宗廟之美，百官之富。」此代稱老師。

⑤斗極　北斗與北極星。後漢書杜篤傳：「推天時，順斗極。」注：「極，北極星也，言順斗建及斗極北星運轉而行也。」此代指老師。

⑥絳帳　講座。後漢書馬融傳：「常坐高堂，施絳紗帳，前授生徒，後列女樂。」此代指老師。

⑦斗山　同注③。

⑧芝標　美好之風範，此尊稱對方，同芝儀、芝宇。

⑨屋梁落月　思念友人。杜甫夢李白詩：「落月滿屋梁，猶疑照顏色。」

⑩翰諭　書信。正字通：「翰，書詞也。」

⑪謦欬　集韻：「謦欬，言笑也。」莊子徐无鬼：「謦欬吾君之側乎。」注：「輕曰謦，重曰欬。」

⑫瑤章　對他人書信之美稱。

⑬芝宇　同注⑧。

(二)闊別語

1. 按人敘別

用　　　途	語　　　彙
用於祖父母及父母	「叩別○尊顏，於茲數載。」、「自違○膝下，倏忽一年。」、「拜別○慈顏，忽已半載。」、「自違○慈顏，業經匝月。」
用 於 親 友 長 輩	「睽違○教範，荏苒經年。」、「拜別○尊顏，轉瞬數月。」、「不見○芝儀①，瞬又半載。」、「自違○矩教②，倏忽一年。」、「睽違○清誨，裘葛頻更。」
用 於 師 長	「不坐○春風③，倏已匝月。」、「不親○教誨，幾度寒暄。」、「自違○提訓，屈指經年。」、「拜別○尊嚴，倏逾旬日。」
用 於 平 輩	「不奉○清談，又匝月矣。」、「揖別○丰儀，蟾圓幾度。」、「不親○雅範，倏忽經年。」、「自違○雅教，數月於茲。」
用 於 軍 政 界	「不瞻○福曜，倏已經年。」、「自違○幕府，幾度蟾圓。」、「不親○仁宇④，數載於茲。」、「拜別○鈞顏⑤，數更寒暑。」

2.按時敘別

用　　　　途	語　　　　彙
春　別　至　夏	「春風握別，又到朱明。憶風雨別離，正綠野人耕之候，而光陰迅速，已碧荷耦熟之時矣。」
春　別　至　秋	「知己闊別，春復徂秋。賦別離於昔日，楊柳依依；數景物於今晨，蒹葭采采。」
春　別　至　冬	「春初話別，又屆歲寒。鳥弄春園，折楊柳而握別；驛馳冬嶺，撫梅萼以增懷。」
夏　別　至　秋	「麥天一別，又屆秋風。昔聽蟬噪青槐，方攄別意；今睹鴈飛紫塞，頓惹離懷。」
夏　別　至　冬	「不通音問，經夏徂冬。炎日當空，方賦離情於涼館；寒風吹沼，忽牽別恨於灞橋。」

3.按地敘別

用　　　　途	語　　　　彙
近　處　相　別	「不親○叔度，倏爾數月；咫尺相違，如隔百里。」
遠　處　相　別	「憶隔○光儀，又更裘葛；關河修阻，跋涉維艱。」
旅　中　相　別	「前在旅邸聚談，辱荷○殷殷關注，旋以睽違兩地，頓覺歲序推移矣。」
途　中　相　別	「某日邂逅相逢，得聆○雅教，別後關山遠阻，頓覺節序催人。」
異　地　相　別	「楚水吳山、江河迢遞；一經隔別，境異情疏。江湖浪跡，同是他鄉，又賦別離，情何能已？」

4.按事敘別

用　　　　途	語　　　　彙
臨　別　贈　詩　文　者	「前者握別，雅荷○拳拳，承錫○佳章，實壯行色。」
臨　別　賜　筵　宴　者	「臨賦驪歌⑥，辱承○賜宴，醉心飽○德，感媿殊甚。」
臨　別　賜　財　物　者	「行李⑦在途，正增別緒，忽邀○厚貺，倍感○深情。」
臨　別　送　行　者	「辱承○走送，笑語良歡，兩地停雲⑧，益增悵觸。」
臨　別　自　送　者	「憶自行旌遠指，趨送長途，別來物換星移，不覺蟾圓幾度矣。」

【說明】

以上表列套語，僅供參考，書信貴自創新意，另創新詞。

(三)頌揚語

1. 頌揚各界

用　　途	語　　彙
用　於　政　界	「匡時柱石，濟世慈航。」、「兩間俊碩，一代偉人。」、「龍門俊品，鳳閣仙才。」、「栽花妙手，筆花散滿縣之花；製錦仙才，囊錦成千室之錦。」
用　於　軍　界	「允文允武，如虎如貔。」、「孫吳偉蹟，韓范雄才。」、「伊周事業，頗牧韜鈐。」、「投筆文場，播聲威於中外；飄纓武帳，奠偉績於山河。」
用　於　學　界	「胸藏萬卷，筆掃千軍。」、「月抱澄清，風儀挺拔。」、「才高八斗，學富五車。」、「雄才倒峽，豪氣凌雲。」、「擷來宋豔班香，詞壇譽駿；摘得江花謝草，藝苑才鴻。」
用　於　商　界	「市廛傑士，湖海達人。」、「謀猷傑異，志量高超。」、「運籌有策，貨殖多能。」、「居有為之地，吐氣揚眉；展致富之才，業崇財裕。」
用　於　醫　界	「肱傳九折，方列千金。」、「秘傳金匱，功滿杏林。」、「術妙軒岐，望隆盧扁。」、「素存濟世之心，咸歌德澤；確有回春之手，並仰神通。」
用　於　人　品	「德潤珪璋，才含錦繡。」、「豐姿嶽峙，雅量淵深。」、「璠璵粹品，岱岳崇標。」、「恂恂璞茂，壎箎日永荊庭；抑抑沖謙，揖讓風和梓里。」

2.頌揚親友

用　　　途	語　　　彙
用　於　長　輩	「香山比算，洛社齊名。」、「虛懷若谷，和氣如春。」、「冬煖宜人，春和煦物。」、「譽隆望重，德劭年高。」、「齒德俱尊，才名並重。」、「算衍椿齡，望隆梓里。」、「萬頃澄波，黃叔度之器重；千尋聳榦，稽中散之楷模。」、「蒼梧翠竹，微高峻之規模；璞玉渾金，見老成之碩望。」
用　於　平　輩	「矯然之鶴，卓爾飛龍。」、「秀鐘山嶽，志聳雲霄。」、「襟期高曠，吐屬溫和。」、「叔度光儀，元龍氣量。」、「度靄春風，氣和冬日。」、「風流倜儻，意氣騰驤。」
用　於　婦　女	「月魄精光，冰水慧質。」、「風傳林下，秀占璇閨。」、「韋曹比美，鍾郝播徽。」、「把荇菜之幽芬，壺儀肅肅；督針縷之清課，繡譜翩翩。」

【說明】

①頌揚語乃恭維受信人，為應酬語之一，宜考量雙方身分地位、關係交情，酌量使用，以求恰如其分。否則引起誤會，反為不美。

②能參照以上套語，另造貼切之新句，更為可貴。

㈣疏候祝福語

用　　　途	語　　　彙
用 於 親 友 尊 長	「山川遙阻，稟候多疏，恭維○福履增綏⑨，○維時納祜，為頌為祝。」（路遠）、「俗務冗繁，致稽稟候，敬維○慈躬清泰，○德履綏和，定符私頌。」（事忙）、「病魔纏擾，片楮莫呈，敬維○杖履沖和，○林泉休養，為祝為慰。」（因病）
用 於 親 友 平 輩	「道途修阻，尺素鮮通，比維○眠食如恒○潭祺叶吉⑩，為頌。」（路遠）、「勞人草草，音問常疏，敬維○侍祺納福，○道履延康，為祝為頌。」（事忙）、「偶嬰小極，尺素未通，辰維○起居勝常，諸事順適，為祝。」（因病）
用 於 師 長	「雲山阻隔，稟候多稽，恭維○道履增祥，講壇納福，定符所頌。」（路遠）、「冗瑣紛乘，久疏稟候，恭維○春風靄吉⑪，○化雨溫良，為頌。」（事忙）、「微軀久病，稟候用疏，敬維○絳帳春深，○杏壇祥集，定符下祝。」（因病）
用 於 政 界	「久疏函候，時切馳思，敬維○德懋棠蔭⑫，○鴻猷風樹，為祝為頌。」、「稟候多稽，徒深瞻慕，恭維○勛猷卓越，○動定綏和，以欣以慰。」
用 於 軍 界	「箋候久疏，下懷殊切，恭維○威望遠隆，○動定叶吉，至以為頌。」、「瞻慕雖殷，稟候竟缺，敬維○戎旌著積，○幕府揚威，定符所祝。」
用 於 學 界	「函候久殊，時深懷念，敬維○硯祉綏和，○文祺百祿，為祝為慰。」、「自違○雅範，音問多疏，比維○文祉增綏，○撰祺延禧，以欣以慰。」
用 於 商 界	「久疏音問，懷念為勞，辰維○駿業日隆，○百務順遂，為頌。」、「不通函候，倏逾多時，比維○商務亨通，○指揮如意，為祝為頌。」

【說明】

①疏候語為久未通信者之用，當按久未通信之緣故著筆。今日交通發達，道路修阻一類套語頗不適用，宜謹慎使用。

②祝福語為頌祝受信人之處境、起居，下加數字以表欣慰，如數年、數暑等。

③此類套語，亦宜自撰新辭為佳。

④有「○」者在前者須平抬，在後者可挪抬（首句平抬，次句用挪抬）。

(五)一般開頭應酬語

用　　途	語　　　彙
寄　信　語	「前奉安稟，度呈○慈鑒。」、「昨肅寸稟，諒已呈○鑒。」、「前肅蕪緘，諒邀○霽鑒。」、「前覆安緘，計呈○鈞鑒。」（對親友長輩用）「昨上蕪緘，諒達○台鑒。」、「前具寸函，度已達鑒。」、「寄遞寸緘，計早呈覽。」、「日前郵寄蕪函，諒已早邀○惠察。」（對親友平輩用） 「昨寄一函，諒已收覽。」、「前覆手函，想早收閱。」、「前寄手諭，當早收讀。」、「昨寄手函，想必收悉。」（對家族卑幼用）
接　信　語	「頃奉手諭，敬悉種切。」、「刻奉○鈞示，敬悉各節。」、「昨奉○賜諭，敬承一一。」、「頃承○鈞誨，拜悉一切。」（對親友長輩用）「辱承○惠示，敬悉一切。」、「昨奉○台函，拜悉種切。」、「昨展華函，就誦一一。」、「展誦○瑤函，如親○芝宇。」、「惠函獎借，媿不敢當。」（對親友平輩用） 「昨夜來函，已悉一切。」、「頃得家書，知客中安好。」、「昨接來信，足慰懸念。」、「前由某君便攜之函，已照收悉。」（對家族卑幼用）
訪　謁　語	「日前走謁○崇階，適值○公出未遇，臨風翹首，徒切依馳。」、「趨謁尊齋，未值為悵。」、「昨以某事趨談，未能相遇，悵惘何如？」、「昨經尊處，正擬謁談，適閒座有佳賓，遂未遽相驚擾，疏略之罪，尚祈諒之。」
會　晤　語	「昨承○枉駕，把晤良歡，雖黍未陳，實深簡慢，辱在知交，定邀曲諒。」、「辱降○玉趾，備領○教言，飢渴之懷，得以消釋，中心快慰，無可言宣。」、「昨謁○崇階，多承○教益，望風懷想，能不依依？」、「日前晉謁○龍門，叨承○盛饌，飲和食德，齒頰猶芬。」
告　幸　語	「幸處事周詳，未貽隕越。」、「幸各事安適，足告○雅懷。」、「幸知電勉，尚免愆尤。」（對事）、「幸舉家安好，足紓○綺注。」、「幸全家平善，乞釋○錦懷。」（對家庭）、「幸賤體粗安，乞紓○錦注。」、「幸頑軀麤適，足慰○遠懷。」（對身體）

用　　　途	語　　　彙
自　愧　語	「學漸窺豹，業愧囊螢。」、「探囊無智，學治不能。」、「鞭策雖加，驅馳無效。」、「才疏學淺，刻鵠不成。」、「天賦既薄，學殖尤荒。」（學淺） 「鉛刀一割，其效立見。」、「才粗智薄，隕越時虞。」、「任重材輇，時虞竭蹶。」、「汲深綆短，匱乏堪虞。」、「遼東之豕，徒自懷慚。」（智薄） 「家懸四壁，囊乏一文。」、「乞米有書，點金無術。」、「家徒四壁，身乏完衣。」、「家貧志墜，浪跡風塵。」、「送窮無韓子之文，乞米濫顏公之帖。」（家貧） 「株守有地，託缽無門。」、「樗櫟庸材，學難問世。」、「久賦閒居，終非善計。」、「蒼忙泛愛，吸引無人。」、「碌碌家居，終非了局。」（謀拙） 「自攖世網，塵俗益多。」、「塵穢未盡，俗務難清。」、「俗務冗繁，塵囂雜沓。」、「瑣務紛乘，俗塵斗撲。」、「俗事蝟集，瑣務絲紛。」（事冗） 「遇事多寒，近狀潦倒。」、「命舛時乖，事多拂逆。」、「事多偃蹇，境又迍遭。」、「窘境迫人，飢來驅我。」、「命途多乖，時運不濟。」（困頓） 「一身落落，兩鬢蕭蕭。」、「兩鬢已斑，一身多病。」、「鬢添霜色，面少歡容。」、「桑榆晚景，風木堪悲。」、「去日苦多，來時可想。」（老大） 「一身無寄，四海為家。」、「遠涉山河，靡所棲止。」、「天涯飄泊，旅況艱難。」、「骨瘦如梅，身輕似絮。」、「枝棲動盪，旅食艱辛。」（旅愁） 「操貫無方，經營乏術。」、「有心營業，無術生財。」、「欲覓蠅頭，還慚鼠目。」、「欲謀微利，自愧薄才。」 「歲月蹉跎，依然故我。」、「粟六如恒，一無善狀。」、「故我依然，毫無善狀。」、「平居碌碌，乏善可陳。」（通用）
謝　贈　語	「蒙賜○瑤章，過承獎譽，迴環諷誦，感媿良深。」、「辱賜○佳什，褒獎倍至，展誦之餘，感激無已。」（詩詞） 「迺承○厚惠，錫我○多珍，拜領之餘，感激無似。」、「辰荷○隆情，下頒○厚貺，卻之不恭，受之有愧。」（禮物）

用　　途	語　　彙
時　令　語（春）	「鳳曆春回，洪鈞氣轉。」、「日麗風暄，鶯啼燕舞。」、「三陽啟泰，四序履瑞。」、「三元肇慶，六呂司春。」、「燈火皆春，樓臺不夜。」、「燈排火樹，月滿星橋。」（正月） 「探花穀旦，問柳芳辰。」、「江南雨細，謂北雲浮。」、「二分春色，一派韶華。」、「花容正麗，榆火方新。」、「舞蝶良辰，育蠶令節。」、「桃腮暈赤，柳眼舒青。」（二月） 「人逢拾翠，候居踏青。」、「嫩綠凝眸，深青橫黛。」、「蘭亭修禊，藥圃尋春。」、「東風作節，暗雨銷魂。」、「綠楊煙外，紅芍煙中。」、「青挑效北，酒熟江南。」（三月）
（夏）	「隴麥辭春，蛙田吐夏。」、「梅肥紅樹，麥秀青疇。」、「風生殿閣，斗指東南。」、「雨釀黃梅，日蒸綠李。」、「鳥方護彀，人正分秧。」、「長風扇暑，茂樹連陰。」（四月） 「甘雨蘇苗，薰風解慍。」、「榴火舒丹，槐陰結綠。」、「蘭湯薦浴，蒲酒浮觴。」、「時逢陽盛，候紀陰萌。」、「風自南來，日方北至。」、「暑氣逼人，炎威侵體。」（五月） 「荷風扇暑，麥雨流膏。」、「蓮渚風清，梅庭月朗。」、「盤堆雨耦，座泛冰桃。」、「竹簟尋涼，小窗避暑。」、「冰簾卻暑，雪館招涼。」、「鶉火臨躔，庚金在候。」（六月）
（秋）	「炎風消夏，淡月橫秋。」、「水天一色，風月雙清。」、「梧葉庭飛，桂林階動。」、「爽氣朝來，新涼初透。」、「銀漢風清，星河波淡。」、「翠幕生煙，瑤臺含霧。」（七月） 「碧天似水，丹桂初芬。」、「望月情牽，觀濤興湧。」、「玉輪光滿，銀漢秋高。」、「露湛清華，雲空碧漢。」、「梧葉風高，桂枝月滿。」、「滿天月朗，永夜風情。」（八月） 「白雁書天，黃花匝地。」、「楓雕江錦，菊綻籬金。」、「葉正辭青，蘆將颭白。」、「風悽露冷，霜肅秋高。」、「節逢泛菊，序屬佩萸。」、「黃柑無恙，紫蟹初肥。」（九月）

用　　途	語　　彙
（冬）	「時為陽月，景屬小春。」、「橙黃橘綠，蘆白楓丹。」、「日行北陸，春到南枝。」、「景入梅花，香分荔葉。」、「霜凌梅蕊，雪冷楓林。」、「風木聲分，雪山容老。」（十月） 「松風一枕，梅月半窗。」、「長天凍雪，大地飛霜。」、「寒欲放梅，臘將舒柳。」、「寒消九九，陽啟重重。」、「春惜三分，陽添一線。」、「月淡梅寒，霜凋楓冷。」（十一月） 「梅信傳春，椒觴開臘。」、「竹葉浮杯，梅花照席。」、「風清宇宙，雪霽乾坤。」、「冬殘臘盡，歲暮春回。」、「椒花殘臘，爆竹催春。」、「畫閣迎春，錦筵守歲。」（十二月）

【說明】

①寄信語是己曾有信給對方，重提之也。作用為表連續及探問收到否之意。

②接信語為接對方來信，回信時一提，免對方掛記。

③訪謁語及會晤語無甚差別。訪謁用於未會面者，目的在使對方知己曾往謁候。會晤語為對見面不久者之用，信中一提，以增進情感。

④告幸語為告知近況尚佳，以免對方掛記。事類至繁，分別使用。表中僅列對事、對家庭、對身體，其餘可類推。

⑤自愧語為表自謙。或為客氣，或亦屬事實，使用時不宜過分離開事實。

⑥謝贈語為收對方餽贈，表示謝意者。

⑦時令語猶對面之寒喧。然表列者為四季分明之景地，在亞熱帶地區、熱帶或寒帶地區，宜慎擇使用，以免不對景而失真。

【注釋】

①芝儀　美好之風範，此尊稱對方。新唐書元德秀傳：「房琯每見德秀，歎息曰：『見紫芝眉宇，使人名利之心都盡。』」德秀字紫芝，以賢仁名高當世。

②榘教　榘同矩，工匠用之為方器，引申為法儀。榘教即以法度規矩教誨。此代對方之教誨。

③春風　喻教育恩深如春風之生長萬物。宋史李侗傳：「不言而飲人以和，與人並立而使人化，如春風發物，蓋亦莫知其所以然也。」此代師長。

④仁宇　仁者之器宇，此代對方。李直方白蘋亭記：「道出公之仁宇，目覽亭之崇構。」舉

⑤鈞顔　尊稱仕宦者。

⑥驪歌　告別之歌。于志寧冬日宴群公於宅各賦一字得杯詩：「賓筵未半醉，驪歌不用催。」

⑦行李　出行者所攜之行裝。本為行人，使者。左傳僖公三十年：「行李之往來，共其乏困。」福惠全書筮仕部治裝：「行李百物求備。」

⑧停雲　思念親友。陶淵明停雲詩序：「停雲，思親友也。」

⑨福履增綏　福履，福祿。詩周南樛木：「樂只君子，福履綏之。」傳：「履，祿。」箋：「使為福祿所安。」

⑩潭祉叶吉　多福和好。漢書揚雄傳：「大潭思渾天。」注：「師古曰：潭，深也。」此為深居之義。說文：「祉，福也。」宋史樂志：「君臣叶吉。」

⑪春風藹吉　教育生活和祥。

⑫德懋棠蔭　德政美好如召伯之於南國。史記燕召公世家：「召公卒，而民人思召公之政，懷棠樹，不敢伐，歌詠之，作甘棠之詩。」

貳 結尾的應酬語

一般結尾應酬語

用　　　途	語　　　彙
臨　書　語	「謹此奉稟，不盡欲言。」、「謹肅寸稟，不盡下懷。」、「肅此稟達，不盡縷縷。」、「臨稟惶恐，欲言不盡。」、「耑肅奉達，不盡依依。」、「肅此奉陳，不盡所懷。」（對親友長輩用） 「臨穎神馳，不盡所懷。」、「臨楮眷念，不盡區區。」、「耑此奉達，不盡欲言。」、「臨書馳切，益用依依。」、「冗次裁候，幸恕草草。」、「爰修尺素，不盡所懷。」（對親友平輩用）
請　教　語	「如蒙○鴻訓，幸何如之！」、「幸賜○清誨，無任銘感。」、「乞賜○指示，俾有遵循。」、「敬祈○訓示，不勝感禱。」（對親友長輩用） 「乞賜○教言，以匡不逮。」、「引企○金玉，惠我實多。」、「幸賜○南針，俾覺迷路。」、「如蒙不棄，乞賜○蘭言①。」（對親友平輩用）

應用書信與公文

用　　　　途	語　　　　彙
請　託　語	「倘荷○玉成②，無任銘感。」、「如蒙○噓植，永鐫不忘。」、「倘蒙○汲引，感荷無既。」（推薦） 「倘蒙○照拂，永感○厚誼。」、「得荷○支持，銘感無既。」、「倘承○青睞，永矢不忘。」（關照） 「如承○俯諾，實濟燃眉。」、「倘荷○通融，永銘肺腑。」、「倘承○挹注，受惠實多。」（借貸）
求　恕　語	「不情之請，尚乞○見諒。」、「統祈○鑒察，俯念下情。」、「統希○霽照，不勝感禱。」（通用）
歉　遜　語	「省度五中，倍增歉疚。」、「心餘力絀，寢寐不安。」、「夙夜撫懷，殊深歉疚。」（通用）
恃　愛　語	「恃在愛末，冒昧直陳。」、「辱在夙好，用敢直陳。」、「恃愛妄瀆，幸祈○曲諒。」
餽　贈　語	「謹具不腆③聊申微意。」、「謹具薄儀，聊申下悃。」、「土產數包，聊申敬意。」（贈物） 「謹具芹獻④，藉祝○鶴齡⑤。」、「附呈微儀，略表祝悃。」、「敬具菲儀，用祝○椿壽⑥。」（祝壽） 「附呈微儀，用佐卺筵⑦。」、「薄具菲儀，用申賀敬。」、「奉上菲儀，敬申賀悃。」（賀婚） 「附上微儀，用申奩敬⑧。」、「謹具薄儀，用申奩敬。」、「謹具薄儀，藉申奩敬。」（送嫁） 「謹具奠儀⑨，藉申哀悃。」、「附具奠儀，藉作楮敬⑩。」、「附具芻香⑪，聊申弔敬。」（喪禮）
請　收　語	「伏祈○台收。」、「至祈○檢收。」、「乞賜○莞存。」、「伏望○哂納。」、「敬希○鑒納。」、「乞賜○笑納。」（通用）
盼　禱　語	「無任禱盼。」、「不勝企禱。」、「是所至禱。」、「至為盼禱。」、「是所至盼。」、「實所企禱。」（通用）
求　允　語	「倘荷○俞允。」、「務祈○慨允。」、「乞賜○金諾。」、「至祈○慨諾。」、「敬求○賜可。」、「伏乞○允可。」（通用）
感　謝　語	「私衷銘感，何可言宣。」、「銘感肺腑，永矢不忘。」、「感荷○隆情，非言可喻。」、「寸衷感激，沒齒不忘。」、「分陰寸草，大德不忘。」、「腑篆心銘，感荷無已。」（通用）

用　　　　途	語　　　　彙
保　　重　　語	「寒暖不一，千祈○珍重。」、「乍暖猶寒，尚乞○珍攝。」、「寒暖不一，順時自保。」、「秋風多屬，幸祈○保重。」、「寒風凜冽，伏祈○珍衛。」（對親友長輩用）「寒氣襲人，諸凡自保」 「寸心千里，寄語加餐。」、「春寒峭料，尚先自珍。」、「暑氣逼人，諸祈自衛。」、「秋風多屬，珍重為佳。」、「寒氣襲人，諸凡自保。」（對親友平輩用） 「伏祈○節哀順變。」、「伏希○勉節哀思。」、「還乞○稍節哀思。」、「伏祈○節哀自愛。」、「伏祈○勉節哀思，順時自保。」（對居喪孝子用）
干　　聽　　語	「不憚煩言，有瀆○清聽。」、「冒昧上陳，有瀆○清聽。」、「敢冒○崇威，上瀆○尊聽。」、「冒觸○尊威，有瀆○鈞聽。」（通用）
候　　覆　　語	「如遇鴻便⑫，乞賜○鈞覆。」、「懇賜○鈞覆，無任禱盼。」、「乞賜○示覆，不勝感禱。」（對親友長輩用） 「佇盼佳音，幸即○裁答。」、「幸賜○好音，不勝感禱。」、「雁魚多便，幸賜○覆音。」、「敬希○撥冗賜覆，不勝切盼。」、「乞惠○好音，是幸是幸。」（對親友平輩用）

【說明】

①臨書語為表示信中言未盡意，雖分對長輩、平輩兩類，其異者在於對長輩的語氣多恭敬而已。

②請教語為表願接受對方指教之意，多用於討論或請示等函。用時宜斟酌對方身分及事類性質。

③請託語為信中託人以某事，末以一言兩語收束者。宜因應情事用之。

④求恕語為請對方見諒，措辭宜婉轉。

⑤歉遜語為向對方表歉意，亦含求恕諒之意，亦宜婉轉陳詞。

⑥恃愛語為依恃雙方交情而直率陳說，如此一提，可免對方見怪也。

⑦餽贈語為以禮物送對方，信中或未明言為何物，則於此點明。

⑧請收語為請對方接納之辭，每承餽贈語之下。

⑨盼禱語為有求於對方之收束辭。較請託語更為懇切。

⑩求允語為請託對方且望其應允之辭，亦以懇切為主。

⑪感謝語為受人之惠，表示謝意之辭。與上述請教、請託類有關。用時宜勘酌事類之性質，彼此之身分，而妥為措辭。

⑫保重語為表關切對方之辭。宜切合時、事、地、人。雖為應酬語，仍以真誠為尚。

⑬干聽語為略含求恕之辭，故與求恕語錯雜使用。

⑭候覆語為盼對方回覆之辭，似請教語而更為肯定，亦可與請教語錯雜使用。

⑮表中「○」符號是指宜抬頭或挪抬。

【注釋】

①蘭言　易繫辭傳上：「同心之言，其臭如蘭。」此用為美稱友人之言。

②玉成　成全。張載西銘：「貧賤憂戚，庸玉女於成也。」

③不腆　左傳僖公三十三年：「不腆敝邑。」注：「腆，厚也。」客套之詞，贈人禮物之謙詞。

④芹獻　文選嵇康與山巨源絕交書：「野人有快炙背而美芹子者，欲獻之至尊。」此用為贈人禮物之謙詞。

⑤鶴齡　長壽。淮南子說林訓：「鶴壽千歲，以極其游。」

⑥椿壽　高齡。莊子逍遙遊：「上古有大椿者，以八千歲為春，八千歲為秋。」

⑦巹筵　婚筵。儀禮士婚禮：「實四爵合巹。」注：「合巹，破匏也。」禮記昏義疏：「巹謂半瓢。以一瓢分為兩瓢謂之巹。」

⑧奩敬　致女方婚禮之賀儀。此為表賀出嫁之敬意。奩，音ㄌㄧㄢˊ。

⑨奠儀　致喪家之禮金。說文：「奠，置祭也。」

⑩楮敬　向死者致紙錢以祭。

⑪芻香　祭死者之香。

⑫鴻便　鴻，雁也。漢書蘇武傳：「天子射上林中，得雁，足有係帛書。」後遂以雁代書信。此用為信差之便。

第五節　敬辭

　　敬辭分「知照的敬辭」、「啟事的敬辭」及「結尾的敬辭」。「知照的敬辭」即是「提稱語」或稱「書奉語」，此類用語是請求受信人察閱信文的意思。這些用語已在第三節列出，茲不贅述。本節以「啟事的敬辭」與「結尾的敬辭」為主。

壹 啟事的敬辭

　　啟事的敬辭，通常在提稱語或在開頭應酬語之後，像是書信述事的發語詞，平常對祖父母、父母的信，用「敬稟者」、「跪稟者」、「叩稟者」等；給親友長輩及師長的信，用「敬啟者」、「敬肅者」、「謹肅者」等，復信時用「敬復者」、「謹復者」。給平輩的信，用「啟者」、「茲啟者」、「敬啟者」等，復信時用「茲復者」、「敬復者」。對晚輩，須視關係深淺，酌用「茲啟者」、「啟者」、「茲復者」或「謹復者」。

　　另外情況是對受信人有所商請時，啟事敬辭可改換用語之口氣，如對長輩，用「敬懇者」，對平輩與晚輩，則用「茲懇者」或「茲有託者」。也有用於祝賀時，訃書以及補述時的啟事敬辭。茲將啟事的敬辭列表於下：

一、啟事的敬辭

用　　途	語　　彙
用於祖父母及父母	敬稟者①、謹稟者、叩稟者。
用於長輩及長官	敬啟者、謹啟者、茲肅者②、敬肅者、謹肅者（覆信：敬覆者、謹覆者、肅覆者。）
用於通常之信	啟者、敬啟者、茲啟者、茲陳者、茲者、逕啟者（覆信：茲覆者、敬覆者、逕覆者）。
用於請求之信	茲懇者、敬懇者、茲託者、敬託者。
用於祝賀	敬肅者、謹肅者、茲肅者。
用於訃信	哀啟者、泣啟者。
用於補述	再啟者、再陳者、又啟者、又陳啟者、又、再。

【說明】

　　通常「請求」、「補述」各種用語，有時可成四字句，如「茲敬陳者」、「茲有懇者」、「茲再陳者」、「茲有啟者」，行文時視文氣需要而定。

【注釋】

①稟　卑幼對尊長之表白曰稟。

②肅　敬也。左傳僖二十三年：「肅而寬。」注：「肅，敬也。」

貳　結尾的敬辭

結尾的敬辭又分有「一般敬辭」（敬語）、「請安敬辭」（問候語或祝頌語）及「署名敬辭」（末啟詞或署名下敬辭）三部分。

一、「一般敬辭」或稱「敬語」。如「肅比」、「肅比奉稟」、「敬此」、「敬此布臆」、「耑此」、「草此」之類；「請安敬辭」或稱「問候語」、「問安語」。如對父母，用「敬請，金安」、「叩請　福安」等；對親友尊長或長官，用「敬請　崇安」、「祗請　鈞安」等；對師長，用「敬請　道安」、「恭請　誨安」、「敬叩　鐸安」等；對平輩，用「順問近好」、「順頌近佳」、「即祝成功」等申悃語，如請對方收鑒時，也可用「請鑒語」與「申悃語」連用，如「耑此布臆，諸維　垂察」、「耑此敬復，敬祈　亮察」等。茲將一般敬辭之「申悃語」與「請鑒語」列表於下：

一、一般敬辭（敬語）

申悃語（是申訴己意使對方知之，信中已敘及，以此作結尾）	肅此敬達。　肅此馳稟。　耑肅奉稟。　肅此。　敬此。　謹此。（對親友長輩用）　耑此奉懇。　耑此奉達。　耑此奉聞。　耑此布臆。　耑此。　草此。（對親友平輩用）　聊表賀忱。　用申賀悃。（申賀用）　恭陳唁意。　藉表哀忱。　藉申哀忱。（弔唁用）　肅此鳴謝。（申謝用）　敬抒辭意。　用申辭悃。　心領肅謝。　肅此鳴謝。（辭謝用）　敬抒別意。　用抒離情。　用申別意。　特訴離衷。　藉陳別緒。（送行用）　耑肅敬覆。　耑此奉覆。　肅函奉覆。　耑此敬覆。　匆此函覆。（申覆用）
請鑒語（係請對方收鑒，與「申悃語」有連帶關係，可連用）	伏乞○鑒察。　伏祈○垂鑒。　伏乞○崇鑒。　伏維○霽照。　伏維○亮照。　統希○垂鑒。　統祈○愛鑒。　諸乞○愛照。　伏乞○朗照。　並祈○垂鑒。　乞賜○垂察。　諸維○朗照。　諸維○垂察。　伏乞○荃察。　諸希○荃照。　敬祈○亮察。（通用）

二、請安敬辭

請安敬辭（問安語）（問候語）要分二行書寫。如「敬請　福安」、「敬祝健康」、「順祝快樂」等問候語，其「敬請」、「敬祝」、「順祝」兩字要換到另一行並低兩格書寫，而後二字「福安」、「健康」、「快樂」等語，要用平抬（從次行頂格書寫）以表敬意。但對晚輩則亦可不須另行抬寫，可一直書寫。

請安敬辭的使用，須要斟酌：㈠輩分。㈡職業。㈢關係。㈣時節。㈤喜慶。㈥喪祭等狀況，選用適人、適地、適時及適事的用語。茲將請安敬辭列之於後：

請安敬辭（問候語）

用於祖父母及父母	叩請○金安。 敬請○福安。 敬請○金安。
用於親友長輩	恭請○褆安。 敬請○鈞安。 恭請○崇安。 敬頌○崇祺。 祗頌○福祉。
用於師長	恭請○誨安。 敬請○教安。 敬請○講安。 祗請○道安。 叩請○絳安。
用於親友平輩	即請○大安。 敬請○台安。 順頌○台祺。 順頌○時綏。 即頌○時祺。 即問○刻安。 順候○起居。 此頌○台綏。 敬候○近祉。 順頌○時祺。 藉頌○日祉。
用於親友晚輩	順問○近祺。 即詢○近佳。 即問○刻好。 順詢○日佳。 即頌○近佳。 即問○近好。
用於政界	敬請○勛安。 恭請○鈞安。 祗請○政安。 敬頌○勛祺。
用於軍界	敬請○戎安。 恭請○麾安。 肅請○捷安。 敬頌○勛祺。
用於學界	敬請○學安。 祗請○文祺。 即頌○文綏。 祗請○著安。 順請○撰安。
用於文士	敬祝○吟安。 祗頌○文祺。 敬候○文安。 藉頌○著祺。
用於商界	敬請○籌安。 順頌○籌祺。 敬候○籌綏。 順候○財安。

用於婦女	敬祝○妝安。　　順頌○閫祺。　　即祝○壼安。① 敬候○繡安。
用於旅客	敬請○旅安。　　順請○客安。　　即頌○旅祉。 順頌○旅祺。
用於家居者	敬請○潭安。②　敬頌○潭綏。　　即頌○潭祉。 順頌○潭祺。
用於有祖父母及父母者	敬請○侍安。　　敬頌○侍祺。　　敬候○侍祉。 順頌○侍祺。
用於夫婦家居者	敬請○儷安。　　敬請○雙安。　　敬頌○儷祉。 順頌○儷祺。
用於賀婚	恭請○燕喜。　　恭賀○大喜。　　恭請○喜安。 祗賀○大禧。
用於賀年	恭賀○年禧。　　恭賀○新禧。　　敬頌○新禧。 祗賀○新釐。　　敬頌○年釐。③
用於弔唁	敬請○禮安。　　順候○孝履。　　並頌○素履。④ 祗請○素安。　　用候○苫次。
用於問疾	恭請○痊安。　　即請○衛安。　　順請○痊安。 敬祝○早痊。
用於按時令	敬請○春安。　　即頌○春祺。　　順候○夏祉。 此頌○暑綏。　　即請○秋安。　　順頌○秋祺。 敬頌○冬綏。　　此請○爐安。

【注釋】

①壼安　祝福婦女居家平安之問候語。壼，音ㄎㄨㄣ，婦女住家內室。

②潭安　祝人家居平安之問候語。潭，指潭府，敬稱別人住宅。

③年釐　祝人新年幸福。釐，音ㄒㄧ。福，吉祥。

④素履　居喪時所穿的鞋子，借用為對居喪者之問候語。

三、署名敬辭（末啟詞）

　　署名敬辭是用在信尾發信人簽名後的敬語。例如對祖父母、父母，則用「敬稟」、「敬叩」、「叩上」等；對長輩、尊長，用「謹上」、「敬上」、「拜上」等；對平等時，用「謹啟」、「拜啟」、「謹啟」等；對晚輩時，用「手書」、「手示」、「手泐」等。可見此類用語與發、受信兩人的關係與輩分有關，選用時必須要考慮及之，以免錯用。現將此類用語列表如下：

署名敬辭（末啟詞）

對　　　象	語　　　彙
祖父母、父母	謹稟、敬稟、叩稟、謹叩、叩上、敬叩、叩
尊長	謹上、敬上、拜上、肅上、謹肅、祗上
平輩	謹啟、謹上、敬啟、拜啟、鞠躬、頓首、上
晚輩	手泐、手書、字、諭、手示、手字、手諭
復信	肅復、謹復、敬復、手復
居喪	稽顙、稽首、泣啟
補述	又啟、又及、又陳、再及、再啟、再陳、補啟

第六節　附候語、並候語與啟封詞

壹 附候語（代候語）

　　附候語是發信人的家人或朋友附筆向受信人致問候之意。其位置在發信人署名的左側，其高度依照附候人的輩分而定，如附候人為發信人的長輩，則附候語要略高於署名。

　　附候語可分三類：代長輩附問、代平輩附問及代晚輩附問。其用語列如下表：

附候語

代 長 輩 附 問	▲家嚴囑筆問候。▲某某姻伯囑筆問候。▲家母囑筆致候。
代 平 輩 附 問	▲某兄囑筆問好。▲某妹附筆致候。▲家姊囑筆請安。
代 晚 輩 附 問	▲小兒侍叩。▲兒輩侍叩。▲小孫隨叩。▲小女侍叩。

貳 並候語

　　並候語是發信人請受信人代向其家人或他人問候的意思。其位置在請安語的次行。如被問候者為受信人的平輩或晚輩，則第一個字要略低於請安語，若為長輩，則與請安語齊平。

並候語

問　候　長　輩	▲令尊（或堂）大人前，乞代叱名請安。▲某伯前祈代請安，不另。 ▲某伯處煩叱名道候。▲某姻伯前乞代叩安，恕不另箋。
問　候　平　輩	▲某兄處祈代致候。▲令兄處乞代候。▲某兄處煩代道候。 ▲某姊前乞代道念。▲某弟處希為道念。▲某弟處煩為致候，不另。▲嫂夫人均佳。
問　候　晚　輩	▲順問令郎佳吉。▲並候令嫂等近好。▲順問令姪等均佳。

參　啟封詞

　　啟封詞是在信封上的一項用語，是請受信人開啟信封的敬詞。通常有兩個字，下面字是「啟」，上面字則變化很多，必須根據發、受信人的關係輩分而定。茲將常用的啟封詞列表如下：

啟封詞

類　　別	對　　象	啟封詞
對長輩	直系親屬	福啟、安啟
	親　　戚	安啟
	師　　長	道啟、賜啟
	政　　界	勛啟、鈞啟
	軍　　界	勳啟、鈞啟
	商　　界	賜啟、鈞啟
	學　　界	道啟、鈞啟
對平輩	兄　　弟	親啟、啟
	夫　　妻	親啟、啟
	親　　戚	台啟、惠啟、親啟
	朋　　友	台啟、惠啟、親啟、大啟
	政　　界	勛啟、鈞啟、台啟、大啟
	商　　界	鈞啟、賜啟、台啟
	軍　　界	勳啟、鈞啟、台啟
	學　　界	台啟、文啟
對晚輩	直系親屬	收啟、啟
	親　　戚	大啟、收啟、啟
	下　　屬	大啟、收啟、啟
其　他	方外人士	道啟、惠啟
	居　喪　者	禮啟、素啟

附錄　書信各項用語聯用表

類別	對　象	稱　謂	提稱語	啟事敬詞	敬語	問候語	自　稱	末啟詞	啟封詞
家	祖父母	祖父母大人	膝下膝前	敬稟者謹稟者	肅肅肅此	敬請□福安敬請□金安	孫孫女	謹稟叩上	福啟
	伯(叔)祖父母	伯(叔)祖父母大人	尊前尊鑒	敬稟者謹稟者	肅此敬此	敬頌□福祉敬請□福安	姪孫孫女	謹上肅上	
	父親母	父親大人母	膝下膝前	敬稟者謹稟者	肅肅肅此	敬請□福安敬請□金安	男女(兒)	謹稟叩上	安啟
	伯(叔)父母	伯(叔)父母大人	尊鑒賜鑒	敬稟者謹稟者	肅此敬此	敬請□崇安敬頌□崇祺	姪姪女	謹上拜上	
	兄嫂	○兄○嫂		敬啟者謹啟者	敬此謹此		弟妹	謹上敬上	
	弟弟婦	○弟○○妹	惠鑒雅鑒	茲啟者啟者	肅此草此	順頌□時祺即頌□近佳	兄姊	手書手啟	
	姊	○姊	尊鑒賜鑒	敬啟者謹啟者	敬此謹此	敬請□崇安順頌□時綏	弟妹	謹上敬上	大啟台啟
	妹	○妹	惠鑒雅鑒	茲啟者啟者	肅此草此	順頌□時祺即頌□近好	兄姊	手書手啟	
	夫	○○夫君○○夫子	大鑒偉鑒	敬啟者謹啟者	肅此特此	敬請□台安敬頌□時祺	妻妹	敬啟拜啟	
	妻	○○吾妻○○妹	惠鑒雅鑒			順請□妝安順請□閫安	夫兄	頓首再拜	
	兒女	○○吾兒女○○兒女	知之收悉		此諭		父母	字示	
	媳	○○賢媳	如晤英覽		手此草此	即問□近安順問□近祺	愚舅(父)愚姑(母)	手書手啟	
	姪姪女	○○賢姪姪女	青鑒青覽				伯(叔)伯(叔)母	手書手字	收啟
	孫孫女	○○吾孫孫女	知悉收悉		此諭		祖祖母	字示	
	姪孫孫女	○○姪孫孫女	如晤收悉		草此手此	即問□近好即頌□近佳	伯(叔)祖祖母	手書手字	
族	舅姑	君舅姑大人父母親大人	尊前尊鑒	敬稟者謹稟者	肅肅肅此	敬請□福安敬頌□金安	媳(兒)	謹稟叩上	安啟
	伯叔翁(姑)父(母)	伯(叔)翁(姑)父(母)大人		敬稟者謹稟者	肅此敬此	敬請□崇安敬頌□崇祺	姪媳	拜上謹上	

應用書信與公文

類別	對象	稱謂	提稱語	啟事敬詞	敬語	問候語	自稱	末啟詞	啟封詞
親	姑丈母	姑父母大人	尊前尊右			敬請□崇安／敬頌□崇祺	姪／姪女	拜上敬上	安啟
	外祖父母	外祖父母大人				敬請□福安／敬請□福綏	外孫／外孫女		福啟
	舅父母	舅父母大人		敬肅者謹肅者	肅此敬此		甥／甥女		安啟
	姨父母	姨父母大人					姨甥／甥女		
	表伯(叔)父母	表伯(叔)父母大人	賜鑒侍右			敬請□崇安／敬頌□崇祺	表姪／姪女		
	表舅父母	表舅父母大人					表甥／甥女		
	岳父母	岳父母大人					子婿／婿		
	伯(叔)岳父母	伯(叔)岳父母大人					姪婿		
	姻伯(叔)父母	姻伯(叔)父母大人					姻姪／姪女		
戚	親家	親翁／親母	惠鑒左右	敬啟者謹啟者		敬請□台安／敬頌□時綏	姻弟(妹)／侍生	拜啟敬啟	台啟大啟
	姊夫	○○姊丈／姊倩					內弟(弟)／姨妹(妹)		
	妹婿	○○妹丈／妹倩					內兄(兄)／姨姊(姊)		
	表兄嫂	○○表兄嫂	台鑒大鑒		耑此謹此	敬請□台安／敬頌□時祺	表弟妹	頓首拜啟	
	內弟	○○內弟					妹婿姊		
	襟兄弟	○○襟兄弟		敬啟者謹啟者			襟兄弟		
	姻兄嫂	○○姻嫂					姻弟(妹)／侍生		
	內姪／姪女	○○賢內姪／姪女	青覽青鑒		手此草此	即問□近好／順問□近佳	姑丈母	手啟手書	收啟
	外孫／外孫女	○○賢外孫／孫女					外祖祖母		
	甥／甥女	○○賢甥／甥女					愚舅舅母		

類別	對象	稱謂	提稱語	啟事敬詞	敬語	問候語	自稱	末啟詞	啟封詞
	女婿	○○賢婿 倩	青覽 青鑒	敬啟者 謹啟者	手此 草此	即問□近好 順問□近佳	愚岳 岳母	手啟 手書	啟
	表姪 姪女	○○賢表姪 姪女					伯(叔) 伯(叔)母		
	姻姪 姪女	○○賢姻姪 姪女					愚		
師	太老師 師母	太夫子大人 太師母	崇鑒 賜鑒	敬肅者 謹肅者	肅此 崇肅	敬請□崇安 敬頌□崇祺	小門生 門下晚生	拜上 敬上	安啟 道啟
	老師	○○吾師 夫子	函丈 壇席		敬此 肅此 祗此	敬請□教安 恭請□誨安	受業 學生		
	師母	師母	崇鑒 賜鑒			敬請□崇安 敬頌□崇祺	學生		
	師丈	○○師丈							
生	男學生	○○學弟 學棣	如晤 雅鑒		手此 草此	即問□近好 即祝□進步	小兄 愚姊	手啟 手書	啟 大啟
	女學生	○○學妹 女弟							
世	長輩	太世伯(叔)父 母	尊鑒 尊右	敬啟者 謹啟者	肅此 敬此 祗此	敬請□崇安 敬請□鈞安	世再姪 姪女	拜上 謹上	鈞啟 賜啟
		仁伯(叔)父 母					世姪 姪女		
		仁(世)丈					晚		
	平輩	○○吾兄(弟) 姊(妹)	台鑒 大鑒				弟(兄) 姊(妹)	再拜 頓首	大啟 台啟
交	晚輩	○○世兄 臺	雅鑒 惠鑒		肅此 特此	敬請□台安 敬請□時祺	愚	敬啟 手啟	啟
	同學	○○學長 兄(姊)	硯右 大鑒				學弟 妹		
	朋友	○○仁兄 姊	大鑒 台鑒				弟 妹	再拜 頓首	大啟 台啟
	朋友夫婦	○○吾兄 夫人	雙鑒			敬請□儷安 敬頌□儷祺			
各	政界 長輩	○公主席 ○公院長	鈞鑒 勛鑒	敬肅者 謹肅者	肅此 敬此	恭請□鈞安 敬請□勛安	後學 晚	敬上 謹上	鈞啟 勛啟
	軍界 長輩	○公將軍 ○公師長	麾下 幕下			敬請□戎安 恭請□麾安			
	商界 長輩	○公董事長 ○公總經理	賜鑒 崇鑒			敬請□崇安 敬頌□崇祺			鈞啟
界	學界 長輩	○公校長 ○公教授	道鑒 塵次			敬請□鐸安 敬頌□崇祺			道啟 鈞啟

應用書信與公文

類別	對　象	稱　謂	提稱語	啟事敬詞	敬語	問候語	自　稱	末啟詞	啟封詞
	政界平輩	〇〇司長吾兄 先生 〇〇 女士	惠鑒 閣下	敬啟者 謹啟者	專此 特此	順請□政安 順頌□勛祺	弟 妹	拜啟 謹啟	台啟 大啟
	軍界平輩	〇〇連長吾兄 〇〇營長吾兄	麾下 幕下			順請□軍安 順頌□勛祺			
	商界平輩	〇〇經理吾兄 〇〇課長吾兄	台鑒 大鑒			順頌□籌祺 順請□大安			
	學界平輩	〇〇教授吾兄 〇〇主任吾兄	雅鑒 左右			順頌□文祺 順請□撰安			
方外	和尚(比丘)	〇〇上人 法師	方丈 有道	敬啟者 謹啟者	專此 特此	敬請□道安 敬頌□道祺		拜啟 謹啟	道啟 大啟
	尼姑(比丘尼)	〇〇老師太 師太	有道 道鑒						
	道士	〇〇法師	法鑒						
	神父	〇〇神父 司鐸	有道 道鑒						
	牧師	〇〇牧師							
	修女	〇〇修女							
其他	賀年					恭賀年禧 祗賀春釐			
	賀男壽					祗祝嵩齡 恭賀長春			
	賀女壽					祗祝蕃禧 恭叩遐齡			
	賀結婚					敬賀大禧 祗賀燕喜			
	問疾長輩	〇〇世伯 伯母	崇鑒	敬肅者 謹肅者	專肅 專此 奉候	虔祝痊安 敬祝豫安	晚	拜上 敬上	道啟 鈞啟
	弔　唁		禮鑒 苫次			敬請禮安 專唁素履			素啟

【說明】

①上面稱謂欄之「〇」及「〇〇」符號，均表示寫信時須寫對方之名、字或別號。如為家族，可稱其排行，如「三哥」、「二叔」之類。

②同欄內之「提稱語」、「啟事敬辭」、「敬語」、「問候語」、「末啟詞」、「啟封詞」多列有兩種用語，寫信時可任擇一種使用。

③表中用語，袛是「約定俗成」，為世所習用而已，並非絕對不可移易。寫信時，可依對方之身分，當時之需要，以及彼此關係之深淺，慎加選擇，靈活運用，不必拘泥。

④表中各欄如為空白，表示該關係中可以不用術語，如父親寫信給兒子，可不用啟事敬詞、問候語。「方外」一類，凡屬信徒，可自稱「信士」、「信女」、「弟子」（佛道）或「主內」（基督），或直接署姓名即可。

⑤受信人有喜慶，如結婚、生子、壽誕，提稱語可用「吉席」。弔唁的信，提稱語可用「禮席」、「苫次」，啟封詞可用「禮啟」、「素啟」。發信人居喪，提稱語可用「矜鑒」。

⑥問候語一欄中的「□」表示其下的字應另行（列）頂格書寫。

（取自東大圖書公司應用文）

⑦袛，音ㄓ，恭敬地意思，如袛候、袛請等。另外形似字「祇」，音ㄓ或ㄑㄧˊ，如祇ㄓ是，神祇ㄑㄧˊ。

NOTE

Chapter 7

便條與名片

讀完本章，你應該能夠：

1) 瞭解便條的意義與結構
2) 瞭解便條的寫作與範例
3) 瞭解名片的意義、功用與款式
4) 瞭解名片的結構
5) 瞭解名片的寫作與範例

第一節　便條的意義與結構

一　便條的意義

　　「便條」二字，顧名思義，就是簡便的字條，詳言之，即在簡便的紙條上所書寫的文字，也可以說是簡化的書信。這種簡化書信，古時有「短箋」、「短書」、「小簡」、「小牋」、「小束」、「小札」、「小紙箋」等名稱。

　　在容易和方便取得的小紙條上，用簡單的短文告知對方事情，親自將此字條留置在對方的處所，或派人遞送給對方，既不用裝封，也不須付郵，並省去繁複的應酬語、客套話的書寫方式，就稱之「便條」。

　　便條因具有簡易性和方便性，所以常用在非正式場合，如平輩間的朋友、同事或熟人等交往，可以不拘禮數的把自己的意思、事情，用小紙條書寫出來。所以，便條通常適用於關係較深的朋友，對尊長最好避免使用。由於不具保密性，故以不涉及機密性之事為宜，例如生活上的普通事情，像拜訪未晤、邀約、借還款、借還物、饋贈、請託、答謝、邀宴、探病、探詢等方面。

　　便條與現今的電子簡訊有異曲同功之妙，既簡單又便捷，而且省時省力，故平日生活細事，都可用便條來傳達告知。

二　便條的結構

　　便條是省了應酬語和客套話的書信，所以不必在文詞上費工夫，只要照著便條的結構項目來表達即可，便條的結構項目有：

㈠正文

　　正文是便條的主體，也是意思表達的內容，須簡明扼要，三言兩語把事情交代清楚，切忌長篇大論。

㈡姓名與稱謂

　　在便條紙上，先寫對方的姓名與稱謂，接著寫正文，另一寫法是先寫正文，然後加上「交遞語」再寫上對方的姓名與稱謂。所以，寫對方的姓名與稱謂，可在「正文」的前面或是在後面皆可。

㈢交遞語

　　在正文後，再寫對方姓名、稱謂時，中間要加「交遞語」以示尊重。交遞語是表示上文結束並向對方致敬之意，如「此上」、「此致」、「此請」、「此覆」、「謹上」、「謹致」等交遞語，其後再寫上對方的姓名及稱謂，但須要另行（列）平抬頂格書寫。

㈣自稱、署名、末啟詞

　　在署名之上方，宜加上一個與前面稱謂相當的自稱，如前面稱對方為「兄」，自稱為「弟」、「妹」等。

　　在署名之下方，也要加上一個「末啟詞」或稱「署名下敬辭」如「敬上」、「拜啟」等。

㈤時間

　　時間通常指年月日，有時也用「頓號」代替而不寫年月日三字。時間都寫在署名下方偏旁處。

第二節　便條的寫作與範例

一　便條的寫作

(一)寫作範圍

便條的寫作範圍以訪友未晤、商借財物、邀約、邀宴、財物餽贈、請託、答謝、探詢等最為適用。

(二)寫作對象

便條寫作的對象，以平輩朋友、同事、熟人最適用，對新交或尊長最好避用。

(三)寫作內容

便條的寫作內容，以單項的普通事情為宜，不宜多項事情一起作交代。

(四)寫作用語

便條的寫作用語，多與書信用語相同，如稱謂、自稱、末啟詞、結尾敬詞等。

(五)寫作用紙

便條寫作的使用紙張，並無拘限，除各機關、學校自行印就的「便條紙」可供機關內部使用外，其他白色潔淨的方形紙條，均可取用。

二 便條的範例

㈠拜訪

◆例一

> 來訪未晤，悵甚！因有要事奉商，明（十九）日上午十時再行趨
> 拜，務請　曲留為幸。此上
> ○○兄
>
> 　　　　　　　　　　　　　　　弟○○謹留　3月18日

◆例二

> ○○姊：今晚來訪，適逢　外出，未晤為悵！擬於明日下午五時再
> 行拜謁，請　賜稍候，為感。
>
> 　　　　　　　　　　　　　　　妹○○拜上　5月8日

㈡借還款

◆例一

> 茲有急需，乞請　惠借新臺幣壹萬元，以濟燃眉，擬於半個月內奉
> 還，倘承　允諾，請交來人帶下為感。此上
> ○○兄
>
> 　　　　　　　　　　　　　　　弟○○拜留　4月8日

◆例二

> ○○姊：刻因急用，懇請　惠借新臺幣壹萬元，約於十日內奉還，
> 如蒙慨允，請即交舍弟攜回為盼。
>
> 　　　　　　　　　　　　　　　妹○○上　5月12日

㈢借還物

◆例一

近需照相機一用，請交正雄帶下，用畢即璧還不誤。

　　　此上

○○兄

弟○○敬上　2 月 8 日

◆例二

○○學姊：刻需英文打字機一用，請交美鳳帶下，一週後奉還，絕不致有所損壞，敬祈　勿卻為幸！

學妹○○○敬啟　6 月 3 日

㈣饋贈

◆例一

日昨赴澎湖旅遊，購回當地土產花生酥數盒，茲奉上一盒，敬希笑納。此致

○○兄

弟○○上　5 月 9 日

◆例二

○○姊：昨日前往蘭園參觀，購得花色豔麗之洋蘭二盆，特以一盆相贈，以供觀賞，尚祈　哂納。

妹○○謹上　3 月 16 日

㈤答謝

◆例一

承　惠贈澎湖花生酥，啖之酥脆可口，齒頰留香，感荷不盡，謹致謝忱。此復

○○兄

弟○○拜謝　3 月 5 日

◆例二

○姊：承　贈珍蘭，正是妹所欠缺之品種，雲情盛意，感謝無盡，謹拜領，並申謝悃。

妹○○拜覆　2 月 16 日

㈥邀宴

◆例一

明日重陽佳節，晚上六時在舍下潔治菲酌，敬請　光臨，幸勿見卻。此請

○○兄

弟○○謹邀　10 月 2 日

◆例二

○○兄：校友志明兄最近自美學成歸來，弟已約定於明（九）日晚上六時來寒舍便酌，藉敘離情，恭候　台光，請勿推卻。

弟○○謹約　7 月 8 日

(七)邀遊

◆例一

際此春光明媚，正是郊遊踏青之佳期，報載陽明山櫻花盛開，景色迷人，謹邀吾　兄於明（六）日晨九時來舍下，然後驅車同遊，藉暢胸懷。此上
○○兄

弟○○○上 2 月 5 日

◆例二

○○姊：連日細雨綿綿，今日忽然放晴，據說陽明山花事正濃，想邀賢姊於明（十）日同往賞遊，如蒙　俞允，請於是日上午八時來舍開車同往是盼。

妹○○敬邀　2 月 9 日

(八)請託

◆例一

友梅學姊之嘉禮，妹適有公務須赴臺南，未克參加婚宴，茲附上禮金二仟元，煩請吾　姊代為致送，勞神之處，容當面謝。
　　此上
○○姊

妹○○敬上　10 月 12 日

◆例二

○○兄：本月○日有評審委員會議，弟因出國，未克與會，請代請假，為感。

弟○○敬啟　11 月 12 日

第三節　名片的意義、功用與款式

一　名片的意義

名片就是印有姓名、字號、籍貫、職銜、機關、公司、行號、電話、地址等的長方形小卡片。普通規格是長九公分，寬五點五公分，但也有因個人喜好而裁成稍寬稍長者，一般仍以能放入皮夾內為原則。名片的顏色，以白色為主，但亦有用其他顏色的。卡片上所印的個人資料，以服務機關名稱、職銜、姓名、住址、電話號碼為主，但亦有加上字號、籍貫、學校、照片，甚至有部分在商業機構或公司行號服務的人，在名片上印上經營項目及徽識、商標。

名片在漢初已在使用，當時稱為「謁」，是一種寫上姓名的木片，作為拜謁時通報姓名之用，漢末有稱為「刺」，到了明末時，稱為「寸楮」，清朝以後又有「名紙」、「名帖」、「名刺」、「名片」等稱呼。民國以來，印刷術進步，紙張質料變薄而韌性增強，不怕汗濕，而且攜帶更方便，在現今工商社會，人際交往日繁，其應用也日廣。

二　名片的功用

名片雖是便條的變體，但比便條的應用更廣。一張名片可以作為(1)拜謁時，作為通報之用。(2)初次見面時，作為自我介紹之用。(3)造訪未晤時，作為留言之用。(4)競選或行銷時，作為宣傳之用。(5)想要聯絡時，留作通訊備忘之用。(6)沒有便條紙時，當作便條使用。其他如推薦、致送禮物、探病、辭行、拜年等，皆可使用。

三 名片的款式

通行的名片款式有三種，即直式、橫式及兩用式。茲分述如下：

㈠直式

直式名片有正反兩面，正面文字由上而下直排。印刷方式有 *1.* 在名片正中僅印姓名。使用此種名片者，皆是大官和有知名度的人。 *2.* 名片正面分三部分；右上印服務機關名稱或公司行號及職銜；正中間印姓名，有的加印學位或字號、籍貫；左下印地址、電話號碼。此種名片為多數人所喜愛。 *3.* 只印正中間的姓名及右上的服務機關或公司行號及職銜，此種名片不印地址、電話、以介紹、通報用為多。 *4.* 只印中間姓名，左下方印籍貫而已（如圖 7-1）。

直式名片之一

胡　豫　生

直式名片之二

國立台灣大學教授

李　文　進

住址：台北市○○路○○號
電話：○○○○○○○

直式名片之三

海軍○○艦艦長

陳堅忍

直式名片之四

張德明

湖南長沙

圖 7-1　直式名片

㈡橫式

　　橫式名片有正反兩面，正面文字由左至右橫列，分三部分：正中部分印姓名；上部印服務機關名稱或公司行號及職銜，甚至在左上方印上公司、學校的徽記、商標等。

　　橫式名片的使用者為能與外國人交往，在反面印英文姓名、職稱、公司行號及聯絡電話、傳真、電子信箱等。（如圖 7-4）。

橫式名片之一

文訊月刊 總編輯

李　瑞　騰

社址：台北市林森北路七號　　　電話：393-0278・394-8070

編輯部：台北市復興南路一段 127 號 3 樓　　電話：741-2364
　　　　　　　　　　　　　　　　　　　　　　771-1171

橫式名片之二

```
祥圃實業股份有限公司

推廣經理 彭　宏　榮

        總　公　司：台北市復興北路 2 號 7 樓之 2
        電　　　話：（02）734297~8
        桃園連絡處：桃園市中山路 425 巷 18 之 4 號 5 樓
        電　　　話：（033）375222
        高雄連絡處：岡山鎮柳橋西路 39 巷 9 號
        電　　　話：（07）6210077・6230288
```

圖 7-2　橫式名片

(三)兩用式

　　兩用式名片是在一張名片上，正面右邊印有直式的中文，另左邊印有橫式的外文，這是將直式及橫式印在同一面（如圖 7-3）。

```
R.O.C. KITEFLIERS ASSOCIATION


    Kin Kan Ksieh
    PRESIDENT

P. O. BOX: 35-37
TAIPEI, TAIWAN. R. O. C.
NO. 42, SUNG CHIANG RD., RM 702
TAIPEI, 104, TAIWAN. R. O. C.
TEL: (02) 561-7158, 531-4931
CABLE: "RISEKITE" TAIPEI
TELEX 20623 RISEKITE
```

謝金鑑　中華民國風箏協會　理事長

台北市松江路 42 號 7 樓（順利松江大樓）

電話：（〇二）五六一一七一五八　五一一一四九三一

圖 7-3　兩用式名片之一

兩用式名片也可以在正面印直式文字，背面印橫式外文（如圖7-4）。

正面

國立空中大學講師
教學節目處媒體委員

柯　志　恩

電話：(公)三九三〇一六一九（四樓）
住址：(公)台北市南海路三號仰德大樓五樓Ｂ座

背面

Joann Ko

INSTRUTOR & MEDIA SPECIALIST
DEPARTMENT OF PRODUCTION & PROGRAMMING
NATIONAL OPEN UNIVERSITY

3 NAN-HAI ROAD. 5F SECTION B　　　PHONE: (0) 397-3016
TAIPEI, TAIWAN, R. O. C.

圖 7-4　兩用式名片之二

以上三種名片款式，以直式最適合在背面書寫，具有留言的功用。

第四節　名片的結構

名片背面的空白處，可代當便條使用，只因空間較小，故通常正面、背面均需利用。因名片正面已印有自己的姓名，所以寫作方式略有不同於便條，但也需要具備下列結構項目：

一　正文

正文是書寫事情的內容，如果字數少，可在名片正面寫，如字數多，須在背面空白處書寫。要用淺近文言作扼要陳述，字體要細小而

明晰。如背面不夠書寫，可轉入正面的右上方直行向左寫，還可越過姓名，延至左方結束。

二　交遞語、姓名、稱謂

正文寫完之後，要接著使用交遞語及姓名與稱謂。使用交遞語時，有兩處可以選擇：一是在名片正面的左上方空白處。一是在名片背面，依便條之款式書寫。

接在交遞語之後要寫對方（收片者）的姓名和稱謂。在名片正面宜書寫其全名，在背面只寫名不寫姓，並在對方的名之下，加上稱謂尊詞，如「兄」、「姊」、「學長」、「先生」等。

三　自稱和表敬辭

因名片正面已印有自己的姓名，所以在背面書寫正文、交遞語、稱謂之後，不必再署名，只要寫上「名正肅」或是「名正具」三個字即可。如收片者是長輩或平輩時，要寫「名正肅」；收片者是晚輩時，要寫「名正具」。

「名正具」這三個字的意思，是說自己的名字已印在名片正面；「名正肅」是說自己的名字已「恭」印在名片正面了。「具」是開列具備之意；「肅」是敬具之意，兩者僅尊敬意味之差別而已，但亦有為證明持名片者是本人以及為表示尊重負責之態度，而加蓋私章者。

自稱和表敬辭是使用在名片正面的。自稱是寫在印有姓名的「姓」字的右上方，小寫側書，如「弟」、「妹」等，但也可選在「姓」下「名」上的地方寫自稱。

自稱寫完後，接著是「表敬辭」的書寫。在名片已印有名字下，加上「表敬辭」，如「敬上」、「上」、「拜留」等。在便條上稱「末啟辭」或「署名下敬辭」；而在名片上稱「表敬辭」或「敬辭」或「禮告敬辭」等不同稱呼。

四 時間

名片上要記得註明「時間」，某月某日，通常寫在表敬辭之旁。

第五節　名片的寫作與範例

一 名片的寫作

㈠寫作範圍

名片的寫作範圍比便條廣，凡拜訪未晤、饋贈、申謝、邀約宴遊、辭行、借物、探詢、探病、請謁、推薦、介紹就醫、參觀、營業項目、致送賀禮、領謝、拜年等均可適用。

㈡寫作對象

名片的使用對象，除對尊長儘量少用外，其他的對象皆可適用，不受限制。

㈢寫作內容

名片可供書寫的空間小，故以單一事情為原則。

㈣寫作用語

名片上的用語，如稱謂、自稱、交遞語、表敬辭等都和便條相同。

二 名片範例

(一)拜訪

正面

```
國立空中大學教授

      弟李 大 維頓首○月○日

    留陳
○○○先生
                校址：新北市蘆洲區中正路一七二號
                電話：（○二）二二八二一九三五五
```

背面

```
來訪未遇，悵甚。茲有要事奉商，擬於明
（二十一）日上午九時再度趨訪。 尚乞 留
候為感。此上
  ○  ○兄

                          名正肅
```

(二)介紹

正面

```
國立空中大學教授

      弟李 大 維謹上○月○日

    面呈
○總經理
                校址：新北市蘆洲區中正路一七二號
                電話：（○二）二二八二一九三五五
```

背面

> 茲介紹舍親○○○趨謁，敬祈　賜見為幸。
>
>
> 名正肅

(三)介紹（另式）

正面

> 國立空中大學教授
>
>   弟李　大　維拜上○月○日
>
>   敬煩面陳
> 趙大醫師
>   校址：新北市蘆洲區中正路一七二號
>   電話：（○二）二二八二－九三五五

背面

> 家兄○○先生久患胃疾，特慕
> 名趨前求治
>   敬懇
> 惠為詳診，感同身受。此上
> ○○兄
>
>   名正肅

㈣辭行

（一式）

國立空中大學教授

　　　　弟李　　大　　維辭行〇月〇日

〇〇兄

　　　　　　　　校址：新北市蘆洲區中正路一七二號
　　　　　　　　電話：（〇二）二二八二－九三五五

（又式）

　　國立空中大學教授
今晨乘機赴美，不及走辭，謹此奉候

　　　　晚李　　大　　維謹上〇月〇日

〇〇世伯安吉

　　　　　　　　校址：新北市蘆洲區中正路一七二號
　　　　　　　　電話：（〇二）二二八二－九三五五

㈤拜年

國立空中大學教授

　　　　受業李　大　　維敬叩即日

〇〇吾師
　　師母

　　　　　　　　校址：新北市蘆洲區中正路一七二號
　　　　　　　　電話：（〇二）二八二－九三五五

(六)求見

國立空中大學教授

　　　晚李　大　維拜謁

　敬懇
　延見

　　　　　校址：新北市蘆洲區中正路一七二號
　　　　　電話：（○二）二八二一九三五五

(七)探病

正面

國立空中大學教授

　　　弟李　大　維拜留即日

　敬陳
　○○兄

　　　　　校址：新北市蘆洲區中正路一七二號
　　　　　電話：（○二）二二八二一九三五五

背面

頃從○○兄處得悉
貴體違和，特來探晤，適赴放射科作檢
查，未晤殊悵。
擇日當再趨候。謹祝
痊安

　　　　　　　　名正肅

(八)**致送賀禮**

正面

國立空中大學教授

　　　弟李　　大　　維敬賀○月○日

專送
○○路○號
○○○先生

　　　　　　　校址：新北市蘆洲區中正路一七二號
　　　　　　　電話：（○二）二二八二－九三五五

背面

欣逢
令尊大人八秩榮慶，因事不克趨賀，歉
甚。茲奉上百壽圖一幅，藉頌
福壽康寧　敬祈
哂納

　　　　　　　　　　　　　名正肅

(九)**領謝賀禮**

正面

台灣彩色製版印刷服務中心總經理
　承賜百壽圖一幅，敬領拜
謝
　　弟陳　　書　　偉再拜○月○日

回謝
○○○先生
　　　　　　　地址：台北市和平東路三段一二○號
　　　　　　　電話：七○六四六七六・七○七二八

(十)邀請

正面

國立空中大學教授

　　　弟李　大　維敬邀○月○日

專送
○○路○號
○○○先生

　　　　　　校址：新北市蘆洲區中正路一七二號
　　　　　　電話：（○二）二八二一九三五五

背面

○○兄將於明早返港，今晚七時，謹於舍下
略備菲酌餞行，敬請　光陪，勿卻是幸！

　　　　　　　　　　　　名正肅

(十一)借貸

正面

國立空中大學教授

　　　弟李　大　維謹上　○月○日

送呈
○伯伯

　　　　　　校址：新北市蘆洲區中正路一七二號
　　　　　　電話：（○二）二八二一九三五五

應用書信與公文

背面

> 茲因急需，乞借新台幣○○元，如蒙慨允，即交小犬帶下，款容於本月○日奉還，絕不爽約。此致
> ○○學長
>
> 　　　　　　　　　　　　名正肅

（圭）探詢

正面

> 國立空中大學教授
>
> 　　　弟李　大　維敬上　○月○日
>
> 送
> ○○公司
> ○總經理
> 　　　　　校址：新北市蘆洲區中正路一七二號
> 　　　　　電話：（○二）二二八二─九三五五

背面

> 刻聞
> 貴公司將招考業務員，究竟是否屬實，請惠予示知為荷！此致
> 總經理
>
> 　　　　　　　　　　　　名正肅

㈡託帶

正面

```
國立空中大學教授

    弟李　大　維拜上○月○日

  敬煩袖交
○○兄
                校址：新北市蘆洲區中正路一七二號
                電話：（○二）二二八二－九三五五
```

背面

```
  茲乘○○兄南下之便，特託帶上拙作兩冊，
      敬希
  察收，並賜
  指教　　此致
○○兄

              名正肅
```

NOTE

Chapter 8

柬帖

學習目標

讀完本章，你應該能夠：

1 瞭解柬帖的意義與格式
2 瞭解柬帖的種類與實例
3 瞭解柬帖的用語

157

第一節　柬帖的意義與格式

一　柬帖的意義

柬帖即「簡帖」也，柬為簡字之假借字，寫在竹片上者謂之「簡」；帖，為小幅的絹帛，寫在絹帛上者謂之「帖」。借用「柬」字後，而成「柬帖」。

柬與帖皆因書寫材料不同，取名也異，但究起源、性質、功用皆同指書信。現今已將「柬」與「帖」合為一個名詞，作為婚、喪、喜、慶及一般應酬的書面「請柬」和「禮帖」的總稱，與便條、名片一樣，都是書信的變體。

二　柬帖的格式

柬帖有其獨特且固定的格式，所以在民間的社交活動中，已被廣泛應用。柬帖的格式，也隨時代和習俗的改變，多所變革，但仍離不開通行的固定格式。

柬帖大多用厚硬的紙張印成，形式上分為兩種，一是卡片式；另一是摺疊式。

卡片式的柬帖，都用於婚、嫁、喜、慶及一般的應酬為多，並以紅色為卡色，印上金色的字，並且需要用封套裝卡寄送。

摺疊式的柬帖，其表面印成封面格式，內頁書寫內容文字，今多使用於喪葬的訃聞。

第二節　柬帖的種類與實例

　　柬帖的用途非常廣泛，舉凡人世間的婚、喪、喜、慶、應酬等事，都能用得上，故分種類不易，只能從大約作歸類，由每大類之中，再分成若干種。

　　現行的柬帖，大約可歸納為「婚嫁」、「慶賀」、「喪葬」及「一般應酬」等四類柬帖，茲分述於後：

一　婚嫁柬帖

　　婚嫁柬帖就是男婚女嫁雙方所用的柬帖。雖然婚嫁的儀式，沒有定制，但每家遇有婚娶或出嫁時，總得使用柬帖邀請親友賓客觀禮，出席喜宴，因此這類柬帖又可分成三種：即訂婚柬帖、結婚柬帖與出嫁柬帖。但亦有為省事，而將出嫁柬帖與結婚柬帖合併印發的。

　　茲將此三種柬帖的內容與結構項目，分敘如下：

㈠訂婚柬帖

　　男女訂定婚約，謂之訂婚。訂婚時，通常將印製的訂婚柬帖致送親友，但也可用啟事的方式刊登報紙遍告諸親友。所用的柬帖，通常由雙方家長或一方家長具名，無家長者可由長輩具名，或自行具名。

　　訂婚柬帖的內容通常應包括：*1.*訂婚日期、地點及禮事。*2.*訂婚人與具帖人之間的稱謂及姓名。*3.*介紹人姓名。*4.*恭請受柬人光臨。*5.*具帖人姓名及表敬辭。*6.*宴客地點、時間。茲舉例如下：

⑴由男方家長具名（訂婚柬帖）

謹詹於中華民國○○年○月○日（星期日）下午六時假台北國賓大飯店
為長男志明與黃復興先生令媛春嬌小姐舉行訂婚禮敬備菲酌　恭候

台光

陳　大　慶
陳李○○　謹訂

席設：國賓大飯店一樓○○廳
地址：台北市中山北路二段 46 號

⑵由女方家長具名（訂婚柬帖）

謹詹於中華民國○○年○月○日（星期日）下午六時假台北國賓大飯店
為長女春嬌與陳志明君舉行訂婚禮敬備菲酌　恭候

台光

黃　復　興
黃王美鳳　謹訂

席設：國賓大飯店一樓○○廳
地址：台北市中山北路二段 46 號

⑶由男女雙方家長具名（訂婚柬帖）

謹詹於中華民國○年○月○日（星期日）下午六時假台北國賓大飯店為
長男志明
長女春嬌　舉行訂婚禮敬備菲酌　恭候

台光

陳　大　慶
陳李○○
黃　復　興　謹訂
黃王美鳳

席設：國賓大飯店一樓○○廳
地址：台北市中山北路二段 46 號

⑷由男女雙方當事人具名

茲承〇〇〇先生介紹並徵得家長同意
或用（我倆情投意合並徵得家長同意）　謹詹於民國〇年〇月〇日（星期日）

下午六時假台北國賓大飯店舉行訂婚禮敬備菲酌　恭候

台光
陳志明
黃春嬌 謹訂

席設：國賓大飯店一樓〇〇廳

地址：台北市中山北路二段46號

⑸訂婚送禮餅盒上卡片

謹定於 國曆〇月〇日
農曆〇月〇日 （星期日）　為長女春嬌與

陳大慶先生長男志明君舉行文定之禮謹奉禮餅　敬祈

哂納

黃　復　興
黃王美鳳 鞠躬

㈡結婚柬帖

　　男女經公開儀式並有二人以上的證人，結成夫婦者，謂之結婚。喜帖上的具名方式與訂婚喜帖相同。其分送致親友或以啟事敬告諸親友皆可。柬帖的內容，應包括：1.結婚日期、地點、禮事。2.結婚人與具帖人之間的稱謂及姓名。3.結婚方式或介紹人、證婚人姓名。4.恭請受帖人光臨。5.具帖人姓名及表敬辭。6.宴客之地點、時間。茲舉例如下：

(1)由男方家長具名（結婚柬帖）

謹詹於中華民國○○年 國曆／農 ○月○○日（星期○）為參男清賢與屏東縣鄭肯

堂先生肆女豔招小姐舉行結婚典禮另擇於 國／農曆 ○月○○日（星期○）假瑞

芳宮明餐廳敬備喜筵　恭請

闔第光臨

陳　明　德
陳黃美雀　謹訂

恕邀｛

席設：宮明餐廳

地點：基隆市瑞芳鎮瑞芳國小對面

電話：（○二）二一九七五八八八

時間：下午七時入席

(2)由女方家長具名（結婚柬帖）

謹詹於中華民國○○年 國曆／農 ○月○○日（星期○）為長女春嬌與嘉義縣陳

大慶先生長子志明君假嘉義舉行結婚典禮另擇定 國／農曆 ○月○○日（星期○）

歸寧會親敬備喜筵　恭請

闔第光臨

黃　復　興
黃王美鳳　謹訂

恕邀｛

席設：台北福華大飯店三樓金龍廳

地址：台北市仁愛路○段○○號

時間：下午七時入席

(3)由男女雙方家長具名（結婚束帖）之一

謹詹於中華民國○○年 國曆○月○○日（星期○）下午六時為 ○男○○ 假
　　　　　　　　　　農 　　○○○　　　　　　　　　　　　　　○女○○

台北福華大飯店舉行結婚典禮　　敬備喜筵

　　　恭請

　　　　　　　　　　　　　　　　　　　朱　○　○

　　　　　　　　　　　　　　　　　　　黃　○　○

闔第光臨　　　　　　　　　　　　　　　王　○　○　鞠躬

　　　　　　　　　　　　　　　　　　　周　○　○

　　　　　　　席設：福華大飯店（二樓中餐一廳）

　　　　恕邀 { 地址：台北市仁愛路○○○號

　　　　　　　時間：下午○時入席

(4)由男女雙方家長具名（結婚束帖）之二

○男○○ 於中華民國○○年○月○○日舉行公證結婚另擇定於中華民國○○年
○女○○

國曆○月○○日（星期○）下午六時假新北市中和金和餐廳敬備喜筵　恭請
農　　○○

　　　　　　　　　　　　　　　　　　　張○　○

　　　　　　　　　　　　　　　　　　　周○　○

闔第光臨　　　　　　　　　　　　　　　李○　○　鞠躬

　　　　　　　　　　　　　　　　　　　李○○○

　　　　　　　時間：下午七時入席

　　　　　　　席設：金和餐廳（中和農會大樓）

　　　　恕邀 { 地址：中和區連城路○號○樓

　　　　　　　電話：○○○○○○○

⑸由男女雙方當事人具名（結婚柬帖）

我倆於中華民國○○年 國曆○月○○日（星期○）上午十時在台北地方法院
農
公證結婚，並定於下午六時假台北市湖南桃源小館敬備喜筵　　恭請

闔第光臨　　　　　　　　　　　　　　　　　　　○　○　○
　　　　　　　　　　　　　　　　　　　　　　　○　○　○　鞠躬

　　　　　席設：湖南桃源小館
　恕邀 ｛ 地址：台北市南京東路○段○○○號○○○室
　　　　　時間：下午○時入席

⑹由家族或親友代表具名（結婚柬帖）

謹詹於中華民國○○年 國曆○月○○日（星期○）下午六時假台北市金元
農
春餐廳為三弟○○與○○○先生長女○○小姐舉行結婚典禮敬備喜筵　　恭請

闔第光臨　　　　　　　　　　　　　　　　　　　○　○　○
　　　　　　　　　　　　　　　　　　　　　　　○　○　○　鞠躬

　　　　　席設：台北市金元春素食餐廳
　恕邀 ｛ 地址：台北市杭州南路○段○○○號
　　　　　時間：下午○時○○分入席

㈢**出嫁束帖**

　　出嫁束帖由女方家長或長輩具名。其束帖之內容，應包括：*1.*.出嫁日期。*2.*出家人與具帖人之間的稱謂及姓名、婚娶者姓名、禮事。*3.*恭請受帖人光臨。*4.*具帖人姓名及表敬辭。*5.*宴客之地點、時間。舉例如下：

　　例一　嫁女束帖

中華民國〇年〇月〇日（星期〇）為〇女〇〇于歸之期敬治喜筵　　恭請

闔　第　光　臨

　　　　　　　　　　陳　　〇　　〇

　　　　　　　　　　陳李〇　　〇　鞠躬

　　　　　　　恕邀 { 席設：〇〇〇
　　　　　　　　　　 地址：〇市〇區〇路〇號
　　　　　　　　　　 時間：下午〇時入席

　　例二

謹詹於中華民國〇〇年 國曆〇〇月〇〇 農曆 日（星期六）為長女〇〇與〇〇〇先生長男〇〇君結婚歸寧會親之期敬備喜筵　　恭請

闔　第　光　臨

　　　　　　　　　　〇〇〇
　　　　　　　　　　〇〇〇　鞠躬

　　　　　　　恕邀 { 席設：〇〇〇
　　　　　　　　　　 時間：下午〇時入席

二　慶賀束帖

　　目前通用的慶賀束帖，包括壽慶、彌月、開張、遷移、揭幕、慶典等事的束帖。茲分述於下：

㈠壽慶柬帖

　　壽慶就是慶祝生日，俗稱做壽。壽慶柬帖就是為慶祝生日所使用的柬帖。此種柬帖都是由子孫或親友具名的。可分致送親友用的柬帖和登報用的啟事，啟事常由親朋好友具名。

　　壽慶柬帖的內容，應包括：*1.*祝壽的年、月、日。*2.*壽星的稱謂、姓名、年齡。*3.*祝壽方式、時間、地點。*4.*恭請受帖人光臨。*5.*具帖人姓名或具帖機關團體全銜及表敬辭。舉例如下：

　　(1)由子女具名（男壽星）

中華民國○○年 國曆四月 十三 日（星期六）為　　　　　　農曆二月 廿二

家嚴七秩壽辰敬備桃觴　恭候

閣第光臨

林正一
林○○　鞠躬
林○○

恕邀　席設：觀世音素菜餐廳
　　　地址：台北市民權東路一三九號
　　　電話：五九五五五五七

　　(2)由子女具名（女壽星）

中華民國○○年 國曆六月 一 日為家慈王太夫人八秩華誕敬備壽宴　　　　　　農曆四月 廿四

　恭請

台光

陳○○
陳○○　鞠躬
陳○○

恕邀　席設：老爺大酒店三樓
　　　地址：台北市中山北路二段37之1號
　　　電話：五四二三二六六
　　　時間：下午六時卅分入席

(3)由親友具名

```
國曆○月○日為
○公○○先生（暨德配○夫人）八秩華誕謹於台北中山堂恭設壽堂同申
嵩祝屆期並備壽筵　恭候

台光　　　　席設：台北市中山堂餐廳　發起人○○○　○○○
　　　　　　　地點：台北市博愛路　　　　　　○○○　○○○　謹訂
　　　　　　　　　　　　　　　　　　　　　　○○○　○○○
```

(二)彌月柬帖

　　彌是滿的意思，彌月即小孩出生滿一個月，此種為新生兒女慶祝滿月的柬帖，稱為彌月柬帖。此種柬帖通常由父母具名的。內容應包括：*1.*彌月的日期。*2.*彌月者的稱謂、名字、禮事。*3.*宴客方式、時間、地點。*4.*恭請受帖人光臨。*5.*具帖人姓名及表敬辭。

　　彌月之喜事，柬帖通常只用分送親友方式，不宜用啟事方式登報。舉例如下：

```
本月○日為（○兒○○）彌月之期○午○時敬治湯餅　恭候
　　　　　（○女○○）

台光　　　　　　　　　　　　　　　　　　　　○○○　謹訂

　　　席設：○○○○
　　　地址：○市○區○路○號
```

(三)開張柬帖

　　開張即開展事業之意，因此凡工商行號的開業、開店等都稱開張。因開張而發柬帖給同業、親友及有關人士來共襄盛舉，除通知之意思外，還兼有業務宣傳之效。開張柬帖的內容，應包括：*1.*開張行號自

稱。2.開張日期。3.慶祝方式、時間、地點。4.恭請受帖人光臨。5.行號名稱、具帖人職銜、姓名及表敬辭。舉例如下：

本公司業經籌備就緒茲訂於○○年○月○日正式開張謹備酒會慶祝
　　恭請

光臨指教　　　　　　　　　　　○○公司董事長○　○　○　謹訂

　　　　　酒會時間：上午○時○分
　　　　　地址：○○○○
　　　　　電話：○○○○○

㈣遷移柬帖

　　這是公司行號或個人住宅遷移新址時，通知客戶或親友所用的柬帖。其作用不僅在慶祝遷移新址，而且告知親友、客戶來新址，以利往來，也可藉此廣告宣傳，以利業務昌隆。因此除自行印製柬帖外，尤其以啟事大登報紙、雜誌，以收廣告宣傳之效。柬帖內容，應包括：1.遷移者自稱。2.遷移日期、遷移後新地址。3.宴客方式、時間、地點。4.恭請受帖人光臨。5.具帖人職銜、姓名及表敬辭。舉例如下：

本公司業經於○年○月○日遷移至○○○新址營業凡屬舊雨新知祈能本
以往愛護之忱
惠多照顧謹訂於○月○日○午○時在本公司舉行慶祝酒會
　　敬請

光臨　　　　　　　　　○○○公司　董事長○　○　○
　　　　　　　　　　　　　　　　　總經理○　○　○　謹訂

　　　　　新址電話：○○○○

㈤揭幕柬帖

揭幕即開幕之意。本為劇場開演時將舞台上的布幕揭開之意，其後引伸為一切活動或啟用的開始，均可稱揭幕。如展覽會、運動會、園遊會的開始、新建大廈、銅像等的啟用。

揭幕柬帖的內容應包括：*1.*禮事主體。*2.*揭幕的時間、地點、方式。*3.*揭幕人姓名。*4.*恭請受帖人光臨指教。*5.*具帖人職銜、姓名（或團體名稱）及表敬辭。舉例如下：

(1)新廈落成

謹訂於中華民國○○年○月○日（星期日）下午○時○○分至○時○○
分舉行中央日報社新廈落成啟用茶會　恭請

光臨　　　　　　　　　　　　董事長○○○
　　　　　　　　　　　中央日報 社　長○○○　敬邀
　　　　　　　　　　　　　　總編輯○○○

花籃懇辭　時間：○時○○分迎賓　○時──剪綵、茶會
　　　　　聯絡電話：（○二）七七六三三二二（代表號）
　　　　　　　　　　　轉二八四或二八五

(2)新廠落成

謹訂於中華民國○○○年國曆○月○○日（星期○）上午九時為本公司
　　　　　　　　　　　　農曆○　○○
新建廠房舉行落成慶祝酒會　恭候

光臨指教　　　　　　　○○有限公司董事長○○○敬邀

　　　　　　　　　會場：新建廠房前廣場
　　　　恕邀　　　地址：○○路○號
　　　　　　　　　時間：上午九時

⑶遊樂場所揭幕

本公司新建遊樂立體動態游泳池業已竣工茲訂於中華民國○年○月○
日○午○時隆重開幕　恭請
○○○先生揭幕
○○○先生按鈕　　謹備酒會　敬請

光臨指教　　　　　　　　　　○○○公司董事長孫○○謹訂

　　　地址：○○○　　　電話：○○○○○○

⑷開幕典禮

茲定於本年○月○日上午○時在臺北市中山堂中正廳舉行華僑文教會議
開幕典禮　屆時敬請

光臨指導　　　　　　　　　　　　行政院僑務委員會謹訂

　　　會址：台北市博愛路二十號

㈥慶典柬帖

　　慶典柬帖是指機關、學校、社團舉辦各種慶祝、紀念等活動所用
的柬帖。這種柬帖的內容，應包括：1.慶典日期、禮事。2.慶典方式、
時間、地點。3.恭請受帖人光臨指教。4.具帖人職銜、姓名（或團體
名稱）及表敬辭。舉例如下：

(1)開工典禮請帖

本廠各部門機器設備均已安裝完竣謹訂於國曆○年○月○日（星期○）
舉行開工典禮敬備茶點　恭請

光臨指導　　　　　　　　　　　　○○紡織廠廠長○○○　鞠躬

　　　　　時間：○午○時
　　　　　地址：○市○路○○號

(2)紀念酒會請帖

國曆○年○月○日為本報創刊○週年紀念謹訂是日舉行慶祝酒會
　　恭請

　　　　　　　　　　　　　　　　　　社　　長○○○
光臨指導　　　　　　　　　　○○報社　發行人○○○鞠躬
　　　　　　　　　　　　　　　　　　總經理○○○

　　　　　時間：○午○時起至○時止
　　　　　地址：○市○路○號本報社

(3)學術演講請帖

謹訂於國曆○年○月○日（星期○）敦請數學專家
○○○先生蒞臨本校講演「數學教育的新趨勢」略備茶點　　恭請

光臨　　　　　　　　　　　　○立○○大學校長　○○○謹訂

　　　　　時間：○午○時
　　　　　地址：○○市○○路本校第一會議室

三 喪葬柬帖

所謂「喪葬」，是指人死後辦理一切祭奠之禮儀。喪葬柬帖是死亡報喪及殯葬過程的使用柬帖。分為報喪條、訃聞、告窆、公祭啟事、喪禮柬帖、送謝禮帖等六種。茲分述如下：

㈠報喪條（已不用）

報喪條是人死當天通報親戚摯友噩耗的紙條。舊時多用分送方式，故稱報條。如今，因倡導節約及簡化禮儀，已廢而不用，由訃聞代之。

㈡訃聞（自印或登報）

訃是告喪之意。將死者的噩耗以柬帖通知其親友，稱為訃聞。訃聞內容較報喪條詳細，必須詳載死者的生卒日期、祭葬時日，及墓地或厝柩處所等，以便親友弔唁。具名方式有親屬和代訃兩種。訃聞內容，應包括：1.死者稱謂及姓名、字號。2.死者死亡的年、月、日、時。3.死亡的原因、地點。4.死者出生年、月、日及年歲（得年、享年或享壽）。5.親屬之善後禮事（如移靈地點、厝柩、遵禮成服等）。6.開弔日期、時間、地點。7.安葬地點。8.訃告對象。9.主喪者及親屬具名及表敬辭。10.並附註喪居地址或（聯絡處）、電話等。

訃聞分喪家自行印製與登報啟事兩種，內容與格式完全相同，此兩種方式可同時並用。

訃聞中的「聞」字及「鼎惠懇辭」、「鄉學寅世戚友」等以紅色套印，有表避去不祥之意。

訃聞常另紙印有死者遺照於正面，並附死者傳略，一則表對死者的懷念；另外可供受帖者撰寫祭悼文辭之參考。茲舉訃聞式樣如下：

㈠報喪條（僅供參考）

⑴用自家堂名具名

家主○○○先生之德配○○○女士不幸於○年○月○日○時壽終內寢或
加（即日移靈至第二殯儀館）　　謹此報

聞

　　　　　　　　　　　　　○（姓）○○（堂名）謹啟

　　　喪宅：○○路○○

⑵由自家賬房具名

家主○公諱○○不幸於○年○月○日時壽終正寢　　謹此報

聞

　　　　　　　　　　○（姓）○○○（堂名）賬房謹啟

　　　喪宅：○○路○○號

⑶由親友代表具名

前考試院長（職銜）○公○○之封翁○○先生不幸於○月○日○時病逝
於榮總　　謹此奉

聞

　　　　　　　　　　　　　○○○○○○謹啟
　　　　　　　　　　　　　○○○○○○

　　　喪宅：○○○○

(4)由機關團體具名

本○（機關名）○○（職銜）○○○先生不幸於○年○月○日○時病逝
　　　團體　　　　　　　　　　　　　女士
（即日移靈○○殯儀館）謹定於○月○日上午○時舉行公祭　　謹此奉

聞

　　　　　　　　　　　　　　　　　　　　　　　（機關名稱）謹啟
　　　　　　　　　　　　　　　　　　　　　　　　團體

　　　　機關地址：○○○○
　　　　團體

(5)由兒女具名

　顯　考　○　公諱○○　　不幸於○月○日○時○分棄養（即日移靈○○○）
　　　（妣　母○○太夫人）
　　　哀此報

聞

　　　　　　　　　　　　　　　　　　　　　　　　　　　　　○○
　　　　　　　　　　　　　　　　　孤（哀）子（女）趙○○泣告
　　　　　　　　　　　　　　　　　　　　　　　　　　　　　○○

㈡訃聞柬帖

1.由妻具名（夫故）

先夫○公○○於民國○年○月○日○午○時蒙主恩召安息距生於民國○
年○月○日享壽（或享年）○○歲擇於民國○年○月○日○時在○○教堂
舉行追思禮拜隨即發引安葬於○○公墓　　哀此訃

聞　　　　　　　　　　　　　　　未亡人　○○○

　　　　　　　　　　　　　　　　　　孤子　○○

　　　　　　　　　　　　　　　　　　孤女　○○（適○）　　　泣啟

鼎賻懇辭　　　　　　　　　　　　　孝婿　○○○

　　　　　　　　　　　　　　　　　　孝外孫女　○○

公祭時間：○月○日○午○時至○時
喪宅：○○市○○路○○號　　電話：○○○○

2.由夫具名（妻故）

先室○○○女士於民國○年○月○日○午○時病逝於○○醫院享年（壽）○○歲即日移靈○○殯儀館夫○○率子女護侍在側親視含殮遵禮成服擇於○月○日○午○時舉行家祭○時公祭隨即發引安葬於○○公墓　　哀此訃

聞

杖期夫○○○率 子○○
　　　　　　　　女○○ 泣啟

3.由兒女具名（父喪或母喪）

顯 考○公諱○○字○○府君
　　（妣○母○○○太夫人）慟於中華民國○年○月○日○午○時壽終正
（內）寢距生於○○年○月○日○時享壽○○歲○○（男、女、孫、孫
女）○○等隨侍在側○○旅○聞耗匍匐奔喪（即日移靈○○）親視含殮遵
禮成服謹擇於國曆○月○日○午○時假○○舉行家祭○時公祭○時發引安
葬於○○墓園（或權厝○○另行擇期安葬）叩在
世鄉學寅戚友誼　哀此訃　　　　　孤（哀）子○○

　　　　　　　　　　　　　　　　孤（哀）女○○

　　　　　　　　　　　　胞　弟○○○○

　　　　　　　　　　　　胞弟媳○○○○○

　　　　　　　　　　　　胞　姐○○（適○）

　　　　　　　　　　　　胞　妹○○（適○）

　　　　　　　　　　　　　　○○（適○）

聞　　　　　　　　　胞　姪○○○○　　　　　泣啟

　　　　　　　　　　　　胞姪女○○○○○

　　　　　　　　　　　　護喪○○

　　　　　　　　　　　　堂　弟○○○○○

　　　　　　　　　　　　　　○○　○○

　　　　　　　　　　　　女　婿○○○

　族繁不　　　　　　　　外　孫○○○

　及備載　　　　　　胞姐妹婿○○○○

4.由長孫具名（祖父喪）

顯祖考○公諱○○字○○太府君慟於中華民國○○年○月○日下午○時○
○分壽終正寢距生於民前○○年○月○日享壽○十有○承重孫○○等隨侍
在側親視含殮遵禮成服謹擇於○月○日（星期○）上午○時設奠家祭○
時○分大殮隨即發引安葬於○○墓園　恖屬
世鄉學寅戚友誼　　哀此訃

聞

承重孫○○泣血稽顙
承重孫媳○○○泣血稽顙
齊衰五月曾孫○○泣稽首
期服姪女○○○抆淚頓首

鼎惠懇辭　　　　　　　　　　　族繁不及備載
　　　　　　喪居：○○縣○○鎮○○路○段○巷○號
　　　　　　電話：○○○○○○○

5.由家長具名（子亡）

○男○○不幸於○年○月○日○午○時病歿得年○○歲即日移靈○○擇於○
月○日（星期○）○午○時舉行家祭隨即發引（火化）安葬於○○公墓
謹此訃

聞

反服父○○○泣告

6.由機關、團體或治喪會具名

本（機關、團體）故（職銜）　○○○先生字○○
　　　　　　　　　　　　　　（○公諱○○字○○）
積勞成疾不幸於○年○月○日○午○時病逝於三軍醫院享年○○歲即日移
靈於○○○茲擇於○月○日○午○時設奠公祭○時發引安葬於○○公墓
　　謹此奉

聞

　　　　　　　　　　　　（○○機關團體）
　　　　　　　　　故（職銜）○○○先生治喪委員會
　　　　　　　聯絡處　○○市○○街○號
　　　　　　　　　　　電話：○○○○○○○

附封面式

　　　　　　　　　　　　　　　　　　　喪宅：○○市○○路○巷○號

訃　　　　　　　　　　　電話：（○○）○○○○○○○

㈢告窆（己少用）

　　窆是安葬之意，告窆就是安葬時通知親友的文書，過去習俗有大
殮後另訂安葬日期，告窆即在安葬時使用，但今人多在死者大殮後即
發引安葬或火化，故多合併於訃聞中，今已少人使用。告窆的內容，
應包括：1.發端用「謹啟者」。2.死者的稱謂、姓名、靈柩。3.安葬
的時間、地點。4.禮事（告窆），以聞。5.治喪者姓名及表敬辭。舉

例如下：

1.由子女具名之一（父喪）

> 　謹啟者
> 顯考○○府君靈柩謹筮於○月○日○時安葬於○○先期於○月○日在○處
> 發引　叨在
> 世鄉戚友誼　謹此告竅以
>
> **聞**
>
> 　　　　　　　　　　　　　　　　　　　　　　　　　治喪子○○○稽顙

2.由子女具名之二（母喪）

> 　謹啟者
> 顯妣○○○太夫人靈柩謹筮於○○年○月○日（星期○）○時合竅於○○
> 先期於○月○日○時在○○發引　叨在
> 世鄉戚友誼　謹此告竅以
>
> **聞**
>
> 　　　　　　　　　　　　　　　　　　　　　　　　　治喪子○○○稽顙

㈣公祭啟事

　　公祭是機關、團體或學校的人員，集體向死者致祭的儀式。公祭啟事是以公告方式或對外在報上刊登啟事。舉例如下：

⑴之一

> ## 國民大會代表全國聯誼會通告
>
> 　　本會訂於六月十九日（星期五）上午九時在臺北市民權東路第一殯
> 　　儀館公祭　王故代表建民先生之喪　　　至希
> 　　各代表同仁準時前往參加祭典為荷

(2)之二

自由音樂大師馬思聰教授追悼會

謹訂於中華民國七十六年六月十日下午三時假臺北市八德路三段
二十五號臺北市立社會教育館文化活動中心舉行　敬請

公　鑒　　　　　　　中華民國各界追悼自由音樂
　　　　　　　　　　　大師馬思聰教授籌備委員會啓

（敬辭：輓聯、花籃、花圈、奠儀）

㈤喪禮柬帖（僅供參考）

　　喪禮柬帖是喪家懇請禮賓和請人題主帖時所用的請帖。帖紙用紅色的單帖，惟孝子具名一行，應用素色紙條書寫再貼上。舉例如下：

(1)請禮賓帖

　　謹筵於○月○日○午治齋　　恭請

禮　　教

　　　　　　　　　　　　　　　　棘人○○○稽顙

---

(2)請題主帖

　　謹筵於○月○日○時為

　　　嚴
　先（妣）成主　　恭請

鴻　　題

　　　　　　　　　　　　　　　　棘人○○○泣啟

㈥禮帖與謝帖

甲、送禮帖（送喪家禮金或禮物）

　　送禮帖是致送喪家禮金或禮物時所使用的帖子。其格式與喜慶送禮帖相同，但帖紙須用素色，如送現金，則須加全素色的封套，封內

放現金，封外正面須寫上「賻儀」或「奠儀」或「奠敬」之用語及金額若干元。如送物品，則其送禮帖的內容，應包括：1.用「謹具」起行。2.明列物品名稱、數量及單位。3.用「奉申奠敬」致意。4.具送禮人姓名及表敬辭。茲舉例如下：

(1)送禮物清單

奠敬

奉申

（清香一柱）
（祭筵一席）
（輓幛一軸）
輓聯一副

謹具

弟〇〇〇敬薦

(2)送禮金封套之一

奠儀（壹仟元）

專送
〇府
〇〇路〇號

弟〇〇〇敬拜

(3)送禮金封套之二

楮敬（壹仟元）

弟〇〇〇敬奠

乙、謝帖（喪家受禮致謝）

　　謝帖是喪家為表示感謝而使用的帖子。喪家謝帖可分成受禮謝帖及臨弔謝帖兩種。臨弔謝帖，以刊登報紙感謝為多，此稱「謝啟」。

1. 受禮謝帖的內容，應包括：(1)用「敬領」起行。(2)明列領受物品之名稱、數量、單位。現金則寫金額數。(3)具謝帖人自稱、姓名及表敬辭。(4)敬使（台力）若干元。（此項如無給付可省去）

　　喪事之謝帖，在帖上的「謝」字要印成紅色，且須平抬在帖子中間。另外喪家不可「璧謝」所送禮金或禮品，必須全數收下。

2. 臨弔謝帖（謝啟）：臨弔謝帖的內容，應包括：(1)死者稱謂及姓名。(2)對長官戚友的弔唁盛情表示謝意。(3)具謝帖人自稱、姓名及表敬辭。具謝帖人具名要與訃聞相同，且可自稱「棘人」，如父喪或母喪或父先亡，謝啟上稱孤子、哀子或孤哀子，均宜自稱「棘人」。

　　受禮謝帖及臨弔謝帖（謝啟）之例，列舉如下：

(1)領受禮金或禮物　　(2)謝啟之一　　　　(3)謝啟之二

謝

敬領
臺仟元

棘人〇〇〇　泣叩

（敬使〇元）

謝　啟

矜鑒

先室黃月女士莫禮渥蒙
嚴前總統
總統暨五院院長黨政首長賜頒
輓額民意代表新聞同業戚友躬
臨弔唁寵賜隆儀或函電唁雲
情高誼歿榮存感謹申謝惘伏維

袁希光率子
天明
天行叩謝

謝　啟

矜鑒

先夫汪公諱荷之府君之喪渥蒙
李副總統登輝先生暨諸長官寵錫隆儀內
政部吳部長伯雄先生親臨治喪諸親友躬
臨弔唁盛情厚誼存歿均感謹此申謝伏祈

未亡人汪章愛青
孝子再春率孫等　泣叩

181

應用書信與公文

四　一般應酬柬帖

一般應酬柬帖是指日常生活上的交際應酬所使用的柬帖。一般的應酬柬帖，大致分為「請帖」、「送禮帖」及「謝帖」三種。

㈠請帖（邀請）

凡有宴會、酒會、茶會、參觀活動、聚會、洗塵、餞行、陞遷等所發送邀請的柬帖，統稱「請帖」。

請帖的內容，應包括：1.宴會時間、方式、地點。2.宴會事因。3.邀請受帖人光臨。4.具帖人職稱、姓名（或團體名稱）及表敬辭。

請帖上也可附夾回條單或回郵卡，以鉤選「敬陪」或「不克奉陪」以及參加人數、素食或葷食等。

㈡送禮帖（送喜家禮金或禮物）

對親友婚嫁、喜慶及一般應酬，而致送禮物或禮金時，在紅紙上開列的帖子，稱為「送禮帖」。

喜慶婚嫁及一般應酬的送禮帖用紙須是紅色，以表喜氣吉祥，禮品忌用單數，如送的是禮金，則須裝入紅色禮金封套，金額忌用單數。禮物單應包括：1.發端用「全福」。2.用「謹具」起行。3.禮物的名稱、數量（以雙數為原則），如只有一件，則其量詞改用「成」字，如一件寫為「成件」、一幅應寫為「成幅」以避免用「一、單、隻」等字，改稱「成、雙、對、全」等字。4.用「奉申賀敬」。「賀敬」兩字隨應酬的事類而作調適，如祝壽改稱「桃敬」，彌月改稱「彌敬」。5.寫上送禮人姓名及表敬辭。

(1)賀壽禮物清單

全福　謹具　壽幛成軸　壽聯成副　壽燭成輝　壽桃雙盤　壽酒雙罈　奉　壽麵雙盒　申　壽敬　（自稱）趙○○鞠躬

(2)賀壽禮金封套

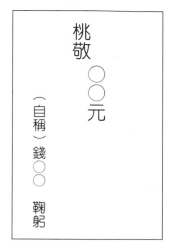

桃敬　○○元　（自稱）錢○○鞠躬

(3)賀婚禮物清單

全福　謹具　喜幛成軸　喜聯成副　喜燭成輝　奉　喜禮六式　申　賀敬　（自稱）孫○○鞠躬

(4)賀婚禮金封套

賀儀　○○元　李○○（具）（敬具）

183

(5)賀嫁女禮物清單

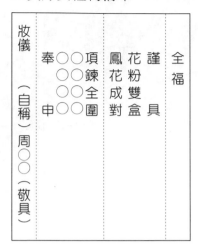

(6)賀嫁女禮金封套

(7)賀彌月或週歲禮物清單

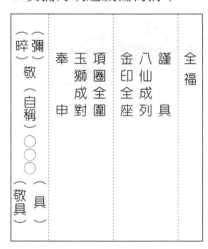

(8)彌月、週歲送禮金封套

㈢謝帖（喜家受禮致謝）

謝帖是領受禮物或現金後，受禮者為表示謝意而書寫的帖子。如領受全部禮物時用「領謝」；如懇辭饋贈時用「璧謝」。如領受其一部禮物時，用「領受某件外餘璧還」。

領受〔禮物〕時，謝帖的書寫應包括：

1. 用「謹領或敬領」開始寫起。

2. 領受的禮物名稱、數量、單位。在「領」字下，逐項列出。

3. 如懇辭受禮，在帖子前面不用「謹領」而改用「謹璧謝」奉還其禮物，但「謝」字要平抬在帖子中間上頭。

4. 寫上謝帖人姓名及表敬辭。

5. 敬使（台辦、台使）數目、單位。（此項今已少用），古時對專程送禮來的僕役付給小費，用「敬使或台力若干元」，或給物品，寫上數目、單位。

　　現今送禮多數以現金或禮券致送，故需要外加封套。現坊間有出售紅、白事之禮金封袋，通常喜事使用紅色的，喪事則用白色或素藍色，或將一般信封上的紅色框線塗黑替用。

　　在禮金封袋上書寫的款式，有兩種：一是比照幛軸上「題辭的方式」書寫；一是以致送何種事類的「禮金用語」書寫。前者書寫包括上下款和題辭。後者書寫在禮金封袋（套）正面中間，有時並註明禮金數目，再左下方須簽具送禮人的姓名和表敬辭。茲圖示如後。

(1)普通領謝帖　　　　　　　　(2)璧謝帖（退領）

(3)普通領謝帖（不全領）

(4)用名片代謝帖之一

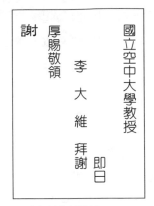

(5)用名片代謝帖之二

(6)祝壽領謝帖

　　茲將致送各類（婚嫁、喜慶、喪祭及其他）之禮金封袋上書寫的用語，表列如下：

種　　類	用　　語	用　　法
婚　　嫁 類 用 語	賀儀・賀敬・菲儀・菲敬・不 腆之禮	賀婚嫁及其他喜慶通用
	奩儀・喜儀・代幛	賀結婚用
	花燭代儀・花燭之敬	賀男方用
	花粉之敬・于歸之敬・花粉代 儀・妝儀・花儀・粉儀	賀女方用
	代料	賀女用方，但數額須足為衣料 的代價
喜　　慶 類 用 語	彌儀・彌敬・湯餅之敬	賀生子女滿月用
	桃儀・桃敬・祝儀・壽儀・壽 敬・代桃	賀人壽誕用
	弄璋之敬	賀生子用
	弄瓦之敬	賀生女用
	晬敬①・晬盤②之敬	賀生子女滿周歲用
	喬儀・遷敬・喬遷之敬・鶯遷 ③之敬	賀喬遷新居或升官用
	落成之喜・落成之敬	賀新屋落成用
	開張之喜・開幕之敬	賀開張或開幕用
喪　　祭 類 用 語	奠儀・奠敬・楮敬・楮儀・賻 儀④・素儀	悼喪用
	弔儀・代楮	弔祭用
	代祭・代幛・代幃⑤	弔祭用，但數額須足為祭幛代金
	祭儀	祭冥壽用
其　　他 類 用 語	程儀・贐儀⑥	送遠行者之禮用
	贄儀・贄敬	對尊長、業師或初次見面送禮 用
	覿儀⑦・見儀	送幼輩見面禮用
	潤儀・潤敬	謝人書畫、作文用
	節儀・節敬	送節禮用
	脩儀	送學費用

應用書信與公文

【注釋】

①晬敬　送禮賀人生子女周歲的用語。晬，音ㄗㄨㄟˋ。周年。

②晬盤　舊俗於嬰兒周歲日，以盤盛放代表各種行業的小物件，任其抓取，以預測他將來的志趣和前途，謂之試晬、抓周。盛物之盤曰晬盤，後亦借指嬰兒周歲。

③鶯遷　即鶯遷喬木。比喻人遷到好的地方，常用作賀人升官或遷居的頌辭。喬木，高大的樹木。語本詩經小雅伐木。

④賻儀　送給喪家辦理喪事的金錢。賻，音ㄈㄨˋ。

⑤代幛　送給喪家禮金的用語。意思是以金錢代替致送設置在靈堂內的帳幕。

⑥贐儀　送遠行者的禮金。贐，音ㄐㄧㄣˋ。

⑦覿儀　長輩送幼童初次見面的錢財。覿，音ㄉㄧˊ。相見。

（本資料取自黃俊郎編著應用文）

第三節　柬帖的用語

　　柬帖有固定的格式及特殊的專用語，由於種類多，專門用語也甚為複雜，必須予以歸類釋義，深入瞭解其用語的涵意，始能正確使用，避免錯用。茲將各事類的柬帖用語，列表如後：

類　別	用　語	說　明
婚　嫁 用　語	嘉　禮	結婚
	吉　夕	
	合　巹	以一瓠分為兩瓢謂之巹，新婚時，夫婦各執一瓢以飲，故稱結婚為合巹。
	文　定	文，禮也，即聘金。古婚禮於問名之後，卜而得吉，則納幣為定，故稱訂婚為文定。
	于　歸	女子以夫家為家，故稱出嫁為于歸。
	福　證	請人證婚之敬語。
	闔　第　光　臨	請客人全家赴宴之敬語。

類　　別	用　　語	說　　明
	齱、秩	齱為「秩」之古體，十年為一秩，「秩」從禾從失，有不吉祥之意，故祝壽柬帖中有用「齱」代替者。
	晉、開	「晉」與「進」同，八秩晉一，即為八十一歲；「開」為開始之意，七秩開一，即是七十一歲之意。
	桃　　觴	亦稱桃樽，指祝壽之酒席。
	湯　　餅	生兒三日宴客，稱為湯餅筵。
	彌 月 之 慶	嬰孩出生後滿月宴客之酒席。
	弄　　璋	生男之稱。
	弄　　瓦	生女之稱。
喜慶及普通應酬之用語	祖　　餞	祖，祭名，祭道路之神祇。古有送行之祭禮，遠行出發之前，必祭道路之神以求福，遠行者即飲此祭神之酒。故後世稱餞送遠行為祖餞、祖道、祖送。
	祖　　送	
	餞　　行	
	洗　　塵	設酒席邀宴由遠方歸來之人。俗稱接風。
	光　　臨	請客人前來之敬語。
	貴　　臨	猶如光臨。
	台　　光	台，指三台，星名，引申為三公之稱，故尊人之詞多用之。光，即光臨。
	光　　陪	請人作陪客之敬語。
	酴　　酥	酒名，亦作屠蘇。相傳為華陀之方，元旦飲之，辟邪氣。酴，音ㄊㄨˊ。
	蒲　　觴	舊俗於端午日懸菖蒲，故稱陰曆五月為蒲月。蒲觴即端午節酒席。
	桂　　漿	八月為桂月，中秋節酒席為桂漿。
	萸　　觴	俗九月九日登高遍插茱萸，因謂重陽節酒席為萸觴。
婚嫁及其他喜慶送金錢之用語	賀　　儀	婚嫁及其他喜事通用，或用「菲儀」、「微儀」。
	奩　　儀	送結婚用。
	喜　　儀	
	花 燭 代 儀	送男家用，或用「花燭之敬」。
	花 粉 代 儀	送女家用，或用「花粉之敬」、「于歸之敬」。

應用書信與公文

類　別	用　語	說　明
婚嫁及其他喜慶送金錢之用語	花　　儀	送女家嫁女用
	粉　　儀	
	妝　　儀	
	代　　幛	送男家用，但所送之金錢，須當喜幛之值。
	代　　料	送女家用，但所送之金錢，須當衣料之值。
	彌　　儀	送彌月用。
	桃　　儀	送壽辰用。
	桃　　敬	
	祝　　儀	
	壽　　儀	
	華 封 之 敬	
	喬　　儀	送遷居用。
	程　　儀	送遠行用。
	贄　　儀	晉見業師時所執禮物。
	潤　　儀	謝寫字者、作文者用，或稱「潤敬」。
	鵝　　金	謝寫字者用。
	弄 璋 之 敬	賀生男。
	弄 瓦 之 喜	賀生女。
婚嫁及其他喜慶送物品之名稱	喜　　聯	賀婚嫁通用。
	喜　　幛	送男家用。
	鏡　　屏	喜事、遷居通用。
		銀盾
		銀鼎
	衣　　料	婚嫁、彌月、壽辰通用。
	化 妝 品	送女家用
喪葬送金錢之用語	賻　　儀	以錢財助喪曰賻，故稱賻儀。
	奠　　儀	以錢財作喪儀，通稱奠儀。
	代　　幛	以金錢代替祭幛，所送數目須與祭幛價值相當。
	祭　　儀	送冥壽用。

類　　別	用　　語	說　　明
喪葬送物品之名稱	祭　　幛	將對死者祭悼之文字，寫在幛上。
	鏡　　框	將對死者悼念之文字，用鏡框鑲護。
	花　　圈	以花作圈而祭奠。
	輓　　聯	輓死者之對聯。
	祭　　筵	親友或門生致送喪家用以祭奠之筵席。
婚嫁及其他喜慶送禮之封套用語	賀　　儀	用於祝賀一切喜事之禮。
	菲　　儀	
	賀　　敬	
	菲　　敬	
	微　　儀	
	不　腆　之　禮	
	喬　　儀	用於祝賀遷居之禮。
	遷　　儀	
	喬　遷　之　慶	
	鶯　遷　之　慶	
	落　成　之　喜	送新居落成之禮用。
	開　張　之　喜	送商店開業之禮用。
	開　幕　之　慶	送公司開始營業之禮用。
	湯　餅　之　敬	送他人子女滿月之禮用。
	彌　　敬	
	晬　　敬	送他人子女周歲之禮用。或用「晬盤之敬」。
	程　　儀	送離鄉遠行者之禮用。
	贐　　儀	
	桃　　儀	送他人生日之禮用。
	節　　敬	送節日禮用。
	贄　　儀	送業師禮用。或用「贄敬」。
	脩　　儀	送學費用。
	覿　　儀	送幼輩見面禮用。
	見　　儀	

類　別	用　語	說　明
喪葬送禮之封套用語	賻　儀	送喪家之禮用。
	唁　儀	
	唁　敬	
	弔　儀	
喪葬送禮之封套用語	緋　敬	送開弔之禮金用。
	楮　敬	
	奠　儀	
	素　儀	
	祭　儀	送開弔之禮金用。
	奠　敬	
	代　筵	送代祭之禮金用。
	代　祭	
	祔　敬	送神主入祠之禮金用。
	陞祠之敬	
一切喜慶送禮請收受之敬語	哂　納	送長輩、長官之禮物用。
	哂　存	
	莞　存	
	莞　納	
	莞　收	送平輩之禮物用。
	笑　納	
謝帖用語	領　謝	領受禮物並道謝。
	璧　謝	奉還原物並表示敬謝。
	踵　謝	親自登門道謝。
	敬領○色 餘珍璧謝	送多種禮物而僅領受一部分禮物，其餘退還之意。
	敬　使	不論領謝或璧謝，對贈送僕人之酬勞金，可寫「敬使」或「台力」、「台使」。

類　別	用　語	說　明
喪葬用語	壽終正寢	男喪用，如死於非命（即自殺、溺斃、被殺等）不能用「壽終正寢」，祇能用「終」或「卒」。
	初　終	凡人初終時，其家中男女哭泣盡哀，而後舉屍出於內堂，臥以靈床，依禮設幃。但是幃外暫不設靈位，以便棺殮；且孝子之心，不欲遽以死待其親。
	壽終內寢	女喪用，死於非命也不能用壽終內寢。
	成　殮	舉屍之前，整理服裝，以綢掩首，死後約經二十四小時而殮，既殮而入棺。喪主等憑棺哭泣，而後蓋棺叫柩，正其位於中堂，設孝子苫塊（草薦）於旁，以為其寢處。
	享　壽	六十歲以上用「享壽」，不及六十用「享年」，三十以下用「得年」或「存年」均可。
	成　服	大殮次日，在服之人各依服制，分別成服（即俗謂為死者戴孝）；也有在殮前就成服者，祇是習俗不同而已。
	訃　聞	成服之後，多則百日，少則一月，訃告親友叫訃聞。
	開　弔	依禮出殯之前，凡親友均可隨時往弔，而俗例則必於其間指定一日，以為開弔之日，是日須延人招待，也有略備茶點飲食者。
	反　服	父母親在堂，兒女死亡，無孫，父母親反為兒女之喪持服。
	泣　血	今遭三年之喪者稱「泣血」。
	扴　淚	猶言拭淚。有扴淚、拭淚以示親疏之別。扴淚比拭淚為重。
	稽　首	叩頭之敬禮。
	稽　顙	居喪時拜賓客之禮，是額觸地而無容之意。三年之內皆行稽首禮。
	喪居某地	指發訃文者住家地方。
	幕設某地	指開弔時所借之地方。
	發　引	柩輿啟行，引是引布，古也稱為紼，挽柩前進者稱「執紼」；今繫於柩車之前，柩行，引布前導，所以稱「發引」。
	顯祖考	對他人稱自己已去世之祖父。
	先祖考	
	先王父	

類　　別	用　　語	說　　明
喪葬用語	先繼祖考	對他人稱自己已去世之繼祖父。
	先祖妣	對他人稱自己已去世之祖母。
	顯祖妣	
	先王母	
	先繼祖妣	對他人稱自己已去世之繼祖母。
	先嚴	對他人稱自己已去世之父親。
	先君	
	先考	
	顯考	
	先父	
	先繼父	對他人稱自己已去世之繼父。
	先慈	對他人稱自己已去世之母親。
	先妣	
	顯妣	
	先母	
	先繼母	對他人稱自己已去世之繼母。
	先夫	對他人稱自己已去世之丈夫。
	先室	對他人稱自己已去世之妻子。
	先荊	
	先兄	對他人稱自己已去世之哥哥。
	先姊	對他人稱自己已去世之姐姐。
	亡弟	對他人稱自己已去世之弟弟。
	亡妹	對他人稱自己已去世之妹妹。
	亡兒	對他人稱自己已去世之兒子。
	亡女	對他人稱自己已去世之女兒。
	故媳	對他人稱自己已去世之媳婦。
	圓寂	佛教徒死亡曰「圓寂」，亦稱「坐化」，或稱「涅槃」。
	歸真	回教徒死亡曰「歸真」，本佛家語，歸於真如之義，猶云人「涅槃」。

類　別	用　語	說　明
喪葬用語	遽歸道山	道教徒死亡，可稱曰「遽歸道山」，或稱「駕返道山」。道山，即仙山。或書「偓山」。
	蒙主寵召	天主教徒及基督教等死亡，曰「蒙主寵召」。亦有用「蒙主恩召」者。
	告　窆	古時三月而葬，現在沒有一定期間，而先期擇吉地，開塋域，穿壙穴，然後擇定日期下葬，並定期訃告親友叫告窆。
	斬　衰	子女對父母之喪，服三年。
	齊　衰	分三等，對祖父母之喪，服一年，稱「齊衰期」（又稱「齊衰不杖期」）；對曾祖父母之喪，服五月，稱「齊衰」五月；對高祖父母之喪，服三月，稱「齊衰」三月。
	期　年	對兄弟及伯叔等之喪，服一年。
	大　功	對出嫁姊妹及堂兄弟等之喪，服九月。
	小　功	對堂伯叔父母及堂侄等之喪，服五月。
	緦　麻	對已出嫁之姑母、出嫁之堂姊妹及族兄弟等之喪，服三月。斬衰、齊衰、大功、小功、緦麻稱「五服」。
	孤　子	母親健在，死父親自稱「孤子」。
	哀　子	父親健在，死母親自稱「哀子」。
	哀　孤　子	父母親都死，如母先死，父後死自稱「哀孤子」
	孝　子 （不孝子）	孝子為臨祭對父母之稱，禮郊特牲：「祭稱孝孫孝子，以其義稱也。」若於訃帖上對他人自稱，則以「不孝子」、「不孝男」為當。
	治　喪　子	已過三年守孝時期之孤子、孤哀子、哀子再行葬禮之自稱。
	棘　人	父或母喪時，兒子自稱棘人。
	孤前未及哀，哀子	繼室之子，嫡母死後，父親已死，今生己之母死。
	奉慈命稱哀，孤哀子	側室之子，父親已死，嫡母健在，今生己之母死。
	孤前未及哀，孤哀子	第二繼室之子，父及嫡母、第一繼室均已死，今生己之母死。

類　別	用　語	說　明
喪葬用語	生慈侍下，孤哀子	側室之子，生母健在，父親已死，現嫡母死。
	繼慈侍下，孤哀子	父母死而有繼母者。
	杖期嫡子	庶母死亡。
	本生嚴慈侍下，孤子	出繼而有本生父母，現死承繼父親者。
	降服孤哀子	出繼而本生父母死亡。
	杖期夫	妻入門後，曾服翁或姑或太翁太姑之喪，妻死，夫稱杖期夫。
	不杖期夫	妻入門前，夫之父母已死，妻未及服喪，妻死，夫稱不杖期夫（夫之父尚健在，妻死，也可稱不杖期夫）。
	護喪夫　護喪妻	護喪即主持喪事之謂，司馬光書儀：「護喪以家長或子孫能幹事知禮者一人為之，凡喪事皆稟焉。」夫對妻或妻對夫，互有護喪之義務，雙方居於平等地位，故以互稱「護喪夫」或「護喪妻」為宜。若能更進一步，僅冠以「夫」或「妻」之稱詞，當更簡潔了當。
	未亡人	「未亡人」一詞，源自左傳莊公廿八年，係寡婦於憤激時偶用以自稱者，後人即以此為夫死之自稱。
	承重孫	本身及父，俱係嫡長，父先喪，現服祖父母之喪。
	期服	即齊衰服期一年。
	功服	即喪服大功、小功之通稱。

（本表資料取自張瑞賓編著現代應用文）

【注釋】

一、婚嫁用語

①嘉禮、吉夕、合卺：指結婚。古時婚禮，將瓠（ㄏㄨˊ）分為兩個瓢，新郎新娘各執一瓢飲酒，故稱結婚為合卺（ㄐㄧㄣˇ）。

②文定：指訂婚。本指周文王與太姒的婚約。文，禮也，即聘金。古時婚禮於問名之後，卜而得吉，則納幣為定，故稱訂婚為文定。

③于歸：女子以夫家為家，故稱出嫁為于歸。

④福證：請人證婚的敬語。

⑤闔第光臨：請客人全家到來的敬語。

⑥詹於：即「占於」。占，占卜。

二、喜慶及一般應酬用語

①桃觴、桃樽：指祝壽的酒席。

②湯餅：嬰孩出生三日宴客，因備有象徵長壽的湯麵，故稱為湯餅筵；今亦用以稱滿月的酒席。湯餅，水煮的麵食。古無「麵」字，凡麵食一概都叫做「餅」。

③彌月之慶：嬰孩出生後滿月宴客的酒席。

④弄璋：祝人生男的頌辭。璋，圭璋，玉器名，為古代王侯所執。古俗生男，就讓他把玩玉器，希望將來能執圭璋，成為王侯將相。

⑤弄瓦：祝人生女的頌辭。瓦，陶製的紡錘。古俗生女，就讓她玩弄陶製的紡錘，希望將來精於女紅。紅，音ㄍㄨㄥ，通「工」。

⑥嵩祝：祝福壽比嵩山之高。嵩山，五嶽中的中嶽，位於河南省中部。

⑦秩、晉：秩，十年。晉，通「進」。

⑧祖餞、祖道、祖送、餞行：設酒宴送別將遠行的人。祖，祭名，祭祀路神。古有送行的祭禮，遠行出發之前，必祭道路之神以求福，遠行者即飲此祭神之酒，故後世稱餞行送別為祖餞、祖道、祖送。餞，音ㄐㄧㄢ，酒食。

⑨洗塵：洗去塵埃。指宴請遠來或由遠方歸來的人。俗稱接風。

⑩光臨：敬稱他人的到來。

⑪賁臨：即「光臨」。歡迎他人來臨的敬語。賁，音ㄅㄧ。

⑫台光：恭請他人蒞臨的敬語。台，指三台，星名，古代用來比喻三公，後多用於稱呼對方或與對方有關的行為。

⑬光陪：請人作陪客的敬語。

三、謝帖用語

①領謝：領受禮物並道謝。

②璧謝：奉還原來禮物並道謝。

③踵謝：親自登門道謝。

④敬使、台力：付給送禮來的僕役之小費。

四、喪葬用語

①先祖考、先王考、顯祖考：對他人稱自己已去世的祖父。

②先祖妣、先王妣、顯祖妣：對他人稱自己已去世的祖母。

③先考、先嚴、先君、顯考、先父：對他人稱自己已去世的父親。

④先妣、先慈、顯妣、先母：對他人稱自己已去世的母親。

⑤先夫：對他人稱自己去世的丈夫。

⑥先室、先荊：對他人稱自己已去世的妻子。

⑦先兄：對他人稱自己已去世的哥哥。

⑧先姊：對他人稱自己已去世的姊姊。

⑨亡弟：對他人稱自己已去世的弟弟。

⑩亡妹：對他人稱自己已去世的妹妹。

⑪亡兒、故寵兒：對他人稱自己已去世的兒子。

⑫亡女、故愛女：對他人稱自己已去世的女兒。

⑬故媳：對他人稱自己已去世的媳婦。

⑭孤子：母親健在，父親去世，子自稱「孤子」。

⑮哀子：父親健在，母親去世，子自稱「哀子」。

⑯孤哀子：父母親都去世，子自稱「孤哀子」。如母親先去世，父親後去世，
　　則子自稱「哀孤子」

⑰降服孤哀子：出繼或被收養，而本生父母都去世，稱「降服孤哀子」。

⑱棘人：父或母喪，謝帖上之孤子、哀子或孤哀子，均宜自稱「棘人」。

⑲杖期夫、杖期生：妻入門後，曾服翁、姑或太翁、太姑之喪，妻死，夫稱
　　「杖期夫」或「杖期生」。

⑳不杖期夫、不杖期生：妻入門前，丈夫的父母或丈夫的祖父母已去世，妻
　　未及服喪，妻死，夫稱「不杖期夫」或「不杖期生」。又，丈夫的父母尚
　　健在，妻死，夫亦可稱「不杖期夫」或「不杖期生」。

㉑未亡人：丈夫去世，妻自稱「未亡人」。

㉒承重孫：本身及父，俱係嫡長，父先去世，現服祖父母之喪，自稱「承重
　　孫」。以其承宗祀之重責，故稱。

㉓治喪子：在喪期內稱「孤子」、「哀子」或「孤哀子」，已除服再行葬禮
　　稱「治喪子」。

㉔壽終正寢：男喪用。如死於非命，則不能使用「壽終正寢」，而只能用
　　「終」或「卒」。

㉕壽終內寢：女喪用。如死於非命，則不能使用「壽終內寢」，而只能用
　　「終」或「卒」。

㉖享壽：卒年六十以上的稱「享壽」，不滿六十的稱「享年」，三十以下的
　　稱「得年」，或稱「存年」。

㉗小斂：為死者穿衣。斂，亦作「殮」。

㉘大斂：將死者的遺體放入棺木。斂，亦作「殮」。

㉙成服：大斂次日，親屬各依服制分別穿著應穿的喪服。也有在斂前成服的。

㉚反服：兒死，無孫，父在堂，父反為兒之喪持服。

㉛斬衰：五服中最重的喪服，子女對父母之喪服三年。以最粗生麻布製成，不縫邊緣者為斬衰。衰，音ㄘㄨㄟ，粗麻製成的喪服。

㉜齊衰：以熟麻布製成而縫邊緣的喪服，分三種。齊，音ㄗ。衰，音ㄘㄨㄟ。

(A)齊衰期（ㄐㄧ）年：對祖父母、伯叔父母、兄弟、在室姑姊妹、夫為妻、已嫁女兒為父母之喪，服一年。

(B)齊衰五月：為曾祖父母服用。

(C)齊衰三月：為高祖父母服用。

㉝大功：對出嫁姊妹及堂兄弟之喪，服九月。喪服以熟麻布製成，比齊衰細，比小功粗。

㉞小功：對堂伯叔父母及堂姑等之喪，服五月。喪服以熟麻布製成，比大功細，比緦麻粗。大功、小功，合稱「功服」

㉟緦麻：對已出嫁的姑母、出嫁的堂姊妹及族兄弟等之喪，服三月。合斬衰、齊衰、大功、小功、緦麻稱「五服」。緦（ㄙ）麻，稍細熟布製成的喪服。

㊱泣血：居三年之喪者用。

㊲抆淚：久哭而掩淚，比「拭淚」為重。抆，音ㄨㄣˇ。

㊳拭淚：猶言「抆淚」，但較輕。

㊴稽顙：音ㄑㄧˇㄙㄤˇ。遭三年之喪的人，居喪拜賓客時，雙膝跪下，頭額觸地，並稍稽留。

㊵稽首：跪拜叩頭到地面。為眾拜中最崇敬的一種。

㊶護喪：治喪之家，以知禮能幹的家長或兄弟一人主持喪事。

㊷諱：稱已死尊長之名。

㊸封翁：亦稱「封君」。因子孫貴顯而受封典的父祖。後為泛稱人父的敬辭。

㊹權厝：暫時停放靈柩以待葬。

㊺含斂：含，含玉於口。斂，亦作「殮」，納死者於棺。

㊻匍匐奔喪：匍匐，急遽貌。奔喪，從遠方奔赴親人之喪。

㊼發引：出殯時靈柩出發。引，布引，亦稱「紼」，大麻繩，用以牽引靈柩入墓。

㊽告窆：將下葬時訃告親友。窆，音ㄅㄧㄢˇ。將靈柩葬入墓穴。

㊾合窆：將已去世的父母同葬在一墓穴之中。

㊿開弔：喪家擺設靈堂供入弔祭。

(51)世鄉學寅戚友誼：世交、同鄉、同學、同事、親戚、朋友交情者。寅，同事。

(52)鼎賻懇辭：訃聞中懇切辭謝他人致送財物的用語。鼎賻，敬稱他人致送的財物。鼎，盛大。

（本資料取自黃俊郎編著應用文）

第2篇

公 文

Chapter 1

公文概述

學習目標

讀完本章後，你應該能夠：

1. 瞭解公文的意義
2. 瞭解公文的特性
3. 瞭解公文的要件
4. 瞭解公文的功用

203

第一節　公文的意義

公文是公文書的簡稱。依照《公文程式條例》第一條：「稱公文者，謂處理公務之文書。」刑法第一章第十條第三項：「稱公文書者，謂公務員職務上製作之文書。」由上面的定義，可知公文的製作者，必須是『公務員』；而公文的內容，則必須是「處理公務」，才稱為「公文」，這是公文的狹義而言。但若從人民的申請函來說，製作者雖非公務員，可是投遞的對象是政府機關、或民意機關、或法定的自治團體，也算是「公務」即「公眾事務」。

政事是政府管理眾人之事，管理眾人之事便是處理公務，所以申請函、請願、訴願、訴訟等便是公文書，這是公文的廣義而言。

綜上所述，公文的意涵，可歸納為二：

㈠就廣義言之，凡是政府機關，與法定團體之間，或與人民之間，所有一切文書往返，皆稱為「公文」。

㈡就狹義言之，若依刑法第一章第十條第三項的規定：「稱公文書者，謂公務員職務上製作之文書。」則公文的製作者，必須具有「公務員」身分；公文的內容，必須是和「公眾事物」有關，才稱為公文。像人民與人民之間，或基於權利義務關係，或因法律行為所作成的書據、契約，或私人往來的函電，均屬「私文書」，其性質因純是私人事務，且文書的收受雙方都是私人，只能稱為「私文書」而與「公文書」有別。

所以，公文的定義是，凡為處理公眾事務（公務）而製作的文書，均可稱之為「公文」或「公文書」。

　　我國史書上記載，「公文」一詞，也呈現多樣性，有稱「官書」、「文書」、「官文書」、「文牘」、「文奏」、「文案」、「文記」等，其中包含的種類和名目，亦極繁多，在《經史百家雜鈔》一書中，把誓、誥、諭、令、教、敕、璽書、檄、策命等歸納屬「詔令類」的下行公文；把諫、書、疏、議、奏、表、劄子、封事、彈章、牋、對策等歸納屬「奏議類」的上行公文。

　　在法令上，首次見到對公文下定義的是在民國五年七月二十九日北京政府所公布的＜公文程式＞，其第一條云：「凡處理公事之文件名曰公文」。一直到民國十七年十一月十五日，國民政府才作修正，並公布＜公文程式條例＞，其第一條云：「稱公文者，謂處理公務之文書……」後經五次修正，於民國九十三年五月十九日公布，翌年一月一日施行。其公文定義仍沿用至今，未加更動。

第二節　公文的特性

　　公文雖是應用文書，但寫作時卻受到很多的束縛和限制，不像一般文章，可以隨興所至、任意揮灑。

　　公文不同於一般文章，公文有主客體的關係、須根據事實、具備要件、受法令限制及使用固定的專用語，這五項特性，分別說明如下：

一　公文有主客體的關係

　　公文要有發文的對象，有時是個人，有時是若干人，也可能是機關、團體或地區，而且文書的收發雙方之主客體，至少有一方是有官署性質的機關，不像一般文章任何人皆可以看，皆可以讀，不受對象的限制。

二　公文有事實的根據

公文須有事實之需要而行文，且內容不像一般文章可以憑空捏造不受限制，公文書必須與處理公務之事實有關，而且有一定的範圍和時間、地點的限制。

三　公文有必備的要件

公文的製作有的結構和格式，必須照此規定寫作才能發生效力，不像一般文章不必受結構和格式的限制。

四　公文有法令的限制

公文是表達意思的文書，故行文必有具體的主張及目的，這些主張及目的，必須依據現行適用的法令，且所陳述的事實必須真確，才能生效。不像一般文章的內容不必受事實的真確性及法令的適用性之限制。

五　公文有固定的用語

公文的製作常需使用專用語，而使用是否適當，影響甚大。公文的專用語有固定的意涵、尊卑、語氣、禮節、態度等不同，須審慎運用，始可發揮作用，達到「簡、淺、明、確」的效果。如公文的起首時，通常慣用發語詞，又如稱謂語、經辦語、請示語、期望目的語等專用語，或涉乎隸屬、或關乎職分，或限乎文別等，不像一般文章不受語詞運用的限制，可以廣徵博引。

第三節　公文的要件

公文是處理公務的文書，其製作須照一定的程式和程序，才能發生效力，這些必備的要件，可分成實質要件與形式要件。茲分述於後：

一、公文的實質要件

公文的實質要件，是指公文的內容所應具備的條件而言，析述如下：

(一)內容必須與公務有關

公文是基於處理公眾事務所製作的文書，故公文書的內容必須與處理公務之事實有關。凡私人之間往返的書信，或基於權利義務關係所製作的書據、契約，都與公務無關，不能稱為公文。

(二)對象必須有一方是法定機關

所謂法定機關，是根據憲法或法令而組成的機關或團體而言。凡機關相互間因處理公務而往返的文書，當然都稱為公文。至於人民無論是個人或人民團體，其與機關相互間因申請與答復而往返的文書，因有一方是法定機關，不論它是官署或非官署性質的機關（如民意機關、國營事業機構）依其權責，必須加以處理的，也就成了公務，與公務有關，自然可稱為公文。

(三)意旨必須不違背法令

公文的主張及目的，必須引用現行之法令，不能牴觸憲法及法令。若政府機關的公文，有違反情事，將構成失職而且無效。

二　公文的形式要件

公文的形式要件，包括：公文程式、結構和格式所應具備的條件而言，茲析述如下：

(一)公文必須符合程式類別

公文必須符合現行公文程式條例的規定，依照公文的事類和行文系統，選用其類別製作，如機關行文不合程式，不但不能視為公文，而且增加處理時的麻煩。

(二)公文必須依循格式製作

公文的結構和格式，常有變革，公文製作時，必須依循現行法定的結構和格式，不得標新立異。例如民國八十二年二月三日為因應資訊發展需要，公文程式條例做了第十三次修正，到了民國九十三年五月做第十四次之修正，全面改採由左而右之橫式格式，以利國際接軌及電子化之處理趨勢，嗣後製作公文應予遵照。

(三)公文必須依照程序處理

公文的文書處理程序，是指文書自收文、交辦起至發文、歸檔止之全部流程，都要依規定完成。公文書必須由負責人簽署，以示負責。公文書也應記載製作時之國曆年月日及加註發文字號等等，都應依規定處理，不可輕忽。

第四節　公文的功用

公文是應用文的一種，是為因應公務需要而製作的文書。它不僅是政府施行政治不可缺少的一種行政工具，而且也具有引導人民，教化民眾以及建立大眾信心的社會積極功用，此外，人民的公文認知，對自身權益的保障，也具有正面的功用。茲就此三方面說明於後：

一 政府方面的功用

公文是政府表達施政意念與處理政務的重要工具。政府機關的一切工作之推行，固然有賴於人力，但如無公文，則政府的一切施政作為，如宣達政令，推行政策，就無法溝通、表達，讓民眾瞭解、接受並支持，所以公文發揮了溝通意見、服務民眾以及宣達政令、推行政策的功用。

二 社會方面的功用

公文是官方文書，具有公權力，對社會治安的維護、社會正義的伸張、生活禮儀的教化，均有賴國家政府的管理，這是政府的責任，也是義務。

社會事務繁雜，政府負有管理眾人之事的責任和義務。處理社會的事務，得借由公文來宣達禁令，端正禮俗、遏止犯罪之外，人力的積極執行，也是政府建立威信的關鍵，同時也是培養民眾對政府的信任感。

公文是處理公務必要的工具，也是政府公信力的展現，民眾對政府的公文產生信賴，政府的執行就會更順暢，這是公文的社會功用。

三 人民方面的功用

社會是人與人所結合而成的，人在社會上生活，接觸面很廣，也非常複雜，這些事面，都直接、間接與個人生活發生關係，公文在這些事面上，多少都用得到，雖然公文是機關團體的公文書，似乎和一般人不大相干，其實不然，國父說：「政治是管理眾人之事。」我們身為國家的公民，怎麼能和機關團體脫離關係呢？尤其在一個民主法治國家裡，人民團體越是發達，國家的機構也越是普遍，國家的機構越是普遍，人民和機構間的關係越是密切，接觸越是頻繁，接觸公文

書的機會也越多，例如：稅單、通知、選舉公報、公告等等都是公文書，以及人民對政府機關所發的申請書、請願書、訴願書、民事或刑事訴訟書狀等，都與公文有關。

　　人民在社會的實際生活上，需要學習瞭解公文的製作、性質、要旨，則對自身的權益保障是有助益的，所以公文是值得我們研究和學習的。

Chapter 2

公文的程式

讀完本章後，你應該能夠

1. 瞭解公文程式的意義
2. 瞭解公文的類別
3. 瞭解現行公文程式條例內容
4. 瞭解公文程式條例的特點

第一節　公文程式的意義

所謂「公文程式」，就是公文製作的程序和格式。而將此製作的程序和格式，用法律予以規定，以作為共同遵守的準則，即稱之為「公文程式條例」。

公文行使的範圍甚廣，對象甚多，各機關之間的層級不同，事務的性質也不一樣，如果製作時，沒有一定的程序和格式為準據，將見五花八門、各行其是的雜亂現象，因此，用法律條文統一規定，確實有其必要性。

我國現行公文程式條例第一條規定：「稱公文者，謂處理公務之文書；其程式，除法律別有規定外，依本條例之規定辦理」。據此，全國各機關的公文製作均須依本條例之規定辦理，凡不符合程式的文書，不能視為公文。但法律另有規定的可從其規定，例如檢察機關之起訴書、裁定書、處分書及其他的應用文書；立法院的會議文書；外交部的條約、照會、備忘錄等；以及人民對政府的請願書、訴願書、民事刑事訴訟書狀、行政訴訟書等類的文書，得適用特別法律之規定製作，屬於特種文書。

第二節　公文的類別

公文程式條例第二條的規定，是依公文的性質將公文分類為「令」、「呈」、「咨」、「函」、「公告」及「其他公文」等六大類。茲將其性質及如何使用，分述如下：

一 令

令就是命令，有施發號令及強制遵行之意。本條例規定：「公布法律、任免、獎懲官員，總統、軍事機關、部隊發布命令時用之。」另依行政院《事務管理手冊》上說：「公布法律、發布法規命令、解釋性規定與裁量基準之行政規則及人事命令時使用。」

二 呈

呈的使用範圍縮小，僅限於對總統。本條例規定：「對總統有所呈請或報告時用之」。

三 咨

咨為諮詢商議之意，本條例規定：「總統與國民大會、立法院、監察院公文往復時用之。」在行政院《事務管理手冊》上說：「總統與國民大會、立法院公文往復時使用。」本條例的規定是依五權憲法的架構和精神制定，行政院《事務管理手冊》的修正，是依憲法修正後，監察院的委員由總統提名，經立法院同意後任命，已趨向三權憲法的屬性。另國民大會廢止後，「咨」的使用就僅限於總統與立法院之間公文往復時用之。

四 函

本條例規定：「各機關間公文往復，或人民與機關間之申請與答復時用之。」在行政院《事務管理手冊》上說：「各機關處理公務有下列情形之一時使用：(1)上級機關對所屬下級機關有所指示、交辦、批復時。(2)下級機關對上級機關有所請求或報告時。(3)同級機關或不相隸屬機關間行文時。(4)民眾與機關間之申請或答復時。」這是將條例的規定中，再依機關的層級與隸屬的有無而作較詳細解釋而已。

五　公告

公告為公開宣告之意。本條例規定：「各機關對公眾有所宣布時用之。」在行政院《事務管理手冊》上說：「各機關就主管業務或依據法令規定，向公眾或特定之對象宣布周知時使用。其方式得張貼於機關之公布欄、電子公布欄、或利用報刊等大眾傳播工具廣為宣布。如需其他機關處理者，得另行檢送。」這是將條例中未規定的使用方式再加以補充。

六　其他公文

本條例上並未列舉其他公文的名目，如依行政院《事務管理手冊》上說：「其他因辦理公務需要之文書，例如：⑴書函⑵開會通知⑶公務電話記錄⑷手令或手諭⑸簽⑹報告⑺箋函或便箋⑻聘書⑼證明書⑽證書或執照⑾契約書⑿提案⒀記錄⒁節略⒂說帖⒃表單。」茲將上列「其他公文」的性質及如何使用，再加以說明。

㈠書函

(1)於公務未決階段，需要磋商、徵詢意見或通報時使用之。

(2)代替過去之便函、備忘錄、簡便行文表，其適用範圍較函為廣泛，舉凡答復簡單案情、寄送普通文件、書刊，或為一般聯繫、查詢等事項行文時均可使用，但其性質不如「函」來得正式。

㈡開會通知單

召集會議時使用之。

(三)**公務電話記錄**

凡公務上聯繫、洽詢、通知等皆可以用電話,作簡單且正確的說明,經通話後,發話人如認有必要,可將通話記錄作成兩份並經發話人簽章,以一份送達受話人簽收,雙方收執,以供參考。

(四)**手令或手諭**

機關長官對所屬有所指示或交辦時使用之。

(五)**簽**

承辦人員就其職掌事項,或下級機關首長對上級機關首長有所陳述、請示、請求和建議時使用之。

(六)**報告**

公務上使用報告的,有:調查報告、研究報告、評估報告等;或機關所屬人員就個人事務有所陳請時使用之。

(七)**箋函或便箋**

用個人或單位的名義洽商或回復公務時使用之。

(八)**聘書**

機關聘用人員時使用之。

(九)**證明書**

機關對人、事、物之證明時使用之。

(十)**證書或執照**

對個人或團體依法令規定取得特定資格時使用之。

(土)**契約書**

當事人雙方意思表示一致,成立契約關係時使用之。

㈜提案

　　對會議提出報告或討論事項時使用之。

㈝紀錄

　　記錄會議經過、決議或結論時使用之。

㈞節略

　　對上級人員略述事情之大要，亦稱綱要。起首用「敬陳者」，末署
「職稱、姓名」。

㈟說帖

　　詳述機關掌理業務情形，請相關機關或部門予以支持時用之。

㈠表單

　　可以使用表格化的表報、收據、會議通知單等，其格式由機關自訂
印製。

　　上述各類公文，如發文屬通報周知之性質者，以登載機關電子公
布欄為原則；另公務上不須正式行文之會商、聯繫、洽詢、通知、傳
閱、表報、資料蒐集等，得以發送電子郵遞方式處理。

第三節　現行公文程式條例內容

一　演變過程

　　公文之名稱和程式，隨時代而演變。我國古代的官書名稱不下數
十種，有詔令、奏議、陳表、書牘等類，其程式也無定制。直至民國
肇建，建立民主政治，政府為了推行行政作業制度化，於民國元年，
南京臨時政府制定一項公文程式，頒布施行，為我國第一次向人民公

布的公文程式，僅分「令」、「咨」、「呈」、「示」、「狀」五種，不久又因不敷事實應用，在同年十一月六日第一次修訂，計二十條，分有十二種。民國三年五月二十六日，又經修改，其程式分為三類十八種，洪憲帝制失敗後，此項程式，隨即廢止。

民國五年七月二十九日，再度改訂公文程式，其程式共十三種，為第三次的修訂，直至北京政府解體，始行廢止。

民國十四年國民政府在廣州成立，在八月間制定公文程式，分為國民政府令、咨、公函、呈、通告、任命狀、批答等七種。民國十六年全國統一，於八月十三日重新修正，多增訓令及咨呈兩種共九種。這是國民政府第一次修訂。十七年六月又加修訂，此次修訂的特點，規定公文得用語體文，並得分段敘述和使用標點，這是國民政府的第二次修訂。

民國十七年十一月五院成立，體制更張，於是作了第三次的修訂。自十七年十一月十五日明令公布。一直到民國四十一年十一月二十一日總統公布《公文程式條例》十條，其程式計分「令」、「咨」、「函」、「公告」、「通知」、「呈」、「申請書」七種。其後歷經六十一年修正公布全文十四條，六十二年修止公布第二條第三條文。

民國八十二年修正公布第二條、第三條，並增訂第十二條之一條條文。迄民國九十三年五月十九日修正公布第七條、第十三條、第十四條條文，規定公文採由左而右之橫行格式。並於民國九十四年一月一日行政院發布施行。

政府陸續修訂公文程式，其主要意旨有：

㈠使政府機關的公文所表達的意思，很明顯的讓社會大眾普遍接受。

㈡使政府機關公文在大幅度的改革措施下，澈底擺脫陳舊落伍的程式用語，俾能充分發揮溝通意見、推行公務的功用，並在行政革新中發生引導作用。

㈢使政府機關公文結構、程式、文字趨於簡單明瞭，即使一位初任公職的青年也都可以擬辦公文。

㈣使政府機關減少不必要的行文程序和數量，以提高行政效率。

二　條例內容

㈠《公文程式條例》全文內容

現行《公文程式條例》全文

中華民國十七年十一月十五日公布

中華民國四十一年十一月十一日　　　　　　修正全文十條

中華民國四十一年十一月二十一日公布

中華民國六十一年一月十八日　　　　　　修正全文十四條

中華民國六十一年一月二十五日公布

中華民國六十二年十月十九日　　　　　修正第二條、第三條

中華民國六十二年十一月三日公布

中華民國八十二年一月十八日　　　　　修正第二條、第三條

增訂第十二條之一條文

中華民國八十二年二月三日公布

中華民國九十三年五月四日　修正第七條、第十三條、第十四條

中華民國九十三年五月十九日公布

中華民國九十四年一月一日施行

第一條　（公文之定義）

稱公文者，謂處理公務之文書；其程式，除法律別有規定外，依本條例之規定辦理。

第二條　（公文程式之種類）

公文程式之類別如下：

一、令：公布法律、任免、獎懲官員，總統、軍事機關、部
　　隊發布命令時用之。

二、呈：對總統有所呈請或報告時用之。

三、咨：總統與國民大會、立法院、監察院公文往復時用之。

四、函：各機關間公文往復，或人民與機關間之申請與答復
　　時用之。

五、公告：各機關對公眾有所宣布時用之。

六、其他公文。

前項各款之公文，必要時得以電報、電報交換、電傳文件、
傳真或其他電子文件行之。

第三條　　（機關公文之蓋印或簽署）

機關公文，視其性質，分別依照下列各款，蓋用印信或簽署：

一、蓋用機關印信，並由機關首長署名、蓋職章或蓋簽字章。

二、不蓋用機關印信，僅由機關首長署名、蓋職章或蓋簽字
　　章。

三、僅蓋用機關印信。

機關公文依法應副署者，由副署人副署之。

機關內部單位處理公務，基於授權對外行文時，由該單位主
管署名、蓋職章；其效力與蓋用該機關印信之公文同。

機關公文蓋用印信或簽署及授權辦法，除總統府及五院自行
訂定外，由各機關依其實際業務自行擬訂，函請上級機關核
定之。

機關公文以電報、電報交換、電傳文件或其他電子文件行之
者，得不蓋用印信或簽署。

第四條　（代理人之署名）

機關首長出缺由代理人代理首長職務時，其機關公文應由首長署名者，由代理人署名。

機關首長因故不能視事，由代理人代行首長職務時，其機關公文，除署首長姓名註明不能視事事由外，應由代行人附署職銜、姓名於後，並加註「代行」二字。

機關內部單位基於授權行文，得比照前二項之規定辦理。

第五條　（申請函應載事項）

人民之申請函，應署名、蓋章，並註明姓名、年齡、職業及住址。

第六條　（日期之記載）

公文應記明國曆年、月、日。

機關公文，應記明發文字號。

第七條　（公文敘述方式及其格式）

公文得分段敘述，冠以數字，採由左而右之橫行格式。

第八條　（文字之要求）

公文文字應簡淺明確，並加具標點符號。

第九條　（公文副本之抄送）

公文，除應分行者外，並得以副本抄送有關機關或人民；收受副本者，應視副本之內容為適當之處理。

第十條　（附件其附件數字）

公文之附屬文件為附件，附件在二種以上時，應冠以數字。

第十一條　（章戳）

公文在二頁以上時，應於騎縫處加蓋章戳。

第十二條　　（密件之處理）

　　　　　　應保守秘密之公文，其制作、傳遞、保管、均應以密件處理之。

第十二條之一　　（公文為電子文件之管理）

　　　　　　機關公文以電報交換、電傳文件、傳真或其他電子文件行之者，其制作、傳遞、保管、防偽及保密辦法，由行政院統一訂定之。但各機關另有規定者，從其規定。

第十三條　　（送達之準用）

　　　　　　機關致送人民之公文，除法規另有規定外，依行政程序法有關送達之規定。

第十四條　　（施行日）

　　　　　　本條例自公布日施行。

　　　　　　本條例修正條文第七條之施行日期，由行政院以命令定之。

機關公文傳真作業辦法

　　　　中華民國八十二年四月七日台八十二秘字第〇八六四一號令訂定發布

第一條　本辦法依公文程式條例第十二條之一訂定之。

第二條　機關公文傳真作業，除法律另有規定外，依本辦法之規定。但總統府及立法、司法、考試、監察四院另有規定者，從其規定。

第三條　本辦法所稱傳真，係指送方將文件資料，以電話等資訊設備，透過電信網路傳輸，受方於其通訊設備上，即可收受該文件資料影印本之傳達方式。

第四條　各機關應指定單位或指派適當人員，負責辦理公文傳真作業。

第五條　傳真之公文，以公文程式條例第二條第一項第四款及第六款
　　　　所定之公文為限。

　　　　但左列公文，非經核准不得傳真。

　　　　一、機密性公文。

　　　　二、受文者為人民、法人或非法人團體之公文。

　　　　三、附件為大宗文卷、書籍、照（圖）片，或超過八開以上
　　　　　　圖表之公文。

　　　　四、其他因傳真可能影響正確性之公文。

第六條　各機關對於內容涉及重要事項，須迅予處理之公文，得以先
　　　　行傳真，事後應即補送原件之方式處理，並於文面註明。

第七條　承辦人員對擬傳真之公文，應於公文原稿適當位置註明；並
　　　　依規定程序陳核、繕校、蓋用印信或簽署及編號登記後始得
　　　　傳真。

第八條　公文傳真應以原件為之，如係影印本，應經核准，其附件亦
　　　　同。

第九條　公文傳真作業發文程序如左：

　　　　一、登錄傳真公文登記表（簿），記載受文者、發文字號、
　　　　　　案由、傳送日期、時間、頁數及承辦單位（人員）等。

　　　　二、加蓋傳真作業辦理人員名章，於公文末頁適當位置。

　　　　三、撥通受方傳真電話，確認接收者身分後，開始傳真。

　　　　四、傳畢再通話對照傳真頁數無誤，文面加蓋傳真文件戳，
　　　　　　附原稿歸檔。

第十條　受文單位傳真作業辦理人員收到傳真公文時，應於文面加蓋
　　　　機關全銜之傳真收文章，註明頁數及加蓋騎縫章，並按收文
　　　　程序辦理。

　　　　前項傳真公文，如有頁數不全或其他有關問題，傳真作業辦
　　　　理人員應通知發文單位補正。

第十一條　各機關收受傳真公文用紙之質料及規格，均應照規定標準
　　　　　使用。

第十二條　各機關因處理傳真公文需要之章戳，得自行刻用之。

第十三條　各機關為配合實際業務需要，得依本辦法及有關規定，訂
　　　　　定公文傳真作業要點。

第十四條　傳真公文之保管、保密及其他未盡事宜，依事務管理規則
　　　　　及其手冊等有關規定辦理。

第十五條　本辦法自發布日施行。

機關公文電子交換作業辦法

中華民國八十三年六月三日八十三台院秘字第一九九九三號令訂定發布

中華民國八十八年六月十四日行政院台秘字第二三二九四號令發布

第一條　本辦法依公文程式條例第十二條之一訂定之。

第二條　機關公文電子交換作業，依本辦法之規定。但總統府及立法、
　　　　司法、考試、監察四院另有規定者，從其規定。

第三條　本辦法所稱電子交換，係指將文件資料透過電腦系統及電信
　　　　網路，予以傳遞收受者。

第四條　各機關對於適合電子交換之機關公文，於設備、人員能配合
　　　　時，應以電子交換行之。

第五條　機關公文以電子交換行之者，得不蓋用印信或簽署。

第六條　機關應由文書單位負責辦理機關公文電子交換作業，但依公
　　　　文性質、行文對象及時效，有適當控管程序者，不在此限。

第七條　機關公文電子交換作業發文處理應注意事項如下：

　　　　一、公文於電子交換前應列印全文，並校對無誤後作為抄件。

　　　　二、發文作業人員應輸入識別碼、通行碼或其他識別方式，
　　　　　　於電腦系統確認相符後，始可進行發文作業。

三、檢視電腦系統已發送之訊息。

四、行文單位兼有電子交換及非電子交換者，應列示其清單，以資識別。

五、電子交換後應於公文原稿加蓋「已電子交換」戳記，並將抄件併同原稿退件或歸檔。

六、透過電子交換之公文，至遲應於次日在電腦系統檢視發送結果，並為必要之處理。

發文機關得視需要將所傳遞公文及發送記錄予以存證。

第一項第五款之章戳，由各機關自行刊刻。

第八條　機關公文電子交換作業收文處理應注意事項如下：

一、收文作業人員應輸入識別碼、通行碼或其他識別方式，於電腦系統確認相符後，即時或定時進行收文作業。

二、列印收受之公文，同時由收文方之電腦系統加印頁碼及騎縫標識，並得由收文方標明電子公文，按收文處理作業程序辦理。

三、來文誤送或疏漏者，通知原發文機關另為處理。

第九條　機關公文電子交換之收、發文程序，應採電子認證方式處理，並得視需要增加其他安全管制措施。

第十條　機關公文電子交換之管理事項，由行政院指定機關辦理。

第十一條　各機關辦理機關公文電子交換事宜，其電腦化作業應依行政院訂頒之相關規定行之。

第十二條　各機關為配合實際業務需要，得依本辦法及有關規定，自行訂定機關公文電子交換作業要點。

第十三條　受文者為人民之機關公文，以電子交換行之者，得不適用第六條至第八條之規定，由各機關依其業務另定之。

第十四條　本辦法之規定，於公營事業機構及公立學校準用之。

第十五條　本辦法自發布日施行。

第四節　公文程式條例的特點

現行〈公文程式條例〉係經多次修訂的產物，這些條文的增修後，特別顯現其優點，既能配合時代的需求，又能達到行政革新的功用。茲將其特點分條列舉如下：

一　配合時代，因應需要

八十一年二月修訂時，增訂第十二條之一，並在四月公布〈機關公文傳真作業辦法〉，使公文得以必要時，得以傳真，取得法律依據。八十三年六月三日訂定發布〈機關公文電子交換作業辦法〉又於八十八年六月十四日修正第五、六、七、八、九條條文。

到九十三年五月修正公文程式條例第七、十三、十四等三條，規定公文改採「橫行格式」由左而右橫式排列。自民國九十四年一月一日起施行。

從以上的修增，以及公文的橫行格式，均為因應國際間交往愈密，文書資料來往頻繁，在書寫上為與國際接軌及兼顧電腦作業及電信網路，使公文製作更具國際性與便利性，進而提高公文處理之效率。

二　民主平等，高度顯現

專制時代使用的格式、用語等封建意味，經過了多次改革，已澈底減少。除公布法令、人事任免仍用「令」及對國家元首仍用「呈」，國防部軍令系統行文仍依其規定外，各機關公文往復一律用「函」，充分表現了高度民主與平等的精神。

三　公文改革，提升效率

　　公文全面改革，旨在促進行政革新，以提升政府機關處理公眾事務的效率。例如公文得採用「主旨」、「說明」、「辦法」三段式敘述，不僅澈底擺脫文章的敘述方式，而且使公文結構、程式、文字趨於簡單明瞭、劃一的效果。

　　公文改革的文書處理方面，確實已做到現代化的推動目標：㈠在文書方面：已提高公文處理品質、擴大公文處理容量及簡化文書處理方式。㈡在流程方面：已提升文書交換效率、確實掌握文書流程及有效稽催管制。㈢在人力方面：已精簡公文的處理人力並使人人會利用現代機具達到重新配置人力。

Chapter 3

公文的結構

學習目標

1) 瞭解公文的基本結構
2) 瞭解各類公文的款式
3) 瞭解各類公文的範例

第一節　公文的基本結構

公文有固定形式，故製作時，必須依照這些固定形式的規定。現行公文形式，皆配合電子方式傳遞交換的格式，以利傳遞。公文的形式皆有固定的結構項目，固定的基本結構項目有下列八項：

一　「發文機關全銜」和「文別」

製作公文首須標明其發文主體的「機關全銜」，其後要寫出公文的類別，簡稱為「文別」。文別按照公文程式條例之類別及有關規定填列。如立法院制定法律後，請總統公布時，公文上的發文機關全銜是「立法院」，文別是「咨」，又如總統公布法律，應寫「總統」，文別是「令」。不能寫成「總統府」「令」。

二　「發文機關地址」和「聯絡方式」

為配合電子傳遞方式及便利公文收發機關或民眾之間的聯絡，公文上增列發文機關的地址（含郵遞區號）及聯絡方式（可逐寫承辦人、電話、傳真、電子信箱(e-mail)等。位於橫式公文的右上處。公文的「令」、「公告」則不需寫此項。

三　受文者

這是行文的對象，即收受公文的機關或個人。在「受文者」三個字後，要寫明受文機關的全銜或個人的姓名。受文者若是機關，一般應寫機關「全銜」，如果機關全銜太長，也可用「簡稱」。如「私立某某商業專科學校」可簡稱為「某某商專」。受文者或是副本收受者是它所隸屬的機關，或是內部單位，可簡寫為「本院秘書處」、「本

部技職司」；受文者如為個人，應將受文者的姓名及稱謂或職銜寫上，如「王某某先生」、「李某某女士」、「陳某某科長」等。

如果公文是採郵遞的方式傳遞，為了讓郵差看到地址，則要在「受文者」三個字上方，需增添「郵遞區號」及「地址」。

惟有些公文格式，不必寫「受文者」的，如公布法令、任免官吏的「令」，以及向公眾有所宣布的「公告」。至於「其他公文」類的「簽」、「報告」、「便箋」等寫法，一般多習慣將受文者的名銜，寫在交遞敬詞之後，如「謹陳　校長」、「此致　某某先生」。

四　文書處理資料

此項格式名稱包括六個目次：即發文日期、發文字號、速別、密等及解密條件或保密期限、附件及正本、副本。茲分別說明於後：

㈠發文日期

任何公文，在發文時都要註明發文日期。依公文程式條例第六條規定，公文應記明國曆年、月、日。在法律上作為時效的依據。

㈡發文字號

任何公文，在發文時都需要編列發文字號，以便查考及引據之用。如答復對方來文時，須將來文的字號寫上，對方易於查考；也方便復文者的引據。但在人民的「申請函」，只需寫上具文的日期，至於發文字號一項就不用列出來。

㈢速別

指發文機關希望受文機關辦理此公文的速度。分「最速件」、「速件」，及「普通件」三種速別，普通件不必填寫。在「令」和「公告」不需用速別此需一項目。

㈣密等及解密條件或保密期限

機密文書區分為國家機密文書及一般公務機密文書。國家機密文書又分為「絕對機密」、「極機密」、「機密」；一般公務機密文書列為「密」等級。依行政院《事務管理手冊》：「保密限期或解除機密條件之標示，應以括弧標示於機密等級之下。其解密條件如下：*1.本件於公布時解密。2.本件至某年某月某日解密。3.本件於工作完成或會議終了時解密。4.附件抽存後解密。5.其他*（其他特別條件或另行檢討後辦理解密）。如非機密文件則此項目不必填寫。

㈤附件

公文如有附件，應在此項目下註明附件名稱、份數。附件如有兩種以上時，應加上序號以利分別。如行文的旨意只是檢送文件而已，就不必在文中敘述，可以在「主旨」段內敘明，如「檢送某文件若干份」即可。附件應加蓋機關名稱之章戳。

㈥正本、副本

正本是指公文擬送達之機關、團體或人員，必須將全部逐一載明全銜，或以明確之總稱概括表示，如地址非眾所皆知，應予註明。副本是列在正本之後。如有需要以副本分行者，在「副本」項下列明：如要求副本收受者作為時，也須在「說明」段內列明。如無副本，則本項下不必填寫。正本及副本兩項的位置都放在「本文」後面，是為避免正、副本項下資料多而影響「本文」的寫作空間。

關於公文上副本之用意、性質、作用與抄送副本應注意事項，逐一敘述於後：

1. 公文副本之用意

公文之副本,乃正本之影印本。即該件公文除分行必須之「受文者」外,有必要時,同樣地照抄(或加印)一份或多份,分送其他跟該案有關之機關單位或人民,俾作適當之處理。換言之,公文副本之內容與格式,和正本完全相同。公文副本之使用,是最近五十多年來在行政上的進步表現,不但簡化了行文手續,減少了文稿撰寫,而且也加強了公務聯繫與行政效率。現行公文程式條例第九條:「公文,除應分行者外,並得以副本抄送有關機關或人民,收受副本者,應視副本之內容為適當之處理。」在《事務管理手冊》第四十九條規定:「文書有分行之必要者儘量利用副本,避免重複辦稿」。

2. 公文副本之性質

公文須有受文的主要對象,而收受副本的次要對象則須視正本之內容、性質而決定有無抄送其他有關機關、單位或人民之必要,可見要有副本須先有正本,沒有正本即無副本,所以副本是沒有獨立性的。

再有是副本也沒有絕對的拘束力。公文程式條例第九條規定:「收受副本者,應視副本之內容為適當之處理」可見副本收受者應視正本的內容,依職權作適當之處理。而依職權即不得有越權而作擅權處理,但也不得視副本為具文而漠然置之,不作適當之處理。

3. 公文副本的作用

公文副本的作用有三:

(1)可加強各級機關之聯繫

公文以副本抄送其他相關機關,則收受副本者,由於瞭解正本之全貌,從而可以加強彼此之聯繫。

(2)可增進行政效率

　公文之副本與正本之內容完全相同，收受副本者，應作適當之處理，而發文者由於不必另辦公文，可簡化手續、節省人力、物力及時間，故可增進行政效率。

(3)可增進便民措施

　公務人員處理公務，對於核轉人民申請案件，抄送副本給申請人，可使其提前知悉案情處理經過，並作必要之配合措施，順利達成其對政府期求之目的及減少疑惑與紛爭，實為有效之便民措施。

4.抄送副本應注意事項

(1)受理之案件，主體機關或通案分行之機關用正本，其餘有關聯的或預計將有同樣詢問之機關時可用副本。

(2)收到其他機關來文，一時未能函復，公文須向其他機關查詢者，可將查詢行文之副本先抄送給來文機關。

(3)副本除知會外，尚需收受副本之機關處理者，得於文內加敘「請就某一事項予以處理」之字樣。通常接到副本，如僅為通知性質，不須辦理，若無其他意見者，亦不必行文答復。

(4)對於上級機關，通常以不行使副本為宜。但有時間性之緊急事項，必須請上級機關或下級機關迅速處理，以爭取時效者，得以副本抄送其直屬上級或下級機關。

(5)公文應予分行者，均應以正本行文，不能抄送副本。公文抄送副本時，應在副本項內，寫明分送機關、單位之名稱或人民之姓名及稱謂，使收受該案者均能瞭解副本收受者。

(6)附件以正本為限，但若需附送副本給收受機關或單位，應在「副本」項內之機關或單位名稱下，註明「含附件」或「含某某附件」。

(7)副本文件的右上角要標明「副本」字樣，以示與正本有別。正本及副本，均用規定公文紙繕印，蓋用印信或章戳；以電子文件行之者，得不蓋用印信或章戳，並應附加電子簽章。

五 本文

「本文」是公文的主體，因公文的程式類別不同，在「本文」的書寫格式也不同。故有必要另外再分節敘述。

六 署名

署名是指發文機關首長或發文單位主管的具名，表示負責。上行文應署機關名稱、首長職銜、姓名及職章（官章）；平行文及下行文或對人民行文，則蓋職銜及姓名的簽字章即可。公文程式條例第四條規定：「機關首長出缺由代理人代理首長職務時，其機關公文應由首長署名者，由代理人署名。機關首長因故不能視事，由代理人代行首長職務時，其機關公文，除署首長姓名註明不能視事事由外，應由代行人附署職銜、姓名於後，並加註代行兩字。機關內部單位基於授權行文，得比照辦理」。機關公文依法應有副署者，由副署人副署之。

七 印信

公文蓋用印信，旨在防止偽造、變造，以資信守。依據公文程式條例第三條規定：「機關公文，視其性質，分別依照左列各款，蓋用印信或簽署：㈠蓋用機關印信，並由機關首長署名，蓋職章或蓋簽字章。㈡不蓋用機關印信，僅由機關首長署名，蓋職章或蓋簽字章。㈢僅蓋用機關印信。」同條文又規定：「機關公文以電報、電報交換、電傳文件或其他電子文件行之者，得不蓋用印信或簽署。」再有行政院訂頒的《事務處理手冊》也有統一規定，內容有：㈠各機關任何文件，非經機關首長或依分層負責規定授權各層主管判發者，不得蓋用

印信。㈡監印人員於待發文件檢點無誤後，依左列規定蓋用印信：1.
發布令、公告、派令、任免令、獎懲令、聘書、訴願決定書、授權狀、
獎狀、褒揚令、證明書、執照、契約、證券、匾額及其他依法規定應
蓋用印信之文件，均蓋用機關印信及首長職銜簽字章。2.呈用機關首
長全銜、姓名、蓋職章。3.函之上行文應署機關首長職銜、姓名、蓋
職章。平行文蓋職銜簽字章或職章。下行文蓋職銜簽字章。4.書函、
開會通知單、移文單及一般事務性之通知、聯繫、洽辦等公文，蓋用
機關或承辦單位條戳。5.機關內部單位主管依分層負責之授權，逕行
處理事項，對外行文時，由單位主管署名，蓋單位主管職章或蓋條戳。
6.會銜公文，如係發布命令應蓋機關印信，其餘蓋機關首長職銜簽字
章。

　　㈢公文及原稿用紙在兩頁以上者，其騎縫處均應蓋騎縫章。㈣附
件以不蓋用印信為原則，但有規定須蓋用印信者，依其規定。㈤副本
之蓋印與正本同，抄本及譯本不必蓋印，但應分別標示「抄本」或「譯
本」。一般公文蓋用機關印信之位置在中間偏右上方空白處為原則。

八 副署

　　副署是指公文依法應有副署的人，副署者在首長署名之後，加以
副署，以示與首長共同負責之意。依憲法第三十七條規定：「總統依
法公布法律，發布命令，須經行政院院長之副署，或行政院院長及有
關部會首長之副署。」但依憲法增修條文第二條第二項：「總統發布
行政院院長與依憲法經立法院同意命令人員之任免命令及解散立法院
之命令，無須行政院院長之副署。」公文不需要副署，也不得任意加
以副署，但應副署而未副署之公文，則不具效力。

　　以上是一般公文的基本結構項目，但製作的款式還須依各種程式
作變化。

第二節　各類公文的結構款式

一 令

㈠公布法律、發布法規命令、解釋性規定與裁量基準之行政規則：

　　1.令文的本文，不可分段，敘述時，動詞一律在前，例如：

　　　甲.訂正「○○○施行細則」，公布之。

　　　乙.修正「○○○辦法」第○條條文。

　　　丙.廢止「○○○辦法」。

　　2.多種法律之制定或廢止，同時公布時，可併入同一令文處理；法
　　　規命令之發布，亦同。

　　3.公布、發布應以刊登政府公報或新聞報紙之方式為之，並得於機
　　　關電子公布欄公布；必要時，並以公文分行各機關。

㈡人事命令：有任免、遷調、獎懲。

㈢人事命令使用的格式，由人事主管機關訂定，並應遵守由左至
　右之格式原則。

二 函

㈠行政機關之一般公文以「函」為主。製作要領如下：

　　1.文字敘述應盡量使用明白曉暢，詞意清晰之文字，以達到「簡
　　　淺、明確」之要求。

　　2.文句應正確使用標點符號。

　　3.文內避免層層引敘來文，只要摘述要點。

4. 應絕對避免使用艱深費解、無意義或模稜兩可之詞句。

5. 應採用語氣肯定、用詞堅定、互相尊重之語詞。

6. 函的本文結構，採用「主旨」、「說明」、「辦法」三段式，案情簡單，可用「主旨」一段完成者，勿硬性分割為二段、三段；「說明」和「辦法」的段名，可因事、因案情而加以改換名稱。

㈡分段要領

1. 「主旨」

主旨為全文精要，以說明行文目的與期望，應力求具體扼要。

2. 「說明」

當案情必須就事實、來源或理由，作較詳細之敘述，無法在「主旨」內加以容納時，可使用本段作說明。

本段段名，可因公文內容需要，而換用「經過」、「原因」等名稱替代。

3. 「辦法」

向受文者提出之具體要求，無法在「說明」內簡述時，可用本段來列舉。

本段段名，也可因公文內容需要，而換用「建議」、「請求」、「擬辦」、「核示事項」等名稱。

㈢各段規格

1. 每段均要標明段名，但在段名之前不冠數字或號序。段名之後加冒號「：」。

2. 「主旨」此段不可再分項，文字要緊接在段名「主旨」冒號之後書寫。

3. 在「說明」及「辦法」中，如無需分項，則文字緊接段名的冒號之後書寫；如需要分項條列說明，則應在另列縮格，標明號序，如一、二、三……。

4.「說明」及「辦法」中，其分項條列之內容過於繁雜，或含有表
格之型態圖表時，應編列作附件為宜。

㈣行政規章可用函檢發，多種規章同時檢發時，可併入同一函內
處理。

三 咨

「咨」為諮詢、商洽、詢策之意。其性質可分為徵求、答復、洽
請、移送四種，沒有強制性，也無拘束力，屬平行文。

《公文程式條例》於民國九十三年五月十九日總統令修正公布第
七、十三、十四條條文，其第二條規定：「咨：總統與國民大會、立
法院、監察院公文往復時用之。」但依行政院九十三年六月二十九日
頒布修正《事務管理手冊》中文書處理部分規定：「咨：總統與國民
大會、立法院公文往復時使用。」行政院《事務管理手冊》中，已不
列「監察院」，蓋監察院自民國八十一年五月一日改制準司法機關後，
與總統往復之公文，事實上已不用「咨」了。九十四年六月國民大會
代表大會，已通過廢止，今後只有總統與立法院公文往復時才用了。

「咨」依其使用性質不同，有下列四種使用情形：

㈠徵求性的：總統提名司法院院長、副院長；考試院院長、副院長；
監察院院長、副院長；大法官、考試委員、監察委員、審計長等人
事任命時，須徵求立法院同意時用「咨」。

㈡答復性的：立法院對於總統所提司法、考試、監察等院之院長、副
院長及大法官，考試委員、監察委員、審計長等人選咨徵同意案，
須經立法院院會行使同意權之投票後，將投票之結果答復總統時用
「咨」。

㈢洽請性的：總統提請立法院召集會議時也用「咨」。

㈣移送性的：立法院法律案通過後，送請總統公布時用「咨」。

　　「咨」的結構款式，依公文程式條例第七條：「公文得分段敘述，冠以數字」之規定，原則上用「主旨」、「說明」、「辦法」三段式活用即可。但事實上，總統與立法院公文往復時，所用的「咨」文方式，仍循用「條列式」及「敘述式」的，也有使用新式之三段式活用。

四　公告

㈠公告一律使用通俗、簡淺易懂之文字製作，絕對避免使用艱深費解之詞彙。

㈡公告文字必須加註標點符號。

㈢公告內容應簡明扼要，非必要者，如各機關來文日期、文號及會商研議過程等，不必在公告內層層引用敘述。

㈣公告之結構分為「主旨」、「依據」、「公告事項」（或說明）三段，段名之前不冠數字，分段數應有彈性，可用「主旨」一段完成者，不必勉強湊成兩段、三段。

㈤公告分段要領：

　1.「主旨」應扼要敘述，公告之目的和要求，其文字緊接段名冒號之後書寫。

　2.「依據」應將公告事件之原由敘明，引據有關法規及條文名稱或機關來函，非必要不敘來文日期、字號。有兩項以上「依據」者，每項應冠以數字，並分項條列，縮格書寫。

　3.「公告事項」（或說明）應將公告內容分項條列，冠以數字，另列縮格書寫，使層次分明，清晰醒目。公告內容僅就「主旨」補充說明事實經過或理由者，改用「說明」為段名。公告如另有附件、附表、簡章、簡則等文件時，僅註明參閱「某某文件」，公告事項內，不必重複敘述。

㈥公告登報時，得用較大的簡明字體公告之，不署機關首長職稱及姓名。

㈦一般工程招標或標購物品等公告，得用定型化格式處理，免用三段式。

㈧公告除登報或載於機關電子公布欄者外，張貼於機關公布欄時，必須蓋用機關印信，蓋印於公告兩字右側空白位置，以免字跡模糊不清。

五 呈

1. 對總統有所呈請或報告時用之。
2. 行政院、司法院、立法院給總統之公文。
3. 呈的款式，亦用三段式。與函的結構款式相同。

六 其他公文

㈠書函

1. 於公務未決階段需要磋商、徵詢意見或通報時用之。
2. 代替過去之「便函」、「備忘錄」、「簡便行文表」，其適用範圍較函為廣，舉凡答復簡單案情，寄送普通文件、書刊，或為一般聯繫、查詢等事項行文時均可使用，其性質不如「函」之正式。
3. 書函之結構及文字用語比照「函」之規定。

㈡表單

表單之格式由各機關自行訂定，並應遵守由左至右之橫行格式原則，如公務電話記錄單、簡便行文表、開會通知單等類。

㈢申請函

1. 人民對政府機關或法人團體有所申請或建議時所用的文書。
2. 申請函歸類於「函」的一種文書。

3. 申請函之用紙與格式，並未明定，在公文程式條例第五條：「人民之申請函，應署名、蓋章，並註明性別、年齡、職業及住址。」其格式採三段活用式，其性質則分有建議性、洽詢性、請求性及申辦性等四種內容。

(四)簽

1. 簽是承辦人員就職掌事項，或下級機關首長對上級機關首長有所陳述、請求、建議時使用。

2. 簽有兩種性質：⑴機關內部單位的「簽辦案件」：這是依照分層授權規定核決，所以簽文的最後不必敘明陳上某某長官字樣。⑵下級機關首長對直屬上級機關首長之「簽」，在簽文最後得用「敬陳　某某長官」字樣。

3. 簽的款式，有三種不同的簽擬方式：⑴先簽後稿的「簽」，簽文要按「主旨」、「說明」、「擬辦」三段式辦理。⑵簽稿併陳的「簽」，需視情形使用，如案情簡單，可使用便條紙，不分段，以條列式簽擬。⑶一般存參或案情簡單之公文，得於原公文件上空白處簽擬。

4. 簽的撰擬要領：⑴「主旨」：扼要敘述，概括整個簽之目的與擬辦，不可分項，一段完成。⑵「說明」：對案情之來源、經過與有關法規或前案，以及處理方法之分析等，作簡要之敘述，並視需要分項條列。⑶「擬辦」：為「簽」之重點所在，應針對案情，提出具體處理意見，或解決問題方案，意見較多時分項條列。⑷各段的段旨要截然劃分清楚，在「說明」段不提擬辦意見，「擬辦」段不重提「說明」。

5. 下級機關首長對直屬上級機關首長行文時，應一致採用《事務管理手冊》所訂「簽」之作法舉例，至各機關內部單位的簽辦案件得參照自行機關所規定的。

㈤**報告**

1. 公務上使用的報告，如：調查報告、研究報告、評估報告等；或是機關所屬人員就個人事務有所陳情時使用。

2. 寫作款式可採文字敘述法、或表格式，或兼採文字與表格併用法。

3. 報告之橫行格式寫法，開頭第一列中間標示文書名稱「報告」二字，於報告二字之後略低一列，書寫年月日及地點。

4. 報告文的寫法可分段或分項敘述，冠以數字，或以三段式活用，文末得用「敬陳」、「謹陳」某某長官等字樣。

5. 報告文最後要署名，包括自稱、姓名及表敬辭。

㈥**箋函或便箋**

1. 以個人或單位名稱於洽商或回復公務時使用。

2. 「箋函」或稱「便箋」，具有箋（書信）的形式和函（公務）的內容，適用於機關內部同級單位或不相隸屬單位之間洽商公務的文書，因其能兼顧公、私情誼，以個人或單位名義行文不須用正式公文，頗能達到溝通、協商之功效。

3. 箋函的款式如同書信的結構，有稱謂及提稱語，但不須有應酬語直接書寫本文內容，一般以文字敘述，最後有「期望語」及「結尾敬辭」及「自稱」、「署名」及「末啟詞」與「時間」。

4. 如以單位名義書寫，一開始就可直敘正文，文末寫「此致」、「謹此」之「交遞語」，然後平抬另列（行）寫「受文單位」名稱，最後發文單位在左下方或中間蓋上單位章戳及「啟」或「敬啟」之「表敬辭」並註明「時間」年月日，一般不用編列發文字號。

㈦**通報與通告**

1. 「通報」是機關內部平行文書，為主辦單位對有關單位接洽或通知某事項的行文。分「告知性的通報」，另一為「接洽性的通報」兩種作法和寫法。

2. 接洽性的通報，是以同一通報，傳閱有關單位之方式行文。當受通報單位的主管及人員，對通報事項如有意見，可在原件上簡要簽註，如無意見，則閱後在其單位名稱下簽章，送交通報者或依次傳閱其他受通報單位，最後送還通報單位。

3. 接洽性的通報的款式與「便箋」相同，僅須在「正文」之前標示「通報」二字，末尾加上「此致」、「敬此」二字之後，另列（行）頂格書寫受通報單位，通報單位多時可另紙書寫以作為傳閱簽章，最後在中間或右下方蓋上單位條戳，並註明時間。

4. 告知性通報的款式，則與「通告」相同，其寫作格式有條列式及三段式活用，通常以張貼式為多。

5. 「通告」是機關內部的主辦單位，將某事項，須要告知員工時，其告知對象，可涉及全機關或多數單位，或全體員工或多數員工，此時用張貼揭示方式行之。

6. 通告的款式與「公告」相似。在正文之前要標示「通告」二字，通告的單位名稱可寫也可不寫。正文的寫作格式，有三段式活用及條列式，最後蓋上發文單位之章戳。通告之發文日期，一般寫在通告二字之後用低一列書寫年月日。

(八) 通知

1. 通知是以往機關對人民有所通知或答復時所使用，目前還常見使用。

2. 依通知的內容分有開會通知和一般事務的通知。依性質分，大略可分為告知性的通知及答復性的通知兩種。

3. 通知的方式，有採個別的通知、公告的通知，以及個別兼公告的。

4. 通知的寫作格式，分有電子文件式、書函式、條列式、三段式及表格式五種。

5. 目前開會通知單的格式，以電子文件式為最普遍。其他格式由機關自行決定，但應遵守由左至右之橫行格式為原則。

6. 開會通知、移文單、交辦（議）案件通知單、催辦案件通知單等屬性相近，其使用格式以三段式為主，惟開會通知單的正文，不用「主旨」、「說明」、「辦法」的段名，而改為「開會事由」、「開會時間」、「開會地點」及「主持人」、「聯絡人及電話」、「出席者」、「列席者」等項目名稱取代。機關首長署名，均蓋「機關單位條戳」。

第三節　公文的基本格式

現行公文格式經多次修訂後，電子化及網路化的作業方式已普遍實施。行政院於九十三年六月二十九日發布修正《事務管理手冊》文書處理部分規定，並自九十四年元月一日生效，特別對文書處理作業電子化的統一規定，其重點如下：

一、文書製作應採由左至右之橫行格式。

二、配合國際紙張通行標準，公文用紙採以 A4 尺寸七十磅以上模造紙或再生紙製作。

三、製作公文，應遵守以下全形、半形字形標準之規定

　　㈠分項標號：應另列縮格以全形書寫為一、二、三、……，㈠、㈡、㈢……，1、2、3、……，(1)、(2)、(3)

　　㈡內文：

　　　1. 中文字體及文中使用之標點符號應以全形者為之。

　　　2. 阿拉伯數字、外文字母以及於外文中使用之標點符號應以半形為之。

四、公文字體大小

(一)機關全銜及函（稿）為 20 號字。

(二)受文者、主旨、說明、辦法及內文均為 16 號字。

(三)發文日期、發文字號、速別、密等及解密條件或保密期限、正本、副本、抄本等均為 12 號字。

(四)檔號、保存年限及頁碼均為 10 號字。

五、頁碼、條碼、檔號之位置

頁碼在每頁下方的「中間」；條碼的位置在「右下方」；檔號的位置在首頁的「右上方」。

六、章戳的刻法及蓋印位置

(一)由於印信條例並未修正，因此其中規定的章戳如國璽、印、關防、職章、圖記，一律不改變。

(二)得由各機關自行刻製之章戳，如條戳、簽字章、鋼印、校對章、騎縫章、附件章、收件章、職名章、電子文件章，一律改為橫式。

(三)橫式公文的單位條戳及簽字章位置改為「下方貼左」。

(四)公告除登載於機關電子公布欄者外，張貼於機關公布欄時，必須蓋用機關印信，於公告兩字右側空白位置處用印。

(五)公文蓋用印信及簽署之規定：

　　1.蓋用機關印信及首長職銜簽字章的有：發布令、公告、派令、任免令、獎懲令、聘書、訴願決定書、授權狀、證明書、執照、契約、證券、獎狀、褒揚令、匾額及其他依法規定應加蓋印信之文件。

　　2.署機關首長全銜與姓名及蓋職章的有：呈。

　　3.署機關首長職銜與姓名及蓋職章的有：「函」之上行文。

　　4.蓋職銜簽字章或蓋職章的有：函之平行文及函之下行文。

5.蓋用機關條戳或承辦單位條戳的有：書函、開會通知單、移文單及一般事務性之通知、聯繫、洽辦等公文。

6.蓋單位主管職章或蓋單位條戳的是：機關內部單位主管依分層負責之授權，逕行處理事項，對外行文時。

7.機關首長出缺，由代理人署名；首長因故不能視事，除署首長姓名註明不能視事事由外，應由代行人附署職銜、姓名，並於其下端註明「代行」二字。機關內部基於授權行文，得比照辦理。

8.會銜公文如係發布命令，應加蓋機關印信，其餘只蓋機關首長職銜簽字章。

9.附件以不蓋用印信為原則，但另有規定須蓋用印信者，依其規定。

10.機關公文以電子交換行之者，得不蓋用印信或簽署，並自行刻製「電子文件章」由左至右，於收發電子文件時蓋用之。

(六)一般公文蓋用機關印信之位置，以在首頁右側偏上方空白處用印為原則，簽署使用之章戳位置則於全文最後。

七、公文書橫式書寫數字使用原則

(一)數字用語如具一般數字之意義（如代碼、身分證統一號碼、編號、發文字號、日期、時間、序數、電話、傳真、郵遞區號、門牌號碼等）、統計意義（如計量單位、統計數據等）者，或以阿拉伯數字表示較清楚者，使用阿拉伯數字。

(二)數字用語如屬描述性用語、專有名詞（如地名、書名、人名、店名、頭銜等）、慣用語者，或以中文數字表示較妥適者，使用中文數字。

㈢數字用語如屬法規條項款目、編章節款目之統計數據者，以及
引敘或摘述法規條文內容時，使用阿拉伯數字；但若屬法規制
訂、修正及廢止案之法制作業者，應依「中央法規標準法、法
律統一用語表」等相關規定辦理。

八、公文封套之規格

㈠信封尺寸（容許誤差±2公厘）

　　1.大型信封：長353公厘×寬250公厘。

　　2.中型信封：長230公厘×寬160公厘（內件公文二等份摺疊）。

　　3.小型信封：長230公厘×寬115公厘（內件公文三等份摺疊）。

㈡紙質

　　1.大型信封採用100磅以上模造紙、再生紙，避免使用深色紙。

　　2.中小型信封採用80磅以上模造紙、再生紙，避免使用深色紙。

㈢製作規定

　　1.大型信封的封口在信封右側；中、小型信封的封口在信封上
　　　側。

　　2.中、小型信封，可採透明口洞式，其口洞應以高透明且不反
　　　光、無靜電之玻璃紙保護。開窗口位置及大小如附圖：

　　　⑴口洞大小：長100公厘×寬45公厘。

　　　⑵口洞位置：距信封上緣50公厘，距信封左緣23公厘。

　　　⑶信封下緣起20公厘為條碼噴讀區，請保留空白，勿印製其
　　　　他圖樣。

　　　⑷郵票黏貼位置應規範於信封右上角區域。

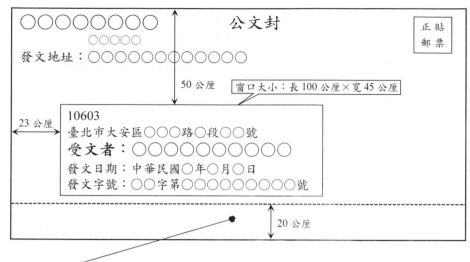

留白區域（信封下緣保留 20 公厘空白區域，不得打字或印刷任何資料、圖像，以利機器打印條碼，並供機器判讀需要）。

九、公文夾之規格

公文夾內面左頁印說明及注意事項，其形式如下：

㈠說明及注意事項

*1.*公文夾專供機關內各單位遞送文件之用。

*2.*公文夾上須填明單位名稱。

*3.*公文夾顏色用途區分如下，各機關並得視實際需要自行訂定：

　(1)紅色——用於最速件。

　(2)藍色——用於速件。

　(3)白色——用於普通件。

　(4)黃色——用於機密件。

*4.*會簽會核時限如下：

　(1)最速件——1 小時。

　(2)速件——2 小時。

　(3)普通件——4 小時。

5.會簽、會核應依次傳遞。

6.封面格式：公文夾正中間標明「（機關）公文夾」，中間下方標示「承辦單位」，左上角預留透明可插式空間，以標示會核單位，或視需要加註其他，如「提前核閱」或「即刻繕發」等訊息。

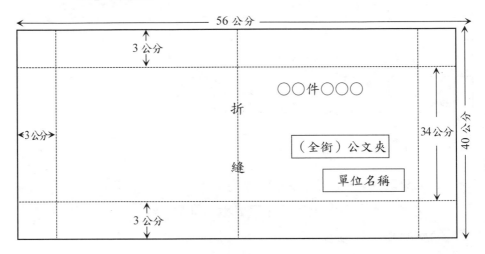

第四節　各類公文實例

　　本節將依公文程式的類別：令、呈、咨、函、公告及其他公文之序，舉實例供參考仿作之用。

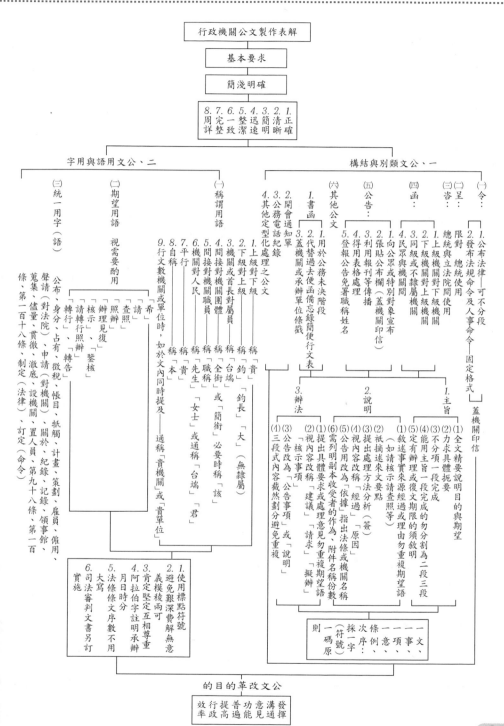

行政機關公文製作表解

基本要求

簡淺明確

1.正確 2.清晰 3.簡明 4.迅速 5.整潔 6.一致 7.完整 8.周詳

一、公文類別與結構

（一）令：
　1.公布法律、發布法規命令及人事命令——可不分段
　2.總統與立法院間使用限對總統使用——固定格式——蓋機關印信

（二）呈：對總統使用

（三）咨：
　1.立法院對總統
　2.總統與立法院間使用

（四）函：
　1.上級機關對下級機關
　2.下級機關對上級機關
　3.同級機關或不相隸屬機關間
　4.民眾與機關間

（五）公告：
　1.向公眾或特別對象宣布（蓋機關印信）
　2.代替過去使便函備忘錄簡便行文表
　3.蓋機關或承辦單位條戳
　4.利用報刊等傳播
　5.得登報公告處理（蓋機關印信免署職稱姓名）
　6.張貼公布欄或特別對象宣布
　　張貼公布欄

（六）其他公文
　1.書函：用於公務未決階段
　2.開會通知單
　3.公務電話紀錄
　4.其他定型化處理之公文

　1.主旨
　　(1)全文精要說明目的與期望
　　(2)力求具體扼要
　　(3)能用主旨一段完成的勿分割為二段三段
　　(4)敘述事實來源經過或理由勿重複期望語
　　(5)祇求核示請參照辦）

　2.說明
　　(1)如請核示請參照辦）
　　(2)敘述來文要點分析
　　(3)提出處理方法意見
　　(4)視內容改稱「經過」「原因」
　　(5)公文用改為「依據」指出法條或機關名稱
　　(6)需列明副本收受者的作為、附件名稱或機關名稱份數

　3.辦法
　　(1)提出具體要求或處理意見勿重複期望語
　　(2)視內容改稱「建議」「請求」「擬辦」
　　(3)視內容改稱「公告事項」或「說明」
　　(4)公告改為「公告事項」或「說明」
　　三段式內容截然劃分避免重複

一、一、一、一事文
條、次、採一字（符號）
則序一碼原

二、公文語與用字
（一）稱謂用語視需要而用
　1.機關對人民稱「先生」「女士」或通稱「台端」「君」
　2.間接對機關團體稱「職稱」
　3.機關或首長對屬員稱「全銜」或「簡銜」必要時稱「該」
　4.下級對上級稱「台端」
　5.上級對下級稱「鈞長」「大」（無隸屬）
　6.機關對機關團體稱「鈞」
　7.平行稱「貴」
　8.自稱「本」
　9.行文數機關或單位時，如於文內同時提及——通稱「貴機關」或「貴單位」

（二）期望用語
　請希「轉行」、「照辦」、「請查照轉行」、「轉行照辦」、「鑒核」、「核示」、「辦理見復」、「照辦」、「查照」、「請希」

（三）統一用字（語）
　公布、身分、占有、徵稅、帳目、牴觸、計畫、策劃、雇員、僱用、聲請（對法院）、申請（對機關）、關於、紀錄、記錄、領事館、蒐集、儘量、貫徹、激底、設機關、置人員、第九十八條、第一百條、第一百十八條、制定（法律）、訂定（命令）

　1.使用標點符號
　2.避免艱深費解無意義模稜兩可
　3.肯定堅定互相尊重
　4.阿拉伯字註明承辦月日時分
　5.法律條文序數不用大寫
　6.司法審判文書另訂實施

公文改革的目的
發揮溝通意見功能普遍提高行政效率

一 令作法舉例

㈠公布法律

（例一）

總統令

發文日期：中華民國○○年○月○日

發文字號：華總（　）○字第○○○○○○號

制定「教育部國民體育委員會組織條例」，公布之。

　總　　　統　○　○　○

　行政院院長　○　○　○

　教育部部長　○　○　○

装
訂
線

（例二）

檔號：

保存年限：

總統令

發文日期：中華民國○○年○月○日

發文字號：華總（　）○字第○○○○○號

茲修正「國民體育法」，公布之。

附「國民體育法」修正本一份

　總　　　統　○　○　○

　行政院院長　○　○　○

装
訂
線

㈡宣告令

<pre>
                                              檔號：

                    總統令   保存年限：

     裝   發文日期：中華民國○○年○月○日
          發文字號：○○○字第○○○○○○○號
     訂   准立法院中華民國七十六年七月八日
          （76）臺院議字第 1641 號咨，宣告臺灣
     線   地區自七十六年七月十五日零時起解嚴。

          總   統 ○○○
          行政院院長 ○○○
          國防部部長 ○○○
</pre>

㈢人事任免令

<pre>
                                              檔號：

                    總統令   保存年限：

     裝   發文日期：中華民國○○年○月○日
          發文字號：○○○字第○○○○○○○○號
     訂   派○○○、○○○、○○○、○○○、○○○等為九十八
     線   年高等暨普通考試典試委員。

          總   統 ○○○
          行政院院長 ○○○
</pre>

㈣發布指令

```
                                              檔號：
                        總統令              保存年限：

    受文者：司法院
    發文日期：中華民國○○年○○月○○日
    發文字號：○○○字第○○○○○○○號
    一、○○年○○月○○日○○字第○○○○號呈已悉。
    二、已令行政院查照轉行。

    總　　　統　○○○
    行政院院長　○○○
```

㈤治喪令

```
                                              檔號：
                        總統令              保存年限：

    發文日期：中華民國○○年○○月○○日
    發文字號：○○○字第○○○○○○○號

        考試院院長孫科，乃　國父哲嗣，為革命元勛，器量
    恢宏，才識遠大。力行三民主義，學術造詣深淵，歷膺重
    寄，忠蓋孔昭。曾三任廣州市市長，兩任行政院院長，兩
    任立法院院長，其間並任國民政府副主席，嘉猷偉績，宏
    濟艱難，功在國家，聲馳寰宇。比年受任考試院院長，時
    際中興，人才為本，藉其名德，以重詮衡。方今匡復大
    計，正賴老成裏迪，遽聞溘逝，震悼殊深。特派嚴家淦、
    蔣經國、鄭彥棻、倪文亞、張寶樹敬謹治喪，以示優隆，
    而昭崇報。

    總　　　統　○　○　○
    行政院院長　○　○　○
```

㈥授勳令

總統令

發文日期：○○年○○月○○日

發文字號：華總㈠榮字第○○○○○號

茲授予哥斯大黎加共和國第一副總統○○○、○○○、○○特種大綬景星勳章。

總　　　　統　○○○

行政院院長　○○○

外交部部長　○○○

裝

訂

線

㈦發布法令

（例一）

行政院令

發文日期：中華民國○○年○月○日

發文字號：○○○字第○○○○○○○號

訂定「票據法施行細則」。

附「票據法施行細則」一份。

院長　○　○　○

裝

訂

線

（例二）

檔　號：

保存年限：

行政院　令

發文日期：中華民國○○年○○月○○日

發文字號：○○字第○○○○○○○○○○○號

修正「臺灣地區與大陸地區人民關係條例施行細則」部分條文。

附修正「臺灣地區與大陸地區人民關係條例施行細則」部分條文一份。

院　長　○　○　○

裝

訂

線

(八)獎懲令

<table>
<tr><td></td><td align="right">檔號：
保存年限：</td></tr>
</table>

行政院勞工委員會　令

受文者：王○○君

發文日期：中華民國○○年○○月○○日

發文字號：○○○字第○○○○號

速別：

密等及解密條件或保密期限：

附件：

主旨：核定王○○一員獎勵如下：

　　　王○○（Q123456789）

　　　一、現職：行政院勞工委員會（25410000J），綜
　　　　　合規劃處科長（1078），薦任第九職等（P09）。

　　　二、獎勵：記功一次（4010）。

　　　三、獎勵事由：辦理年度訓練計畫，工作頗有績
　　　　　效。（A02）。

　　　四、法令依據：勞工行政專業人員獎懲標準表第○
　　　　　點第○款。

　　　五、其他事項：空白。

說明：本案經本會93年8月6日考績委員會第二次會議
　　　決議通過。

附註：受考人如不服本處分，得依公務人員保障法相關規
　　　定，於收受之次日起三十日內，繕具申訴書，向○
　　　○（權責）機關提起申訴。

正本：本會職業訓練局、王科長○○

副本：本會人事室

主任委員　　○　　○　　○

裝

訂

線

二 呈作法舉例

（例一）

檔號：
保存年限：

行政院呈

地址：100臺北市○○○路○號
聯絡方式：（承辦人、電話、傳真、e-mail）

110
臺北市○○區○○○路○段○○號

受文者：總統

發文日期：中華民國○○年○月○日

發文字號：○○字第○○○○○○號

速別：速件

密等及解密條件或保密期限：

附件：如說明三

主旨：張○○先生慨捐現款新台幣○仟萬元給予○○大學興建○○館、購置教學儀器、研究設備，擬請賜頒匾額一方，以資褒獎，敬呈　鑒核。

說明：

一、本案係根據內政、教育二部○○年○月○○日台內民字第○○○○○○號暨台（　）高字第○○○○○○號會銜函辦理。

二、張○○先生於○○年至○○年，先後捐助○○大學計達新台幣○仟萬元。經內政、教育二部審核合於捐資興學褒獎條例及該條例調整給獎標準之規定，捐資新台幣一千萬元以上者予匾額，以資褒獎。

三、檢呈擬受獎人履歷表一件、捐資興學證件○○件。

正本：總統

副本：內政部、教育部、本院第六組

行政院院長　○　○　○　職章

裝　訂　線

（例二）

檔號：

保存年限：

財政部　呈

地址：臺北市愛國西路二號

聯絡方式：（承辦人、電話、傳真、e-mail）

受文者：總統

發文日期：中華民國○○年○○月○○日

發文字號：○○○字第○○○○號

速別：

密等及解密條件或保密期限：

附件：如主旨

主旨：呈報「○○會計年度○○年○○月份國庫現金收支
　　　報告」一份，敬請　鑒核。

正本：總統

副本：行政院、行政院主計處

財政部部長　○　○　○　職章

裝

訂

線

（例三）

檔號：
保存年限：

司法院　呈

地址：100臺北市重慶南路一段124號
聯絡方式：（承辦人、電話、傳真、e-mail）

受文者：總統

發文日期：中華民國○○年○○月○○日

發文字號：○○○字第○○○○○○○號

速別：速件

密等及解密條件或保密期限：

附件：如文

主旨：據行政院呈送○○股份有限公司代表人○○○
　　　因○○年營業稅事件，不服財政部所為之再訴願決
　　　定，提起行政訴訟一案判決書。謹檢同原件呈請
　　　鑒核施行。

正本：總統

副本：

司法院院長　　○　○　○　　職章

裝

訂

線

（例四）

考試院　呈

地址：臺北市文山區試院路一號

聯絡方式：（承辦人、電話、傳真、e-mail）

受文者：總統

發文日期：中華民國○○年○○月○○日

發文字號：○○○字第○○○○○○○號

速別：最速件

密等及解密條件或保密期限：

附件：

主旨：呈請特派○○○為○○○年特種考試警察人員考試
　　　典試委員長，敬請　鑒核。

說明：

　　一、行政院暨內政部於○年○月○日○○字第○○○○
　　　　號函請舉行○○年特種考試警察人員考試。

　　二、依典試法施行細則第三條規定，呈請特派○○○為
　　　　該項考試典試委員長。

正本：總統

副本：行政院、內政部、本院考選部、○○○先生

考試院院長　　○　　○　　○　　職章

裝

訂

線

三　咨作法舉例

(一)總統咨文

（例一）

<table>
<tr><td></td><td>檔號：
保存年限：</td></tr>
</table>

總統咨

發文日期：中華民國○○年○月○日

發文字號：○○字第○○○○○○號

司法院院長○○○呈請辭職，已予照准。茲據司法院院
釋字第○○○號解釋，並依民國○○年○月○日修正公
布之憲法增修條文第○條第○項規定，提名○○○為司
法院院長。檢附該員履歷，咨請

貴院同意後任命。此咨

立法院

總　統　○　○　○　（簽字章）

（例二）

總統咨

檔號：

保存年限：

發文日期：中華民國○○年○○月○○日

發文字號：華總一智字第○○○○○○號

第三屆監察院院長、副院長及監察委員任期於 94 年 1 月 31 日屆滿。茲依據憲法增修條文第七條第二項規定，提名張建邦、蕭新煌、李伸一、趙榮耀、呂溪木、黃武次、謝慶輝、黃煌雄、邱清華、洪昭男、葉金鳳、張富美、林志嘉、吳豐山、高秀真、楊平世、林筠、黃惠英、黃爾璇、劉玉山、蔡明華、劉永斌、呂新民、尤美女、顏錦福、陳宏昌、洪貴參、周慧瑛、郭吉仁等二十九人為監察院第四屆監察委員；並以張建邦為院長、蕭新煌為副院長，咨請

貴院同意見復後任命。此咨

立法院

總統　○　○　○（簽字章）

裝

訂

線

261

㈡立法院咨文

（例一）

檔號：
保存年限：

立法院　咨

地址：100 臺北市中山南路 1 號
聯絡方式：（承辦人、電話、傳真、e-mail）

100
台北市重慶南路一段 122 號

受文者：總統

發文日期：中華民國○○年○○月○○日

發文字號：○○字第○○○○○○○○號

速別：最速件

密等及解密條件或保密期限：

附件：檢附○○法修正本一份

主旨：修正「○○法」，咨請公布。

說明：

　　一、依據行政院○○年○○月○○日（　）字第○○號函
　　　　請審議。

　　二、經本院第○○會期第○○次會議修正通過。

正本：總統

副本：行政院

院長　○○○（簽字章）

裝

訂

線

（例二）

保存年限：

分類號：

立法院　咨

地址：臺北市中山南路 1 號

聯絡方式：（承辦人、電話、傳真、e-mail）

受文者：總統

發文日期：中華民國○○年○○月○○日

發文字號：○○字第○○○○○○號

速別：最速件

密等及解密條件或保密期限：

附件：如說明四

主旨：制定「強制汽車責任保險法」，咨請 公布。

說明：

一、依據行政院○○年○月○日台○○財字第○○○○
　　號函及本院委員沈智慧等 21 人提案併案審議。

二、經本院交通、財政、司法三委員會聯席審查後，提
　　報本院第三屆第二會期第二十五次會議討論決議：
　　「強制汽車責任保險法草案」修正通過。

三、已函復行政院查照。

四、檢附「強制汽車責任保險法」條文一份。

正本：總統

副本：行政院

院長　○　○　○（簽字章）

（例三）

保存年限：

分類號：

立法院　咨

地址：臺北市中山南路 1 號

聯絡方式：（承辦人、電話、傳真、e-mail）

受文者：總統

發文日期：中華民國○○年○○月○○日

發文字號：○○字第○○○○○○號

速別：最速件

密等及解密條件或保密期限：

附件：

主旨：茲依據本院組織法第二十三條之規定，遴選劉碧良先生為本院秘書長。並已於本（○○）年○○月○○日提報本（第三）屆第二會期第三十次會議通過之記錄在案。咨請依法任命。

正本：總統

副本：立政院秘書處

院長　○　○　○（簽字章）

四 函作法舉例

附錄㈠公文用紙格式

2.5 公分

（機關全銜）（文別）

（會銜公文機關排序：主辦機關、會辦機關）

1公分

地址：（會銜公文列主辦機關）（令、公告不需此項）
聯絡方式：（會銜公文列主辦機關）（令、公告不需此項）

（郵遞區號）
（地址）

受文者：（令、公告不需此項）

發文日期：
發文字號：（會銜公文機關排序，主辦機關、會辦機關）
速別：（令、公告不需此項）
密等及解密條件或保密期限：（令、公告不需此項）
附件：（令不需此項）

裝

1.5公分

（本文）
令：不分段
公告：主旨、依據、公告事項三段式
函、書函等：主旨、說明、辦法三段式

訂

正本：（令、公告不需此項）
副本：（含附件者須註明：含附件或含○○附件）

2.5 公分

（蓋章戳）

線

（會銜公文：按機關排序蓋用機關首長簽字章
令：蓋機關印信、機關首長簽字章
公告：蓋機關印信、機關首長簽字章
函：上行文－署機關首長職銜並蓋職章
平、下行文－機關首長簽字章
書函、一般事務性之通知等：蓋機關（單位）條戳

說明：
一、本格式以 A4 七十磅以上模造紙或再生紙製作。
二、依據「公文程式條例」，如以電子交換方式行之，得不蓋用印信。
三、一般公文蓋用機關印信之位置，以在首頁中間偏右上方空白處用
印為原則，簽署使用之章戳位置則於全文最後。

2.5 公分

附錄㈡函（稿）蓋章戳參考範例

檔號：
保存年限：

行政院　函（稿）

地址：○○○臺北市○○○路○○○號
聯絡方式：（承辦人、電話、傳真、e-mail）

受文者：

發文日期：中華民國○年○月○日

發文字號：○○字第○○○○○○○○○○號

速別：最速件

密等及解密條件或保密期限：

附件：

主旨：為杜流弊，節省公帑，各項營繕工程，應依法公開招標，並不得變更設計及追加預算，請　轉知所屬機關學校照辦。

說明：

一、依本院○年○月○日第○○次會議決議辦理。

二、據查目前各級機關學校對營繕工程仍有未按規定公開招標之情事，或施工期間變更原設計，以及一再請求追加預算，致弊端叢生，浪費公帑。

辦法：

一、各機關學校對營繕工程應依法公開招標，並按「政府採購法」及相關法令辦理。

二、各單位之工程應將施工圖、設計圖、契約書、結構圖、會議紀錄等工程資料，報請上級單位審核，非經核准，不得變更原設計及追加預算。

正本：臺灣省政府、福建省政府、臺北市政府、高雄市政府

副本：行政院主計處、行政院秘書處

抄本：○○○

院長　○　○　○

會辦單位：

第　層決行		
承辦單位	會辦單位	決行
註記：簽署原則由左而右，由上而下		

打字○○○	校對○○○	監印○○○	發文○○○

說明：有關檔號、保存年限、收文日期、收文字號、承辦單位、簽名、批示、會稿單位、繕打、校對、監印、電子公文交換機制及其他安全控管等項目，由各機關於空白處自行規定填寫位置。

條碼位置
流水號位置

附錄㈢公文用印及蓋章戳參考範例

行政院　函

檔號：
保存年限：

地址：○○○臺北市○○路○○○號
聯絡方式：（承辦人、電話、傳真、e-mail）

100
臺北市○○區○○○路○段○○○號
受文者：臺北市政府
發文日期：中華民國○年○月○日
發文字號：○○字第○○○○○○○○○○號
速別：最速件
密等及解密條件或保密期限：
附件：

主旨：為杜流弊，節省公帑，各項營繕工程，應依法公開招標，並不
　　　得變更設計及追加預算，請　轉知所屬機關學校照辦。

說明：
　　一、依本院○年○月○日第○○次會議決議辦理。
　　二、據查目前各級機關學校對營繕工程仍有未按規定公開招標之情
　　　　事，或施工期間變更原設計，以及一再請求追加預算，致弊端
　　　　叢生，浪費公帑。

辦法：
　　一、各機關學校對營繕工程應依法公開招標，並按「政府採購法」
　　　　及相關法令辦理。
　　二、各單位之工程應將施工圖、設計圖、契約書、結構圖、會議紀
　　　　錄等工程資料，報請上級單位審核，非經核准，不得變更原設
　　　　計及追加預算。

正本：臺灣省政府、福建省政府、臺北市政府、高雄市政府
副本：行政院主計處、行政院秘書處

院長　○　○　○
會辦單位：

第　層決行		
承辦單位	會辦單位	決行
科員○○○	科員○○○	副秘書長
07230800	07231100	07231425
		秘　書　長
07230810	07231105	07231455
		副　市　長
07230815	07231110	07231555
		市長○○○
07230915		07231610
07230945		
局長○○○		
07231000		

註記：簽署原則由左而右，由上而下

說明：有關檔號、保存年限、收文日期、收文字號、承辦單位、簽名、批示、
　　　會稿單位、繕打、校對、監印、電子公文交換機制及其他安全控管等項
　　　目，由各機關於空白處自行規定填寫位置。

㈠下行函作法舉例

1. 下行函一段完成（例一）

臺北市政府　函

地址：○○○臺北市○○路○○號
聯絡方式：（承辦人、電話、傳真、e-mail）

100
臺北市○○區○○路○段○○○號

受文者：內湖區公所

發文日期：中華民國○○年○月○日

發文字號：○○字第○○○○○○號

速別：

密等及解密條件或保密期限：

附件：如文

主旨：訂頒「臺北市環境美化會報設置要點」一種如附
　　　件，請依規定辦理。

正本：本府所屬各區公所

副本：本府工務局

市長　○　○　○（簽字章）

下行函一段完成（例二）

<table>
<tr><td colspan="2" align="center">**行政院　函**</td><td>檔號：
保存年限：</td></tr>
</table>

地址：臺北市忠孝東路一段一號
聯絡方式：（承辦人、電話、傳真、e-mail）

100
臺北市○○區○○路○段 00 號

受文者：經濟部

發文日期：中華民國○○年○○月○○日
發文字號：○○○字第○○○○號
速別：
密等及解密條件或保密期限：
附件：如主旨

主旨：訂頒「行政院所屬各級實施職位分類機關○○年度
　　　職位普查計畫」一種如附件，請依規定辦理，並轉
　　　行所屬照辦。

正本：院屬各機關
副本：本院人事行政局、銓敘部

院長　○　○　○

装

訂

線

下行函一段完成（例三）

行政院 函

地址：臺北市忠孝東路一段一號
聯絡方式：（承辦人、電話、傳真、e-mail）

110
臺北市市府路 1 號

受文者：臺北市政府

發文日期：中華民國○○年○月○日
發文字號：○○字第○○○○○○○○○○號
速別：
密等及解密條件或保密期限：
附件：如文

主旨：訂定「行政機關公文處理手冊」，希照其中規定
　　　自○○年○月○日實施，並轉行所屬照辦。

正本：本院各部會處局署、各省市政府
副本：

院長　○　○　○

裝

訂

線

2.下行函二段完成（例一）

臺北市政府　函

地址：○○○臺北市○○路○○號

聯絡方式：（承辦人、電話、傳真、e-mail）

100

臺北市○○區○○○路○段○○號

受文者：臺北市政府工務局

發文日期：中華民國○○年○月○日

發文字號：○○字第○○○○○○號

速別：最速件

密等及解密條件或保密期限：

附件：

主旨：臺北市環境美化會報設置要點，自○年○日廢止，
　　　請　查照。

說明：依據本府人事處案陳　貴局○年○月○日○字第○
　　　○○○○○號函辦理。

正本：臺北市政府工務局

副本：臺北市政府工務局公園路燈管理處

市長　○　○　○

下行函二段完成（例二）

　　　　　　　　　　　　　　　　　　　檔號：
　　　　　　臺北市政府　函　　　　　　保存年限：

　　　　　　　　　地址：臺北市市府路一號
　　　　　　　　　聯絡方式：（承辦人、電話、傳真、e-mail）

100
臺北市○○區○○路○段00號
受文者：本府○○局
發文日期：中華民國○○年○○月○○日
發文字號：○○字第○○○○○○○○號
速別：
密等及解密條件或保密期限：
附件：

主旨：貴局行文未按「行政機關公文製作改革要點」辦理，
　　　仍用「令」、「呈」，與規定不符，請注意改進。

說明：
　　一、○○年○○月○○日以○○○字第○○○○號「呈」
　　　　報告貴局○○年○○月份逾期公文調卷分析情形。
　　二、○○年○○月○○日以○○○字第○○○○號「令」
　　　　發臺北市建築物附設停車場聯合清查管理規定事項。
　　三、上開兩文，與「行政機關公文製作改革要點」第四
　　　　項第四款：「除公布法規、人事任免仍用『令』，
　　　　對國家元首仍用『呈』……外，一律用『函』或『書
　　　　函』」行文的規定不符。

正本：本府○○局
副本：本府秘書處、研考會

市長　○　○　○

下行函二段完成（例三）

新北市政府　函

檔號：
保存年限：

地址：○○○新北市板橋區○○路○○號
聯絡方式：（承辦人、電話、傳真、e-mail）

241
新北市三重區○○路○段00號

受文者：三重區公所

發文日期：中華民國○○年○○月○○日
發文字號：○○字第○○○○○○○○○號
速別：
密等及解密條件或保密期限：
附件：

主旨：貴所配合推行社區發展及整理環境衛生，增建房屋
　　　所應增之空地以及土地使用權之審核查驗，應依照
　　　本府○○年○○月○○日字第○○○○號函辦理
　　　（見違章建築處理手冊補充本）。

說明：復○○年○○月○○日字第○○○○號函。

正本：三重區公所
副本：

市長　○　○　○

下行函二段完成（例四）

臺東縣政府　函

地址：950 臺東市中山路 276 號
聯絡方式：（承辦人、電話、傳真、e-mail）

950
臺東市新生路 641 巷 64 號
受文者：新生國民中學

發文日期：中華民國○○年○○月○○日
發文字號：○○字第○○○○號
速別：
密等及解密條件或保密期限：
附件：

主旨：各校應切實按照「課程標準」規定召開班會，使學生瞭解會議進行程序，培養其民主政治理念，希照辦。

說明：

一、各校得視實際需要情形，酌予安排學生參觀各級地方民意機關及政府活動項目，並洽請被參觀機關指定專人負責講解該機關概況，以增認識。

二、各校班會實施情形，列入視導考核重點。

正本：縣屬各國民中學
副本：本縣督學室、教育局學管課

縣長　○○○

裝

訂

線

下行函二段完成（例五）

行政院　函

地址：100 臺北市忠孝東路一段 1 號
聯絡方式：（承辦人、電話、傳真、e-mail）

100
臺北市福州街 15 號

受文者：經濟部

發文日期：中華民國○○年○○月○○日
發文字號：○○字第○○○○號
速別：
密等及解密條件或保密期限：
附件：

主旨：所請派○○局組長○○○前往○○○及○○○洽商
　　　設立○○中心業務，准予照辦，並由外交部發給○
　　　○護照，所需經費依規定標準在推廣○○○基金項
　　　下核實列支，並由財政部核結外匯。

說明：復○○年○○月○○日○○字第○○號函。

正本：經濟部
副本：外交部（附原出國人員事項表及日程表）、財政部（附原預算
　　　表）、本院主計算（附原日程表及預算表）、內政部入出境管理
　　　局、經濟部○○局

院長　○○○

裝

訂

線

應用書信與公文

下行函二段完成（例六）

行政院 函

地址：100 臺北市忠孝東路一段 1 號
聯絡方式：（承辦人、電話、傳真、e-mail）

802
高雄市四維三路 2 號

受文者：高雄市政府

發文日期：中華民國○○年○○月○○日

發文字號：○○字第○○○○○號

速別：

密等及解密條件或保密期限：

附件：

主旨：禁止本院所屬公務人員從事不動產買賣謀取非法利益，如有違反規定，應按違抗命令予以記大過二次免職，涉及刑事責任者，並移送法辦，請轉告所屬切實照辦。

辦法：

一、嚴禁公務人員以本人或利用配偶或無獨立生活能力子女之名義，從事經營不動產買賣之商業行為，違者免職。其有壟斷、投機情事者，並依法嚴懲。

二、嚴禁各級公務人員利用其職務上之便利買賣不動產，違者免職，並依法嚴懲。

三、公務人員利用職務上之權力、機會、方法或秘密消息，自為或使他人為不動產買賣之營利行為而圖利者，先予免職，並依貪汙治罪，從嚴懲處。

四、該單位長官知其所屬人員有上述情事，而不依法處置者，嚴予懲處。

正本：各部會處局署及省市政府

副本：

院長　○○○

3.下行函三段完成（例一）

檔號：
保存年限：

臺北市政府　函

地址：臺北市○○路○段○號
聯絡方式：（承辦人、電話、傳真、e-mail）

100
臺北市○○區○○路○段○○號

受文者：本府工務局

發文日期：中華民國○○年○○月○○日
發文字號：○○字第○○○○○○○○號
速別：
密等及解密條件或保密期限：
附件：如說明一

主旨：分類職位公務人員經○○年度年終考績依法取得升等任
　　　用資格，詮敘部未及在其考績清冊說明欄內予以註明
　　　者，統限於○○年○月○○日以前按考績程序列冊送
　　　府。

說明：依詮敘部○○年○○月○○日○○字第○○○○號函辦
　　　理。

辦法：

一、取得升等任用資格名冊，依詮敘部規定格式（附）以B4
　　白報紙造冊。六職等以上人員各職等應分頁繕寫，合訂
　　一冊，其餘三職等升四職等、五職等升六職等人員名
　　冊，應分別裝訂。以上名冊均應一式五份。

二、本府各處局各職等人員升等名冊，一律送府核轉。市屬
　　各機關及其所屬機關，除六職等以上人員之升等名冊應
　　送府核轉外，三職等升四職等、五職等升六職等人員名
　　冊，一律逕送本府人事處核辦。

三、市屬各二級機關辦理此案時，應將本機關及其所屬機關
　　各職等人員之名冊彙齊後，一次送本府核備。

正本：本府處局
副本：詮敘部

市長　○　○　○

下行函三段完成（例二）

臺中市政府　函

地址：420 臺中市豐原區陽明街 36 號

聯絡方式：（承辦人、電話、傳真、e-mail）

439

臺中市中山南路 356 號

受文者：大安區公所

發文日期：中華民國○○年○○月○○日

發文字號：○○字第○○○○號

速別：

密等及解密條件或保密期限：

附件：

主旨：希勸導市民迅速整修房屋，疏濬河道川流，修築堤
　　　防，預防颱風之侵襲。

說明：臺灣為亞熱帶地區，易遭颱風侵襲，每年損失重
　　　大，慘痛之教訓，記憶猶新，事宜及早準備，以策
　　　安全。事關人民生命及財產之安全，不可稍有疏
　　　忽，多一分準備，即少一分損失。

辦法：如民眾無力辦理者，可設法酌予貸款支助，事後無
　　　息分期收回。

正本：市屬各區公所

副本：

市長　○○○

裝　訂　線

下行函三段完成（例三）

行政院　函

地址：100 臺北市忠孝東路一段 1 號
聯絡方式：（承辦人、電話、傳真、e-mail）

100
臺北市徐州路 5 號 7 樓

受文者：內政部

發文日期：中華民國○○年○○月○○日
發文字號：○○字第○○○○號
速別：
密等及解密條件或保密期限：
附件：

主旨：核復關於中華民國社區發展研究訓練中心今後工作
　　　計畫重點及○○年度預算一案，希照辦。

說明：本案係根據　貴部○○年○○月○○日○字第○○
　　　號函，並採納本院主計處及國際經濟合作發展委員
　　　會函復意見。

辦法：

一、所擬社區發展研究訓練中心今後工作計畫重點五
　　項，原則照准，惟應加列「評估現行社區發展方案
　　得失，以謀改進」一項。

二、應由　貴部衡酌財力，就上列重點研擬詳細計畫報
　　院，並就所需經費核實編列分配預算，其可節減部
　　分應不予分配。

正本：內政部
副本：本院主計處、本院國際經濟合作發展委員會

院長　　○○○

裝

訂

線

㈡平行函作法舉例

　　1. 平行函一段完成（例一）

　　　　　　　　　　　　經濟部　函

　　　　　　　　　　　地址：100 臺北市福州街 15 號
　　　　　　　　　　　聯絡方式：（承辦人、電話、傳真、e-mail）

裝　　100
　　　臺北市愛國西路 2 號
　　　受文者：財政部

　　　發文日期：中華民國○○年○○月○○日
　　　發文字號：○○字第○○○○○號
訂　　速別：
　　　密等及解密條件或保密期限：
　　　附件：

　　　主旨：本部因業務需要，擬商調　貴部秘書○○○來部服
線　　　　　　**務，請　查照惠允見復。**

　　　正本：財政部
　　　副本：○○○秘書

　　　部長　　○○○

（例二）

國防部中山科學研究院　函

地址：○○○○○
聯絡方式：（承辦人、電話、傳真、e-mail）

104
臺北市○○路○段○號

受文者：臺北市政府公務人員訓練中心

發文日期：中華民國○○年○○月○○日
發文字號：○○字第○○○○○○○號
速別：速件
密等及解密條件或保密期限：
附件：

主旨：貴中心「行政管理研習班」學員31人，訂於○月○
　　　日上午九時蒞臨本院參觀，至表歡迎，敬候光臨。

正本：臺北市政府公務人員訓練中心
副本：本院教育處、總務處、警衛室

院長　○　○　○（簽字章）

2.平行函二段完成（例一）

檔號：
保存年限：

行政院　函

地址：000 臺北市○○路○○號
聯絡方式：（承辦人、電話、傳真、e-mail）

100
臺北市○○區○○○路○段○號

受文者：立法院

發文日期：中華民國○○年○○月○○日
發文字號：○○字第○○○○○○○○○號
速別：最速件
密等及解密條件或保密期限：
附件：如說明文

主旨：函送〈公文程式條例〉第七條、第十三條、第十四
　　　條修正草案及〈中央法規標準法〉第八條修正草
　　　案，請　查照審議。

說明：

一、鑒於國際間交往日愈密切，文書資料來往頻繁，歐
　　美文字都是由左至右橫式排列，國內目前直式書寫
　　如遇引用外文或阿拉伯數字時，往往形成扞格。為
　　與國際接軌，並兼顧電腦作業平臺屬性，使公文製
　　作更具便利性，進而提升公文處理效率，爰擬具
　　〈公文程式條例〉第七條、第十三條、第十四條修
　　正草案及〈中央法規標準法〉第八條修正草案。

二、經提本（九十二年）年八月十三日本院第二八五二
　　次會議決議：「通過，送請立法院審議」。

三、檢送〈公文程式條例〉第七條、第十三條、第十四
　　條修正草案及〈中央法規標準法〉第八條修正草案
　　條文對照表（含總說明）各三份。

正本：立法院
副本：

院長　○　○　○

裝

訂

線

平行函二段完成（例二）

行政院公共工程委員會　函

地址：□□□臺北市○○○路○段○號
聯絡方式：（承辦人、電話、傳真、e-mail）

540
南投縣中興新村○○路○號
受文者：臺灣省政府

發文日期：中華民國○○年○月○日
發文字號：○○字第○○○○○○號
速別：速件
密等及解密條件或保密期限：
附件：

主旨：各項工程發包時，應於招標文件及合約適當條款明確訂定不得擅自轉包，並採列舉方式訂明處分條款，俾有效執行，請查照轉知所屬辦理。

說明：

一、依據行政院秘書長○年○月○日台○內字第○○○○○○號函及行政院研究發展考核委員會同年同月○日○○字第○○○○○○號函辦理。

二、請要求　貴屬各工程主辦單位，於發現承攬廠商違法轉包事實應即依約處分，以維護公共工程之安全衛生，並落實公共工程之管理。

三、○年○月○日政府採購法施行後，依該法第○、○等條辦理。

正本：臺灣省政府、福建省政府、臺北市政府、高雄市政府
副本：本會○處

主任委員　○　○　○

平行函二段完成（例三）

立法院　函

地址：100 臺北市中山南路一號
聯絡方式：（承辦人、電話、傳真、e-mail）

100
臺北市忠孝東路一段 1 號
受文者：行政院

發文日期：中華民國○○年○○月○○日
發文字號：○○字第○○○○○號
速別：
密等及解密條件或保密期限：
附件：如主文

主旨：檢送本院陳委員○○關於節約能源問題之質詢一份，請惠復。

說明：本案係提經本院第○○會期第○○次會議報告。

正本：行政院
副本：陳委員○○

院長　　○○○

3.平行函三段完成（例一）

行政院國家科學委員會　函

地址：106 臺北市和平東路二段 106 號
聯絡方式：（承辦人、電話、傳真、e-mail）

100
臺北市中山南路 5 號

受文者：教育部

發文日期：中華民國○○年○○月○○日
發文字號：○○字第○○○○○號
速別：
密等及解密條件或保密期限：
附件：

主旨：函請就主管業務，統籌規劃，積極培植科技人才，俾
　　　教育與經濟建設相配合，以適應當前情勢之需要。

說明：

　一、近年國內經濟迅速發展，各項建設正加緊進行，根據
　　　本會調查資料顯示，各負責工程單位，往往缺乏科
　　　技人才，如不及時補救，其後果將更趨嚴重。

　二、貴部職掌全國教育，如何培植科技人才，以配合國家
　　　建設，似應作全盤規劃，迅付實施。

建議：

　一、各大專院校應寬籌經費，充實理工科系師資及設備，
　　　擴充班次，增設獎學金，並擬訂其他獎助辦法，以
　　　鼓勵青年就讀。

　二、請　貴部邀集有關機關及大專院校負責人，舉行會
　　　議，商討關於充分發揮教育功能，積極培植科技人
　　　才之具體可行辦法。

正本：教育部
副本：

主任委員　　○○○

平行函三段完成（例二）

檔號：
保存年限：

交通部 函

地址：臺北市長沙街一號二號
聯絡方式：（承辦人、電話、傳真、e-mail）

800
高雄市○○路○段○○號
受文者：高雄市政府

發文日期：中華民國○○年○○月○○日
發文字號：○○字第○○○○○○○○○號
速別：
密等及解密條件或保密期限：
附件：

主旨：興建南部高速公路有關土地測量分割、公路使用地編定公告、地上物查估計算造冊、用地徵購撥用等各項作業，請促請所屬區公所全力協助辦理，以應工程進行。

說明：
一、南部高速公路為應交通及經濟發展之需要，必須加速興建完成，現旗津至枋寮段，正開始測設路線中心樁與邊界線（均有地籍座標），其餘各段亦將分別進行路權作業。
二、該路工程鉅大，其各項進度必須相互密切配合，對於路權部分，以往迭承貴府支持，惟今後辦理路線較長，地區較廣，且時限迫促，對有關作業，需請各區公所全力協助優先配合辦理。

辦法：
一、對於路權作業進度，經高速公路工程局與當地區公所協調定案後，請區公所對其應配合辦理部分，全力協助優先辦理完成。
二、各項作業手續，在法令規定範圍內請儘量予以簡化。地方協辦業務經費由工程局負擔，請其與工程局協調後編列。

正本：高雄市政府
副本：本部高速公路工程局

部長 ○ ○ ○

裝

訂

線

平行函三段完成（例三）

（不相隸屬機關行文）

檔號：

保存年限：

外交部　函

地址：臺北市凱達格蘭大道二號
聯絡方式：（承辦人、電話、傳真、e-mail）

100
臺北市○○區○○路○段○○號

受文者：經濟部農礦工商事業派員出國案件審查委員會

發文日期：中華民國○○年○○月○○日
發文字號：○○字第○○○○○○○○○號
速別：
密等及解密條件或保密期限：
附件：

主旨：工商人員短期出國，對其申請前往國家，請視實際
　　　需要予以審定。

說明：根據目前本部每月所發護照統計，貴會核准出國工
　　　商人員約占所有各機關核准出國人員總數之半，其
　　　中常有出國期限雖僅數月，而其前往國家有多達數
　　　十國者，事實上持照人不可能遍訪所列國家之全
　　　部，徒使本部簽發護照作業增加負擔。

建議：今後工商人員申請出國，請貴會及申請人合作，對
　　　於事實上不可能前往之國家免予列入，以利護照作
　　　業。

正本：經濟部農礦工商事業派員出國案件審查委員會
副本：

部長　○　○　○

裝

訂

線

（三）上行函作法舉例

1. 上行函一段完成（例一）

行政院人事行政局　函

地址：100 臺北市濟南路一段 2-2 號 10 樓
聯絡方式：（承辦人、電話、傳真、e-mail）

100
臺北市忠孝東路一段 1 號

受文者：行政院

發文日期：中華民國○○年○○月○○日
發文字號：○○字第○○○○○號
速別：
密等及解密條件或保密期限：
附件：如主文

主旨：檢陳「行政院暨所屬各部會處局署員工自強及康樂
　　　活動實施要點」一份，請　核定。

正本：行政院
副本：

局長　○○○　職章

裝
訂
線

上行函一段完成（例二）

行政院國家科學委員會　函

地址：100 臺北市和平東路二段 106 號
聯絡方式：（承辦人、電話、傳真、e-mail）

100
臺北市忠孝東路一段 1 號

受文者：行政院

發文日期：中華民國○○年○月○日
發文字號：○○字第○○○○○○○○○○號
速別：
密等及解密條件或保密期限：
附件：如文

主旨：謹依據「國家科學發展法」第○○條規定，擬具
　　　「國家科學發展法施行細則」一種（如附件），請
　　　鑒核。

正本：行政院
副本：教育部

主任委員　○　○　○　職章

（裝　訂　線）

2.上行函二段完成（例一）

臺北市松山區公所　函

地址：000 臺北市○○路 000 號
聯絡方式：（承辦人、電話、傳真、e-mail）

100
臺北市○○區○○○路○段 000 號

受文者：臺北市政府

發文日期：中華民國○年○月○日
發文字號：○○字第○○○○○○○○○○號
速別：最速件
密等及解密條件或保密期限：
附件：如主文

主旨：檢陳「本公所○○年下期公文處理合於獎勵之主任
　　　秘書以上人員名冊」五份，請　核獎。

說明：

　　一、依　鈞府○年○月○日○字第○○○○○○○○○
　　　　號函辦理。

　　二、其他人員俟按權責核定後再行報備。

正本：臺北市政府
副本：本所秘書室

區長　○　○　○（蓋職章）

上行函二段完成（例二）

○○縣○○鎮公所　函

地址：○○○○○縣○○鎮○○路○○號
聯絡方式：（承辦人、電話、傳真、e-mail）

○○○
○○縣○○市○○路○○號

受文者：○○縣政府

發文日期：中華民國○○年○○月○○日
發文字號：○○字第○○○○○號
速別：
密等及解密條件或保密期限：
附件：競賽經費概算書一份

主旨：本鎮推行國民生活須知實踐競賽，請撥款補助。

說明：

一、本次競賽依　鈞府○○年○○月○○日○○字第○
　　○號函辦理。

二、本次競賽所需經費估為新臺幣○○元，本鎮已籌
　　列新臺幣○○元，尚不足新臺幣○○元。

正本：○○縣政府
副本：

鎮長　　○○○（職章）

裝

訂

線

上行函二段完成（例三）

行政院新聞局　函

地址：100臺北市天津街2號
聯絡方式：（承辦人、電話、傳真、e-mail）

100
臺北市忠孝東路一段1號

受文者：行政院

發文日期：中華民國○○年○○月○○日
發文字號：○○字第○○○○○號
速別：速件
密等及解密條件或保密期限：
附件：附陳「淨化電視節目辦法」草案一份

主旨：檢陳「淨化電視節目辦法草案」乙種，請　鑑核。

說明：依　鈞院○○年○○月○○日○○字第○○號函辦
　　　理。

正本：行政院
副本：

局長　○○○　[職章]

上行函二段完成（例四）

桃園縣龜山鄉公所　函

地址：333 桃園縣龜山鄉○○路○號

聯絡方式：（承辦人、電話、傳真、e-mail）

330

桃園縣桃園市○○路○號

受文者：桃園縣政府

發文日期：中華民國○○年○月○日

發文字號：○○字第○○○○○○號

速別：最速件

密等及解密條件或保密期限：

附件：如主文

主旨：檢陳「本所○○年○期公文處理請獎人員名冊」
　　　一式五份（如附件），謹請　鑒核。

說明：

　一、遵　鈞府○年○月○日字第○○○○○○號函辦
　　　理。

　二、二至五職等委任職人員俟依權責核定後另函報備。

正本：桃園縣政府

副本：本所人事室

鄉長　○　○　○　　職章

3.上行函三段完成（例一）

內政部 函

地址：100 臺北市徐州路 5 號 7 樓
聯絡方式：（承辦人、電話、傳真、e-mail）

100
臺北市忠孝東路一段 1 號

受文者：行政院

發文日期：中華民國○○年○○月○○日
發文字號：○○字第○○○○號
速別：
密等及解密條件或保密期限：
附件：

主旨：為本部辦理臺南市地籍航測試驗，改定試驗區範圍，並簡化本案經費處理，請 核示。

說明：

一、本部為辦理地籍圖航空重測，經訂定試驗區計畫報院，並電話洽准 鈞院研考會答復：「本案原則上照部擬計畫辦理，即可核定。」已於○○月○○日開始依照進度辦理講習、調查地籍及佈設航測標等工作中。

二、若干對測量素有研究人士反映：

(一)鑑於外國實例：都市地區高層建物林立，以航測方式辦理測量，頗有困難。

(二)建議本案試驗區可儘量包括：建、什、田、旱等各種地目，以擷取工作經驗。

三、本案委由成功大學工學院承攬，因工學院無專門會計人員，如依一般規定辦理，經費報銷將有困難。

擬辦：

一、在不變更試辦面積的原則下，將試驗區改定於臺南市西區鹽埕段一帶（即東自逢甲路起，西至大德街止，南自健康路西段都市計畫預定道路起，北至鹽埕段五德街止）。

二、與成功大學工學院簽訂委託契約書，約定所需經費由本部補助。

正本：行政院
副本：行政院研考會、行政院主計處、國立成功大學工學院、本部地政司、本部會計處

部長 ○○○ 職章

上行函三段完成（例二）

臺北市政府　函

地址：110 臺北市市府路 1 號
聯絡方式：（承辦人、電話、傳真、e-mail）

100
臺北市忠孝東路一段 1 號

受文者：行政院

發文日期：中華民國○○年○○月○○日
發文字號：○○字第○○○○○○○號
速別：
密等及解密條件或保密期限：
附件：「臺北市整理市區交通要點」一份

主旨：謹研訂「臺北市整理市區交通要點」一種，報請
　　　核備實施。

說明：

　一、依據　鈞院○○年○月○日○○○字第○○○○○
　　　號函辦理。

　二、由於工商繁榮，交通流量大增，為因應交通擁塞，
　　　形成混亂現象，謹遵指示，擬具要點。

辦法：依照「臺北市整理市區交通要點」處理。

正本：行政院
副本：

市長　○　○　○　（蓋職章）

㈣**會銜函作法舉例**

（例一）

內政部　
外交部　函

　　　　　地址：100 臺北市徐州路 5 號 7 樓
　　　　　　　　臺北市凱達格蘭大道 2 號
　　　　聯絡方式：（承辦人、電話、傳真、e-mail）

100
臺北市忠孝東路一段 1 號

受文者：行政院

發文日期：中華民國○○年○○月○○日
發文字號：○○字第○○○○○號
速別：速件
密等及解密條件或保密期限：
附件：如主文

主旨：檢陳「中央級公務人員出國進修申請辦法」草案
　　　一份，請　鑒核。

說明：奉　鈞院○○年○○月○○日○○字第○○號函辦
　　　理。

正本：行政院
副本：

內政部部長　○○○　[職章]

外交部部長　○○○　[職章]

裝　　訂　　線

（例二）

<h1 style="text-align:center;">外交部、財政部、經濟部　函</h1>

地址：000 臺北市○○路 000 號
聯絡方式：（承辦人、電話、傳真、e-mail）

100
臺北市○○區○○○路○段 000 號

受文者：行政院

發文日期：中華民國○年○月○日
發文字號：○○字第○○○○○○○○○○○○號
　　　　　○○字第○○○○○○○○○○○○號
　　　　　○○字第○○○○○○○○○○○○號

速別：最速件
密等及解密條件或保密期限：
附件：「加強中約暨中沙友好關係方案」三份

主旨：檢送「加強中學暨中沙友好關係方案」，請　核備
說明：

一、為進一步加強我國與約旦暨沙烏地阿拉伯兩王國之友好關係，本財政部○部長、本經濟部○部長、○次長及本外交部○部長、○次長、○司長於○年○月○日在外交部舉行會議，經依照中約雙方會商決定之項目及○部長訪問沙國所建議之事項，逐項縝密商討，擬定「加強中約暨中沙友好關係方案」一種，並決定由主辦單位負責籌劃，迅付實施。

二、附前述方案一式三份。

正本：行政院
副本：

外交部部長　　○　○　○（蓋職章）
財政部部長　　○　○　○（蓋職章）
經濟部部長　　○　○　○（蓋職章）

應用書信與公文

五 公告作法舉例

(一)張貼用公告

（例一）

立法院　公告

印信

發文日期：中華民國○○年○月○日
發文字號：○○字第○○○○○○○○號

主旨：公告第○屆立法委員第○會期報到時間及地點。

依據：憲法第六十八條暨立法院職權行使法第二條。

公告事項：本院訂於中華民國○○年○月○日（星期一）
　　　　　及○月○日（星期二）上午八時至十二時，
　　　　　下午二時至五時，在臺北市中山南路一號本
　　　　　院群賢樓第一會議室辦理報到，除分函外，
　　　　　特此公告。

院長　○　○　○（簽字章）

裝

訂

線

（例二）張貼用公告

臺北市政府工務局　公告

發文日期：中華民國○○年○月○日

發文字號：○○字第○○○○○○號

印
信

主旨：公告李○○建築師開業登記。

依據：建築師法第十條。

公告事項：

建築師姓　名	出　生年　齡	籍貫	開業證字　號	建築師字　號	事務所名　稱	事務所地　址
李○○	61.7.2 31 歲	臺灣省基隆市	工師業字第 3388 號	建證字第○○○號	李○○建築師事務所	臺北市○○區○○路○段○巷○號○樓

局　　　　長　○　○　○

建築管理處

處　　　　長　○　○　○決行

（例三）張貼用公告

內政部警政署　公告

發文日期：中華民國○○年○○月○○日

發文字號：○○字第○○○○○號

附件：如樣圖

```
┌─────┐
│ 印  │
│ 信  │
└─────┘
```

主旨：警察人員服務證於○○年○○月○○日使用，舊
　　　證同時作廢。

依據：警察人員服務證發給規則。

公告事項：

一、新換發之警察人員服務證式樣為：橫式、紅色底、
　　金色邊，正面左方由右至左兩橫列書寫「警察人
　　員」、「服務證」金色字，並於兩橫列中間刊印
　　警徽，右方貼相片，背面底為白色、印淺藍色小
　　警徽；填寫服務機關、職別、姓名、出生日期、
　　證號、發證日期及有效期限，並加蓋服務機關主
　　管官章等項，字體正楷黑色，證長五‧五公分，
　　寬八‧五公分。

二、新換發警察人員服務證於○○年○○月○○日使
　　用，舊證同時作廢。

署長　○○○

（例四）張貼用公告

○○縣政府　公告

發文日期：中華民國○○年○○月○○日

發文字號：○○○字第○○○○號

印信

主旨：公告本縣縣長宣誓就職，即日起視事。

依據：

　　一、宣誓條例。

　　二、臺灣省政府函。

公告事項：○○已於民國○○年○○月○○日○時在本府
　　　　　宣誓就職，同日接篆視事。

縣長　○　○　○

裝

訂

線

（例五）張貼用公告

臺北市松山區公所　公告

發文日期：中華民國○○年○○月○○日

發文字號：○○字第○○○○○號

印信

主旨：公告本區原忠勤里改為忠勤、忠恕、忠愛三個里及其實施日期。

依據：台北市政府○○字第○○號函辦理。

公告事項：

一、本區忠勤里原第○鄰至第○鄰仍為忠勤里。

二、原忠勤里第○鄰至第○鄰改名為忠恕里。

三、原忠勤里第○鄰至第○鄰改名為忠愛里。

四、均於○○年○○月○○日起實施。

區長　○○○

（例六）張貼用公告

臺北市北投區智仁里辦公室公告

印
信

發文日期：中華民國○○年○○月○○日
發文字號：○○字第○○○○○○○○○○號

主旨：公告第○屆立法委員選舉投票日期、時間、地點
　　　及注意事項，屆時請里民，踴躍前往投票。

依據：依臺北市選舉委員會○○年○月○日○○字第○
　　　○○○○○○號函辦理。

公告事項：

　一、投票日期：○○年○○月○○日（星期六）。

　二、投票時間：早上八時起至下午四時止。

　三、投票地點：本里秀山國民小學。

　四、注意事項：務須攜帶身分證、私章及投票通知單。

里長　　○　　○　　○

裝

訂

線

(二)登報用公告

（例一）

　檔號：

　保存年限：

內政部　公告

發文日期：中華民國○○年○○月○○日

發文字號：○○字第○○○○○○○○號

主旨：公告民國 85 年次出生役男應辦理身家調查。

依據：徵兵規則

公告事項：

一、民國 85 年次出生男子，本年已屆徵兵年齡，依法
　　應接受徵兵調查。

二、請該徵兵及齡男子或戶長依照戶籍所在地（鄉、
　　鎮、市、區）公所公告的時間、地點及手續，前
　　往辦理申報登記。

（本例說明：免署機關首長職銜、姓名）

裝

訂

線

（例二）登報用

行政院青年輔導委員會公告

發文日期：中華民國○○年○○月○○日

發文字號：○○字第○○○○○○○○號

主旨：公告代辦台北市銀行外勤工作人員甄選事宜。

公告事項：

一、甄選名額：共○名（雇員○名，練習生○名）

二、應徵資格：凡年在○歲以下（民國○年以後出生）
國內公私立高中職以上學校畢業，持有畢業證書，
身體健康，服畢兵役男性青年，皆可應徵。

三、報名日期：○年○月○日起至○月○日止，（週
六、日照常辦理）

四、報名地點：臺北市青島東路 10 號

五、其他事項：詳見甄選簡章，函索（請附貼足平信
郵票及寫好姓名、地址信封一個）即寄。或進入
本會網站下載。

裝　訂　線

（例三）登報用

本例說明：

一、一般工程招標或標購物品等公告得用表格處理，免用三段式。

二、公告名稱用大字標題並套紅。

三、免署機關首長職銜、姓名。

檔　號：

保存年限：

台北紙廠給水工程招標　公告

發文日期：中華民國○○年○○月○○日

發文字號：○○字第○○○○號

工程名稱	本廠給水工程（大安第六支線管渠延長）
工程名稱	乙級以上營造廠或甲級水管承裝商對給水工程富有經驗，有製作設備及能力，對給水工程獲有完工證明，曾一次承包總價在二十萬元以上實績者。
圖說工本費	新臺幣　　　　　元
押標金	新臺幣　　　　　元
開標日期	民國　年　月　日
登記日期及地點	民國　年　月　日起至　日止 在　市　路　段　號 本廠總務處

裝

訂

線

（例四）登報用（直式）

國立臺北藝術大學九十四學年度研究所碩博士班招生公告

一、資格：教育部認可之國內外大學、學院畢業或具同等學力資格（詳簡章）。

二、招生系所：音樂學系碩博士班、碩士在職專班、管絃與擊樂研究所、音樂學研究所、美術史研究所、美術學系美術創作碩士班、碩士在職專班、造形究所、科技藝術研究所、戲劇學系碩博士班、劇本創作研究所、劇場藝術研究所、劇場設計學系碩士班、電影創作研究所、舞蹈表演究所、舞蹈創作研究所、傳統藝術研究所、藝術行政與管理研究所、建築與古蹟保存研究所。

三、報名日期：九十四年三月十五日至三月十六日（AM0900-1200-PM0130-0430），一律現場報告。

四、考試日期：九十四年四月三十日至五月五日。

五、現場簡章：二月三日起至三月十六日止，至本校警衛室洽購（0700-2300）函購簡章：二月三日起至三月五日止，簡章每份壹佰元，加限掛回郵每份三十七元，電匯入本校帳戶，並將購買份數、姓名、電話、地址、郵遞區號等，傳真至本校出納組或以電子郵件告知。電匯收款銀行：第一銀行北投分行，帳號：19130039100，戶名：國立臺北藝術大學。

傳真電話：02-28938879、02-28938711，電子郵件：Lois@general.tnua.edu.tw，cjwu@gen-eral.tnua.edu.tw，ycsu@general.tnua.edu.tw。電話：02-28938832、02-28938738。

（例五）登報用直式公告

交通部台灣區國道新建工程局　公告

發文日期：中華民國九十四年一月二十九日

發文字號：國工局規字第0940001751 2號

主旨：公告辦理「東西向快速公路彰濱台中線增設台十四丙上下匝道」公聽會

依據：土地徵收條例第十條第二項。

公告事項：

一、說明本計畫概況並聽取民眾意見。

二、時間　九十四年二月二十四日（星期二）上午十時三十分。

三、地點　彰化市牛埔社區活動中心（彰化市彰南路三段二三四巷二十二號）。

四、公聽會當天如遇天災或人力無法抗拒情事，主辦單位或主持人得終止會議之進行，並
另行通知或公告再召開公聽會事宜。

（例六）

財政部賦稅署公告

發文日期：中華民國九十四年三月十一日發文

發文字號：台稅六發字第0940450410號

主旨：統一發票中獎組數，自九十四年三至四月份該期之統一發票起，除開出特獎一組外，其餘各獎開出三組中獎號碼。

依據：統一發票給獎辦法第三條第二項。

六　書函作法舉例

（例一）

臺北市立○○國民中學　書函

地址：臺北市○○路○○號
聯絡方式：（承辦人、電話、傳真、e-mail）

100
臺北市○○區○○路○段○○號

受文者：臺北市市立動物園

發文日期：中華民國○○年○○月○○日
發文字號：○○字第○○○○○○○○○號
速別：速件
密等及解密條件或保密期限：
附件：

主旨：本校○年級學生計○○人，訂於民國○○年○○
　　　月○○日○午○時前往　貴園參觀，屆時請派員
　　　導引、解說，請　查照。

說明：本案本校聯絡人：○○○，電話：○○○○○○○

正本：臺北市市立動物園
副本：臺北市政府教育局

臺北市立○○國民中學（條戳）

（例二）

桃園市立○○國民中學　書函

地址：□□□桃園市○○路○號
聯絡方式：（承辦人、電話、傳真、e-mail）

□□□
臺北市○○區○○路○段○○號

受文者：臺北市立動物園

發文日期：中華民國○○年○月○日
發文字號：○○字第○○○○○○號
速別：速件
密等及解密條件或保密期限：
附件：

主旨：本校○年級學生計○○人，訂於○年○月○日○
　　　午○時抵達　貴園參觀，屆時惠請派員指導、解
　　　說，請　查照
說明：本案本校聯絡人（稱稱、姓名），電話：○○－○
　　　○○○○○○○

正本：臺北市市立動物園
副本：抄陳桃園市政府教育局、臺北市政府教育局

桃園市立○○國民中學（學校橫式條戳）

裝

訂

線

（例三）

教育部　書函

地址：100 臺北市中山南路五號

聯絡方式：（承辦人、電話、傳真、e-mail）

104

臺北市○○路○段○○號

受文者：○立○○大學

發文日期：中華民國○○年○月○日

發文字號：○○字第○○○○○○號

速別：最速件

密等及解密條件或保密期限：

附件：如文

主旨：檢還　貴校○○年度修畢師資職前教育課程參加
　　　教育實習實習津貼第一期支出憑證（總金額新台
　　　幣參佰陸拾萬元整）全一冊，希即補妥各受款人
　　　簽章後，再行報核，請查照。

說明：復○○年○月○日○○字第○○○○○○號函。

正本：○立○○大學

副本：本部會計處、中等教育司

教育部（橫式部條戳）

裝

訂

線

（例四）

檔號：
保存年限：

內政部警政署入出境管理局　書函

地址：臺北市廣州街十五號
聯絡方式：（承辦人、電話、傳真、e-mail）

100
臺北市○○區○○路○段○○號

受文者：李玉泉先生

發文日期：中華民國○○年○○月○○日
發文字號：○○字第○○○○○○○○○號
速別：
密等及解密條件或保密期限：
附件：

主旨：有關　台端擬申請來臺定居事宜，復如說明二，請
　　　查照。

說明：

一、奉　內政部交下行政院秘書處民國○○年○○月○
　　○日○○字第○○○○號函轉立法院　王院長大函
　　辦理。

二、有關　台端擬申請來臺定居乙節，如符合「大陸地
　　區人民在臺灣地區定居或居留許可辦法」第六條規
　　定，經主管機關認為有必要者，得檢附相關證件，
　　申請來臺居留。在臺居留滿二年，始得申請定居設
　　籍，設籍後即為臺灣地區人民（本局已於民國○○
　　年○○月○○日函復）。

正本：李玉泉先生
副本：立法院王院長○○（復民國○○年○○月○○日大函）

內政部警政署入出境管理局（條戳）

七　申請函作法舉例

(一)（建議性申請函）

申請函　　民國○○年○○月○○日

受文者：臺北市政府

主旨：請加強騎用機車之管理，並取締騎車經過狹巷，以維公共秩序。

說明：

一、查本市騎用機車者日多，大街小巷，比比皆是。部分騎士開足馬力橫衝直撞，即使在小巷中亦不減低速度，對行人和兒童構成嚴重的威脅。以本人所居○○區○○街○○巷為例，本月即有一老人及一兒童被撞成重傷。

二、部分騎士並把減音器取下，當其呼嘯而過時，聲音吵雜破壞安寧，尤以夜晚為甚。

辦法：

一、請擬訂騎用機車管理辦法，規定機車經過狹窄小巷，一律下車步行，違者重罰。

二、隨時檢查機車是否裝有減音器，若發現無減音器者，一律強制飭其裝上，並罰款以示懲戒。

建議人：○○○（蓋私章）

性　別：○

年　齡：○歲

職　業：○○

身分證編號：

住址：○○○○○○○

裝

訂

線

(二)（請求性申請函）

申請函 中華民國○○年○月○日

受文者：○○鄉公所

主旨：請整修○○路排水溝，以利公共衛生。

說明：

一、申請人住宅附近○○路排水溝，久未疏濬，淤泥、雜物阻塞，水流不暢。

二、往年三月例由　貴所派工疏濬此一溝渠，今已屆七月，迄未見清理。

三、日來天氣炎熱，汙水經烈日蒸曬，不僅臭氣薰人，而且孳生蚊蠅，繁殖細菌，尤易傳染疾病，影響附近居民健康。

申請人：○○○　　私章

性別：男

年齡：

職業：

身分證號碼：○○○○○○○○○○

住址：

電話：

裝　訂　線

㈢（請求性申請函）

申請函

民國○○年○月○日

受文者：內政部警政署

主旨：民子○○○走失，請通令各縣市警察局查訪。

說明：

一、民子○○○現年○歲，於本年○○月○○日在本市公園走失，經多日尋訪未獲。

二、民子當日身穿紅格式上衣，藍條短西裝褲，足著黑色皮鞋，理小平頭，左耳邊有一黑痣，能說臺語和簡單國語。

申請人：○○○（蓋私章）

性別：○

年齡：○歲

職業：○○

身分證編號：○○○○○○○○○

住址：○○○○○○

裝

訂

線

㈣（洽詢性申請函）

申請函　　　民國○○年○月○日

受文者：臺北市政府稅捐處

主旨：本事務所會計人員擬在五月間出國，無法如期申報綜合所得稅，可否延期申報，請　釋示。

說明：依照規定，綜合所得稅應在五月底以前申報，但據稱若以特殊情況可申請延期申報。

○○建築師事務所負責人：○○○（蓋私章）

　　　　　性別：○

　　　　　年齡：○歲

　　　　　職業：○○

　　　　　身分證號碼：○○○○○○

　　　　　住址：○○○○○○○

装

訂

線

㈤（申辦性申請函）

申請函   民國○○年○月○日

受文者：內政部

主旨：為響應政府推行中華文化復興運動，並激發國人研究固有文化。擬創辦文化出版社，定期出版文化月刊及衛康雜誌等學術性刊物，請准予登記發行。

說明：

一、出版社名稱：文化出版社。

二、發行旨趣：響應文化復興運動，激發國人對固有文化之研究興趣。

三、預定出版物：㈠文化月刊。

                 ㈡衛康雜誌（季刊）。

四、組織概況：本社設發行人一人、社長一人、編輯二人、記者二人、職員二人。

五、社址：○○市○○路○○號。

六、發行人：○○○住○○市○○路○○號。

     編輯：○○○住○○市○○路○○號。

     社長：○○○住○○市○○路○○號。

七、填具申請書壹式參份。

申請人：○○○（蓋私章）

性別：○

年齡：○歲

職業：自由業

身分證號碼：○○○○○○○○○○

住址：○○市○○路○○號

裝　訂　線

㈥（申辦性申請函）

申請函 　　　民國○○年○月○日

　受文者：○○商業職業學校

　主旨：請補發畢業證明書，以便參加普通考試。

　說明：

　　一、申請人民國○○年○○月畢業於母校○○科。

　　二、前領畢業證書因民國○○年○○月○○日水災流失。

　　三、因報考需要，請速核給。

　申請人：○○○　　| 私章 |

　性別：○

　年齡：○

　職業：○○

　身分證編號碼：

（裝　訂　線）

八　箋函作法舉例

○○（稱謂）提稱語：

　　為匯集本會近年研究發展成果，特依本會核心業務規劃「二○一○台灣」、「政府改造」、「政府績效評估」、「電子化政府」及「知識型政府」等五項主題發行「優質台灣創新政府」系列叢書，以增進各界對政府運作實務的瞭解。

　　本系列叢書分三階段出版，迨至九十三年二月「知識型政府」出版，本系列叢書終告完成。其中「二○一○台灣」、「政府改造」、「政府績效評估」及「電子化政府」業已送請指正，謹奉上「知識型政府」一書，尚祈惠予指教．耑此　　順頌

勛綏

（自稱）○○○　　敬啟

　　　　　　　　　　○年○月○日

装

訂

線

九 通知作法舉例

㈠一般通知（書函式）

考選部通知

地址：116 臺北市試院路 1 號
聯絡方式：（承辦人、電話、傳真、e-mail）

110
臺北市○○路○○號

受文者：○○○君

發文日期：中華民國○○年○○月○○日
發文字號：○○○字第○○○○○○○號
速別：最速件
密等及解密條件或保密期限：
附件：

主旨：台端應○○年專職技術人員普通考試，業經榜示錄取，請即將證書費○○元整及最近半身正面二吋照片二張，逕寄本部出納科，以便轉請核頒及格證書。

正本：○○年專職技術人員普通考試及格人員
副本：本部出納科

考選部專技司（條戳）啟

㈡交辦通知

行政院　交辦（議）案件通知單

地址：000 臺北市○○路 000 號

聯絡方式：（承辦人、電話、傳真、e-mail）

100

臺北市○○區○○○路○段 000 號

受文者：行政院人事行政局

發文日期：中華民國○年○月○日

發文字號：○○字第○○○○○○○○○○○號

速別：

密等及解密條件或保密期限：

附件：檢附原函暨附件影本一份

主旨：審計部函院，為該部審核本院海岸巡防署○○○年
　　　度送審會計報告及憑證，核有須請釋「事務管理規
　　　則」第一百七十八條及「公務人員因公傷殘死亡慰
　　　問金發給辦法」規定適用疑義一案，奉交　貴機關
　　　研提意見，並請於文到十日內見復。

正本：交通部、行政院主計處、行政院人事行政局

副本：

行政院秘書處（條戳）

㈢催辦通知

行政院　催辦案件通知單

地址：○○○臺北市○○○路○○號
聯絡方式：（承辦人、電話、傳真、e-mail）

100
臺北市○○區○○○路○段 000 號

受文者：行政院人事行政局

發文日期：中華民國○年○月○日
發文字號：○○字第○○○○○○○○○○號
速別：最速件
密等及解密條件或保密期限：
附件：

主旨：審計部函院，為該部審核本院海岸巡防署○○○年度
　　　送審會計報告及憑證，核有須請釋「事務管理規則」
　　　第一百七十八條及「公務人員因公傷殘死亡慰問金發
　　　給辦法」規定○○○○○○○○○號交議案件通知單
　　　交　貴機關研提意見，請　剋日見復，請　查照。

正本：交通部、行政院人事行政局
副本：

行政院秘書處（條戳）

㈣變更通知

（機關全銜）機密文書機密等級變更
（或註銷）通知單

地址：○○○臺北市○○○路○○號
聯絡方式：（承辦人、電話、傳真、e-mail）

100
臺北市○○區○○○路○段000號

受文者：○○○（原受文機關）

發文日期：中華民國○年○月○日

發文字號：○○字第○○○○○○○○○○號

速別：最速件

密等及解密條件或保密期限：

附件：

主旨：（原發文機關）○年○月○日○○字第○○○○
　　　○○號（文別），有關（案由）乙案原為（原機
　　　密等級），請惠予（變更為新機密等級或註銷）

正本：○○○、○○○、○○○

副本：○○○、○○○

（發文機關全銜）（條戳）

裝

訂

線

㈤開會通知單用紙格式

2.5 公分

（機關全銜）開會通知單

（郵遞區號）

（地址）

受文者：

發文日期：

發文字號：

速別：

密等及解密條件或保密期限：

附件：

1.5 公分　1 公分

開會事由：

開會時間：

開會地點：

主持人：

聯絡人及電話：

出席者：

列席者：

副本：

備註：

（蓋章戳）

說明：

　一、本格式以 A4 七十磅以上模造紙或再生紙製作。

　二、依據「公文程式條例」，如以電子交換方式行式，
　　　得不蓋用印信。

裝　　訂　　線

㈥開會通知實例

本例說明：

依據（公文程式條例），如以電子交換方式行之，得不蓋用印信。

檔號：
保存年限：

行政院研究發展考核委員會
開會通知單（稿）

100
臺北市○○區○○○路○段○○號

受文者：如行文單位（人員）

發文日期：中華民國○○年○○月○○日
發文字號：○○字第○○○○○號
速別：最速件
密等及解密條件或保密期限：
附件：議程資料○份

開會事由：推動公文橫式書寫資訊作業研習會議
開會時間：中華民國○○年○○月○○日（星期四）上午○時
開會地點：公文 G2B2C 資訊服務中心（台北市東興街○○
　　　　　號○○樓）
主持人：○處長○○
聯絡人及電話：陳分析師志遠02-○○○○○○○○轉○○○
出席者：總統府第二局、行政院秘書處、立法院秘書處、司
　　　　法院秘書處、考試院秘書處、監察院秘書處、行政
　　　　院各部會行處局署暨省市政府、各縣市政府
列席者：檔案管理局、本會資訊管理處、公文G2B2C資訊服
　　　　務中心、資訊工業策進會電子商務研究所、傑印資
　　　　訊服務股份有限公司、精融網路科技股份有限公
　　　　司、敦陽科技股份有限公司

副本：
備註：供應餐點

行政院研考會（蓋章戳）

裝　訂　線

✚ 移文單作法舉例

檔號：
保存年限：

行政院秘書處　移文單

地址：○○○臺北市○○○路○○號
聯絡方式：（承辦人、電話、傳真、e-mail）

100
臺北市○○區○○○路○段000號
受文者：行政院研究發展考核委員會
發文日期：中華民國○○年○○月○○日
發文字號：○○○字第○○○○○○○○○○號
速別：
密等及解密條件或保密期限：
附件：如文

主旨：財政部00年00月00日台財總字第0000000000號
　　　函，有關該部金融局請釋「執照證書類」得否配合
　　　00年00月00日組織改制為金融監督管理委員會時
　　　再一併修正一案，因案屬　貴管，移請　卓辦。

正本：行政院研究發展考核委員會
副本：

行政院秘書處（條戳）

十一　機密等級變更（或註銷）建議單

（機關全銜）機密文書機密等級變更（或註銷）建議單

地址：○○○臺北市○○○路○○號
聯絡方式：（承辦人、電話、傳真、e-mail）

100
臺北市○○區○○○路○段000號

受文者：

發文日期：中華民國○年○月○日
發文字號：○○字第○○○○○○○○○○○號
速別：最速件
密等及解密條件或保密期限：
附件：

主旨：有關（來文機關）○年○月○日○○字第○○○○
　　　○○號（文別），建請惠予（變更或註銷）其機密
　　　等級。

說明：有關前述文號之（案由）一案，原為（原機密等
　　　級），因（建議再分類理由），建請惠予（建議再
　　　分類等級）。

正本：○○○、○○○、○○○
副本：○○○、○○○

機關全銜（條戳）

裝

訂

線

十二 簽作法舉例

例一（下級機關首長對上級機關首長）

簽 於（機關或單位）

主旨：經濟部為亞洲開發銀行請撥付亞洲蔬菜研究發展中
心補助新臺幣○○○元，擬准動支本年度第二預備
金，簽請 核示。

說明：經濟部為土地銀行以亞洲開發銀行請自該行B帳戶
我國繳付本國幣股本內支付亞洲蔬菜研究發展中心
新臺幣○○○元，業已先行墊撥，上項亞洲蔬菜研
究發展中心補助費，本年度未列預算，既由土地銀
行墊付，請准在○○年度第二項預備金項下撥還歸
墊。又本案事關涉外重要案件，特專案簽辦。

擬辦：擬准照經濟部所請在本年度中央政府總預算第二項
預備金項下動支。

　　　　敬陳

副○長

○　長

　　　　　　　（蓋職名章）（日期及時間）

會辦單位：

第　層決行

承辦單位　會辦單位　決行

（例二）（機關內簽用）簽稿並陳

檔號：
保存年限：

簽於資訊管理處

主旨：辦理推動公文橫式書寫資訊作業研習營，簽請　核
　　　示。

說明：

一、依據「公文橫式書寫資訊作業實施計畫」第 5 點實
　　施方式暨推動時程之㈢辦理。

二、擬訂於 93 年 7 月 14 日、15 日假公文交換 G2B2C 服
　　務中心辦理場次研習營，如奉核可，擬函請各部
　　會、縣市政府派員參加，謹附上函稿，敬請　核示。

蓋 職名章 （日期及時間）

裝

訂

線

例三（僚屬對主管）

簽於（機關或單位）

主旨：本校○○科○年○班學生○○○，參加社區服務工作，表現優異，為校爭光，請准予獎勵。

說明：

一、該生自○○學年起，持續利用寒暑例假，組隊為社區民眾作家電用品免費維修服務，迭獲佳評。

二、檢陳社區民眾代表○○○等來函及民眾服務分社感謝狀。

擬辦：擬請　准予記小功二次。

　　　　敬陳

校長

職名章 （日期及時間）

裝

訂

線

十三　報告作法舉例

（例一）

報告　於○科○年○班

主旨：請　准補辦○○月○○日至○○月○○日的請假手
　　　續。

說明：

一、生於本月○○日返○○縣○○鎮省親，因賀伯颱風
　　造成南北交通中斷，迄○○日交通恢復，始克返校。

二、檢陳家長證明一紙。

　　謹陳

導　　師

學務主任

班　　　級：○科○年○班

學　　　生：○　　○　　○

學　　　號：○○○○○○

日　　　期：○年○月○日

裝

訂

線

（例二）

報告　　於○○○○○

主旨：請　准婚假兩週，並請王大德同仁代理職務。

說明：

一、職訂於○月○日與○○○小姐結婚。

二、擬請婚假自○月○日起至○月○日止，共十二個工作天。

三、檢陳結婚喜帖一紙。

　　敬　陳

組長

處長

（蓋職名章）（日期及時間）

十四　通告作法舉例

（例一）

通告　　○○年○○月○○日

主旨：本校○○年元旦團拜，訂於元月一日八時三十分在大禮堂舉行，敬希各同仁屆時蒞臨參加。

　　人事室（條戳）

（例二）

通告　94 年 4 月 11 日

主旨：本校開始發放清寒獎學金，自 4 月 18 日至 4 月 27
　　　日止，申請通過的同學，請攜帶私章至出納組領取
　　　獎學金。

出納組（章戳）

十五　通報作法舉例

（例一）

通報　○○年○○月○○日

一、○○大學教授○○○先生將於○月○日○時蒞臨本
　　校大禮堂講演，講題為「我國當前工業問題之剖
　　析」。
二、敬希本校同仁屆時踴躍出席聽講。

秘書室（章戳）

（例二）

通報 　94 年 03 月 30 日

一、台灣大學財務金融系教授林明德先生將在 4 月 8 日
　　上午 10 時蒞臨本校大禮堂演講，講題為「我國當
　　前金融問題之剖析」。

二、敬希全校師生屆時踴躍出席聽講。

　　　　　　　　　　財金系辦公室（系章戳）

十六　電話紀錄

㈠用紙格式

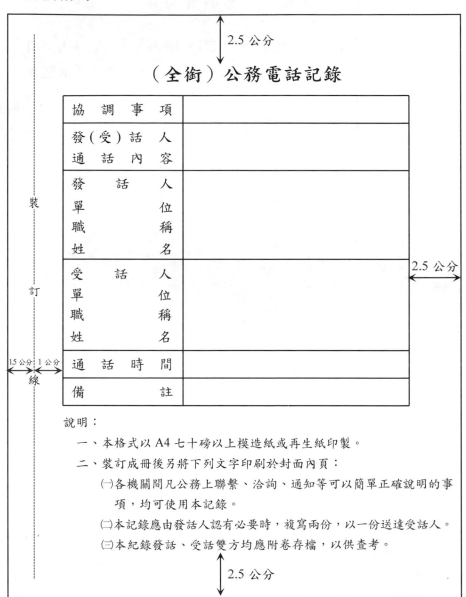

2.5 公分

（全銜）公務電話記錄

協　調　事　項	
發（受）話　人 通　話　內　容	
發　　話　　人 單　　　　位　稱 職 姓　　　　　名	
受　　話　　人 單　　　　位　稱 職 姓　　　　　名	
通　話　時　間	
備　　　　　註	

2.5 公分

15 公分　1 公分

裝　訂　線

2.5 公分

說明：

一、本格式以 A4 七十磅以上模造紙或再生紙印製。

二、裝訂成冊後另將下列文字印刷於封面內頁：

㈠各機關間凡公務上聯繫、洽詢、通知等可以簡單正確說明的事
項，均可使用本記錄。

㈡本記錄應由發話人認有必要時，複寫兩份，以一份送達受話人。

㈢本紀錄發話、受話雙方均應附卷存檔，以供查考。

㈡公務電話紀錄實例

新北市政府民政局公務電話記錄

協 調 事 項	協調會議時間
發（受）話人 通 話 內 容	發話人：選舉座談會定於○月○ 　　　　日舉行，如何？ 受話人：可以。
發 話 人 單 位 職 稱 姓 名	民政局第○科 科長　○○○
受 話 人 單 位 職 稱 姓 名	○○區 區長　○○○
通 話 時 間	○年○月○日○午○時○分
備 註	

附註

本節所舉例之各種類別公文、資料取自於下列書籍：

1. 黃俊郎編著，應用文（台北：三民書局‧94 年 2 月五版）。

2. 吳椿榮編著，應用文（台北：新文京開發‧94 年 2 月五版）。

3. 張瑞濱編著，現代應用文（台北：智勝文化‧94 年 3 月三版）。

4. 楊正寬著，應用文（台北：揚智文化‧92 年 10 月二版）。

5. 袁金書編著，新編應用文（台北，自印‧71 年 7 月七版）。

6. 教育部技職司編印，技職應用文（台北，教育部‧83 年 6 月初版）。

7. 國立編譯館主編，應用文教科書（台北，編譯館‧83 年 1 月八版）。

8. 謝海平、黎建寰編著，國學常識與應用文（台北，空大，77 年 1 月初版）。

9. 行政院秘書處，事務管理手冊文書處理部分。

　　以下附錄一、「數字用法舉例一覽表」。二、「橫式分項標號書寫格式舉例」。三、「公文紙格式」。四、「函（稿）蓋章戳參考範例」。五、「公文用印及蓋章戳參考範例」。六、「公文封套」。七、「公文夾格式」。

一 數字用法舉例一覽表

阿拉伯數字／中文數字	用語類別	用法舉例
阿拉伯數字	代號（碼）、國民身分證統一編號、編號、發文字號	ISBN 988-133-005-1、M234567890、附表（件）1、院臺秘字第 0930086517 號、臺 79 內字第 095512 號
	序數	第 4 屆第 6 會期、第 1 階段、第 1 優先、第 2 次、第 3 名、第 4 季、第 5 會議室、第 6 次會議紀錄、第 7 組
	日期、時間	民國 93 年 7 月 8 日、93 年度、21 世紀、西元 2000 年、7 時 50 分、挑戰 2008：國家發展重點計畫、520 就職典禮、72 水災、921 大地震、911 恐怖事件、228 事件、38 婦女節、延後 3 週辦理
	電話、傳真	（02）3356-6500
	郵遞區號、門牌號碼	100 臺北市中正區忠孝東路 1 段 2 號 3 樓 304 室
	計量單位	150 公分、35 公斤、30 度、2 萬元、5 角、35 立方公尺、7.36 公頃、土地 1.5 筆
	統計數據（如百分比、金額、人數、比數等）	80%、3.59%、6 億 3,944 萬 2,789 元、639,442,789 人、1：3
中文數字	描述性用語	一律、一致性、再一次、一再強調、一流大學、前一年、一分子、三大面向、四大施政主軸、一次補助、一個多元族群的社會、每一位同仁、一支部隊、一套規範、不二法門、三生有幸、新十大建設、國土三法、組織四法、零歲教育、核四廠、第一線上、第二專長、第三部門、公正第三人、第一夫人、三級制政府、國小三年級

阿拉伯數字／中文數字	用語類別	用法舉例
	專有名詞（如地名、書名、人名、店名、頭銜等）	九九峰、三國演義、李四、三民書局、恩史瓦第三世
	慣用語（如星期、比例、概數、約數）	星期一、週一、正月初五、十分之一、三讀、三軍部隊、約三、四天、二三百架次、幾十萬分之一、七千餘人、二百多人
阿拉伯數字	法規條項款目、編章節款目之統計數據	「事務管理規則」共分 15 編、415 條條文
	法規內容之引敘或摘述	依「兒童福利法」第 44 條規定：「違反第 2 條第 2 項規定者，處新臺幣 1 千元以上 3 萬元以下罰鍰。」
		兒童出生後 10 日內，接生人如未將出生之相關資料通報戶政及衛生主管機關備查，依「兒童福利法」第 44 條規定，可處 1 千元以上、3 萬元以下罰鍰。
中文數字	法規制訂、修正及廢止案之法制作業公文書（如令、函、法規草案總說明、條文對照表等）	1. 行政院令：修正「事務管理規則」第一百十一條條文。 2. 行政院函：修正「事務管理手冊」財產管理第五十點、第五十一點、第五十二點，並自中華民國九十三年二月十六日生效……。 3.「○○法」草案總說明：……爰擬具「○○法」草案，計五十一條。 4.「關稅法施行細則」部分條文修正草案條文對照表之「說明」欄——修正條文第十六條之說明：一、「關稅法」第十二條第一項計算關稅完稅價格附加比例已減低為百分之五，本條第一項爰予配合修正。

二 分項標號書寫格式舉例

一、依據中華民國 89 年 8 月 16 日院頒「文書處理手
冊」第 80 點第 1 項有關一般公文處理時限規定：

(一)一般公文：

　　1. 最速件：1 日。

　　2. 速件：3 日。

　　3. 普通件：6 日。

　　4. 期限公文：

　　　(1)來文或依其他規定訂有關限期之公文，應
依其規定期限辦理。

　　　(2)來文訂有期限者，如受文機關收文時已逾
文中所訂期限者，該文得以普通件處理時
限辦理。

　　　(3)變更來文所訂期限者，須聯繫來文機關確
認。

　　5. 涉及政策、法令或需多方會辦、分辦，且需
30 日以上方可辦結之複雜案件，得申請為專
案管制案件。

　　6. 專案管制案件或其他特殊性案件之處理時限，
各機關得視事實需要自行訂定。

> 阿拉伯數字、外文字母以及併同於外文中使用之標點符號應以半形為之。

> 分項標號，應另列縮格以全形書寫。
> "( )" 以半形為之。

三 公文紙格式

2.5 公分

（機關全銜）（文別）
（會銜公文機關排序：主辦機關、會辦機關）

地址：（會銜公文列主辦機關，令、公告不須此項）
聯絡方式：（會銜公文列主辦機關，令、公告不須此項）

（郵遞區號）
（地址）

受文者：（令、公告不須此項）

發文日期：
發文字號：（會銜公文機關排序：主辦機關、會辦機關）
速別：（令、公告不須此項）
密等及解密條件或保密期限：（令、公告不須此項）
附件：（令不須此項）

2.5 公分

裝

訂

線

（本文）（令：不分段
公告：主旨、依據、公告事項三段式
函、書函等：主旨、說明、辦法三段式）

1.5 公分 1 公分

正本：（令、公告不須此項）
副本：含附件者註明：含附件或含○○附件）

（蓋章戳）

（會銜公文：按機關排序蓋用機關首長簽字章
令：蓋用機關印信、機關首長簽字章
公告：蓋用機關印信、機關首長簽字章
函：上行文－署機關首長職銜蓋職章平、機
　　下行文－關首長簽字章
書函、一般事務性之通知等：蓋機關（單位）條戳）

說明：
一、本格式以 A4 七十磅以上模造紙或再生紙製作。
二、依據「公文程式條例」，如以電子交換方式行之，得不蓋用印信。
三、一般公文蓋用機關印信之位置，以在首頁中間偏右上方空白處用
　　印為原則，簽署使用之章戳位置則於全文最後。

2.5 公分

四 函稿蓋章戳參考範例

行政院 函（稿）

地址：000 臺北市○○路 000 號
聯絡方式：（承辦人、電話、傳真、e-mail）

受文者：
發文日期：中華民國○年○月○日
發文字號：○○字第○○○○○○○○○○○○號
速別：最速件
密等及解密條件或保密期限：
附件：

主旨：為杜流弊、節省公帑，各項營繕工程，應依法公開招
標，並不得變更設計及追加預算，請　轉知所屬機關
學校照辦。

說明：
一、依據本院○年○月○日第○○次會議決議辦理。
二、據查目前各級機關學校對營繕工程仍有未按規定公開
招標之情事，或施工期間變更原設計，以及一再請求
追加預算，致弊端叢生，浪費公帑。

辦法：
一、各機關學校對營繕工程應依法公開招標，並按「政府
採購法」及相關法令辦理。
二、各單位之工程資料，報請上級單位審核，非經核准，
不得變更原設計及追加預算。

正本：臺灣省政府、福建省政府、臺北市政府、高雄市政府
副本：行政院主計處、行政院秘書處
抄本：○○○

院長　○　○　○

第　層決行		
承辦單位	會辦單位	決行

註記：簽署原則由左而右，由上而下簽

打字○○○	校對○○○	監印○○○	發文○○○

說明：有關檔號、保存年限、收文日期、收文字號、承辦單位、簽名、批
示、會稿單位、繕打、校對、監印、電子公文交換機制及其他安全控
管等項目，由各機關於空白處自行規定填寫位置。

五　公文用印及蓋章戳參考範例

行政院　函（稿）

地址：000 臺北市○○路 000 號
聯絡方式：（承辦人、電話、傳真、e-mail）

100
臺北市○○區○○○路○段 000 號
受文者：臺北市政府
發文日期：中華民國○年○月○日
發文字號：○○字第○○○○○○○○○○○號
速別：最速件
密等及解密條件或保密期限：
附件：

主旨：為杜流弊、節省公帑，各項營繕工程，應依法公開招標，並不得變更設計及追加預算，請　轉知所屬機關學校照辦。

說明：
一、依據本院○年○月○日第○○次會議決議辦理。
二、據查目前各級機關學校對營繕工程仍有未按規定公開招標之情事，或施工期間變更原設計，以及一再請求追加預算，致弊端叢生，浪費公帑。

辦法：
一、各機關學校對營繕工程應依法公開招標，並按「政府採購法」及相關法令辦理。
二、各單位之工程資料，報請上級單位審核，非經核准，不得變更原設計及追加預算。

正本：臺灣省政府、福建省政府、臺北市政府、高雄市政府
副本：行政院主計處、行政院秘書處

院長　○　○　○
會辦單位：

第　層決行

承辦單位	會辦單位	決行
科員○○○	科員○○○	副秘書長
07230800	07231100	07231425
		秘　書　長
07230810	07231105	07231455
		副　市　長
07230815	07231110	07231555
		市長○○○
07230915		07231610
07230945		
局長○○○		
07231000		

註記：簽署原則由左而右，由上而下簽。

說明：有關檔號、保存年限、收文日期、收文字號、承辦單位、簽名、批示、會稿單位、繕打、校對、監印、電子公文交換機制及其他安全控管等項目，由各機關於空白處自行規定填寫位置。

六 公文封套

公文封信封規格

一、信封尺寸：（容許誤差±2 公厘）

　　㈠大型信封－長 353 公厘×寬 250 公厘

　　㈡中型信封－長 230 公厘×寬 160 公厘（內件公文二等份摺疊）

　　㈢小型信封－長 230 公厘×寬 115 公厘（內件公文三等份摺疊）

二、紙質：

　　㈠大型信封採用 100 磅以上模造紙、再生紙，避免使用深色紙。

　　㈡中、小型信封採用 80 磅以上模造紙、再生紙，避免使用深色紙。

三、製作規定：

　　㈠大型信封封口在信封右側，中、小型信封封口在信封上側。

　　㈡中、小型信封可採透明口洞式，其口洞應以高透明且不反光、無靜電之玻璃紙保護，開窗口位置及大小如下圖：

　　　　1.口洞大小：長 100 公厘×寬 45 公厘

　　　　2.口洞位置：距信封上緣 50 公厘，距信封左緣 23 公厘。

　　　　3.信封下緣起 20 公厘為條碼噴讀區，請保留空白；勿印製其他圖樣。

　　　　4.郵票黏貼位置應規範於信封右上角區域。

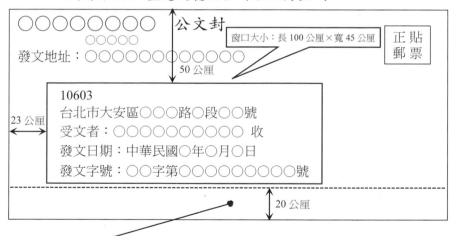

留白區域（信封下緣保留 20 公厘空白區域，不得打字或印刷任何資料、圖像，以利機器打印條碼，並供機器判讀需要）。

公文夾

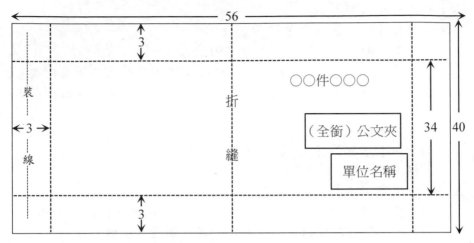

註：四邊虛線表示由外向內摺邊

公文夾內面左頁印說明及注意事項，其形式如下：

說明及注意事項

一、公文夾專供機關內各單位遞送文件之用。

二、公文夾上須填明單位名稱。

三、公文夾顏色用途區分如下，各機關並得視實際需要自行訂定：

　　㈠紅色－用於最速件

　　㈡藍色－用於速件

　　㈢白色－用於普通件

　　㈣黃色－用於機密件

四、會簽會核時限如下：

　　㈠最速件　一小時

　　㈡速　件　二小時

　　㈢普通件　四小時

五、會簽、會核應依次傳遞。

Chapter 4

公文的處理程序

讀完本章後，你應該能夠：

1) 瞭解公文處理程序的意義
2) 瞭解公文處理的流程作業
3) 瞭解公文簽與稿的撰擬
4) 瞭解公文的寫作要領

347

第一節　公文處理程序的意義

　　公文處理程序，是指公文書自收文或交辦起至發文、歸檔止的全部流程。製作公文，如忽略法定的程式及文書處理必經的程序，不僅不能達成任務，甚或發生貽誤。例如一件公文書的發文，必須具備機關印信或關防，及經由負責人署名蓋章的程序，如果上列形式要件不備，這份公文書也就不能發生效力，可見程序在公文處理上的重要性。

　　製作公文的原因有二：一是機關外部的來文，即根據其他機關、團體，或民眾的來文而製作；二是機關內部的需要，即由長官交辦、會議決議、法令規定、業務職掌、或機關內某單位或個人之請求經長官核准而製作。機關外來的文書，須經收文處理的流程；而機關內部需要的文書，逕由文件簽辦的流程，二者從文件簽辦、文稿擬判及發文處理的流程卻是相同的。故本章所謂「公文處理程序」，是指一件文書送達機關之後，從收文處理、文件簽辦、文稿擬判、發文處理到檔案處理為止的整個程序而言，瞭解這些處理程序，有助於撰稿時選對適當的程序及安排妥切的內容，對製作公文有極大助益。

第二節　公文處理的流程作業

　　文書自收文起至歸檔止的全部流程，可分為五大步驟和各項流程，茲分別加以說明如下：

一　收文處理

依照流程先後順序，可分成六個項目：

(一)簽收

機關總收發室人員，收到公文或函電時，須加以查對點收，註明收到時間、件數等。若為電子交換文件，收文人員應輸入識別碼、通行碼等身分辨識程序，在電腦系統確認相符後，即可進行收文作業，列印收受的公文資料，妥適處理。

(二)拆驗

總收發人員所收到的文件，如果是機密件或書明「親啟」字樣時，須登錄後送達指定的機密處理人員或收件人自行拆閱。公文附件如屬於現金、有價證券、貴重或大宗物品，應先送出納單位或承辦單位點收保管，由保管者在附件內簽章證明。

(三)分文

總收發文人員經拆驗來文後，應彙送到分文人員辦理分文。分文人員認定公文的承辦單位後，在右上角蓋上承辦單位戳章，並經編號後，迅速送達承辦單位。

(四)編號、登錄

分文人員須在來文正面適當位置加蓋收文日期及編號戳，一文一號，並須將來文機關、文號、附件及案由摘要登錄在總收文登記表，分送承辦單位簽收。如為電子交換，收文人員檢視來文無誤後，應依序編收文號，加蓋收文日期章戳，登錄摘要資訊，並將相關電子檔與收文號連絡。

(五)傳遞

文件如為急件，要隨到隨送；一般案件，以每日上下午分批遞送為原則。

㈥單位收發

機關內部各單位，通常會指定專人擔任單位收發工作，將送來的文件點收、編號、登記後，即刻送請主管批示，或照職掌性質遞送承辦人員。

二 文件簽辦

這個步驟是處理公文實際部分，其流程項目如下：

㈠擬辦

承辦人員擬辦的事項有：*1.*收發人員送交的文書。*2.*機關首長或單位主管的手諭、口頭指示。*3.*是根據工作分配必須辦理。*4.*本身的職掌業務。根據以上事項，再擬具處理的辦法，或簽具處理意見，報請上級主管核決。

凡案件有涉及相關其他單位或機關之業務者，應視問題之繁簡難易及案件之輕重緩急，作送有關單位會簽辦理的流程。

㈡送會

凡是案件的性質或內容，與其他單位或機關的業務有關時，應作協調聯繫、溝通意見、電商、會洽、簽稿送會、持稿送會等方式，進行會商。

㈢陳核

承辦人員擬辦後，按照文件的性質，用公文夾遞送至單位主管核決。

㈣核定

文書的核決是由分層負責的最後決定者。在核決之前，依權責區分有初核者、複核者、會核者，最後才是最高首長的決定者。

三、文稿擬判

㈠擬稿

前面的「擬辦」，經主管核定後，承辦人員就可依簽辦意見或批示來撰擬公文稿。擬稿時，應以一文一事為原則。

㈡會稿

承辦人員將撰擬之公文稿，如涉及與其他單位有關，應送會稿單位；會稿單位對於文稿如有意見，應即提出，一經會簽，就表示是同意，須共同負責。但已在擬辦會核的案件，如文稿內所敘述的，跟會核時並無出入，可以不用再會稿，以省手續。

㈢核稿

核稿就是承辦人員將稿件遞送其直接主管初核及直接主管之上級作複核，上級主管對下級簽擬之文稿，認有不當之處，可在原稿批示或更改；核稿時對承辦人員所填稿件之機密性、時間性或重要性認有不當時，也得予改定。

㈣判行

文稿經初核、複核後，由主管長官或機關首長判行。判行是決定公文稿可以繕打發文。判行時如果認為沒有繕發的必要，或尚須要作考慮時，可作「不發」或「緩發」的批示。

四 發文處理

這個步驟，包括以下的流程項目：

㈠繕印

文稿准予繕發後，就可由文書單位繕寫或打字。文書單位收到判行待發的文稿，應注意稿件的緩急及文稿上的批註，再交繕。繕印之文件，應以當日繕印竣事為原則。繕印人員對交繕的文稿，如認為有不合程式或發現原稿有錯誤或可疑之處時，應先請示主管或向承辦人查詢，經改正後再行繕印。

㈡校對

文稿經繕打完畢後，由負責校對者就繕打公文之款式、內容文字、標點符號與原文稿是否相符，進行校對工作。校對人員如發現繕打後的文件有嚴重錯誤時，應退回重新繕打；如屬無關重要，得退回改正後在更改處加蓋校對章；如發現原文稿有疑議或有明顯誤漏之處，應洽請承辦人予以改正。有機密及重要文件，應指定專人負責校對；經校對人員校對後，為慎重計，最好能請承辦人複校後再送發。

公文以電子交換行之者，則校對人員除須校對內容文字完全一致外，並注意其格式是否符合橫行格式，附件是否備齊後，再列印全文作為抄件。

㈢蓋印及簽署

繕打好的公文文件經校對無誤後，要蓋用機關印信及首長簽署。蓋印由監印人員負責，監印人員對於待發文件檢點無誤後，須依照蓋用印信的規定作業，不可錯用。

一般公文蓋用機關印信之位置，以在首頁中間偏右下方空白處用印為原則，簽署使用之章戳之位置，則在全文最後。公文及原稿用紙在兩頁以上者，其騎縫處均應蓋騎縫章或印章。

公文以電子交換發文後，得在公文原稿加蓋「已電子交換」章戳；一般公文則在原稿上蓋「已用印信」章戳。

㈣編號、登錄

總發文人員對待發之公文，應詳加檢查核對，如有漏蓋印信、附件不全，或受文單位不符者，應退還補辦。

待發之文件，應按其性質依序編列發文字號及註明發文日期，如係機密件或有時間性之文件，應分別標明，讓受文機關注意到。

㈤封發

經編號待發之公文，應由專人負責複檢附件是否齊全，文與封是否相符後再封固，並標明速別，登錄後送交外收發人員遞送。機密件、最速件或開會通知，應於封套上加蓋戳記；機密件應另加外封套，以重保密。

㈥送達或付郵

公文之送達或付郵全由外收發人員統一辦理。待送達的公文及附件，應填具送文簿或公文傳遞清單，寫明送出時間，派專人送達受文機關。

交換傳遞的公文，應填具送文簿或公文傳遞清單，按規定時間、地點集中交換。

郵遞的公文，應依具其性質分別填送郵遞清單付郵，郵資及收執，應另備登記表登錄。人事命令、證件、有價證券、訴願文件及機密件等均應以掛號郵件寄發。

五 歸檔處理

公文件一經發出後，由文書主管部門將原文稿及附件送交檔案管理單位簽收歸檔。檔案處理依檔案法及其相關規定辦法。

以上是公文處理之程序，自收文處理、文件簽辦、文稿擬判、發文處理到歸檔處理等五大步驟的全部流程。但為瞭解全程項目名稱及順序，茲將「文書處理流程」圖示如下：

文書處理流程圖

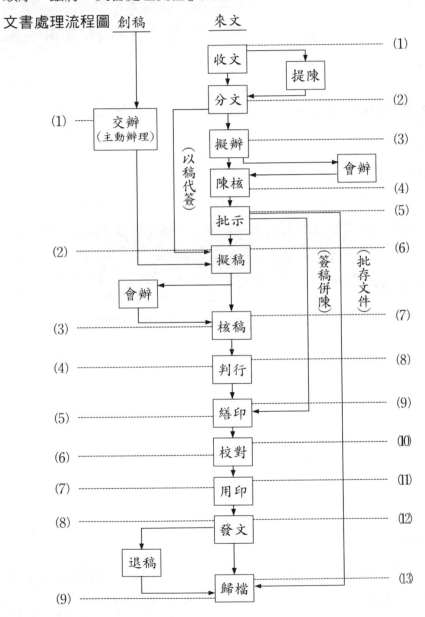

第三節　公文「簽」、「稿」的撰擬

在公文處理程序中，有「擬辦」及「擬稿」之流程項目。「擬辦」是承辦人員接到公文後的處理意見。「擬稿」是承辦人員根據自己簽辦意見經批准後的擬稿；或是長官交辦的；或是依工作職掌需要而撰稿。

「簽」是承辦人員處理公務，就有關事項經查明案情後，依據法令規定簽註意見或報告案情、或研擬處理方案，對於案情涉及其他單位或機關時，應事先協調或會簽，以提供上級主管瞭解案情後，俾作抉擇的批示。

「稿」是擬發文的草稿。草擬的文稿，應依各機關規定程序，送陳、校稿、判行，然後經發文處理步驟，而成為正式公文發送。

一　簽、稿的一般原則

(一)性質

1. 簽為幕僚處理公務表達意見，以供上級瞭解案情、並作抉擇之依據，分為下列兩種：

   甲：機關內部單位簽辦案件：依分層授權規定核決，簽文的最後不必敘明陳給某某長官字樣。

   乙：下級機關首長對直屬上級機關首長之「簽」，在文末得用敬陳某某長官字樣。

2. 「稿」為公文之草本，依各機關規定程序核判後製成公文發出。

(二)擬辦方式

1. 先簽後稿

甲、制定、訂定、修正、廢止法令案件。

乙、有關政策性或重大興革案件。

丙、牽涉較廣，會商未獲結論案件。

丁、擬提決策會議討論案件。

戊、重要人事案件。

己、其他性質較為重要的，必須先簽請核定的案件。

2. 簽稿併陳

甲、文稿內容須要另作說明或對以往處理情形須加析述之案件。

乙、依法准駁，但案情特殊須加說明之案件。

丙、須限時辦理發文而不及先行請示之案件。

3. 以稿代簽

一般案情簡單，或例行承轉的案件，可直接擬撰發文稿，以代替來文的簽辦手續。

二　簽之撰擬

(一)款式

1. 先簽後稿

簽文要按「主旨」、「說明」、「辦法」三段式簽寫。

2. 簽稿併陳

視情形才需使用簽，如案情簡單，可使用便條紙，不分段，以條列式簽擬。

3. 直簽意見

一般存參的，或案情簡單之文件，可在原文件的空白處簽擬意見。

(二)撰擬要領

1. 「主旨」：須扼要敘述，「簽」之整個目的與擬辦，不可分項，一段完成。

2. 「說明」：對案情之來源、經過與有關法規或前案，以及處理方法之分析等，作簡要之敘述，並視需要作分項條列。

3. 「擬辦」：為「簽」之重點所在，應針對案情，提出具體處理意見，或解決問題之方案，意見較多時可分項條列。

4. 「簽」之各段應截然劃分：「說明」一段，不提擬辦意見；「擬辦」一段，不重複作「說明」。

5. 下級機關首長對直屬上級機關首長之簽文，文末得用敬陳某某長官字樣，至於各機關內部單位簽辦案件，得參照自行決定。

三 稿之撰擬

(一)應按公文的類別之結構項目撰擬文稿。

(二)撰擬要領

1. 按行文事項之性質，來選用公文程式：如「令」、「函」、「書函」、「公告」等。

2. 一案須辦數文時，參考下列原則辦理：
   甲、設有幕僚長之機關，分由機關首長及幕僚長署名之發文，分稿擬辦。
   乙、一文之受文者有數個機關時，內容大同小異者，同稿併敘，將不同文字列出，並註明某處之文字針對某機關；內容小同大異者，用同一稿面分擬，如以電子方式處理者，可用數稿。

3. 函之正文，除按規定結構撰擬外，應注意下列事項：
   甲、訂有辦法或復文期限者，須在「主旨」內敘明。
   乙、承轉公文，應摘敘來文要點，不宜在「稿」內寫：「照錄原文，敘至某處」字樣，來文過長仍須儘量摘敘，如無法摘敘時，可照規定可將其列為附件。

丙、概括之期望語「請核示」、「請查照」、「請照辦」等，列入「主旨」，不在「辦法」段內重複；至於具體詳細要求對方有所作為時，須列入「辦法」段內。

丁、「說明」、「辦法」分項條列時，每一項表達一意。

戊、文末首長簽署處的稿上，為簡省起見，在首長職銜之後，僅書「姓」，名字則以「○○」表示。

己、須以副本分行者，應在「副本」項下列明；如要求副本收受者有所作為時，則請在「說明」段內加以說明。

庚、如有附件，得在文內敘述附件名稱及份數，例如行文的目的僅為檢送文件，則採一段完成的寫法，將附件名稱及份數在「主旨」段內敘明。如採用二段以上的寫法，則附件名稱及份數，寫在「說明」段的最後一項。並在公文的「附件」項下註明「見說明段第○項」字樣。附件在兩件以上時，應冠以數字，促使受文者注意附件的件數。

四　簽、稿的撰擬應注意事項

㈠「簽」的撰擬注意事項

1. 重要案件應先向主管請示處理原則後再行簽辦。

2. 簽辦案件應以法令、規章或成例為依據。無依據可循時，應衡情度理或會商協調有關單位，擬訂建議。

3. 擬辦須對案情深入研究、縝密考慮，力求周詳，適切可行的具體意見或解決辦法。

4. 內容應避免錯誤、遺漏及主觀偏見，文字應肯定且清楚，不可摸稜兩可。如果所提意見或辦法未獲主管同意，或另有指示時，應照指示辦理。

5. 對直屬上級機關首長上「簽」時，簽文最後所加「敬陳○○長」字樣，簽文以橫行格式，則將「○○長」另列頂格書寫，如以直行格式，則將「○○長」另行抬頭，均表尊敬。但「○○長」之下或後，不必加長官之「姓名」，亦不必寫「鑒核」之類提稱語，僅寫長官職稱即可。如須陳上兩人以上，應遵「先小後大」的排序逐漸陳核，或僅寫最高判行長官職稱也可。

6. 簽末的下後方，承辦人須具名，如蓋「職名章」時，不必要在「蓋職名章」的前方或上方加寫「職」字，也不必在其後方或下方再寫上「呈」或「謹上」。但應註明日期、時間。

㈡「稿」的擬稿注意事項

1. 擬稿所使用的是制式的稿紙時，應照稿面上所需填明的項目，包括文別、受文者……等以及其他必須標註事項（如「簽稿併陳」、「以稿代簽」、「掛號郵寄」等字樣），如須會稿，則在「會稿項」依序列出會稿單位名稱。

2. 正本及副本之收受單位應全部列出。

3. 經協調、會簽之案件，應以「副本」抄送參與單位，以資分別存案備查。

4. 稿面應有擬稿人及各級核稿者之簽名或蓋章，並須註明日期時間（月日時）例如十一月八日十六時，得縮記為 1108／1600）。

5. 擬稿以一文一事為原則，來文如一文數事者，得分為數文答復。

6. 各種名稱如非習用有素，不宜省文縮寫，如遇譯文且關係重要者，須以括弧加註原文，以資對照。

7. 擬辦復文或轉行之稿件，應敘述來文機關之發文日期及字號，俾便查考。

8. 字跡力求清晰，不得潦草，如有添註塗改，應於添改處蓋章。

9.稿末首長、主管簽署，或蓋機關、單位條戳，應加書明，不可遺漏。

第四節 公文的寫作要領

公文是機關處理公務的重要工具，也是公務人員撰擬公文必須具備的能力。雖然現行公文沒有特別強調文采，但要撰擬一份合乎程式結構、內容符合法令、文字簡淺明確的公文，也不是一件輕而易舉的事。所以公文的寫作，仍然不可掉以輕心，茲列幾項寫作公文時應該把握的要領。

一 要確定對象與目的

撰擬公文和寫信一樣，必須先確定對象和目的。不論是主動或被動行文，均須確實掌握公務的真相，澈底瞭解案情，才能確定應行文的對象和目的，在文中始能提出具體而明確的主旨所在，使對方明確的認識，俾收到行文的預期效果。

二 要符合程式和格式

公文的製作屬於要式行為，必須具備一定的文書處理程序，而且要照程式類別行文，其結構、作法、用紙等，也都有一定的格式，所以，撰擬公文時，不論是創稿或復文，都必須先根據公文的性質選用行文的類別，如函、書函、公告等，再按照公文的結構格式撰擬，始能發生公文的效力。

三 要根據事實和法令

任何公文的寫作，都必須要有依據。例如依據國家政策、法律規定、或是指示、來文、前案、會議的議決，人民的申請等行文的依據，

惟依據必須是真實有效的，不可杜撰虛構，不可引據過時失效法令，或與法令牴觸，以致構成公文失效，人員違法失職的惡果。

四 要重視態度和語氣

撰擬公文猶如書信一樣，須重視寫作的態度和措辭的語氣。

公文旨在處理公務、解決問題及完成任務，故在寫作時，撰者的態度要保持公正、心情要平心靜氣，如此分析案情，作成的建議和裁決，才能做到合法、合理和合情的預期效果。

公文的行文對象，可能是長官、同事、部屬或人民；也可能是上級、同級、下級機關或其他團體，但都必先認清彼此關係，就本身或本機關所處的地位及職權，斟酌公文的用語，表達不失身分立場的適切語氣，收到相互尊重的效果。例如一般機關不論有無隸屬，其往來公文都以「函」為主，但機關之間，仍有層級之分，所以在寫作公文時，對上行文的語氣，要能謙遜恭謹為宜；對下行文的語氣，要能不驕不縱，平行文的語氣，要能不亢不卑。

總之，公文撰擬時，態度要公正平和，不可敷衍推諉或意氣用事；語氣要不亢不卑，不失身分立場，避免有輕薄侮辱之不尊重語氣。

五 要力求簡淺和明確

公文寫作，在文字上力求簡淺和明確。現行公文程式第八條規定：「公文文字應簡淺明確，並加具標點符號。」此四字是公文製作的一般原則。所謂「簡」，就是文句簡要而意義充足；所謂「淺」，就是語詞淺顯而通達易懂，不用奇字、奧義、僻典，使公文表達的意思，能為大眾普遍瞭解；所謂「明」，就是敘事清楚而無隱無晦、條理分明，達成溝通意見的功能；所謂「確」，就是義旨精確而不含糊混淆，以避免偏差、歪曲。尤其提到時間、空間、數字等都要精準確實，不可含糊、模稜兩可。

六　要慎用專語與標號

　　公文的專用語和標點符號及分項標號都須審慎使用。特別是專用語的稱謂語及期望或目的語最容易錯用。公文應使用標點符號，使句讀清楚，易於閱讀，避免曲解文義。為使公文寫作內容表達清楚，應採三段活用式的結構，就須使用分項標號，標示段落款目，其號序數字的排列也有統一規定，不可錯用。

Chapter 5

公文的行文系統

363

第一節　公文行文系統的意義

政府是因管理公眾事務之需要而產生的組織，也因組織的性質、功用不同，而有各部門的機關產生，如事權的分工而有行政、立法、司法、考試、監察的機關；因地制宜而有中央政府與地方政府之別。

政府組織因地位、層級、隸屬關係而成一定的組織體制，以發揮政府的功能。政府的組織體制有層層指揮監督的系統，此稱政府組織體系。

政府機關間的公文往還謂之「行文」，因行文的機關與政府的組織體系有密切關係，形成一種有規律的行文系統，以維持政府體制，而收層層指揮監督的功能。故在撰擬公文時，必須先認清其行文之系統，亦即發文與收文機關間的相互地位與隸屬關係，然後才能決定採用何種程式行文最為合適。倘行文系統不明白，可能所使用的「文別」、「用字」、「用語」、「語氣」、「簽署」、「用印」等發生疏誤。即使現行〈公文程式條例〉規定，一般機關都可用「函」來行文，但事實上，仍有上行函、平行函及下行函之分，在公文的撰擬上有密切關係和功用，所以對公文行文系統的瞭解與認知，對撰擬公文有其功用。

第二節　公文行文系統的類別

公文的行文系統可分類為「上行文」、「平行文」及「下行文」三種：

一　上行文

所謂上行文，即對上級行文之意。凡在行政體系上有直接隸屬關係的下級機關對於上級機關或是其他下級機關屬員對其長官作意見表示的文書。

二　平行文

所謂平行文，即平列（不分上下級）的行文之意。凡同級機關、同級官員及不相隸屬之機關或官員，相互間作意思表示的文書。人民與政府間的申請及答復時所用的文書，也以平行文行之，以表民主平等之精神。

三　下行文

所謂下行文，即對下級行文之意。凡在行政體系上有直接隸屬關係的上級機關對於下級機關或是其他上級機關或長官對其屬員作意思表示之文書。

以往公文行文的文別，均依行文系統的關係而定，現今〈公文程式條例〉已規定，各機關處理公務，除公布行政規章，發表人事任免、遷調、獎懲等使用「令」，以及對於總統有所呈請或報告時使用「呈」外，一律以「函」或「書函」行之。

雖然公文名稱的使用簡單化，而且與公文行文系統的關係，也沒有那麼重要，但政府組織體系仍然存在，有層級、職權、身分、關係之分，所以對行文系統的認識，有助於寫作公文時的用字、用語、禮貌、簽署及用印等的使用，不可不顧。而且根據行政法之法則，各級機關間不得越級行文。故下級機關向上級機關行文時，應向其直接所隸屬之機關為之，如欲向間接之上級機關有所請示或陳述時，應報由

其直接上級機關核轉；上級機關對間接下級機關行文時，也應經由直接下級機關轉行，以維持機關上下層級體制及指揮監督關係。

　　公文的行文與政府的組織體系有密切的關係，瞭解政府的組織體系，有助於公文的撰擬，因此，將現行政府的組織體系之行文系統列表敘述於下，同時也將台灣省政府的組織系統列出，雖然台灣省政府組織於民國八十七年十二月精簡，廳、處、局不復存在，不再有行文的機關，但依行政組織原理，仍不影響對行政組織體系的認知。

　　茲將「行文系統表」列之於後。

政府組織體系之行文系統表

級別	政府各機關名稱	文別
中央機關行文系統	總統←→行政、司法、考試、監察四院	函←→呈
	總統←→立法院	咨←→咨
	行政院←→所屬各部會署局處及省市（院轄）政府	下行函←→上行函
	五院←→五院	平行函←→平行函
	四院（除行政院外）←→各省（市）政府	平行函←→平行函
	各部會署局處←→各省（市）政府	平行函←→平行函
	各部會署局處←→直屬各省（市）廳、處、局	下行函←→上行函
	各部會署局處←→不直屬各省（市）廳、處、局	平行函←→平行函
	教育部←→各國（私）立大專院校及各國立教育機構	下行函←→上行函
省級	省市（院轄）政府←→所屬各廳、處、局及縣市政府	下行函←→上行函
	各廳、處、局←→縣市政府	平行函←→平行函
	省政府←→高等法院、地方法院	平行函←→平行函

級別	政府各機關名稱	文別
機關行文系統	省（市）教育廳（局）⟷ 國立學校及國立教育機構	平行函 ⟷ 平行函
	省（市）教育廳（局）⟷ 省（市）（私）立學校	下行函 ⟷ 上行函
	省（市）政府及廳局 ⟷ 省（市）議（諮議）會	平行函 ⟷ 平行函
	省（市）政府 ⟷ 省（市）人民團體	平行函 ⟷ 平行函
	各部會署局處 ⟷ 各省（市）政府	平行函 ⟷ 平行函
縣級機關行文系統	（市）政府 ⟷ 省政府及廳、處、局	上行函 ⟷ 下行函
	縣（市）政府 ⟷ 所屬各局科室	下行函 ⟷ 上行函
	縣（市）教育局 ⟷ 省立學校及省立教育機構	平行函 ⟷ 平行函
	縣（市）教育局 ⟷ 縣（市）（私）立學校	下行函 ⟷ 上行函
	縣（市）政府及所屬各機關 ⟷ 縣（市）議會	平行函 ⟷ 平行函
	縣（市）政府 ⟷ 縣（市）農工商團體	平行函 ⟷ 平行函
鄉鎮市區機關行文系統	鄉、鎮、市（縣轄）、區公所 ⟷ 縣（市）政府	上行函 ⟷ 下行函
	鄉、鎮、市、區公所 ⟷ 縣（市）政府各局科室	平行函 ⟷ 平行函
	鄉、鎮、市、區公所 ⟷ 所屬村里鄰長辦公室	下行函 ⟷ 上行函
	鄉、鎮、市、區公所 ⟷ 縣（市）（私）立學校	平行函 ⟷ 平行函
	鄉、鎮、市、區公所 ⟷ 縣（市）議會及人民團體	平行函 ⟷ 平行函

第三節　公文行文系統的應用

公文的行文系統是維持政府體制和發揮機關層級監督的功能。公文由於屬性和功用的不同，而有各種名稱上的區別，如令、呈、咨、函、公告及其他公文等類別，但也可從公文的行文對象之關係的不同，而有上級機關、同級機關、下級機關及不相隸屬之機關等區別，因而使公文在行文系統上產生另一分類標準，即上行文、平行文與下行文。

　　公文的行文系統之分類，在應用上，有助於適用的項目，茲分項列舉說明如下：

一　在公文名稱上的應用

　　公文的行文系統，有助於確認公文文別的效果。例如上行文的公文名稱有「呈」、「函」、「書函」、「簽」、「報告」、「電報」等；平行文的公文名稱有：「咨」、「函」、「公告」、「書函」、「通告」、「通知」、「證明書」、「電報」、「移文單」、「退文單」、「開會通知單」、「公務電話紀錄」、「公示送達」、「箋函或便箋」等；下行文的公文名稱有：「令」、「函」、「書函」、「電報」、「手諭或手令」、「交辦、交議案件通知單」、「開會通知單」等。

二　在公文用語上的應用

　　公文除了有一定的程式外，其用語、用字，也有特定用法和代表的意義。公文行文系統的行文別，應用在公文的用語上，有助於適用對象的準確效果。例如：上行文的稱謂語，用「鈞」、「鈞長」、「鈞座」等；平行文的稱謂語，用「貴」、「台端」等；下行文的稱謂語，用「貴」、「該」等。在上行文的經辦語，用「遵經」、「遵即」等；在准駁語上，下行文用「准予照辦」、「應予不准」等；平行文用「敬表同意」、「歉難同意」等；在期望及目的語上，上行文用「請　鑒核」、「請　鑒察」等；平行文用「請　查照」、「請　查照辦理」等；下行文用「希查照」、「希辦理見復」等。

三 在簽署及用印上的應用

公文行文系統的行文別，應用在公文印信的使用上，有助於建立威信的效果。例如：上行文的簽署與用印，「呈」的公文，須要用機關首長全銜、姓名、蓋職章；「函」的上行文，須署機關首長職銜、姓名、蓋職章。「函」的平行文，須蓋職銜簽字章或職章。「函」的下行文，須蓋職銜簽字章。

NOTE

Chapter 6

公文用語與標點符號用法

學習目標

讀了本章後,你應該能夠:

1. 瞭解公文用語與標點符號的意義
2. 瞭解公文用語的類別與用法
3. 瞭解標點符號的種類與用法
4. 參考附錄本章各種列表

第一節 公文用語與標點符號的意義

一 公文用語的意義

公文是藉由文字為工具，以處理公務的文書，故其內容必然與公務有關，或基於權責推動某項工作而主動行文，或因接受來文之請求，作承轉或答復而被動行文。不管是主動的或是被動的行文，都須依法定格式來撰擬，特別在撰擬的過程中，必然會用到若干公文的術語來表達，這些術語的使用也確實獲得行文上的便利，更可使文句的敘述上，達到簡明切要的效果。例如有人民向政府之兵役機關申請緩召，兵役機關予以函復不准時，此時公文的撰擬者，就可在主旨之下，寫為「函復某某君有關申請緩召一事，未便照准」，使受文者讀了主旨後，即可明瞭本案的結果。而「未便照准」四個字就是公文的「准駁用語」。又如對上行文或給首長裁定的簽文，一般在末尾寫上「是否可行？」、「是否有當？」「可否之處？」、「可否？」、「當否？」等「請示用語」。由此可見，此類公文用語沿用已久，習慣上已形成常用的術語，儘管歷經多次改革、修正、簡化，但這套專門用語，不易完全取消反而繼續使用，自然有其被保留下來的價值和功用存在。

二 標點符號的意義

標點符號已成為當今文書寫作上不可缺的有力工具，也是文句組成的有機體。它在文句中，用來標明詞句關係、性質、以及種類。它的功用，包括消極與積極兩方面；在消極方面，可以增加文句意義的明確，而使文章流暢、明晰；在積極方面，能夠表達出文句的聲音、神情及語氣。

我們可以從一段文字來比較：一是不用標點的；一是用逗點標示到底的；另一是用標點的。在相形之下，我們更可看出標點符號的功能和效用了。茲節錄一段朱自清先生的一篇散文「匆匆」為例作說明：

㈠不用標點的形式

「燕子去了有再來的時候楊柳枯了有再青的時候桃花謝了有再開的時候但是聰明的朋友請你告訴我我們的日子為什麼一去不返呢是有人偷了他們吧那是誰又藏在何處呢是他們自己逃走了吧現在又到了哪裡呢」

㈡只用逗點標示到底的形式

「燕子去了，有再來的時候，楊柳枯了，有再青的時候，桃花謝了，有再開的時候，但是，聰明的朋友，請你告訴我，我們的日子為什麼一去不返呢，是有人偷了他們吧，那是誰，又藏在何處呢，是他們自己逃走了吧，現在又到了哪裡呢」

㈢加用其他標點的形式

「燕子去了，有再來的時候；楊柳枯了，有再青的時候；桃花謝了，有再開的時候；但是，聰明的朋友！請你告訴我，我們的日子為什麼一去不返呢？是有人偷了他們吧！那是誰？又藏在何處呢？是他們自己逃走了吧？現在又到了哪裡呢？」

由以上三例，我們很清楚地看出：不用標點的，不但顯得文字呆板乏味，在閱讀上也極吃力，因為在閱讀時需要自己加以分句的工作；逗點用到底的，雖比較不用標點的清楚些，但仍是平淡乏味，也較模糊；當加各種不同的標點後，就增多不少生氣，字裡行間的義意也跟著活現起來，像是有了聲音、有了表情。

　　另外，相同的一句話，由於標點的位置不同，就會傳給我們三種不同的情味：

　　1.「好的開始是成功的一半。」

　　2.「好的開始，是成功的一半。」

　　3.「好的開始是，成功的一半。」

　　第一句只傳達給我們這單一意念。第二句，我們會覺得「好的開始」比較突現，那是因為把主詞特別點開之故。而第三句，卻會感到「成功的一半」比較突現，那是把補語特別點開所致。

　　再有，如果標點的位置放錯，其意義也難正確，甚至會表達出相反的意思。例如有一則通俗的故事，據說有一厚臉的客人拜訪一位孤寒的主人。厚臉的客人總喜歡佔人便宜，而孤寒的主人卻是一位聞名遐邇的吝嗇鬼。厚臉的客人造訪的主要目的，就是想在孤寒的主人家大吃一餐。兩人天南地北，東拉西扯，胡亂地談了大半天，已到了吃晚餐的時間，但孤寒的主人對留客吃飯的事，卻隻字不提。不巧的很，天公作美，頃刻之間雷聲隆隆，傾盆大雨下個不停。此時厚臉的客人大為開心，以為時機到了，就寫了一紙條：「下雨天，留客天，留我不？留！」交給孤寒主人，並深信這餐飯是毫無問題了。誰知道孤寒主人看過紙條後，莞爾一笑，順手將標點一改，成了「下雨，天留客；天留，我不留！」又奉返厚臉客人。這一標點就給孤寒主人省下一餐飯，卻也使厚臉客人饑腸轆鳴，溜之大吉。

　　從上述之說明，我們如能對標點符號運用純熟，不但可使公文的文句句讀分明，而且涵意清晰明確，避免受文者曲解文意而貽誤公務。所以公文程式條例第八條規定「公文文字應簡淺明確，並加標點符號。」可見公文用語及標點符號在公文的整體上，具有重要地位，不可忽視。

第二節　公文用語的類別與用法

　　撰擬公文難免要用到若干專門用語，如何使用這些專門用語，對初學者甚為重要，也是寫好公文的關鍵所在。

　　公文用語繁多，性質各異，經分門別類後，使用起來更感方便。這些語類有起首用的、有引敘用的、稱謂用的、請示用的、期望用的、准駁用的、結束用的等等用語。為使了解使用的原因，茲分別依次說明於下，而後再將各類用語的語彙列出並說明其用法。

一　起首語

　　一件公文有時候一開始需要有個發語詞，如「查」、「案查」之類的用語；有時候摘錄來文的前面。就用「奉」、「准」、「據」的用語來開頭，這些用在公文起首的語辭，歸類為「起首用語類」。

二　稱謂語

　　公文和書信一樣都有受文的對象，也都需要稱呼到對方。稱呼要兼顧禮貌關係及地位，對上級機關或長官的稱呼與對不相隸屬關係的機關或人民，也是不同，這類用語，歸類為「稱謂用語類」。

三　引敘語

　　公文敘述案件時，如係主動行文，其用語則可用起首術語；如被動行文，就要引據來文，此時使用的方式有二：一是把來文的事由摘錄，或是只寫明來文的發文日期、字號和文別，其下面緊接用「奉悉」、「敬悉」、「已悉」等語詞；二是在起首就用「奉」、「准」、「據」等語詞，接著再錄來文的事由後，用「等因」、「等由」、「等情」之用語煞住，但因現行公文結構款式已使用分段敘述，所以此一

方式的用語可以省去了，現都使用第一式，但也可將「奉悉」、「敬悉」、「已悉」的用語換用「辦理」、「已照辦」等類語詞。例如在公文三段式中的說明：本案依　鈞院○年○月○日○字第○號函所頒「行政機關公文製作改革要點」辦理。

四　經辦語

經辦語是指公文敘述其處理某案的經過，所使用的用語，如「奉經」、「遵經」、「業經」、「經已」等類語詞，歸為「經辦語類」。如對上級機關或首長陳報辦理結果，用「遵經」、「奉經」等語，其他平行文及下行文則通用「業經」、「經已」、「均經」等語。例句：本案遵經　諭示後已加強取締工作。

五　請示語與指示語

請示語是上行文或簽文上請求上級機關或首長給予決定或指示時用之。指示語是上級機關或首長對下級機關或屬員的指示用語。而請示語是在結束文句時的專用語，請求上級機關或主管鑒察、或給予指示，以便遵行辦理。一般適用「是否可行」、「是否有當」、「可否之處」、「可否」、「當否」等語詞，並在請示語之後，均須記得使用問號（？）「可否」是可以還是不可的意思；「是否」是這樣？還是，不是這樣？簡言之，「可否」是可不可；「是否」是對不對。「是否有當」、「是否可行」兩語也略有差異，「是否有當」言如此去做是不是適當，是請示用語；「是否可行」言如此辦法，是不是可以這樣做，是用於擬具辦法的請示語；「可否之處」是對已提出具體辦法的請示語；「如何之處」是請求長官提示原則的用語。惟「可否之處」不可寫成「是否之處」；「是否有當」不可寫成「可否有當」，要特別注意。

　　至於指示語，是上級對下級機關的命令用語。如「令仰遵照」、「遵照辦理」等結尾指示或命令語，現時已將「仰」字改用「希」字是指上級「希望」下級怎樣做或怎樣辦，而且將「令」與「遵」字也不用，直接用「希查照辦理」。「令仰知照」改為「希查照」，以符民主平等的精神。

六 准駁語

　　准駁語包括允准語及駁回語兩種用語。是指上級機關或長官對下級機關或屬員的審核或答覆其請求時的用語。因案情不一，或准、或駁、或暫難決定，都各有用語。例如允准時用「應予照准」、「准予照辦」、「准予備查」等。駁回時，用「未便照准」、「所請不准」、「應毋庸議」等；當上級長官對屬員的請求允准時，用「如擬」、「可」、「照准」、「准如所請」；駁回時，用「所請不准」、「不准」、「不宜」、「再議」、「未便照准」等。

　　在同級機關或不相隸屬機關、部門之間，也常有洽辦、洽用、洽請的公文往還，當同意對方的請求借用時，用「敬表同意」、「同意照辦」等；表示不同意，用「歉難同意」、「無法照辦」、或「礙難同意」等用語，並將不同意理由加以具體說明。

　　准駁用語的語氣，有硬性與柔性之分，硬性語氣較直接肯定；柔性語氣較委婉溫和，故用時宜多思慮。

七 期望與目的語

　　期望語是指發文機關對受文機關的一種期望其作為或不作為的用語；而目的語是指發文機關的發文目的和旨意何在，凡屬這類的用語歸稱為「期望與目的語」。

一般三段式公文格式，其「主旨」一段的末尾語，都使用這類用語。從公文「主旨」一段的旨意，其期望或目的，一覽即知。惟期望與目的語也有分對上級機關、平行機關及對下級機關使用的用語。如對上行文用「請　鑒核」、「請　核示」、「請　鑒察」、「請　核備」等；對平行文用「請　查照」、「請　查照辦理」、「請　查照辦理見復」等；對下行文用「希查照」、「希查照轉告」、「希查照轉知所屬照辦」、「希辦理見復」等，但目前「希」字也有改用「請」字的趨勢，蓋公文用語改革一路來，除將不切實際及不合時宜的用語均予修改或取消外，也對民主平等精神的重視。例如「令仰」、「仰即」改為「希」。「呈請」、「謹請」、「敬請」、「飭」等一律改為「請」；「知照」改為查照；「遵照」改為「照辦」；「遵照具報」、「遵辦具報」改為「辦理見復」；「鑒核示遵」改為「核示」或「鑒核」；「飭遵」、「飭辦」改為「請轉行照辦」；「轉飭」改為「轉行」或「轉告」。「著即」、「伏乞」、「仰懇」等一律取消不用。

由此可知，在使用這類期望與目的語時，除須注意其「語意」外，還要注意其「語氣」的差別。如「請」與「敬請」或「恭請」；「知照」與「查照」；「遵照辦理」與「希照辦」等語氣的尊敬程度不同，另外，在語意的差別，如「查照」是照會受文者，讓其知悉。「照辦」是上級命下級照案辦理。「辦理見復」是上級命下級照案辦理，並報告辦理情形。「查照見復」是請知悉並答復之意。「轉行」是上級命下級須再行文給其所屬單位或機關。「轉告」是上級命下級轉知其所屬單位或人員。「請轉行照辦」是指上級命下級轉行文，告知所屬機關或單位要照案辦理。

八 抄送語

抄送語是指公文有分文的必要時，在公文的「說明」段上敘寫副本的機關時用語，如上行文用「抄陳某某機關或首長」、「抄陳」一詞即為「抄送語」。對平行文用「抄送」，對下行文用「抄發」等用語皆稱之「抄送語」，沒有副本之抄送時，即不用此類用語。

九 附送語

當公文另有附件隨文時，可在附件項上註明；也可在「說明」段的最後列點寫明附件的名稱、數量；或直接在「主旨」段上寫明，但此須公文單純以寄附件為主才使用。當公文的附件是送上級機關時用「附陳」、「檢陳」；送平行及下級機關時用「附」、「附送」、「檢附」、「檢送」等用語。這些附送語，都是另有附件隨送之意。如立法院咨請總統公布修正之「戶籍法」時，在「說明」段的最後列點註明，如：附「戶籍法」修正本一份。

十 結束語

結束語是用於「簽」文上，當公文寫完之後，用一句語詞來結束上述之文，在書信上稱為結尾敬詞，在公文上稱結束語。過去「呈文」用「謹呈」；「公函」用「此致」；「咨文」用「此咨」；「命令」用「此令」；「任命狀」用「此狀」等都是，現僅對總統之簽呈還用「謹呈」外，其餘一律少用了。對上行簽用「謹陳」、「敬陳」、「右陳」、「上陳」，惟橫行書寫之簽的結束語，不能再用「右陳」一詞，要換用「上陳」一詞了，以符款式。平行的便箋、便條、通知等結束語，用「此致」、「此上」或「此請」等。

　　以上十種用語，都是公文中常用的，公文寫作的關鍵或訣竅，全視其使用這些用語的熟練程度，所以我們不想使用錯誤，最好能常練習，一旦生巧，自然會運用自如了。現把以上十種用語，表列在後，以供翻閱參考之用。

一　起首語類

行文	用語	文別	用法
下行文	查、茲、關於	公告 令 通知	
	制定、訂頒、修正、廢止		公布法令用
	派、茲派、茲聘、僱		任用人員用
	任命、特任、特派、特聘		任簡薦官或特任官用
	茲委任		任委任官用
平行文	查、關於	函 咨	立法院與總統之公文用之
	咨請		
上行文	謹查	呈 簽	對上級機關用
說明	1.「查」為開端之引文語氣。 2.「關於」為某案之事之引文語。 3.「謹查」為謙卑謹慎之語氣。		

二 稱謂語類

對象\行文	稱人	稱機關	自稱	機關自稱	間接稱謂	舉 例
下行文	台端	貴	本（人）（職稱）	本（機關）	該（機關）該員職稱	貴校、貴府、貴部、本縣、本廳長、本科長
平行文	台端君先生女士小姐	貴大	本（人）（職稱）姓名	本（機關）	該（機關）該員	貴會、貴公司、大院、大部（無直接隸屬關係之下級機關對高級機關用之）
上行文	鈞座鈞長	鈞	本人職名字	本職（署）職（局）	該（機關）該（員）機關全銜	鈞部、鈞府鈞座、鈞長（有隸屬關係之下級機關首長對上級機關首長或屬員對長官）
說明	1.「本」是第一人稱、「台端」「貴」「鈞」「大」是第二人稱，「該」是第三人稱。 2.「鈞」是下級機關對上級機關用。 3.「大」是無隸屬關係的較低級機關對較高級機關用。 4.書寫「鈞」「大」「鈞長」時，應空一格示敬。 5.書寫「貴」時，遇平行機關，可空一格示敬。					

三 引敘語類

行文	用 語	用 法
下行文	據、依、案據	開始引敘下級機關時用
	復………函	復下級機關函文用
	………諒達 ………計達	對下級機關去文後續函時用
平行文	准、依據、根據	引敘平行機關或首長公文用
	復………函	復文用
	依據………辦理	告知其辦理之依據時用
上行文	奉、根據、案奉	開始引敘上級機關或首長用
	………諒蒙鈞察	對上級機關去文後續函時用
說明	1.「據」「案據」是敘述下級機關來文的用語，有據報的語氣。 2.「准」是平行機關引敘根據來函的語氣。 3.「奉」「案奉」是含有承受上級機關來文的根據之語氣。 4.「奉」「准」「據」為開始引敘時用；「奉悉」「敬悉」「已悉」為引敘完畢時用。	

四 經辦語類

行文	用　語	文別	用　法
下行文	茲經、嗣經、並經、迭經、前經、經已、復經、均經、業經	令 公告 通知	對下級機關或不相隸屬機關用
平行文	業經、嗣經、復經、嗣經、迭經、經已、旋經	函 咨	對同級機關或不相隸屬機關用
上行文	遵經、遵即、奉經、正遵	呈 簽 函	對上級機關或首長用
說明	1.「均經」是指辦理二件以上時用。 2.「茲經」是指現在已經辦理。 3.「業經」是指已經辦理。 4.「遵經」是遵照指示辦理。		

五 請示與指示語類

行文	用　語	文別	用　法
下行文	希即、令希、令派、特此公告、知照	令 通知 公告	指示語
平行文	咨請、咨復、並希、即希、並請、即請、此請	函 咨	函請用語 咨請用語 （如咨請公布）
上行文	是否可行？是否有當？可否之處？如何之處？可否？當否？ 請　鑒核。請　核備。 請　核示。請　鑒察。	簽 呈 函	請示語 對上級機關或首長用之。
說明	1.「可否之處」是已提出具體辦法時。 2.「如何之處」是請示原則時。 3.請示語「是否可行」、「是否有當」、「可否之處」、「如何之處」、「可否」、「當否」之後加問號（？）		

六　准駁語類

行文	允准語	用法	駁回語	用法
下行文	應予照准 應准照辦 准予備案 准如所請 准。可。如擬 照准。如擬辦理 准予照辦	對下級機關 或所屬人員 之請求用或 對人民申請 函用	未便照准 礙難照准 應毋庸議 所請不准 不准 不合規定	對下級機關 或所屬人員 之申訴請求 用
平行文	敬表同意 同意辦理 原則同意	對同級機關 或不相隸屬 機關用	不能同意辦理 歉難同意 無法照辦 礙難同意	對同級機關 或不相隸屬 機關用
說明	1.「不能同意辦理」是比較硬性答復之平行文，並應敘明不能同意 　之理由。 2.「無法照辦」是採委婉答復方式之平行文。 3.「應予不准」、「應予駁回」是對下級來文之駁回語。			

七 期望與目的語類

行文	用　語	用　法
下行文	希查照。希照辦 希辦理見復。希轉行照辦 希查照轉行照辦 希查照轉告。希切實辦理 希依規定辦理 希照辦並轉行所屬照辦 希轉告所屬切實照辦	「見復」指回函答復之意 「轉行」指上級要下級轉行文告知所屬單位 「照辦」是上級命下級照案辦理 「轉知」是上級命下級轉知其所屬單位或人員
平行文	請　查照。請　察照 請　查照辦理。請　查照見復 請　查核辦理。請　同意見復 請　惠允見復。請　查照轉告 請　查照備案。請　查明見復 復請　查照	「察照」較「查照」尊敬（用於不相隸屬高級機關）。 書寫查照前空一格，係表尊敬對方之意。
上行文	請　鑒核。請　鑒察 請　核示。請　核備 請　核轉。請　核准施行 請　釋示。請　核准辦理 復請　鑒核	鑒核前空一格，係表尊敬對方之意。
說明	1.「查照」是照會受文者，請其知悉或請其依照辦理。 2.「鑒核」是請求上級鑒察審核。 3.「核備」是請求上級鑒核並留備查考。	

應用書信與公文

八　抄送語類

行文	用語	用　　　　法
下行文	抄發	上級機關對下級機關或人員用
平行文	抄送	對平行機關、單位或人員用
上行文	抄陳	對上級機關或首長用
說明	本用語使用於公文有副本或抄件時用之。	

九　附送語類

行文	用語	用　　　　法
下行文	附、附送 檢附、檢送	對下級機關或人民用
平行文	附、附送 檢附、檢送	對同級機關或不相隸屬機關或人民
上行文	附陳、附上 謹附、檢陳	對上級機關或首長用
說明	1.「附」是指另有附件隨送之意。 2.「檢附」是指經點查附件後隨送。	

十 結束語類

行文	用語	用法
下行文	此令、此聘 特此公告	命令時用 公布法令及任免官吏 公告
平行文	此上　謹此 此致　專此　耑此 此請	用於便箋、便條或通知
上行文	謹呈　敬呈	對總統之簽文用
	謹陳　敬陳　肅陳 上陳　右陳	對機關首長或主管長官用
說明	1.結束語後，緊接書寫長官職銜，並要平抬。 2.橫式書寫用「上陳」，直式書寫用「右陳」。	

第三節　標點符號的種類與用法

一 種類

「標點符號」是在民國八年教育部正式公布，此後才正式被國人採用至今。

「標點符號」共分為兩大類：一是「點號」；一是「標號」。點號的「點」字，含有點斷或點開的意義。其主要用於停頓、間歇，或終止。「標號」，一般說來，並無上述的停頓或終止的作用，唯「破折號」和「省略號」的用法中有時例外。

現在一般通用的中式標點，共有十四種，「點號」類七種、「標號」類也七種，平分秋色。茲將其「種類名稱」與「符號」圖示如下：

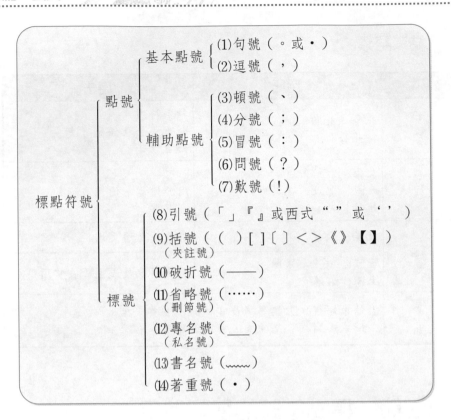

標點符號
- 點號
  - 基本點號
    - (1)句號（。或·）
    - (2)逗號（，）
  - 輔助點號
    - (3)頓號（、）
    - (4)分號（；）
    - (5)冒號（：）
    - (6)問號（？）
    - (7)歎號（！）
- 標號
    - (8)引號（「」『』或西式＂＂或＇＇）
    - (9)括號（（ ）[ ]〔 〕＜＞《》【】）
      （夾註號）
    - (10)破折號（——）
    - (11)省略號（……）
      （刪節號）
    - (12)專名號（＿＿）
      （私名號）
    - (13)書名號（﹏﹏）
    - (14)著重號（·）

二 用法

㈠句號（。）的用法

1. 單句之末。如：雞鳴。大器晚成。人類生來即是平等的。

2. 複句之末。如：各人不要只顧自己的事，也要顧別人的事。

3. 兩句中間。(1)若中間用連接詞「但是」、「所以」、「然而」、「至於」、「因為」、「因此」、「而且」等，其前面要用「句號」；(2)如連詞前不是完整句，或前兩句意義極密切不宜單獨分開時，要用「逗點」。其形式是(1)××××。但是（所以、而且……）×××××。(2)××××，但是（所以、而且……）×××××。例如：(1)擁有健康的身體，才有幸福快樂的人生。所以

預防勝於治療，健康須要維護。(2)黑暗趨向光明，但是盲目趨向死亡。

㈡逗號（，）的用法

1. 分開副詞短語。如：突然地，他跑來了。

2. 分開時間副詞，或時間副詞短語。如：一點鐘後，她穿上大衣離開會場了。

3. 分開地點副詞，或地點副詞短語。如：教室內，學生靜靜地聽老師講課。

4. 分開並列的形容詞，或形容詞短語。如：小草偷偷地從土裡鑽出來，綠綠的，嫩嫩的。

5. 分開並列的動詞，或述語。如：(1)他斷續地跟客人握手，鞠躬，微笑，戲謔，一直到宴會終了。(2)特權的統治下，人沒有擇業的自由，沒有罷工的權力，沒有拒絕奴役的力量。

6. 分開並列的主詞、受詞、或補充語。如：(1)你的書，我的表，放在一起。(2)我們家裡有各種鳥，金魚，一隻漂亮的狗，小兔子，還有一頭貓。(3)理想的人類世界是一個有情的人間世界，豐富的人文世界，充實的人格世界。

7. 分開冗長的主詞或受詞。如：千佛山的倒映在湖裡，顯得明明白白。

8. 分開將受詞（詞語，或補充語）改置於主詞前的倒裝句。如：這件事，我記得，而且很清楚。

㈢頓號（、）的用法

頓號用在句中稍為停頓的地方，使用的範圍經常包括在「逗號」之內，正如「逗號」常經包括在「句號」之內一樣。

1. 分開並列的補充語、動詞、名詞、代名詞，和形容詞。在名詞和代名詞中包括書名、人名、地名、國名、物名，以及學科名等等。

2. 分開並列的短語、述語，或分句。如：青年人的同情心極發達；如忠於團體、愛護弱小、崇拜英雄、愛打不平、最愛受人稱讚等等。這是分開並列的述語。

3. 在「序次語」下表停頓。但也可不用「序次語」的頓號，代用括號，或用空一格形式。如：(1)一、二、三、(2)(一)　(二)　(三)(3)一　二　三。

4. 並列的語詞最後一個語詞的下面，最好用「逗號」。例如：溫、良、恭、儉、讓，是最好的品德。

㈣分號（；）的用法

複句中有幾層意思，其意義相等，而關係又很密切，在這些句子的間歇處，應該用「分號」。例如：

1. 分開語意和語法，在結構上並列的分句。如：人一能之，己百之；人十能之，己千之。

2. 為要增加語句（或詞）的強度，而把幾個獨立的句子（或詞）用分號連起。如：子曰：「知者不惑；仁者不憂；勇者不懼。」禮記：「君臣也；父子也；夫婦也；昆弟也；朋友之交也；五者，天下之達道也。」

㈤冒號（：）的用法

冒號的用法，概括而言有兩大類：一是提引下文：二是總括上文。

1. 提引下面的文句；指下文的意思多是對上面某一句的描述，解釋，或推斷。如：世人多不強力：貧賤則懾於飢寒，富貴則流於逸樂，遂營目前之務，而遺千載之功。

2. 總括上文的特點，隨後再分項詳述；或引起分類項目的敘述。

　如：我們平常讀書的時候，感到有三個問題：一、要讀什麼書；二、讀書的功用；三、讀書的方法。

3. 提引話語、唱詞、詩句、對聯、演講辭，以及書信、文件開頭。

　如：⑴歐陽修說：「為文有三多：看多，做多，商量多。」⑵詩人看見天上小星，吟曰：「瑩瑩小星，何其神妙！晃如鑽石，高空照耀。」⑶詩人李白感觸遊子之情，不禁興起懷鄉之念，吟曰：「床前明月光，疑是地上霜；舉頭望明月，低頭思故鄉！」⑷明太祖賜給學士陶安的一幅對聯：「國朝謀略無雙士；翰苑文章第一家。」⑸主席，校長，各位老師，各位同學：……⑹○○先生台鑒：……⑺敬啟者：……。

㈥問號（？）的用法

　用在疑問的語句。疑問的語句包括：⑴直接發問。如：「家裡的情形，你一點不知道？」⑵懷疑或疑惑。如：「這東西怎麼來的？」⑶表示反詰。如：「民不畏死，奈何以死懼之？」⑷自問。如：「我該升學還是就業？」⑸疑問詞「哪」之後。如「哪位是李先生？」

㈦歎號（！）的用法

　用來表示情感的地方：如喜、怒、哀、懼等，同時在驚奇、讚歎、希望，以及命令等語句中，也都可以「歎號」。

1. 表示欣喜、歡笑、譏笑、驚奇，和讚歎。如「啊！多麼活潑，多麼快樂！」；不有緊，不要緊，哈哈哈！」、「真像一個土包子呀！」；「哎喲！妳真的是何太太呀！」；子曰：「賢哉回也！一簞食，一瓢飲，在陋巷；人不堪其憂，回也不改其樂，賢哉回也！」

2. 表示哀痛、歎息，和惋惜。如：「風蕭蕭兮易水寒，壯士一去兮不復還！」（哀痛）；「唉！我不知何時再能與他相見！」（歎息）；「哀公問弟子孰為好學。孔子對曰：『有顏回者好學；不遷怒，不貳過。不幸短命死矣！』」（惋惜）。

3. 表示忿怒、責罵、否定，和反對或拒絕。如：「你們都不是好人！」（忿怒）；「混蛋！」（責罵）「不，不！」「沒有！」（否定）；「不！我不！我受不了。」（反對）

4. 表示祈求、希望、意志和信念。如：「父母！原恕我！」（祈求）；「爾後，我倆能過美滿幸福的生活！」（希望）；「在天願作比翼鳥，在地願為連理枝！」（意志）；「只要我們不放棄，我們還有翻身的日子！」（信念）

5. 表示允諾、同意，以及招呼和命令。如：「小子識之，苛政猛於虎！」（命令）；「你依然可以享有！」（允諾）；「贊成！贊成！」（同意）；「毛毛！毛毛！你過來！」（招呼）

6. 表示警惕、警告，和勸戒。如：「諸君啊！醒醒罷！該用功了」（警惕）；「莉娜！說話可要負責任啊！」（警告）；「喝酒不駕車！」（勸戒）

(八)引號（「」、『』）的用法

為使所引用的話語、詩句、信件，或特別強調的詞語等的分明起見，而用「引號」。此外還可以作書名、文題，以及報刊、文件、戲劇等名的標記。引號有單引（「」）及雙引（『』）之分。在話內引話時，普通多先用單引，後用雙引以示區別。如：他用筷子指著，說道：「這叫『怒髮衝冠』的魚翅。」

㈨括號（夾註號）（）〔〕<>《》的用法

括號過去稱括弧，一般也稱「夾註號」。從名詞字面的含義，就是註釋正文的語詞。有⑴解釋正文，註明年代或譯文的原文時。如：不幸我（戴錫一編著者按）是個獨子，於民國三十八年（1949）來到台灣（Taiwan）。」

新式符號（《》）是用於書名；（<>）則用於篇名或論文名。在正文中，古籍「書名」與「篇名」連用時，可省略篇名符號，如《淮南子・天文篇》。

㈩破折號（——）的用法

當我們說話或描述時，有時思意忽然轉變、中止，或延續，或中間加入夾註，此情況下，都可用「破折號」。⑴文句中加入補充或註解的語句時。如：我在他的客廳裡，赫然看見自己的傑作——二十年前送給他的畫像，讓我甚為感動。⑵表示時間的延續，或人物的生平。如：王維（西元六九九——七五九）是位唐代詩人。⑶表示語音的延長，或斷續。如：「噹－噹－噹－上課的鐘響了。」；「我該等待多久的時間呢？一個月－半年－或一個年頭。」⑷提引下文，或總結上文。這種用法又同「冒號」用法一樣，但破折號比較醒目。

(十一)省略號（……）的用法

「省略號」又稱「刪節號」。凡文中省略的語句；或語意未完而留給讀者去想像；或在對話中表示沉思、靜默；或略去語句中的次要部分；或因語意的含蓄而不便明說，這類情況都可用「省略號」。

(十二)專名號（____）的用法

「專名號」昔稱「私名號」，形狀和「破折號」一樣，但使用的位置卻不同：「破折號都用在文字的行內；專名號卻用在文字外側。

此外，直式直寫的行左，不可用在行右，因會遇到標點排在行外的。專名號用在橫式橫寫時，則排在列下。它主要功用是表示人名、地名、國名，以及朝代名、宗教名等等。

㈢書名號（＿＿＿）的用法

「書名號」不只是用於書名上，其他如：篇名、章節名；還可用於報章、雜誌、戲劇、詩歌、歌曲，以及影片等名，都可用「書名號」。

㈣著重號（‧）的用法

「著重號」又叫「加重號」。它是用於語句中特別要強調的部分。可以用於一兩字的「詞」上，也可用於「短語」上，乃至「句」，甚至「段」上。它主要作用在使讀者對標識的部分要格外注意。雖然「引號」也有加強語意的用法，那只限於短短幾個字的「詞」或「短語」，它不宜延展至「句」，更不可能至「段」。

著重號的位置：直書時，在行字的右側；橫寫時，在列的下方。英文的著重號都是在列下用一條黑線，或是用「斜體字」。

一般使用「著重號」，多採用（‧）一種；但也兼用（○）及（◎）等兩種，以區分其重要程度的比較。

第四節　附錄用語、用字與標點表

一　公文用語表

立法院修正通過
民國六十二年十月二十日總統令公布

類別	用　語	適用範圍	說　明
起首語	查、關於（謹查）	通用。（對上級機關用）	儘量少用
	制訂、修正、廢止	公布法令用。	
	特任、特派、任命、派、茲派、茲聘、僱	任用人員用。	
稱謂語	鈞	有隸屬關係之下級機關對上級機關用，如「鈞部」、「鈞府」。	(一)直接稱謂時用之。 (二)書寫「鈞」、「大」、「貴」、「鈞長」、「鈞座」時，均應空一格示敬。
	大	無隸屬關係之較低級機關對較高級機關用，如「大部」、「大院」。	
	貴	有隸屬關係及無隸屬關身之上級機關對下級機關、或無隸屬關係之平行機關、或上級機關首長對下級機關首長、或機關與社團間用之，如「貴會」、「貴社」。	
	鈞長、鈞座	屬員對長官，或有隸屬關係之下級機關首長對上級機關首長用。	間接提及某男、女之個人均稱「君」。
	台端	機關或首長對屬員，或機關對人民用。	
	先生、女士、君	機關對人民用。	

應用書信與公文

類別	用　　語	適用範圍	說　　明
	本	機關學校社團或首長自稱，如「本縣」、「本校」、「本廳長」。	
	職	屬員對長官，或下級機關首長對上級機關首長自稱時用之。	
	本人、名字	人民對機關自稱時用。	
	全銜或簡銜 該、職稱	機關全銜如一再提及可稱「該」，對職員則稱「該」或「職稱」。	機關團體之全銜或簡銜於間接稱謂時用之。
引述語	奉	接獲上級機關或首長公文，於引敘時用。	「奉」、「准」、「據」等用儘量少用。
	准	接獲平行機關或首長公文，於引敘時用。	
	據	接獲下級機關或首長或屬員或人民公文，於引敘時用。	
	奉悉	接獲上級機關或首長公文，於開始引敘完畢時用。	
	敬悉	接獲平行機關或首長公文，於開始引敘完畢時用。	
	已悉	接獲下級機關或首長公文，於開始引敘完畢時用。	
	（來文年月日字號）復……………………函	於復文時用	
	依照、根據…………（來文機關發文年月日字號及文別）…………辦理	於告知辦理之依據時用。	

類別	用　　語	適用範圍	說　　明
經辦語	（發文年月日字號及文別） …………………… 諒蒙、鈞察	對上級機關發文後續函時用。	
	（發文年月日字號及文別） …………………… 諒達、計達	對平行機關發文後續函時用。	
	遵經、遵即	對上級機關或首長用。	
	業經、經已、均經、迭經、旋經、茲經、經查	通用。	
准駁語	應予照准。准予照辦。准予備查	上級機關對下級機關或首長用。	允准語
	未便照准。礙難照准。應毋庸議。應從緩議。應予不准。應予駁回	同上。	駁回語
	如擬。可。照准。准如所請。如擬辦理	機關首長對屬員或其所屬機關首長用。	允准語
	敬表同意。同意照辦	對平行機關表示同意時用。	允准語
	不能同意辦理。歉難同意。無法照辦。礙難同意	對平行機關表示不同意時用。	駁回語
除外語	除……外、除……暨……外	通用。	如有副本，可儘量少用。
請示語	是否可行？是否有當？可否之處？	通用。	
期望及目的語	請　鑒核。請　核示。請　鑒察。請　鑒核備查。請　核備	對上級機關或首長用。	
	請　查照。請　察照。請　查照辦理。請　查核辦理。請查照見復。請　查照辦理見復。請　查照轉告。請　查照備案。請　查明見復	對平行機關用。	

類別	用　語	適用範圍	說　明
	希查照。希查照轉告。希照辦。希辦理見復。希轉行照辦。希切實辦理。希查照轉告	上級對下級機關用。	
抄送語	抄陳	對上級機關或首長用。	有副本或抄件時用之。
	抄送	對平行機關、單位或人員用。	
	抄發	對下級機關或人員用。	
附送語	附、附送、檢附、檢送	對平行及下級機關用。	有附本時用之。
	附陳、檢陳、附上	對上級機關用。	
結束語	謹呈、敬呈	對總統簽用。	
	謹陳、敬陳、右陳	於簽末用。	
	此致、此上、此陳	於便箋用。	

二　標點符號用法表

立法院修正通過

民國六十二年十月二十日總統令公布

符號	名稱	用　法	舉　例
。	句號	用在一個意義完整文句的後面。	公告○○商店負責人張三營業地址變更。
，	逗號（點號）	用在文句中要讀斷的地方。	本工程起點為仁愛路，終點為……
、	頓號	用在連用的單字、詞語、短句的中間。	1. 建、什、田、旱等地目…… 2. 河川地、耕地、特種林地等…… 3. 不求報償、沒有保留、不計任何代價……

符號	名稱	用　　法	舉　　例
；	分號	用在下列文句的中間： 一、並列的短句。 二、聯立的複句。	1.知照改為查照；遵辦改為照辦；遵照具報改為辦理見復。 2.出國人員於返國後一個月內撰寫報告，向○○部報備；否則限制申請出國。
：	冒號	用在有下列情形的文句後面： 一、下文有列舉的人、事、物時。 二、下文是引語時。 三、標題。 四、稱呼。	1.使用電話範圍如次： 　(1)……(2)… 2.接行政院函： 3.主旨： 4.○○部長：
？	問號	用在發問或懷疑文句的後面。	1.本要點何時開始正式實施為宜？ 2.此項計畫的可行性如何？
！	感歎號（驚嘆號）	用在表示感歎、命令、請求、勸勉等文句的後面。	1.…：又怎能達成這一為民造福的要求！ 2.希照辦！ 3.請鑒核！ 4.來努力創造我們共同的事實、共同的榮譽！
「」『』	引號（提引號）	用在下列文句的後面（先用單引，後用雙引）： 一、引用他人的詞句。 二、特別著重的詞句。	1.總統說：「天下只有能負責的人，才能有擔當。」 2.所謂「效率觀念」已經為我們所接納。
——	破折號	表示下文語意有轉折下文對上文的註釋。	1.各級人員一律停止休假————即使已奉准有案的，也一律撤銷。 2.政府就好比是一部機器————一部為民服務的機器。

符號	名稱	用　　法	舉　　　例
……	刪節號	用在文句有省略或表示文意未完的地方。	憲法第五十八條規定，應將提出立法院的法律案、預算案……提出於行政院會議。
（）	夾　註　號（括號）	在文句內要補充意思或註釋時用的。	1.公文結構，採用「主旨」「說明」「辦法」（簽呈改為「擬辦」）三段式。 2.臺灣光復節（十月二十五日）應舉行慶祝儀式。

三　法律統一用字表

立法院修正通過

民國六十二年十月二十日總統令公布

用字舉例	統一用字	曾見用字	說　　明
公布、分布、頒布。	布	佈	
徵兵、徵稅、稽徵。	徵	征	
部分、身分。	分	份	
帳、帳目、帳戶。	帳	賬	
韭菜。	韭	韮	
礦、礦物、礦藏。	礦	鑛	
釐訂、釐定。	釐	厘	
使館、領館、圖書館。	館	舘	
穀、穀物。	穀	谷	
行蹤、失蹤。	蹤	踪	
妨礙、障礙、阻礙。	礙	碍	
賸餘。	賸	剩	
占、占有、獨占。	占	佔	
牴觸。	牴	抵	

用字舉例	統一用字	曾見用字	說　明
雇員、雇主、雇工。	雇	僱	名詞用「雇」。
僱、僱用、聘僱。	僱	雇	動詞用「僱」。
贓物。	贓	臟	
黏貼。	黏	粘	
計畫。	畫	劃	名詞用「畫」。
策劃、規劃、擘劃。	劃	畫	動詞用「劃」。
蒐集。	蒐	搜	
菸葉、菸酒。	菸	煙	
儘先、儘量。	儘	盡	
麻類、亞麻。	麻	蔴	
電表、水表。	表	錶	
擦刮。	刮	括	
拆除。	拆	撤	
磷、硫化磷。	磷	燐	
貫徹。	徹	澈	
澈底。	澈	徹	澈，水清見底。
祇。	祇	只	副詞。
並。	並	并	連接詞。
聲請。	聲	申	對法院用「聲請」。
申請。	申	聲	對行政機關用「申請」。
關於、對於。	於	于	
給與。	與	予	給與實物
給予、授予。	予	與	給予名位、榮譽等抽象事物。
紀錄。	紀	記	名詞用「紀錄」。
記錄。	記	紀	動詞用「記錄」。

用字舉例	統一用字	曾見用字	說　明
事蹟、史蹟、遺蹟。	蹟	跡	
蹤跡。	跡	蹟	
糧食。	糧	粮	

四 法律統一用語表

統一用語	說　明
「設」機關	如：「教育部組織法」第五條：「教育部設文化司……」。
「置」人員	如：「司法院組織法」第九條：「司法院置秘書長一人。特任，……」。
「第九十八條」	不寫為：「第九八條」。
「第一百條」	不寫為：「第一○○條」。
「第一百十八條」	不寫為：「第一百『一』十八條」。
「自公布日施行」	不寫為：「自公『佈』『之』日施行」。
「處」五年以下有期徒刑	自由刑之處分，用「處」，不用「科」
「科」五千元以下罰金（罰鍰）	罰金、罰鍰之處分，用「科」，不用「處」。且不可寫為：「處五千元以下『之』罰金（罰鍰）」。鍰，音「ㄏㄨㄢˊ」。
準用「第○條」之規定	法律條文中，引用本法其他條文時，不寫「『本法』第○條」，而逕書「第○條」。又如：「違反第二十條規定者，科伍仟元以下罰金。」
「第二項」之未遂犯罰之	法律條文中，引用本條其他各項規定時，不寫「『本條』第○項」，而逕書「第○項」。如刑法三十七條第四項「依第一項宣告褫奪公權者，自裁判確定時發生效力。」

統一用語	說　　　明
「制定」與「訂定」	法律之創制，用「制定」；行政命令之制作，用「訂定」。
「製定」、「製作」	書、表、證照、冊、據等，公文書之製成用「製定」或「製作」，即用「製」不用「制」。
「一、二、三、四、五、六、七、八、九、十、百、千」	法律條文中之序數不用大寫，即不可寫為：「壹、貳、參、肆、伍、陸、柒、捌、玖、拾、佰、仟」。
「零、萬」	法律條文中之數字「零、萬」不可寫為：「○、万」。

NOTE

Chapter 7

會議文書

405

第一節　會議文書的意義與種類

壹　會議文書的意義

一、會議的意義

要瞭解會議文書，須先瞭解「會議」的定義、性質、目的以及重要性後，才能真正認識會議所需要使用的文書類別。依據內政部訂定的〈會議規範〉第一條：「三人以上，循一定之規則，研究事理，尋求多數意見，達成決議，解決問題，以收群策群力之效者，謂之會議。」從此可知，會議應具備條件有：㈠人數至少要三人以上。國父在〈民權初步〉上講：「凡是研究事理而為之解決，一人謂之獨思，二人謂之對話，三人以上而循著一定規則，謂之會議。」㈡須照議事規則進行。㈢須要有議案或事項供討論。㈣須作成決議或結論。

會議的主要目的是在達成決議，解決問題，尤其在民主政治的社會中，各階層、各社團、各行各業，必須利用會議為解決問題的工具。所以個人無論從事何種行業，參加何種團體，都有參與會議的可能，也有主持或召集會議的機會，甚至承辦會議的工作，因此，瞭解會議、認識議事文書，確實有其必要。

二、會議文書的意義

會議文書，簡言之，就是會議所需要使用的各種文書。包括會議前的開會通知書、議事日程表、程序表、議案單等；在會議中的簽到簿、會議的記錄、選票等；會議後的會議紀錄之整理和簽報等，這些過程中所使用的文書，就稱為「會議文書」。

貳 會議文書的種類

會議因需要與目的之不同，而有各種的會議名稱和型態，例如檢討會、審查會、委員會、專案會議、慶祝大會、股東大會、紀念會、籌備會、校務會議、董監事會……等等。但任何名稱和型態的會議，都離不開文書的使用，有關此類的文書種類，大概可分為：

一、開會通知

依〈會議規範〉第三條第二項之規定，召集人應依據出席人距離遠近及交通情形，於充裕時間前，將開會名稱、日期、地點及議程，以通知書送達各出席人或公告之，這種召集會議的文書，就叫做「開會通知」。

二、委託書

當事人接到開會通知，因故無法參加，則可委託他人代表出席，並代其行使權利與義務，此種委託他人代表出席的書面文書，就叫做「委託書」。

三、議事日程

「議事日程」簡稱「議程」。這是在開會之前，根據會議的實際需要，預先排定會議進行的程序，而且在會前就印好分發給出席人員，其目的在使出席者預先知道程序進行項目和時程，也供主席據以控制會議的進行時程。

四、開會程序

「開會程序」也稱「儀式程序」或「開會秩序」，是大會的儀式進行程序，與「議事日程」不同，「開會程序」多用於慶典、紀念會等。

五、議事提案

「議事提案」也稱「議案」。提案除口頭提案外，用書面提出者，即為議案。出席人員可在會前提案，送交主辦單位，或會議時提出口頭或書面的動議案，但均須經其他出席者的附署，附署人數的多寡須依會議規定，然後才可交付討論表決。

六、簽到簿

出席人員進入會場前，在會議現場設有供出席者報到簽名的冊子或紙張，這種薄冊稱為「簽到簿」，主要在統計出席人數，是否足夠會議的法定人數，以及表決議案時人數比例之用。

七、選舉選票

會議有時會有選舉，以決定人選。此時須有選票的製作，供圈選。這種書面的文件，叫做「選舉選票」，簡稱「選票」。

八、會議紀錄

「會議紀錄」也稱「議事紀錄」。在開會時，需有紀錄人員將會議全部過程及內容，予以筆錄下來，這叫「會議紀錄」。

會議以集思廣益，研究事理，尋求多數意見，以達成決議，這些共同決定或經表決的事項，即將付諸實施，欲使其對與會者發生拘束力，所以必須要有會議紀錄作為依據，以表負責，否則會議的決議將無從查證。

第二節 開會通知與委託書的作法

壹 開會通知

一、通知方式

　　各種會議的召開，應先確定集會的召集人與通知方式。根據〈會議規範〉第三條規定：「會議之召集，除各該會議另有規定外，依下列規定行之：㈠各種永久性集會之成立會，及各種臨時性集會，由發起人或籌備人召集之。㈡永久性集會之各次常會，或其臨時會議，由其負責人召集之。㈢永久性集會每屆改選後之第一次會議，由當選人中得票最多者，或前屆負責人召集之。召集人應根據路程遠近及交通情形，於適當時間前將開會事由、時間及地點通知各出席人或公告之；可能時，並附送議程及有關資料。」由上述可知，會議通知的方式有兩種：一為個別通知，即以書面分送各出席人。二為公告周知，即以刊登報紙或媒體揭示，使出席人周知。但為周延起見，也可兩種方式同時使用，例如股東大會的召開即是。

二、通知事項

　　通知方式即使有不同，但通知的事項，應有一致性，都應包括下列各項目：㈠會議名稱或事由。㈡會議的地點。㈢會議的時間。㈣出席者。㈤會議的主持人。㈥發文的日期、字號。㈦聯絡方式。㈧備註：包括提案規定、附件名稱及數量、接待、交通、注意事項等。

三、通知的作法

　　㈠個別通知書的製作

　　個別的書面通知，有電子文件式、書函式及表格式。茲將其用紙格式與作法舉例於後：

甲、電子文件式通知

1. 用紙格式（郵遞用）

2.5 公分

檔　　號：
保存年限：

（機關全銜）　　開會通知單

（郵遞區號）
（地址）

受文者：

發文日期：
發文字號：
速別：
密等及解密條件或保密期限：
附件：

開會事由：
開會時間：
開會地點：
主持人：
聯絡人及電話：

出席者：
列席者：
副本：

2.5 公分

1.5公分 1公分 **備註：**

（蓋章戳）

說明：
一、本格式以 A4 七十磅以上模造紙或再生紙製作。
二、依據「公文程式條例」，如以電子交換方式行之，得不蓋用印信。

2.5 公分

裝

訂

線

2.電子文件式寫作舉例

中華民國理髮同業公會理事會　開會通知單

110
台北市○○區○○路○○號

受文者：○理事○○

發文日期：中華民國○○年○○月○○日
發文字號：○○字第○○○○○○○○號
速別：最速件
密等及解密條件或保密期限：
附件：議程暨有關資料計三件

開會事由：召開本會○○年度第○次理事會議
開會時間：○○年○○月○○日（星期○）○午○時
開會地點：台北市長沙街國軍英雄館二樓忠誠廳
主持人：○理事長○○
聯絡人及電話：○○○　02-○○○○○○○○

出席者：全體理監事
列席者：內政部民政司○專員○○

副本：內政部
備註：會後聚餐

中華民國理髮同業公會理事會（會戳）

乙、書函式通知

1. 敘述式寫作舉例

中華民國理髮同業公會理事會開會通知

　　茲定於○○年○○月○○日○午○時，在台北市長沙街○○號國軍英雄館二樓忠誠廳，召開本會○○年度第○次理事會議。檢附議程一份，暨有關資料三件，屆時請　準時出席。如有提案，請於○月○日前送交本會秘書室，以便彙印。

　　此致
○理事○○

理事長○○○　　印

○○年○○月○○日

2. 條列式寫作舉例

中華民國理髮同業公會理事會　開會通知

地　址：
聯絡人：
電　話：

受文者：○理事○○

發文日期：中華民國○○年○○月○○日
發文字號：○○字第○○○○○○○○號
速別：速件
密等及解密條件或保密期限：
附件：議程一份暨有關資料三件

一、茲訂於中華民國○○年○○月○○日（星期○）○午○時，舉行本會○○年度第○次理事會議。
二、假台北市長沙街○○號國軍英雄館二樓忠誠廳。
三、如有提案，請於○月○日前以書面送交本會秘書室彙印。
四、請　查照屆時務請準時出席。

中華民國理髮同業公會理事會（條戳）

3.三段式寫作舉例（公文封開窗口）

中華民國理髮同業公會理事會　開會通知

地　　址：114 台北市○○路○號
聯絡人：○○○
電　　話：(02)○○○○○○
電子信箱：

110
台北市○○路○○號

受文者：○**理事**○○

發文日期：中華民國○○年○○月○○日
發文字號：○○○字第○○○○○○○○○○號
速別：最速件
密等及解密條件或保密期限：
附件：議程一份暨有關資料三件

主旨：召開本會○○年度第○次理事會，請撥冗出席。
說明：
　一、時間：○○年○○月○○日（星期○）○午○時。
　二、地點：台北市長沙街國軍英雄館二樓忠誠廳。
　三、提案：如有提案，須有三人以上附署，並請○月○日前
　　　　　　送交本會秘書室彙辦。

正本：全體理監事
副本：內政部

理事長　　○○○（簽字章）

丙、表格式製作舉例

（例一）

國立○○大學開會通知單

速別	受文者		發文	日期	中華民國○年○月○日
				字號	○○字第○○○○○○○號
	副本收受者			附件	會議議程
最速件	開會事由				
	開會時間	○○ 年○○ 月○○ 日（星期○）○午○時○分		開會地點	
	主持人	○校長○○	聯絡人 ○○○	電話	○○○○○○
	出列席單位及人員				
	備 註	1.請攜帶議程出席 2.中午備有便當			
	發文單位				國立○○大學（條戳）

（例二）

中華民國理髮同業公會理事會開會通知	中華民國○○年○○月○○日 ○○○字第○○○○○○號

受　文　者	○理事○○		
會議名稱	本會○○年度第○次理事會議		
會議時間	○○ 年○○ 月○○ 日 （星期○）○午○時	地點	台北市長沙街○號國軍英雄館 二樓忠誠廳
主　持　人	○理事長○○	聯絡人 ○○○	電話 (○○)○○○○○○○○
出（列）席 人員或單位	全體理監事 內政部民政司派員列席		
附　　　註	1. 附送議程一份 2. 會後聚餐 3. 如有提案請於○月○日前送交本會秘書室		
發文單位	中華民國理髮同業公會理事會（條戳）		

本例說明：開會通知單在民國八十七年三月行政院修正（文書處理檔案管理
手冊）之前，係以表格化處理，蓋取其簡便省力省時，惟為因應
公文電子處理作業之便利，不鼓勵使用表格化公文，因之昔日之
框欄目前已予取消，但機關內部尚可應用。

(二)公告周知的作法

　　1. 敘述式寫作舉例

　　　甲、登報用（橫式）

○○股份有限公司董事會公告

○年○月○日

　　茲經本會議決：訂於○○年○○月○○日（星期○）○午○時，假台北市○○路○○段○號○樓，舉行○○年度股東常會，審議（○○）年度營業報告，修改公司章程。並依公司法規定，自本年○月○日起，至本屆會議舉行完畢之日止，停止股票轉讓過戶。

　　　乙、張貼用（橫式）

○○股份有限公司董事會公告

　　茲經本會議決：訂於○○年○○月○○日（星期○）○午○時，假台北市○○路○段○號○樓，舉行○○年度股東常會，審議（○○）年度營業報告，修改公司章程。並依公司法規定，自本年○○月○○日起，至本屆會議舉行完畢之日止，停止股票轉讓過戶。

董事長　○○○（簽字章）

○○年○○月○○日

2.三段式寫作舉例

甲、登報用公告（橫式）

○○有限公司董事會　公告

發文日期：中華民國○○年○○月○○日
發文字號：○○○字第○○○○○○○號

主旨：公告本公司○○年度股東大會開會時間及地點，請準時出席。

依據：依據本公司組織章程第○條規定辦理。

公告事項：

一、開會時間：○○年○○月○○日（星期○）上午10時。

二、開會地點：台北市○○路○號中山堂光復廳。

三、提案辦法：各股東如有提案，請依照本公司章程規定，必須由股東三人以上附署，並於開會前五日，以書面送交本公司秘書室彙辦。

本例說明：登報用免署機關首長職銜、姓名及印信。

乙、張貼用公告（橫式）

○○區○○里辦公處公告

發文日期：中華民國○年○月○日
發文字號：○字第○○○○○號　　　　　印

主旨：公告里民大會開會時間、地點及提案辦法，並請準時出席。

公告事項：

一、開會時間：○年○月○日○午○時○分。

二、開會地點：○○○○○○○○○○○○○。

三、提案辦法：提案應有三人以上附署，於開會前二日書面送交里辦公室。

里長　　○○○

貳　委託書

一、委託書的意義

委託書是會議出席人不能出席會議時，委託同一團體其他出席人代表他行使權利的書面文件，謂之「委託書」。

二、委託之根據

依照〈會議規範〉第二十條規定：「出席人有發言、動議、提案、討論、表決及選舉等權利。出席人有遵守會議規則，服從決議等義務。未出席者亦同。」又第二十三條第一項規定：「出席人因故不能出席會議時，得以書面委託同一團體之其他出席人，代表其發言。」同條第二項規定：「前項規定，如各該會議另有規定者，從其規定。」

三、代表人之權利

綜合以上條文，委託人與代表人之間，有以下的規定：㈠出席人有發言、動議、提案、討論、表決及選舉等權利，若出席人不能親自出席而委託他人代表出席時，代表人依規定只有「發言權」。不過，如果此一會議另有規定（如代表亦有表決、選舉權）的話，從其規定。㈡除非另有規定，否則代表人必須是同一團體的其他出席人。㈢必須以書面委託，始生權利，而委託書上，也須寫明委託代表人可以行使哪幾種權利。

四、委託書作法舉例

1. 便箋式委託書

委託書

〇〇年〇月〇日

　　茲委託

〇〇〇先生代表本人出席本學會〇〇年度第〇次會員大會，並代表行使大會期間一切權利與義務。此致

〇〇〇〇學會

　　　　　　　　　委託人　〇〇〇（簽名、蓋章）

2. 條列式委託書

委託書

一、茲委託〇〇〇君為本股東代理人，出席本公司〇〇年〇月〇日舉行之股東常會，代理本股東就會議事項行使股東權利，並得對會議臨時事宜，全權處理之。

二、請將出席簽到卡、表決票逕寄代理人，憑以準時參加，如因故改期開會，本委託書仍屬有效，但限此一會期。

　　　　此致

〇〇〇〇股份有限公司

　　　　　　　　　委託人（股東）：〇〇〇（簽章）
　　　　　　　　　受託代理人姓名：〇〇〇（簽章）
　　　　　　　　　身分證字號：A〇〇〇〇〇〇〇〇〇
　　　　　　　　　住　　　址：

中　華　民　國　〇〇　年　〇〇　月　〇〇　日

第三節　議事日程與開會程序的作法

壹 議事日程

一、議事日程的意義

議事日程又稱為會議程序，簡稱「議程」，是在開會前，根據會議的實際需要，預先所編訂的會議程序。

二、議事日程的擬訂方式

擬訂議程的方式有兩種：㈠普通會議，由主席或召集人預先擬訂，在開會時經由主席宣讀，出席人如無異議，即為認可，否則提付討論及表決後施行。㈡重要會議或規模較大之永久性會議，由常設的秘書處或程序委員會擬訂，經審查後，提交大會裁決，如無異議，即為認可，否則須提付討論及表決。

三、議事日程的項目

議事日程應包括的項目，根據〈會議規範〉第八條規定：「開會應於事先編訂會議程序，其項目如後：㈠由主席或臨時主席（發起人或籌備人）報告出席人數，並宣布開會。並進行⑴推選主席（由臨時主席宣布開會者，應正式推選主席，但臨時主席得當選為主席）。⑵主席報告議程，及各項程序預定時間（已另印發議事日程者，此項從略）。⑶主席報告議程後，應徵詢出席人有無異議，如無異議，即為認可；如有異議，應提付討論及表決。㈡報告事項：⑴宣讀上次會議紀錄（如係第一次會議此項從略）。⑵報告上次會議決議案執行情形（無此項報告者從略）。⑶委員會或委員報告（無此項報告者從略）。⑷其他

報告（如有其他各種報告，應將報告之事項或報告人一一列舉，無則從略）。⑸以上各款報告完畢後，得對上次決議案之執行，或其他會務進行情形，檢討其利弊得失，及其改進之方法。㈢討論事項：⑴前會遺留之事項。⑵本次會議預定討論之事項。⑶臨時動議。㈣選舉。㈤散會。」

　　從以上規定，可知議事日程主要項目有五：㈠報告出席人數並宣布開會。㈡報告事項。㈢討論事項。㈣選舉。㈤散會。

四、議事日程之作法舉例

㈠條列式議事日程

（例一）

國立○○大學○○學年度第○學期第○次校務會議議程

時間：中華民國○○年○月○日（星期○）上午○時

地點：本校○○大樓○樓國際會議廳

一、報告事項：

　　㈠宣讀上次校務會議紀錄，並報告決議案執行情形。

　　㈡主席報告

　　㈢各單位工作報告（均附書面資料）

　　　　1.教務處

　　　　2.學務處

　　　　3.總務處

　　　　4.圖書館

　　　　5.進修部

　　　　6.會計室

　　　　7.人事室

二、討論事項：

　　㈠案由：擬修訂本校組織規程部分條文，請討論案。

　　㈡案由：本校○○會計年度經費稽核委員會委員任期屆滿，

　　　　　　依規定應予改選案。

三、臨時動議

四、散會

（例二）

○○縣基層建設研究成立大會議程

時間：○年○月○日（星期○）上午○時至○時
地點：○○○○○

項　　　目	時　　間	備　　　註
一、開會儀式	10 分鐘	
二、報告事項		
㈠報告大會議程	10 分鐘	
㈡籌備委員會報告籌備經過	10 分鐘	另附書面資料
三、討論提案		
第一案：茲擬訂本會章程草案（如附件）請公決。	50 分鐘	全案另附
第二案：本會擬組考察團，赴本縣各鄉鎮考察基層建設狀況，以供本會改善基層建設之參考，請公決。	20 分鐘	全案另附
四、臨時動議	30 分鐘	
五、選舉理監事	20 分鐘	
六、散會		

2.表格式議事日程

（例一）

國立○○大學第○屆師生大會議程表							
					時間：○年○月○日 地點：本校大禮堂		
時　間	08.00 ︱ 08.50	09.00 ︱ 09.50	10.10 ︱ 11.00	11.10 ︱ 12.00	13.30 ︱ 14.20	14.30 ︱ 16.00	16.10 ︱ 16.40	19.00 ︱ 21.50
主持人	校長	校長	校長	校長	教務長	校長	校長	校長
程　序	開幕式	教育報告	訓導報告	教學報告	前期學生學習經驗報告及新生訓練心得報告	集體討論	閉幕式	晚會

（例二）

○○學院○○○學術研討會

研討會日期：○年○月○日（星期○）
研討會地點：○○大樓○樓國際會議廳

議　程　表					
時　間	內　容	主持人	說　　明	發表者	講評者
08:20 | 08:30	報　到	○系主任			
08:30 | 08:40	開幕式	○系主任	校長致詞		
08:40 | 10:20	第一場	○○○ 教授	論題為：「○○○○○○○○」	○○○	○○○
10:20 | 10:50	茶敘		中場休息		
10:50 | 12:20	第二場	○○○ 副教授	論題：「○○○○」	○○○	○○○
12:20 | 13:20			午餐		
13:20 | 13:35	專題講座	○○○ 助理教授		○○○	○○○
13:40 | 14:40	第三場	○○○ 副教授	論文題目：○○○	○○○	○○○
14:40 | 15:10	茶敘		中場休息		
15:10 | 16:10	第四場	○○○ 教授	論題：○○○○	○○○	○○○
16:10 | 16:50	綜合座談	校　長			
16:50	賦　歸				

貳　開會程序

一、開會程序的意義

　　開會程序又稱「開會秩序」或「開會儀式」。其主要功用是使儀式的推演有步驟和秩序。大多用於集會的型態和時間短的活動，例如：週會、動員月會、惜別會、紀念會、慶祝會、成立大會及慶典活動的開幕、閉幕典禮。其程序表通常用大幅紅紙繕寫，張貼在會場，由司儀逐項呼名，以掌控集會的進行。

二、開會程序與議事日程之分辨

　　開會程序與議事日程不同者，約有下列四點：

㈠議事日程是以書面印發會議之出席人；「開會程序」則在會場張貼，但也可列印在邀請卡中，供參考，如畢業典禮束帖。

㈡議事日程以會議之進行細節為重點；「開會程序」則重於儀式之推演。

㈢議事日程多用於討論事項及選舉之會議；「開會程序」則多用於紀念會、慶祝大會、成立大會及慶典活動之開、閉幕典禮。

㈣議事日程之執行，多由會議主席擔任；「開會程序」則多由司儀口呼，以控制大會之進行。

　　另外，議事日程的時間較長，而「開會程序」的時間較短，大約一至二小時。

三、開會程序的作法舉例

㈠開會程序的直式寫法

（例一）（一般性大會開會程序）

一、○○大會開始
二、主席就位
三、全體肅立
四、奏樂鳴炮（可免）
五、唱國歌
六、向國旗暨　國父遺像行三鞠躬禮
七、主席恭讀　國父遺囑
八、主席致詞
九、長官致詞
十、來賓致詞
十一、報告事項
十二、討論事項
十三、選舉
十四、臨時動議
十五、散會

本例說明：1.除奏樂鳴炮一項可免外，一至八項為開會之例行儀式，不可省免。

　　　　　2.「主席致詞」可改換為「主席報告」或「主席致開會詞」。

　　　　　3.長官與來賓之姓名不必書寫，可由司儀呼唱。

（例二）週會程序

○○高級中學週會程序
一、週會開始
二、主席就位
三、全體肅立
四、唱國歌
五、向國旗暨　國父遺像行三鞠躬禮
六、主席恭讀　國父遺囑
七、主席致詞
八、專題演講
九、唱校歌
十、禮成

（例三）畢業典禮程序

國立○○高級中學畢業典禮程序

一、典禮開始
二、主席就位
三、全體肅立
四、奏樂
五、唱國歌
六、向國旗暨　國父遺像行三鞠躬禮
七、頒獎
八、頒發畢業證書
九、主席致詞
十、來賓致詞
十一、家長代表致詞
十二、畢業生代表致謝詞
十三、畢業生贈送母校紀念品
十四、唱校歌
十五、唱驪歌
十六、奏樂
十七、禮成

（例四）新卸任校長交接典禮儀式

一、典禮開始
二、監交人就位
三、卸任校長就位
四、新任校長就位
五、布達命令
六、交接印信
七、宣誓
八、監交人致詞
九、卸任校長致詞
十、新任校長致詞
十一、來賓致詞
十二、家長會長致詞
十三、禮成

（例五）元旦團拜儀式

一、團拜開始
二、主席就位
三、全體肅立
四、奏樂
五、鳴炮
六、唱國歌
七、向國旗暨　國父遺像
　　行三鞠躬禮
八、全體同仁向董事長、
　　校長一鞠躬
九、全體同仁相互一鞠躬
十、董事長致詞
十一、校長致詞
十二、禮成（放音樂）

（例六）慶生會儀式

一、慶生會開始
二、主持人就位
三、壽星就位
四、奏樂
五、鳴炮
六、主持人致詞
七、壽星代表致詞
八、吃壽麵（開動）
九、禮成

（例七）頒獎儀式

一、頒獎典禮開始
二、主持人就位
三、受獎人就位
四、宣讀獎章名稱及證書
五、頒授獎章暨證書
六、主持人致詞
七、受獎人代表致謝詞
八、禮成

（例八）授勳儀式

> 一、授勳典禮開始
> 二、主禮人就位
> 三、授勳人就位
> 四、觀禮人就位
> 五、宣讀勳章名稱暨證書
> 六、頒授勳章暨證書
> 七、主禮人致詞
> 八、祝賀酒會
> 九、禮成

2.開會程序的橫式寫法

動員月會程序

1. 月會開始
2. 主席就位
3. 全體肅立
4. 唱國歌
5. 向國旗暨　國父遺像行三鞠躬禮
6. 主席恭讀　國父遺囑
7. 主席復位（請坐下）
8. 主席報告
9. 專題講演
10. 宣讀動員公約（或青年守則）
11. 禮成

第四節 提案與選舉票的作法

壹 提案

一、提案的意義

提案也稱議事提案,簡稱「議案」。即會議的出席人提出的書面議案,或在開會時,經其他出席者附議之臨時動議,送交會議討論表決者,皆稱為「提案」。提案得由個人或機關團體提出,個人則須有附署人一人以上的署名,始能成立。

二、提案的方式

提案方式可分為兩種:

㈠書面提案

書面提案應於會前送達,以便列入議程。提案人得由個人或機關團體單獨提出,並依規定須有附署,始能成立。

㈡口頭提案

口頭提案往往列入臨時動議,由動議者口頭申訴,而經附議後,予以討論。前者書面提案須有「附署人」;後者口頭提案須有出席人的「附議」贊成,才能交付討論及表決。

三、提案的結構

提案的內容表達,須按製作提案的格式書寫,這樣提案始算完整。提案的結構項目,有:

㈠案由

案由是提案的主旨,與公文三段格式相似。案由的敘述是精要,但不可分項敘述。

㈡說明（或換用理由）

　　說明是提案的理由。須作分項說明，把提案的理由說清楚講明白，以搏取出席者的贊同。

㈢辦法

　　辦法又稱「建議」。提案人對自己所提的案件，如何去執行，應具體列出可行的辦法，如列出的辦法獲得贊同即可照此辦法去做，或被補充，使辦法更易執行。

㈣提案人

　　提案人得由個人或機關團體名義提出。

㈤附署人

　　書面提案須有附署人簽署，各機關團體對會議的提案，須附署的人數規定不一，但至少須一人以上。

四、提案的作法舉例

㈠提案為表格式寫法

　　（例一）

分類編號	案由	理由	辦法	提案人	附署人	審查意見	決議	備註

（例二）

<table>
<tr>
<td colspan="5" align="center">○○單位○○會議提案

○年○月○日</td>
</tr>
<tr>
<td rowspan="2">編號</td>
<td rowspan="2"></td>
<td rowspan="2">類別</td>
<td rowspan="2"></td>
<td>提案人　○○○　　印</td>
</tr>
<tr>
<td>附署人　○○○　　印</td>
</tr>
<tr>
<td>案由</td>
<td colspan="4"></td>
</tr>
<tr>
<td>理由</td>
<td colspan="4"></td>
</tr>
<tr>
<td>辦法</td>
<td colspan="4"></td>
</tr>
<tr>
<td>審查
意見</td>
<td colspan="2"></td>
<td rowspan="2">備考</td>
<td rowspan="2"></td>
</tr>
<tr>
<td>決議</td>
<td colspan="2"></td>
</tr>
<tr>
<td>備註</td>
<td colspan="4">一、提案應一案一紙。
二、案由應扼要敘明。
三、提案人為機關團體者，可填列機關團體名稱，並免連署。
四、「編號」、「類別」、「審查意見」、「決議」各欄，提案
　　人免填。</td>
</tr>
</table>

㊁提案為三段式寫法

（例一）

○○鎮農會理事會第○屆○次會議提案

案由：為獎勵本會人員子女勤勉向學，擬設優秀學生獎學金一種，提請審議案。

說明：

一、本鎮農家子弟學業成績優秀者頗多，惟因家境貧困，無法繼續升學，接受高深教育，實為莫大損失。

二、擬設置獎學金以會員子弟為對象。

辦法：

一、獎學金分高中（職）、大專（大學、三專、五專）兩種，各以三十名為限。

二、凡學業成績平均八十分以上，操行成績列乙等以上者均可提出申請。高中獎學金每學期六千元；大專獎學金每學期每名一萬元。

三、所需經費列入年度支出預算，提請會員代表大會通過。

四、審查辦法：推定本會理事六人、監事三人及總幹事共十人組成審查小組，負責審查，由總幹事擔任召集人。

決議：

提案人：○○○

附署人：○○○　　○○○　　○○○

（例二）

中華民國孔孟學會第○次理事會議提案

案由：請推動成立國際漢學中心，以宏揚孔孟學說之真精神案。

說明：

一、西方學者研究漢學日增，但未在國內作研究，反而到日本、韓國學習。

二、日本漢學家著稱於世，但日人一再蓄意竄改教科書，湮滅日軍侵華之史實，對儒學傳人之形象，受到傷害。

三、本會應力謀維護與發揚之道，成立漢學研究中心可謂最好的對策。

辦法：請理事會積極規劃，並與教育部及中華文化復興運動推行委員會等充分溝通，積極推動，務必有成。

提案人：○○○　　　　　　　附署人：○○○　○○○
　　　　　　　　　　　　　　　　　　　○○○　○○○

435

（例三）

○○技術學院○學年度第○學期第○次導師會議提案

案由：請校方積極闢建機車停放場，以解決學生停車問題。

說明：

一、本校騎機車學生已近五百輛之多。

二、本校提供停放處零星分散，但仍不夠，致使學生隨便停放社區巷弄及人行道上，住戶怨聲載道，屢向校方反映。

三、近來居民報警取締事件頻傳，機車恐遭拖吊致無心上課，對學業影響頗鉅。

辦法：送請校方規劃辦理。

提案人：○○○

附署人：○○○　○○○
　　　　○○○　○○○

貳　選舉票

一、選舉票的意義

　　會議經常有選舉，除用舉手推選外，還有是投票選舉，這種選舉的投票紙，就是選舉票，簡稱「選票」。

二、投票選舉的方式

　　依照〈會議規範〉第八十九條規定，投票選舉可分為「記名」和「無記名」兩種。而「記名」和「無記名」又各分作「圈選法」和「書寫法」兩種。茲分別將此四組說明之：

　　㈠無記名圈選法

選舉人不在選票上署名的叫「無記名」；圈選法是選票上已印有候選人姓名，由選舉人以規定的符號在候選人姓名之上圈選。

(二)無記名書寫法

所謂「書寫法」，就是選舉票上沒有候選人姓名，由選舉人把所要選舉的候選人姓名，自行書寫在選票上。

(三)記名圈選法

「記名」是指選舉人須在選票上署名，並圈選候選人。

(四)記名書寫法

本法由選舉人將所選擇的候選人姓名寫在選票上，選舉人也要署名。

以上這些投票選舉的方式，通常多採用「無記名」為多。

三、選舉票的項目

選舉票隨圈選法與書寫法之不同，在選票上的項目也有差別。一般基本的項目有五項：

(一)選舉的名稱。

(二)候選人姓名及編號。

(三)記名投票之選票，選舉人須簽名。

(四)選舉年月日。

(五)選舉團體或主辦選務機關蓋章或監選人章。

四、選舉票的作法舉例

1.「無記名圈選法」選票

直式

中華民國○○○年○月○日　選舉委員會印製	4	3	2	1	圈選候選人	選　舉　票
	○ ○ ○	○ ○ ○	○ ○ ○	○ ○ ○		○ ○ ○ ○（印）○ ○

橫式

○　○ ○ ○（印）　○ ○　選　　舉　　票

圈　選	候　選　人
	1
	2
	3
	4

○○○○選舉委員會印製

中華民國　○　○年　○月　○日

2.「無記名書寫法」選票

直式　　　　　　　　　橫式

（直式）
○○○○選舉票
（此空欄由選舉人書寫候選人姓名）
中華民國○○年○月○日　監選人　私章

（橫式）
○○○○選舉票
（此空欄由選舉人書寫候選人姓名）
監選人　私章
中華民國 ○○ 年 ○月 ○日

3.「記名書寫法」選票

直式　　　　　　　　　橫式

（直式）
○○○○選舉票
3　2　1
（本欄留空，由選舉人將所選擇之候選人姓名自行書寫。本式是供選舉名額超過一人時使用。）
選舉人 ○ ○ ○
中華民國○○年○月○日　監選人　私章

（橫式）
○○○○選舉票
1
2
3
選舉人○○○
監選人　私章
中華民國○○年 ○月 ○日

4.「記名圈選法」選票

直式

中華民國○○○年○月○日	○○○選舉事務所印製	選舉人	3	2	1	圈選候選人	圈選
		○	○	○	○	○	○
		○	○	○	○	○	○
		○	○	○	○	○	○
		○				○	○
							選舉票

○○○○○○選舉票		
圈選	候　選　人	
1		
2		
3		
選　舉　人 ○　○　○		
○○○○選舉事務所印製		
中華民國 ○○ 年 ○月 ○日		

5.附錄「罷免票」之作法舉例

圖一　正面

（機關團體名稱）罷免票　監票員（蓋章）

圖二　背面

罷免不同意	罷免同意
（被罷免人姓名）	

圖三背面

罷免不同意	罷免同意	罷免不同意	罷免同意
（被罷免人姓名）		（被罷免人姓名）	

說明：圖一：正中加蓋主辦罷免機關團體印信。一般人民團體罷免票，如有
　　　　　規定加蓋監票員印章者應從其規定印入。

　　　圖二、三：最上端方格備圈選之用。

　　　圖三：被聲請罷免為二人適用之，如在二人以上，可依罷免人數增加
　　　　　其欄數。

第五節　簽到簿與會議紀錄的作法

壹 簽到簿（卡）

一、簽到簿的意義

凡供參與會議的出席人報到簽名的冊子或紙張，都可稱為「簽到簿」，但也可改用「簽到卡」以應付人數眾多的大型會議。

二、簽到簿的功用

簽到簿的設置，最主要是使會議召集人或主席可以瞭解出席人數和比例，同時對出席人也具負責的憑證。根據〈會議規範〉第四條有關開會數額的規定：「各種會議之開會額數，依下列規定：㈠永久性集會，得自定其開會額數。如無規定，以出席人超過應到人數之半數，始得開會。前款應到人數，以全體總數減除因公、因病人數計算之。㈡處理議案之委員會，應有全體委員過半數之出席，始得開會。㈢會員無定額者，不受開會額數之限制。開會時間已至，不足開會額數者，得宣布延長之，延長兩次仍不足額時，主席應宣告延會，或改開談話會。」由此可知，有定額的會議，最少須有應到人數過半之出席，始得開會，在開會前的清查人數的方法，就是點閱簽到簿內簽名的人數。大型會議，出席人數眾多時，也可改用投或收「簽到卡」。

三、簽到簿的作法舉例

(一)簽到簿

（例一）

國立〇〇高級中學〇〇學年度第〇學期第〇次校務會議
時間：中華民國〇〇年〇月〇日（星期〇）上午〇時 地點：本校行政大樓三樓國際會議廳 出席單位及出席人姓名

單位	出席人簽名		

（例二）

立法院第○屆第○會期○○委員會第○次全體委員會議

時間：中華民國○○年○月○日（星期○）○午○時○分

地點：本院第○會議室

出席委員簽名

列席委員簽名

列席政府官員

機關（或單位）	職　稱	簽　　名

(二)簽到卡

直式　　　　　　　　　橫式

出席簽到卡	
會議名稱	
時間	民國○○年○月○日○中○時○分
地點	本校第一會議室
出席者	

出席簽到卡

國立○○高級中學○○學年度第○學期第○次校務會議

時間：中華民國○○年○月○日（星期○）上午○時

出席人：

（簽章）

貳　會議紀錄

一、會議紀錄的意義

　　會議紀錄也稱為「議事紀錄」，就是由紀錄人員將會議的經過情形及議案的討論及決議結果予以筆錄的文書。會議紀錄的紀錄項目，大多照議事日程的項目為架構進行紀錄的。它是會議文書中最重要的文書。

二、會議紀錄的功用

開會的目的，在於研究事理，尋求方法，達成共識，以解決問題，但於會議中的議案討論過程、決議的情況、選舉的結果，如不詳加筆錄下來，事後對於決議事項，便無從查考和證據。若有必要執行時，也找不到書面根據，對與會者或單位也無拘束力，可見會議紀錄是會議的重要憑證。

三、會議紀錄的項目

會議紀錄要記載的項目，以議程為根據，作筆錄會議的內容。依照〈會議規範〉第十一條規定：「開會應備置議事紀錄，其主要項目如下：㈠會議名稱及會次。㈡會議時間。㈢會議地點。㈣出席人姓名及人數。㈤列席人姓名。㈥請假人姓名。㈦主席姓名。㈧紀錄者姓名。㈨報告事項。㈩選舉事項（包括選舉方法、選舉結果）。⑪討論事項（包括表決方式、表決結果）。⑫其他重要事項（如臨時動議）。⑬散會（須註明時間）。⑭主席及紀錄分別簽署。」

以上項目可酌視實際情形而增減，如無選舉事項，則此項目就不必記載。對於紀錄的內容要把握重點，簡明扼要，尤其是議案的討論部分，要詳記討論情況和表決方式及結果，不可捏造或扭曲。為使記錄詳實，可增加紀錄人手，或錄音或現場錄影等都有助於事後的整理工作。

四、會議紀錄的作法舉例

㈠標制化的會議紀錄

（例一）

國立○○高級中學教職員工福利委員會○年度第○次會議紀錄

時間：民國○○年○月○日（星期○）○午○時

地點：本校行政大樓第一會議室

出席：○○○　　○○○　　○○○　　○○○　　○○○

列席：○○○　　○○○

請假：○○○　　○○○

主席：○○○

紀錄：○○○

主席致詞：略

報告事項：

　　一、員工福利社本年○月至○月之業務報告。

　　二、本福利社因業務繁忙，自本年○月起增聘臨時職員一名，報請追
　　　　認。

決議：准予追認。

討論事項：

　　一、為增進本校教職員工福利，特擬訂本會新年度工作計畫草案（如
　　　　附件），提請討論案。

　　　　決議：修正通過。

　　二、擬動用上年度業務費結餘金額新台幣○○萬元，移作添購書刊及
　　　　康樂器材之用，以充實員工同仁精神生活，提請公決案。

　　　　決議：照案通過。

臨時動議：

　　○委員○○提：建議利用星期假日舉辦登山健行活動，以增進同仁與
　　　　　　　　　眷屬情誼，是否可行？提請公決。

　　　　　　　　決議：原則通過。並推請○○○及○○○兩位委員負
　　　　　　　　　　　責籌辦。

散會：○午○時○分

　　　　（主席簽署）　　　　（紀錄簽署）

（例二）

中華民國○○同業公會○○年度第○次理事會紀錄

時間：民國○○年○月○日（星期○）○午○時

地點：本會會議室

出席：○○○　○○○　○○○（各出席人簽名）

列席：○○○　○○○　○○○（各列席人簽名）

主席：○理事長○○　　　　　　　　　　　　紀錄：○○○

甲、宣讀上次會議紀錄

乙、報告事項

　　一、主席報告：……………………………………。

　　二、○理事○○報告：………………………………。

　　三、○○公司○經理○○（列席者）報告：…………………。

丙、討論事項

　　一、主席交議：…………………………案，提請公決。

　　決議：通過。

　　二、主席交議：…………………………案，提請公決。

　　決議：原則通過，推請○理事○○擬具詳細辦法，在下次會議討論。

　　三、○理事○○提：…………………………案。

　　決議：本案暫予保留。

丁、選舉事項

　　推選出席全國商聯會代表

　　票選結果：○理事○○得票○張，多數票當選。

戊、臨時動議

　　主席提議：本會元旦勞軍捐款，尚有部分會員未如期解繳，究應如何
　　　　　　　辦理，請公決案。

　　決議：由本會查明備函催繳，並限於○月○日前辦理完竣。

己、散會：○時○分

　　　　　主席　○○○（簽名）　　　　　紀錄　○○○（簽名）

(三)簡化式的會議紀錄

學生產假問題座談會紀錄

時間：○○年○月○日○午○時

地點：本校行政大樓 217 室

出席：○○○　○○○　○○○　○○○（各出席人簽名）

主席：○○○　　　　　　　　　　　　紀錄：○○○

一、主席致詞：……………………………。

二、發言紀錄：

　　(一)○主任○○報告：………………………………。

　　(二)○處長○○報告：………………………………。

　　(三)○教授○○報告：………………………………。

三、主席結論：……………………………。

四、散會：○時○分

附錄 1

課後練習

Chapter1

1. 何謂「公文書」？

2. 什麼是「公務」？

3. 「公文」的特點在哪裡？

4. 「公文」製作時，必須符合哪些要件？

5. 「公文」對政府機關有何功能？

Chapter2

1. 何謂「公文程式」？

2. 「公文程式條例」的重要性為何？

3. 哪些書類歸屬於「特種文書」？

4. 「公文程式條例」將公文分為哪六類？

5. 請敘述「呈」、「咨」、「函」三種程式的使用。

6. 歸屬於「其他公文」類的文書有哪些？

7. 現行「公文程式條例」有哪些優點？

Chapter3

1. 「公文」製作時，須依照哪八項基本架構？

2. 「文書處理資料」含有哪六個要項？

3. 「本文」項的寫作格式有哪兩式？

4. 「本文」用三段式寫作，應遵守的分段要領為何？

5. 「正本」、「副本」在公文上的意義為何？

6. 公文副本的作用有哪三項？

7. 採「三段式」寫作，應遵守的各段規格為何？

8. 「公告」寫作應遵守的分段要領為何？

9. 「簽」的撰寫方式有哪三種款式？

10. 試擬台中市政府通知函各區公所：普及國民義務教育，對少數未按規定就學的國民，應派員實地調查，並進行勸導。

11. 試擬行政院通知函所屬省市政府，對各項工程營繕應依法公開招標，並不得變更設計及追加預算。

Chapter4

1. 什麼是「公文處理程序」？

2. 「公文處理」須經過哪五大步驟？

3. 「文件簽辦」與「文稿擬判」的流程為何？

4. 「擬辦」與「擬稿」兩者有何不同？

5. 擬辦的方式分哪三種？

6. 公文製作時，應遵守的要領有哪些？

Chapter5

1. 「政府的組織體系」是什麼？

2. 什麼是「行文系統」？

3. 「行文系統」對撰擬公文有何幫助？

4. 機關與機關之間的關係有哪四種？

5. 公文的行文系統可分類為哪三種？

6. 「公文程式條例」規定各機關處理公務時，除「令」、「呈」外，一律要採用何種文別行文？

Chapter6

1. 「公文用語」對寫公文有何助益？

2. 「標點符號」對寫公文有什麼功用？

3. 公文用語分為哪十種？

4. 「請示語」與「指示語」有何不同？

5. 哪兩種語合稱「准駁語」？請各列舉五例。

6. 「期望語」與「目的語」兩者間有何不同？

7. 使用「期望與目的語」時，須注意什麼？

8. 請將中式「標點符號」圖示之。

Chapter7

1. 「會議文書」包括哪些書類？

2. 「議事日程」和「開會程序」兩者有何不同？

3. 開會通知的方式有哪幾種？

4. 個別通知書的製作格式有哪幾種？

5. 書函式的個別通知書又分哪幾種？

6. 選票的製作分哪四種？

7. 書面提案單的寫作，須按照哪五項？

8. 請代「中華民國理髮同業公會理事會」擬一則開會通知。（用電子文件式製作）

9. 試擬一張提案單：鑒請校方積極闢建機車停放場，以解決學生停車的問題。

10.會議記錄要記載的主要項目有哪些？

附錄 2

應用書信習作題目

壹 填字題

1. 古時用「竹」或「木」片代紙，寫在竹片上的信叫「□」；寫在木版上的信叫「□」。而「箋」是「簡」的別名，所以書信也叫「箋」。而「□」字通「牋」。「牒」字也是木板；「札」字也是。寫在輕便不太長的木版上的書信，致後人又稱書信為「尺牘」或「□□」。「書札」、「手札」、「通牒」、「尺牘」、「尺牘」皆是書信的「□」稱。

2. 古人在竹簡或木牘上面用漆寫字或用刀刻字，寫錯了就用刀子削去再寫，所以書信也叫「□□」。

3. 紙在漢朝雖已發明，但是拿絹帛當紙用的還是不少，以絹帛來寫的信，叫「□」。如王羲之的雜帖，顏真卿的乞米帖等皆是。

4. 書信的類別，可依人的輩分來分與依事的性質來分。依人的輩分可分為：(1)上行書信，指的是寫給□輩的信。(2)平行書信，指的是寫給□輩的信。(3)下行書信，是指給□輩的書信。依書信內容所談的事，可分為：(1)□□性的書信。如祝壽、賀婚、生子、畢業、開張、遷移、升官及弔喪、慰問、恤勞等皆屬之。(2)□□性的書信。如借貸、捐募、購物、推薦、謀職等屬之。(3)議論性的書信。如論學、論事、論做人處世等。(4)□□性的書信。如問候、報告、仰慕等屬之。

5. 信文中的「抬頭」是表示尊敬對方的寫法。在原行（列）上挪空一格的寫法叫「□抬」，換到另行（列）的開頭和各行（列）齊平的寫法叫「□抬」。

6. 信文中不可每一行或列只寫一個字，每行（列）至少要有□個字以上。全信文也不可每行（列）都沒寫到底部，變成每行□腳的現象。另自稱時或述及卑親屬，不可成為另行（列）的第一個字。

7. 信中自稱或自名時，字體要寫的略小且偏右（直式），偏上（橫式）如兒於昨日抵達。此種寫法表謙稱，這叫「□書」。但提及自己的尊長，「家」字不必□書；提及自己的卑幼，「舍」字要側書；提及兒孫、店號時，「小」字或「敝」字要側書。

8. 凡尊輩已歿，「家」字應改為「□」字。如稱已歿的祖父母，為「□祖父母」或「□祖考」、「先祖□」。稱已歿父母、父為「先□」、「先□」、「先□」、「先考」；母為「先□」、「先□」、「先妣」。

9. 稱人父子為「賢□□」。對人自稱為「愚父子」。稱人兄弟為「賢□□」、「賢□□」。對人自稱「愚兄弟」；稱人夫婦為「賢□□」，對人自稱為「愚夫婦」。

10. 確有世誼關係，年長於己，而行輩不易確定者，稱為「仁丈」或「□丈」。世交平輩中，如係交誼深厚者，可稱「吾兄」、「□兄」。對世交晚輩稱「世兄」。

11. 部屬對長官，通常稱「□長」，或稱職銜如「某公部長」；自稱「□」。如對舊時長官，則自稱「舊屬」。稱他人長官，則在職銜上加「□」字，如□部長。

12. 署名也有親疏之別，普通對至親或家族，只署名，不寫□。署名之下的敬辭或稱末啟詞，對尊親用「□□」；對長官用「□□」；對老師用「□□」；對平輩用「□□」、「□□」；對晚輩用「□□」、「□□」等。

13. 「如晤」、「如面」、「如見」、「如握」的提稱語，用於□輩較親近者。「收覽」、「收悉」、「知之」的提稱語，都是用於自己的□親屬。

14. 對師長的提稱語有：「□丈」、「□席」、「□席」及「講□」。

15. 對給長輩數人的提稱語，用「□鑒」；對平輩數人的，用「□鑒」；對晚輩數人的用「□閱」、「□覽」。

16.「苫次」、「禮席」、「禮鑒」是用於對□□的提稱語。

17.「□次」、「□次」、「□鑒」、「□鑒」、「□鑒」是用於對□□的提稱語。

18.「□維」、「□維」用於對尊長的思念；「□維」、「□維」是用於對平輩的思念語。

19.稱對方的尊親、師長、家屬的人，要加一「□」字，如□尊、□慈、□師、□弟。

20.稱對方的夫或妻，可改用「尊」字，如「尊夫君」或「令夫君」、「□夫」、「□夫人」、「□閫」。

21.稱人家的眷屬、行號可用「寶」字，如「□眷」、「□店」。亦可用「貴」字，如「□眷」、「□店」、「□校」，「貴友」。

22.郵遞信封的「啟封詞」的寫法是：對直屬尊親用「安啟」；尊長用「□啟」；普通朋友用「□啟」、「□啟」、「□啟」；軍政或公職用「□啟」；唁喪用「□啟」；要本人親拆，則用「□啟」。

23.託人帶信的信封上託帶詞寫法，要看發信人、帶信人及受信人之間的輩分，如「發」、「帶」、「受」是平輩，則用「請　□交」；如「發」、「帶」是平輩，「受」為長輩，則用「請　面□」；如「發」、「帶」為平輩，「受」為晚輩，則用「請□交」。

24.「名正肅」三個字的含意，是說名字在□面，向你敬拜。如長輩留給晚輩的名片，應把「肅」字改為「□」字，意思是說，正面已經□名了。

25.明信片不可用「啟」，只能用「□」字；不可用「□」字，只能用「寄」字。

26.信箋中的抬頭，表示尊敬。其款式有三抬、雙抬、□抬、□抬及□抬五種。□抬是將抬頭的字，另行（列）頂格書寫。□抬是將抬頭的字，低一格在原行（列）書寫。

27. 將字體略小寫在行的右邊，這種寫法叫「□書」。在封文上的側書，是對受信人表示尊敬、禮貌，有不敢直呼對方名字的意思；在箋文上的側書，是發信人表示謙遜，不敢居正的意思。

28. 箋文中凡自稱或稱與自己有關的事物、卑親屬時，都要□書。

29. 名片上已有印自己的姓名，所以「自稱」就可在「姓」字右上方寫；也可在「名」的首字右上方。在「名字」下方寫「上」、「敬上」、「鞠躬」、「頓首」等「□敬詞」。

30. 如果正文寫在名片背面，習慣上不再署名，可寫上「□□□」或「□□具」三個字。

貳 釋義

一、名稱

1. 稱謂語	2. 提稱語	3. 封文	4. 箋文
5. 啟封詞	6. 末啟詞	7. 交遞語	8. 側書
9. 並候語	10. 附候語	11. 名正肅	12. 表敬詞
13. 緘封詞			

二、名詞

1. 曲留	2. 枉顧	3. 候教	4. 洗塵
5. 祝嘏	6. 歸趙	7. 璧還	8. 奉趙
9. 哂納	10. 笑納	11. 存納	12. 文駕
13. 睍	14. 晬敬	15. 彌敬	16. 謹詹
17. 文定之喜	18. 合巹	19. 于歸	20. 福證
21. 回車	22. 歸寧	23. 執柯	24. 魚軒
25. 蓮輿	26. 臺光	27. 闔第光臨	28. 桃觴
29. 九秩壽誕	30. 懸弧	31. 設帨	32. 帨辰

33.湯餅	34.追慶子	35.覽揆	36.晬盤
37.弄璋	38.弄瓦	39.顯考	40.顯妣
41.先室	42.德配	43.府君	44.慟於
45.圓寂	46.歸真	47.悼於	48.壽終正寢
49.壽終內寢	50.享壽	51.享年	52.得年
53.移靈	54.親視含殮	55.遵禮成服	56.荼毘
57.執紼	58.發引	59.叨在	60.鄉學寅戚
61.哀此訃聞	62.謹此奉聞	63.鼎惠懇辭	64.孤子（女）
65.哀子（女）	66.孤哀子（女）	67.哀孤子（女）	68.棘人
69.未亡人	70.千古	71.靈右	72.抆淚
73.拭淚	74.泣血	75.稽顙	76.輪奐之敬
77.賻儀	78.脩敬	79.潤敬	80.賵儀
81.程敬	82.贄敬	83.年敬	84.節敬
85.璧謝	86.踵謝	87.敬領二色、餘珍奉璧	
88.領謝	89.哀謝	90.敬使	91.台力
92.光陪	93.奉陪	94.屠蘇	95.蒲觴
96.桂漿	97.菊觴	98.祖餞	99.河魚之疾
100.俞允	101.廑注	102.昆玉	103.喬梓
104.叨名	105.菑敬	106.楮敬	107.椿壽
108.芹獻			

參 簡述題

1. 書信是如何產生的？

2. 書信具有哪些功用？

3. 試舉出十個書信的別稱？

4. 書信的特性有哪些？

5.書信的種類可分哪幾種？

6.書信箋文的十三項目名稱，請列舉之。

7.便條是什麼？

8.便條的結構包括哪些項目，請列舉之。

9.名片是什麼？有何功用？

10.柬帖是什麼？其種類分哪四大類？

11.試比較便條與書信之異同。

12.封文上的結構名稱請列出。

13.下列有十五個「禮金封套用語」，請將其歸類於「喜慶類」「喪祭類」「婚嫁類」「其他類」。①「奠儀」、②「桃敬」、③「晬敬」、④「喬儀」、⑤「賻儀」、⑥「楮敬」、⑦「輪奐之敬」、⑧「花燭之敬」、⑨「弄瓦之敬」、⑩「潤敬」、⑪「贐敬」、⑫「妝敬」、⑬「覿儀」、⑭「奩敬」、⑮「代楮」。

14.請依受信人的輩分不同，寫出「啟封詞」及「緘封詞」。

肆 擬作題

1.請劃一個標準信封的樣式。

2.請將自己託某同學帶給老師的信，其「託帶封文」如何寫，請用圖表示之。

3.你寫信給馬英九總統時，在中式信封上的框內欄，有哪四種寫法？（從普通到最尊敬）

4.你寫信給老師時，其「稱謂」、「提稱語」、「啟事敬辭」、「結尾敬語」、「請安語」、「自稱」、「末啟詞」及「啟封詞」該如何寫？

5.請寫一封書信，內容必須包括結構十三項目。

6. 請劃出一個「託帶封」的結構封文圖示，包括附件語、託帶語、受信人姓名、稱呼和收件詞，以及發信人自署、拜託詞、發信時間。

7. 試作由男方家長具名之結婚宴客喜帖。

8. 試作由雙方家長具名之結婚宴客喜帖。

9. 試作兒子彌月之宴客帖子。

10. 試作本校新建學生活動中心落成啟用典禮，邀請各界蒞校觀禮之柬帖。

11. 試劃出賀壽、賀婚、賀嫁、賀彌月及弔祭與弔喪之禮金封套。

12. 試劃出賀壽、賀婚、賀嫁、賀彌月之禮物單。

13. 試劃出「領謝帖」及「璧謝帖」之樣式各一則。

14. 全收禮的謝帖如何寫法？試以圖示之。

15. 部分收禮的謝帖如何寫法？試以圖示之。

16. 全部退禮的謝帖如何寫法？試以圖示之。

17. 試以自己姓名、就讀學系、地址、電話等圖示做一張名片。

18. 春節當日到老師家拜年，未遇，留下名片一張，如何寫法，以圖示之。

19. 友人生病住院，專程探視未遇，留下水果禮盒及名片一張，名片正面與反面如何寫法？

20. 拜訪同學未遇，試以名片留言致意，如何寫法。

21. 請各寫一則「邀宴」與回覆「邀宴」之便條。

22. 請寫一則邀約同學出遊之便條。

23. 請回覆邀約之便條。

24. 試作亡夫之訃聞柬帖一則。

25. 試作一則餽贈土產給老師的便條。

26. 試撰寫一封稟告父母之書信並附信封的圖示。

27. 寫一封，問候恩師的信，並附信封的圖示。

28. 全班舉行郊遊，請撰寫邀請老師參加的信文，並附信封的圖示。

附錄 3

公文習作題目

壹 擬作題

一、令文

(一)試擬總統公布立法院所制定「行政院環境保護署環境檢驗所組織條例」之令。

(二)試擬總統頒給南非共和國教育部長○○○。大綬景星勳章一座之令。

(三)試擬行政院發布「事務管理規則」部分條文修正之令。

(四)試擬司法院、行政院會銜發布修正「司法官退養金給與辦法」並附該辦法之令。

二、呈文

(一)試擬司法院呈總統鑒核施行有關行政法院陳送○○股份有限公司代表人○○○因○○年度營業稅事件,不服財政部所為之再訴願決定,提起行政訴訟一案判決書。

(二)試擬行政院呈總統准予追晉陸軍通訊兵上尉○○○為陸軍通訊兵少校。

(三)試擬行政院呈總統准予任命○○○為臺灣省政府委員兼主席。

(四)試擬司法院提名○○○等十五員為第○屆大法官,呈請總統咨請立法院同意後任命之。

三、咨

(一)試擬立法院通過「○○法」之修正,咨請總統公布。

(二)試擬總統咨請立法院同意任命○○○、○○○、○○○、○○○等十五名為第○屆司法院大法官,咨徵同意見復。

(三)試擬立法院同意「總統提名○○○等十五名為第○屆司法院大法官」咨復文。

四、函文

(一)試擬○○縣政府通函各鄉鎮市公所：為普及國民義務教育，對少數未按規定就學之國民，應派員實地調查瞭解並進行勸導。

(二)試擬經濟部致財政部函：因業務需要，擬商調財政部秘書○○○來經濟部服務。

(三)試擬行政院人事行政局致行政院函：擬「行政院暨所屬各部會處局署員工自強暨康樂活動實施要點」報請核定。

(四)試擬考試院為「公務人員退休法施行細則」函請行政院查照文。

(五)試擬台北市政府致函所屬機關學校，請早辦理防颱準備工作，以確保市民生命財產安全。

(六)請代擬臺北市政府致臺北市警察局函稿一則：加強市區交通秩序之整頓，嚴格取締違規，以維護交通安全，並擬定具體辦法見覆。

(七)試擬行政院衛生署函所屬各級衛生機構，夏天來臨，宜注意防範流行及傳染病之發生，以維護全民身體健康。

(八)試擬內政部警政署函：應督促所屬嚴格取締酒後駕車，以防發生事故，造成人命財產之損失。

(九)試擬臺北市政府函所屬各級學校，嚴禁在上課期間使用行動電話干擾教學。

(十)試擬行政院函所屬各機關：為嚴守行政中立，禁止公務人員於辦公時間從事各項公職人員選舉之助選活動，並督導所屬切實遵行。

(十一)試擬新北市政府致所屬各區公所函：近來火災頻傳，請以里為單位，澈底做好預防工作，俾民眾能提高警覺，以維護人民生命財產的安全。

(十二)試擬財政部致法務部函：請其加強偵察各行庫不法情事，打擊罪犯，以利金融事業健全發展。

㈓試擬財政部致各國稅局函：為簡化每年綜合所得稅繳納手續，希再檢討改進，以符便民。

㈔擬臺北市政府致函內政部：本市人口日增，警力有限，請准增加警員名額，以維社會治安。

㈕擬國防部通函各級部隊官兵：春節期近，應加強戒備，嚴防敵人滲透偷襲、破壞，以確保復興基地安全。

㈖擬法務部調查局函各人事查核單位：為維護大眾安全，促進社會安定，應協助當地調查單位蒐集預發性犯罪情報。

㈗試擬台電公司總管理處致函各單位：為配合政府節約用電政策，應即研擬有效辦法，切實執行。

㈘試擬臺北市政府致所屬警察局函：市區內嚴禁儲藏易燃易爆之危險物品，希轉所屬，按戶清查取締，以策公共安全。

㈙試擬某縣政府致函所屬各機關學校、人民團體，響應冬令救濟，踴躍捐贈。

㈚試擬財政部致國內各行庫函：注意改進櫃台業務，尤以款項收支，更不可疏忽錯誤，希轉知所屬照辦。

㈛試擬行政院通函所屬省市政府，對各項工程營繕應依法公開招標，並不得變更設計及追加預算。

五、書函

㈠試擬臺北市政府社會局書函一件：通知市民○○○，前往臺北市國民就業輔導處，辦理技藝訓練及輔導就業文。

㈡試擬臺北市政府致臺灣省政府書函：請准商調貴府所屬石門水庫管理處○○○處長，出任本市建設局長職務，以發展本市建設事業。

㈢試擬行政院青年輔導委員會書函一件：函復○○○先生詢問申請青年創業貸款之事。

㈣試擬經濟部工業局書函一件：函復行政院秘書處轉送臺灣區陶瓷工業同業公會在工商界人士座談會中所提書面提案。

㈤試擬行政院秘書處書函一件：函復○○○先生等人於○年○月○日陳情書：請轉行迅速完成斗六鎮育英北街鐵路平交道工程。

㈥試擬經濟部○部長致行政院○院長書函：請准延聘經濟專家以顧問或研究員名義研究國內外重大經濟問題，並撥所需經費。

㈦試擬臺北市○○國民中學致臺北市市立動物園書函一件：本校○年級學生計○人，訂於○年○月○日上午九時前往參觀之課外教學活動。

六、公告

㈠試擬臺北市松山區公所公告：為本區原忠勤里分成忠勤、忠恕、忠愛三個里及其實施日期。

㈡試擬臺北市政府公告：公開展示本市木柵區老泉里恆光橋北端引導計畫圖說。

㈢試擬教育部登報公告：新加坡南洋大學贈送我國 2005～2006 學年度學生獎學金六名候選人甄選程序。

㈣試擬行政院青年輔導委員會登報公告：代辦臺北市國際企業銀行外勤工作人員甄選。

㈤試擬臺北市大安區○○里辦公處公告：里民大會開會時間、地點及提案辦法；並請準時出席文。

㈥試擬內政部警政署公告：有關警察人員服務證，將於○○年○○月○○日起換發使用，舊證同時作廢。

七、簽

㈠試擬○○技術學院學務長處理學生機車停放問題簽請鑒核之簽文。

㈡試擬某學校訓導主任簽請獎勵學生○○○因參加社區服務工作，表現優異，為校爭光之簽文。

㈢試擬某甲因赴高雄省親，請事假三天，向其服務機關長官簽文一則。

八、申請函

㈠試代王惠民先生擬一申請函，請考選部發給考試及格證明書一份，以便就任公職文。

㈡試擬某校畢業生因水災流失原畢業證書，茲為參加普通考試需要，特向母校申請辦理補發畢業證明書之函文。

㈢試代某鄉居民○○○先生擬一申請函，請某鄉公所整修其住宅附近三民路排水溝，以利衛生。

㈣試為臺東縣民陳某擬一申請函，請縣政府設置民眾圖書館，以啟發民智文。

㈤試代臺北市民○○○擬一申請函，請市府加強乘用機車之管理，並取締乘車經過狹巷，以維公共秩序。

㈥試擬某建築師事務所負責人○○○因所內會計人員擬在五月間出國，無法如期申報綜合所得稅，可否延期申報，向臺中市政府稅捐處請求釋示之申請函。

九、報告

㈠試擬某學生於○月○日返高雄市內門區省親，適因賀伯颱風襲台，南北交通中斷，致延誤回校上課，特向校方提出報告，懇請准予補辦請假手續。

㈡某生因患肺疾重病，無法繼續上課，向校方提出報告，請校方准予休學一年，試代擬報告書一則。

㈢試擬某公司職員○○○先生因訂於○月○日與○○○小姐結婚，向公司提出報告，請公司准予婚假兩週，並遴員代理職務。

十、通告、通報與通知

㈠試代某學校出納組擬一通告：自○月○日起○月○日止，開始發放○
○學年度第○學期教育部清寒獎學金。

㈡試代某校人事室擬一通報：○○年新春團拜將於○月○日上午十時，
在大禮堂舉行，希全體教職員工參加。

㈢某校秘書室邀請中央研究院院士曾○○博士將於○月○日上午十時
蒞校講演，講題為「我國當前科技教育問題」請代擬一則通報。

㈣試擬考選部專技司通知：○○年度專職技術人員普通考試及格人員
速繳證書費○○元及最近半身正面二吋照片二張，逕寄本部出納科，
以便轉請核頒及格證書。

㈤試代中華民國理髮同業公會理事會擬一則開會通知。（電子文件式
個別通知）

㈥試以班會一致通過「建請校方積極闢建新餐廳以方便師生餐食」一
案，請代擬提案，向校建議。（提案）

貳 簡答題

㈠何謂「公文」？稱為「公文書」須具備的條件有哪些？

㈡公文程式的類別可分哪六種？如何使用它？

㈢如依行文系統來分別「函」的種類，可分哪幾類？

㈣試以「函」為例，寫出其格式。

㈤文書處理的全部流程，有哪五大步驟？

㈥「公文用語」可分哪幾種，請寫出「語別」。

㈦中式標點符號共有十一個，請列表寫出其「符號」、「名稱」並「舉
例句」。

(八)公文的「期望或目的」語中，請寫出下級對上級機關的「期望或目的語」五個。

(九)請寫出上級對下級機關的「期望或目的語」五個。

(十)會議紀錄要記載的主要項目有哪些？

(十一)議案的作法必須包括哪些項目？

(十二)試擬本班某次班會之紀錄。

參 填字題

(一)上級機關對所屬下級機關有所指示、交辦或批復時，所使用的公文稱為「□□□」。

下級機關對上級機關有所請求或報告時，所使用的公文，稱為「□□□」。

同級機關或不相隸屬機關之間的行文，所使用的公文，稱為「□□□」。

民眾與機關間之申請或答覆時，所使用的公文，稱為「□□□」。

(二)□□用於公務未決，需要磋商、徵詢意見或通報時使用。可代替便函、備忘錄、簡便行文表，其適用範圍較函為廣泛，舉凡答復簡單案情，寄送文件、書刊，或為一般聯繫、查詢等事項之行文，均可使用。但其性質不如□之正式性。依規定蓋用機關或單位□□。

(三)其他公文是指其他因公務需要而作的文書。例如：書函、開會通知單、公務電話紀錄、簽、報告、手令或手諭、箋函或便箋、聘書、證明書、證書或執照、契約書、提案紀錄、說帖、表單等。機關長官對所屬有所指示或交辦時，可用手□或手□。承辦人員就其職掌事項，或具幕僚性質之機關首長對上級機關有所陳述、請示、請求、建議時，可用□。以個人或單位名義寫信洽商或回復公務的文書，稱□□或便箋。在公務上有所調查、研究、評估時所撰述的報告外，機關所屬人員就個人事務有所陳請時，也可以使用□□。

以詳述機關掌理業務之辦理情形以及計畫與需求，而請有關機關或部門能予支持的文書稱□□。

㈣函的結構，採用「□□」、「□□」、「□□」三段式。「□□」為全文精要，以說明行文目的與期望，但須力求具體扼要。倘案情簡單，可用「□□」一段完成者，不必作二段或三段。當案情無法於「□□」內容納時，可另段說明，此段之段名，稱「□□」。本段必須就事實、來源或理由，作較詳細之敘述，而「辦法」是發文者向受文者提出之具體要求。此段【辦法】是在它前面的「□□」內無法敘述時，才用本段列舉。本段段名，可因內容不同而改用「建議」、「請求」、「擬辦」、「核示事項」等名稱。

㈤三段式的各段均須標明【□□】。但在段名上不可冠數字或序號，在段名之下加冒號「：」。「主旨」之文字要緊接在冒號下書寫，不可分項。而「說明」和「辦法」之文字，如無分項，文字緊接段名冒號下書寫：如需分項條列，則須標號縮格書寫。如果分項條列的內容過於繁雜，或是含有表格時，應編列為「□□」。

㈥公告之結構，分為「□□」、「□□」、「□□□□」（或說明）三段，段名之上亦不可冠數字。能在「□□」一段完成者，不必勉強湊成兩段、三段。公告之「□□」，應扼要敘述目的和要求，其文字要緊接冒號之下書寫。公告之「□□」，是將公告事件之原由敘明，並引據有關法規及條文名稱或機關來函，非必要可以不敘來文日期、字號。如有兩項以上之引據，應冠數字。如無須引據，此段名得以省略。而「□□□□」（或說明）應將公告內容分項條列，並冠上數字。本段內容若僅就「主旨」作補充說明事實經過程理由時，可改用「說明」為段名。公告如另有附件、附表、簡章、簡則等文件時，僅作註明，不必重述。

(七)公告如登載在機關的電子公布欄時，須署機關首長職稱、姓名。如張貼於機關的公布欄時，必須蓋用機關的印信及首長的職銜簽字章，並在公告兩字的右側空白位置處蓋上「□□□□」。

(八)一般工程招標或標購物品等公告，得用定型化格式處理，免用□□□。公告文字必須加註標點符號。

(九)製作公文的字形與數字應遵守規定。內文使用中文字體及標點符號，以及分項標號，皆應以「□形」為之。內文使用外文字母、阿拉伯數字及外文標點符號，皆應以「□形」為之。數字書寫的原則：阿拉伯數字可用於一般編號、序號、日期、時間、號碼、計量、百分比、金額、比數及法規之條、項、款、目時法規內容之引敘或摘述。中文數字用於【描述性用語】時（如新十大建設、第一夫人）。其他專有名詞有數字的地名、人名、書名、店名、頭銜等，（如九九神功、三國演義、李四），另對法規之制訂、修正或廢止等公文書，皆須以中文數字書寫。（如行政院令：修正「事務管理規則」第一百十一條）。

(十)一般公文在全文之後，應簽署發文機關首長的職銜及□□，或加蓋印章，以示負責。機關首長的印章有兩種：一是首長職銜簽字章，一是機關首長□□

(十一)書函之結構及文字用語，比照「□」之規定。

公告登載時，不署機關首長職稱及姓名。張貼式的公告，必須蓋用□□□□，在公告右側空白位置蓋印。

(十二)機關公文應由首長簽署，如首長出缺，由代理首長職務者簽名，如首長因故不能視事時，機關公文仍應署首長姓名，但須註明不能視事之事由，並由代行之代理人附署其職銜、姓名於後，而且須加註「□□」兩字。機關內部單位之授權行文，得□□辦理。

㈤公文蓋用印信，旨在防止□造、□造，以資信守。須蓋用機關印信
　及首長職銜□□章的文件，有如：發布令、派令、任免令、褒揚令、
　獎懲令、公告、授權狀、獎狀、聘書、證明書、訴願決定書、執照、
　契約書、證券、扁額及其他依法規定者。

㈥「呈」式公文，署機關首長全銜、姓名，並蓋□□。「函」式公文，
　其上行文署機關首長職銜、姓名，並蓋□□。平行文蓋職銜簽字章
　或職章。下行文蓋職銜□□章。「書函」、「開會通知單」、「移
　文單」等公文，蓋用機關或承辦單位之□□。

㈦公文的用語，依其性質又可分成㈠起首語㈡稱謂語㈢引敘語㈣經辦
　語㈤准□語㈥請□語㈦期望或目的語㈧抄□語㈨附□語㈩結□語

㈧上級機關對下級機關的准語有：應予□准、准予□辦、准予□查。
　上級機關對下級機關的駁語有：應予□准、應予□回、未便□准、
　礙難□准、應毋庸議、應從緩□。
　平行機關的准語有：敬表同意、同意□辦、同意所請。
　平行機關的駁語有：不能同意辦理、無法□辦、歉難□意、敬請諒
　察、礙難□意。
　機關首長對下屬機關首長或對屬員的准語有：如擬、如□辦理、准、
　照准、可、准如所□、勉予同意。
　機關首長對下屬機關首長或對屬員的駁語有：不准、未便□准、應
　予不准、應從緩議、毋庸再議。

㈨下級機關對上級機關或對首長的期望或目的語有：（敬）請　鑒察、
　（敬）請　鑒核、（敬）請　核□、（敬）請　□示、（敬）請　□
　備、（敬）請　核轉、（敬）請核准□理、（敬）請　核□施行、
　復請　鑒核、（敬）請　鑒核賜復。

(共)對平行機關或不隸屬機關間的期望或目的語有：請　查照、請　察照、請　查照惠辦、請　查核辦理、請　查照見□、請　同意見復、請　惠允□復、請　查照轉告、請　查照備案、請　查明□復、復請　查□。

上級機關對下級機關的期望或目的語有：希查照、希照辦、希辦理見復、希轉行□辦、希切實辦理、希查照轉告、希查□轉行照辦、希照辦並轉行所屬□辦、希依規定辦理、希轉告所屬切實□辦。

(北)對上級機關或首長之公文有副本或抄件時用抄□、對平行機關單位或人員時用抄□、對下級機關或人員時用抄□。

對上級機關或首長之公文有附件時用：附□、檢□、附上。

對平行及下行機關或人員的附件用：附、附送、檢□、□送。

對總統之簽文，用謹□、敬□。用於一般簽文，用謹□、敬□、右□。用於便箋之交遞語有：此致、此上、此□、此復。

(二十)有隸屬關係的下級機關對上級機關的直接稱謂時用□字，如「□府」。無隸屬關係的較低級機關對較高級機關的稱謂時用□字，如「□院」。對平行機關間或上級機關對下級機關（首長）或機關與人民團體間的稱謂時用□字，如「□府」、「□科長」、「□會」。「鈞長」、「鈞□」是屬員對長官的稱謂。機關（或首長）對屬員，或機關對人民的稱謂用「□端」對受文者，可在姓名後稱「先生」「女士」或用不分性別的□字。

(三一)機關或首長自稱時，用□字，如「本校」、「□廳長」。

(三二)會議時，秘書要□錄會議過程，整理成會議□錄。

(三三)計□書的完成，是同事們一起規□出來的。

(三四)人民向鄉鎮公所提出□請裝設路燈；向法院□請扣押債務人財產。

(三五)林老師給□王同學一部字典，並且授□專技士學位。

㈡本校組織法第五條：「本校□秘書室，□主任秘書一人，秘書若干人。」

㈢法院判決書記載，被告被判□五年有期徒刑，但得易□罰金。

㈣立法院是□定法律的民意機關，行政院將法律條文再□定施行細則。

㈤「大學法」經立法院通過後，必須□請總統公布之。

㈥有隸屬關係的上級機關對下級機關稱「□機關」；下級機關對上級機關稱「□部」或「□院」。自稱均用□。無隸屬關係之機關，對較高級機關稱□；如對立法院稱□院。

肆 歷年高普特考公文試題輯錄

△擬行政院新聞局復行政院函：「淨化電視辦法草案」，復請鑒核。（64年高考）

△擬內政部致各省市政府函：請注意保護名勝古蹟，以配合觀光事業之發展。（64年普考）

△擬財政部函所屬台北市國稅局：為簡化稅收稽徵手續，特訂辦法一份，隨函附發，並切實依照辦理。（64年關稅特考）

△衛生署致各省市衛生處局函：為加強取締密醫，嚴格查禁偽藥，以免危害國民健康，（65年建設人員高考）

△擬台灣省政府教育廳復教育部函：為提倡勤儉淳樸，遵照部頒「輔導少年有關事項」之規定，擬訂「台灣省政府教育廳青少年實施辦法草案」，復請鑒核。（65年高考）

△擬台北市政府致所屬各機關學校函：訂頒「台北市政府嚴禁所屬公教人員賭博冶遊執行要點」，希轉知所屬遵照。（65年普考）

△試擬台灣省政府通函所屬各縣市政府：為配合中央六年經濟建設計劃，應加速完成各鄉村交通建設，茲訂頒「鄉村交通建設實施要則」一種希切實執行。（65年乙等基層特考）

△擬某縣政府致所屬各機關學校函：請踴躍捐贈財物，俾供冬令救濟貧寒之需。（65年丙等基層特考）

△擬財政部致國內各銀行函：注意改進櫃檯業務，尤以款項收支，不可疏忽錯誤，希轉知所屬遵照。（65年中國國際商業銀行特考）

△試代本會（行政院青年輔導委員會）草擬此次金融機構儲備雇員錄取通知書一件。（65年金融雇員）

△擬向十大建設工程人員嘉勉函。（65年調查局特考）

△試擬行政院人事行政局上行政院函：為擬訂行政院暨所屬部會處局署員工自強及康樂活動實施要點，報請核定施行。（66年高考）

△衛生署致台灣省政府及台北市政府函：希加強食品衛生檢驗，以免產生中毒事件，而維國民健康。（66年第一梯次普考）

△擬台北市教育局致本市各中學函：希加強學生生活輔導，促進品德修養，以消弭越軌行動。（66年第二梯次普考）

△擬某縣政府復省政府函：謹將本縣辦理本年地方公職人員選舉情形及改進之建議，復請鑒核。（66年乙等基層特考）

△擬某縣政府致本縣各機關學校及人民團體函：「希踴躍捐財物，俾供冬令救濟之需」。（66年丙等基層特考）

△海關總稅務司函各海關：加強海關緝私，防止逃漏稅，以充國庫。（66年乙等關稅特考）

△擬財政部函考選部，請選送歷屆高普考及格金融人員各若干名，以備遴用文。（66年丙等關稅特考）

△擬行政院函所屬各機關，就現職人員，保薦優秀人員參加在職訓練及進修，檢討保薦要點，希照辦。（66年乙等金融特考）

△試擬某縣政府科長上縣長簽：為奉命於端午節攜帶禮物慰勞縣境駐防國軍，謹將勞軍經過簽報鑒核。（66年丙等金融特考）

△擬軍人之友社：春節慰問三軍將士電文。（66年退除役特考）

△青年救國團函各大專院校，假設事由：本年度暑假參觀台中港，歡迎踴躍報名參加。（66年調查局特考）

△內政部函台灣省及台北市辦理公職人員選舉，希轉知各候選人注意守法節約，以端選風。（65年司法特考）

△擬台灣省政府函所屬各機關學校：為各級主管人員，應密切注意員工品德生活，加強輔導考核，俾能防微杜漸，端肅政風，希遵照辦理。（67年高考）

△擬台灣省政府函各縣市政府：本省偏僻鄉鎮，應限期成立圖書館，購置有益身心之書籍，雇用專人管理，以利民眾閱讀。其用人及購書經費，得專案報省申請補助，希照辦。（67年第一次普考）

△擬台灣省政府教育廳致省屬各級學校函：因時值暑假，學生參加游泳及登山活動增多，各校游泳池開放期間應注意加強安全措施，附近危險山區，應聯絡當地主管機關於進口處作安全檢查，以免發生意外，希照辦。（67年第二梯次普考）

△擬台灣省政府致考選部函：為反映本省議會建議「每年舉辦高普考時，請在中南部設考區，以資便民應試，而省旅費一案」，請查照參辦。（67年乙等基層特考）

△擬某縣政府致所屬各機關學校及人員團體函：為舉辦冬令救濟，請踴躍捐獻，共襄義舉。（67年丙等基層特考）

△擬財政部致國內各銀行函：注意改進櫃檯業務，尤以款項收支，不可疏忽錯誤，希轉知所屬遵照。（67年丙等關稅特考）

△台灣省鐵路局函本局台北站：端午節將屆，為加強旅客運輸，希加強列車班次文。（67年鐵路特考）

△擬內政部警政署函台灣省警務處及台北市警察局：為貫徹消除髒亂工作，加強維護市容，請對流動攤販加強取締。（67年電信特考）

△擬台灣省政府函參加地方公職人員選舉候選人請在中南部設考區，不得違背憲法損害國家利益。（67年調查局特考）

△試擬行政院衛生署通函省、市、縣衛生行政主管機關：為維護國民健康，應注意查禁偽藥劣藥及危害人體之食品出售，違者從嚴處罰。（68年律師高考）

△試擬台灣省政府函各縣市政府，指示應於人密集地區，成立緊急醫療中心，以便及時救護臨時性災變之傷患民眾。附發「緊急醫療中心設置要點」。（68年高考）

△擬行政院致所屬各機關函：請鼓勵同仁，節約消費，並希依本院所訂「鼓勵公務人員儲蓄要點」，踴躍儲蓄。（68年第一梯次普考）

△擬台北市政府函所屬各警察機關，取締易燃易爆之危險物品文。（68年第二梯次普考）

△試擬行政院人事行政局致台灣省政府函：政府為鼓勵基層工作人員，勵行政治向下紮根，經將分類職位公務人員任用法第六條予以修訂：「其具有基層服務年資者，得予優先升任。」希轉知所屬嚴格執行。（68年乙等基層特考）

△擬某縣政府函屬鄉鎮公所，應注意加強工作人員便民觀念，保持良好服務態度。平時考核遷調，即以此為重要參考。（68年丙等基層特考）

△擬財政部函各所屬機關簡化稽徵手續加強便民各項措施文。（68年乙等財稅特考）

△財政部函所屬各金融機構：為防止舞弊，應加強督導所屬重視平常生活操守。（68年金融特考）

△試擬某農會在其轄區設立農忙托兒所，報請縣政府核准文。（68年省農會特考）

△警政署函所屬機關應嚴防匪諜活動，並注意檢舉匪諜以保障社會安全文。（68年國防特考）

△交通部函台北市政府：正值十月慶典期間華僑回國及外賓來華甚眾，市區交通勢必混亂，貴府所屬警察機關需整頓交通，以確保行車安全及維護國家榮譽。（68年中央銀行特考）

△擬司法行政部調查局函各機關人事查核單位：為貫徹執行整肅貪汙，端正政風方案作業計劃，除列入追蹤管考外，各機關主管應加強所屬人員即時查核文。（68年調查局特考）

△擬台灣鐵路局函交通處：關於台北市籌建地下鐵路提請迅速決定，以便早日興工。（68年鐵路特考）

△擬內政部致各省市政府函：為辦好本屆增額中央民意代表選舉，特提供應注意事項，希照辦。（69年高考）

△行政院所屬各機關函：希嚴格執行預算，恪守節約原則，非絕對必須開支，不得申請追加預算。（69年第一梯次普考）

△擬台灣省政府致所屬各縣市政府函：希充實衛生機構，加強醫療服務，以增進人民保健工作。（69年第二梯次普考）

△試擬台灣省政府上行政院函：為增建全省各縣市國民住宅辦理情形，報請鑒核。（69年乙等基層特考）

△試擬行政院函：為貫徹「十項革新」全面禁止軍公教人員（包括職員）涉足咖啡廳、舞廳、茶館等聲色場所，希轉知所屬照辦。（69年丙等基層特考）

△擬人事行政局上行政院函：為執行「端正政風，整肅貪汙」方案，訂定「獎勵檢舉貪瀆辦法」請審核。（69年乙等關稅特考）

△擬財政部函所屬機關：春節前後本部所屬各機關，工作人員放棄休假，達成任務者，希即查報，給予獎勵。（69年丙等關稅特考）

△擬財政部通函各金融機構：為鼓勵國民節約儲蓄，政府迭有宣示，各級金融事業同仁，應率先遵行，以資倡導，希轉行週知。（69年乙等金融特考）

△擬台灣省政府函財政部：茲計劃闢建台中縣境濱海公路一帶為觀光區，目前地方經費困難，擬請中央撥款補助，以利實施。（69年丙等關稅、金融特考）

△擬台灣電信管理局函台北市政府工務局：嗣後挖掘道路，希轉告施工單位，務須先向電信局挖路申告中心申告，以避免損毀電纜。（69年電信特考）

△擬行政院函所屬各機關：希全面推行「工作簡化」，切實簡化法令規章與作業程序，以提高工作效率，加強為民服務。（70年高考）

△司法院函各級法院：為期遏止竊盜猖獗，嗣後法院對於竊盜案件，應依法酌予從重量刑，以懲頑劣，而確保社會治安。（70年律師高考）

△擬台灣省政府函各縣市政府：最近颱風成災，極需復建工作，希即按輕重確實辦理。（70年第一梯次普考）

△擬行政院函經濟部、財政部、中央銀行：希就當前工商業困境，儘速研擬解決方案見復。（70年第二梯次普考）

△擬考選部函考試院：請轉行政院核撥專款就台灣北、中、南部各地建試場一所，以利考政。（70年乙等基層特考）

△試擬內政部函台灣省政府、台北市政府及高雄市政府：妥善管理國宅社區，以維持其環境整潔及社區安寧與秩序。（70年丙等基層特考）

△擬某縣政府上省政府函：為加強地方文化建設，擬重建本縣文廟，請撥款補助。（70年乙等退除役特考）

△試擬法務部函所屬各有關機關：為本年度地方公職人選舉日期將屆，亟應加強查察各種不法活動，以端選風而維法紀，希照前頒注意事項，督率所屬切實辦理。（70年司法特考）

△擬行政院人事行政局上行政院函：為修正「天災停止辦公作業要點」，報請核定施行。（71年高考）

△擬行政院函教育部：為提高公務人員素質，推廣高等教育，應將「國立政治大學附設空中行政專科進修補習學校」改制為大學，請擬訂具體周密之辦法見復。（70年普考）

△台灣省政府為加強推行工作簡化，致所屬各機關及各縣（市）政府函。（71年乙等基層特考）

△台灣省政府函各縣市政府：在春節期間應密切注意當地果菜及供銷情形，並確保充分供應，以滿足消費者之需要。（71年乙等關稅特考）

△擬行政院函立法院：為檢送「刑事訴訟法部分條文修正草案」，請予審議。（71年台灣省簡任職，第十職等公務人員升等考）

△擬台灣省政府函所屬機關全體公務員：蔣總統經國先生七十一年六月二日講詞，對目前政治社會各方面指示剴切，希詳加研讀徹底執行。（71年台灣省薦任職，第六職等公務人員升等考）

△年來經濟性及暴力犯罪案件，層出不絕，極應由檢察官主動檢舉，縝密偵查，嚴為追訴，藉收防治之效。試擬行政院函法務部轉知照辦。（71年司法特考）

△擬台北市政府函內政部：本市人口日增，警力有限，請准增加警員名額，以維持社會治安。（71年丙等警察特考）

△擬教育部函各級學校：如遇有意外緊急事件發生，應立即報請當地警察機關協助處理救援事項。（71年乙等警察特考）

△試擬行政院函各縣市政府：希通函所屬各機關學校，今後辦理建設工程，應切實一發公開招標不得任意變更設計或追加預算，以杜流弊而節公帑。（72年高考）

△台灣省政府衛生處函各縣市衛生局：為夏季傳染病容易感染，請加強各項衛生及防疫措施，以維國民健康。（72年各類建設人員普考）

△擬台灣省政府函各縣市政府：為加強地方自治功能特將鄉鎮縣轄市長平時獎懲授權縣長核定，並附修正「台灣省鄉鎮縣轄市長成績考核辦法」一份，希照辦。（72年各類行政人員普考）

△擬台灣省政府函各縣市政府：請重視垃圾處理問題，確實消除髒亂，以保護環境衛生。（72年乙等基層特考）

△試擬台北市北投區智仁里辦公處，公告全體里民：為增額立法委員選舉，即將近期舉行，到時請踴躍投票。（72年高考）

△司法院函各級法院：為期遏止竊盜猖獗，嗣後法院對於竊盜案件，應依法酌予從重量刑，以懲頑劣，而確保社會治安。（70年丙等基層特考）

△擬台灣省警務處通函所屬各警察局、所。對於街頭攤販之不潔食物，應嚴加取締，以重衛生。（72年退除役特考）

△本年六月內，台灣地區接連發生重大災害事件，生命財產損失至鉅，行政院函飭內政、經濟兩部分別檢討災難原因並研討今後防範措施具報。試擬內政部或經濟部函復行政院文。（73年高考）

△擬台北市政府函行政院：報告六三水災構成之原因，及今後防治水患之辦法。（73年各類行政人員普考）

△擬縣（市）政府函各鄉鎮市（區）公所：為普及國民義務教育，對少數未按規定就學之國民，應派員實地調查了解，並進行勸導。（73年丙等基層特考）

△為某縣政府擬函致各鄉鎮市公所：為加強地方文化建設，擬重建本縣文廟，請撥款補助。（70年乙等退除役特考）

△試擬法務部函所屬各有關機關，應隨時注意整修公用道路，維護大眾交通安全。（73年丙等關務特考）

△擬行政院函知各級行政機關、學校與公營事業，今後一律不准購置仿冒品，違者將予嚴處，其購置費並不得報銷。（73年中央銀行特考）

△擬行政院文化建設委員會函復高雄市政府，有關拆除部分古城以利都市交通之意見。（74年高考）

△擬教育部通函全國各級學校，請加強三民主義思想教育，而利「以三民主義統一中國」之推展。（74年丙等基層特考）

△擬內政部函高雄港務局，請即邀集所有單位，徹底檢討拆船清艙檢查制度之缺失，研討拆船安全設施方案，以避免再度發生類似卡拿利郵輪爆炸之不幸事件。（75年高考）

△試擬台灣省政府函各縣（市）政府：為辦好本屆增額中央民意代表選舉，特提供應注意事項，希照辦。（75年丙等基層特考）

△試擬內政部函各警政機構加強取締「大家樂」賭博，並嚴禁包庇縱容情事，以戢賭風，而維警紀。（75年乙等基層特考）

△擬行政院通函各省市政府：希擬具各省事消除環境汙染計劃，限期報核，俾資統籌規劃。（76年高考）

△擬台灣省政府教育廳致教育部函：提供預防學生近視之意見，請採核。（76年普考）

△試擬台灣省政府教育廳致所屬各級學校函：請勸導學生勿參加飆車活動，以資守法重紀，維護社會風氣，增進身心健康。（76年乙等基層特考）

△試擬台灣省政府教育廳函所屬各級學校：請切實辦理學生平安保險。（76年丙等基層特考）

△擬行政院函所屬各機關：為因應解嚴以來日益增多之自力救濟事件，今後應本事發前溝通重於事發後處理之原則，切實辦理。（77年高考）

△行政院分函所屬部會局署，對於預算之執行，應恪守節約原則，不得請求增加。（77年普考）

△試擬台灣省政府函行政院：請迅訂工業區公害防治辦法，有效推行政策。（77年乙等基層特考）

△試擬台灣省政府教育廳致全省各中等學校函：邇來青少年犯罪比率日增，希加強學生生活輔導，促進品德修養，以消弭暴戾越軌之行為。（77年丙等基層特考）

△試擬行政院行文所屬各機關函：為嚴禁所屬公務人員於辦公時間從事公司股票買賣行為，以肅政風。（77、78年司法特考）

△擬台北市政府致所屬各機關函：希嚴禁所屬公職人員於辦公時間出入証券市場，買賣股票，以免影響公務。（77年公務人員升等考試）

△試代本會（行政院青年輔導委員會）草擬此次金融機構儲備雇員錄取通知書一件。（65年金融雇員）

△試擬台灣省政府教育廳致全省各中等學校函：邇來青少年犯罪比率日增，希加強學生生活輔導，促進品德修養，以消弭暴戾越軌之行為。（78年乙等基層特考）

△擬台北市政府致所屬各機關函：希嚴禁所屬公職人員於辦公時間出入証券市場，買賣股票，以免影響公務。（78年公務人員升等考試）

△行政院勞工委員會函請勞工保險局，迅即徹底檢討當前勞、農保險醫療制度之缺失，並邀集有關機關，研商具體改進方案報會。（78年高考）

△試擬台灣省政府函各縣市政府，為加強便民服務，提高行政效率，請速擬訂政治革新具體實施辦法，並報府核備文。（78年普考）

△試擬財政部函全國各金融機構，研議放寬存放款利率，加強吸收民間游資，以穩定市場通貨與物價。（78年乙等關務、金融特考）

△試擬內政部函各縣市政府，督飭所署，加強宣導國民健康生活，以期社會安寧，民生樂利。（78 年丙等關務、金融特考）

△擬經濟部函台灣電力公司，為加強用電安全宣導，希配合各地方政府之村里民大會，派員對一般民眾講解用電常識，以減少事故發生。（79 年高考）

△擬行政院函所屬各機關：為各級主管人員應加強考核所屬員工之專長與品德，務使適才適用，提昇行政品質。（79 年普考）

△試擬台灣省政府衛生處函各縣市衛生局：希對轄區各游泳場所之水質衛生，確實檢查，並按期將檢查結果公告於游泳場所醒目處，供游客參考而重衛生。（81 年普考）

△試擬行政院新聞局函各廣播電台，為改善節目內容及廣告製作以弘社教功能，並維聽眾權益，特檢附廣播節目及廣告製作規範，希確實辦理。（81 年高考）

△試擬某縣政府致函所屬各國民中、小學，為鑒於科學必須向下紮根，及為配合未來國家建設需要，特檢附「加強國民中、小學科學教育辦法」乙件，希遵照實施，並將實施績效納入本年度教學成果報告。（81 年基乙特）

△試擬教育部致各省（市）教育廳（局）函，特頒「補習班管理要點」一種，希即加強管理，以提昇補習教育品質，並輔導其正常發展。（並請擬具「補習班管理要點」作為本文之附件）（82 年高考一級）

△試擬行政院環境保護署致函台北市政府、高雄市政府及台灣省政府環保機構，希切實推行垃圾分類處理，以維護環境之整潔與生活品質之提昇，使資源再生，減少汙染。（並請擬具「垃圾分類辦法」作為本文之附件）（82 年高考二級）

△試擬台灣省政府致各縣（市）政府函：希加強各公共場所防火逃生設備之檢查，以確保民眾生命財產之安全。（82 年普考）

△近年來各地高爾夫球場違規開發及非法營業情形，日趨嚴重。試擬行政院特函飭教育部迅即展開全面清查，依法究辦，並嚴加管理。（82年乙等基層特考）

△試擬行政院人事局復行政院函：為奉諭研擬本院所屬各機關精簡編制人員一案，擬具實施精簡原則，報請鑒核。（82年簡任升等考）

△試擬內政部警政署函各級警察機關，希加強取締侵害智慧財產權之營業行為，並定期彙報工作績效。（82年薦任升等考）

△試擬經濟部函行政院勞工委員會，為降低勞工密集產業赴大陸投資熱，擬開放外籍勞工來台及延長其居留期限為三年，並得轉換雇主及工作，以便利製造業或重大工程建設之人力調度，特協商勞工委員會研修就業服務法。（82年關稅炳特）

△試擬財政部致函法務部調查局，請其加強查緝逃漏稅案件，以裕國庫。（82年關稅乙特）

△財政部鑑於省縣自治法，規定地方政府可以發行公債，為免民選首長或議會討好選民擴大舉債，特擬訂「公共債務法」草案一種，報請行政院審議，俾早日完成立法。試擬財政部函行政院（希就立法要旨詳為說明）（83年高考一級）

△試擬行政院農業委員會致函台北市政府、高雄市政府及台灣省政府農政單位，希切實建立農產品安全聯合稽查作業，本著勿枉勿縱原則，謹慎公佈檢驗結果，兼顧業者及消費者權益。（83年高考二級）

△試擬行政院環境保護署函所屬環保單位：切實依據「水汙染防治法」規定，定期採樣檢驗各地工廠排放廢水情形，以免汙染水源，影響居民身體健康。（83年普考）

△行政院為兩岸關係之變化，特致函行政院大陸委員會囑即與有關部門集會研議，就經貿政策、大陸投資、亞太營運、農業合作，以及

共同打擊犯罪等原訂計劃，希速妥籌因應措施。請試擬行政院大陸委員會復行政院函稿。（84 年高考一級）

△近因銀行人事管理鬆懈，引發經濟風波，為確保民眾權益，請試擬財政部致台北市、高雄市、台灣省各公民營行庫函：希加強管理、服務及監察稽核責任，以免類似事件發生，影響民生生計及政府威信。（84 年高考二級）

△試擬教育部致省（市）教育廳（局）函：以當前治安日益惡化，社會充滿暴戾風氣，為維護學生身心健康，希切實加強生活輔導，並轉知所轄各級學校遵行。（84 年普考）

△試擬行政院衛生署致省（市）政府函，近以學生與民眾食物中毒事件迭有發生，請轉知 貴轄有關機關對餐廳、飯店及飲食攤販加強管理，嚴格檢查取締，以確保飲食衛生，而維國民健康。（84 年基乙特）

△試擬財政部致國內各銀行函：最近屢傳行員監守自盜及冒領情事，致人心惶惶，為保障顧客權益，請重新檢核支付制度，並改善刷卡業務，以防杜弊端。希照辦。（84 年基丙特）

△行政院以賀伯颱風過境，造成空前災害與損失，多有人謀不臧，致釀巨禍。特指示中央有關機關及省（市）地方政府，希詳實勘查、檢討，儘速處理善後，並策訂改進方案，以防後患。請試擬台灣省政府復行政院函稿。（85 年高考二級）

△試擬行政院通函各省、市政府：希切實基檢討「電動玩具業管理法規」缺失，並提供具體改進意見，以免敗壞社會風氣，戕害青少年身心。於文到二月內專案報核，俾資統籌規劃。（85 年高考三級）

△試擬行政院衛生署致省、市衛生行政主管機構函：希轉知所屬切實取締衛生欠佳之餐廳與便當工廠，以免發生集體中毒事件，而確保民眾飲食之安全。（85 年普考）

△試擬行政院致台灣省政府函：希轉之各縣市政府，切實勘查賀伯颱風復建工程進度具報。（86 年高考三級）

△試擬某市政府函一則：請各區公所詳查本年度區內新植行道樹存活情況，列表陳報，以供維護續植之參考。（86 年普考）

△為因應當前社會需要及工商業發展趨勢，請試擬台灣省政府函：建請行政院開辦失業保險與救濟。（86 年台灣省基層特考）

△行政院為落實終身學習之教育理念，特致函所屬各部會局處及省市政府，希訂定具體辦法，鼓勵所屬員工以多元化進修管道，加強人文素養與專業能力，以提昇公務人員素質，增進行政品質。試擬省市政府復行政院函稿（82 年薦任升等考）

△試擬經濟部函行政院勞工委員會，為降低勞工密集產業赴大陸投資熱，擬開放外籍勞工來台及延長其居留期限為三年，並得轉換雇主及工作，以便利製造業或重大工程建設之人力調度，特協商勞工委員會研修就業服務法。（87 年高考）

△試擬財政部致各國稅局函：為簡化每年綜合所得稅繳納手續，希加強宣導並檢討改進電腦網路繳稅辦法，以符便民。（87 年普考）

△試擬行政院衛生署致各縣市政府函：根據稽查結果，違法販售藥品之十分普遍，請所屬衛生局徹底檢查所轄各藥房、藥局等，如有販售偽藥品，應嚴加取締，並依法送辦，以維護人民身體健康及社會治安。（88 普考）

△試擬內政部致警政署函：應督促所屬嚴格取締酒後駕車、以防發生事故，造成人命財產之損失。（88 年司特）

△為防止電腦駭客入侵我政府各機關網站竄改資料，混淆公眾視聽，造成社會混亂，試擬行政院函所屬各機關限期呈報現有電腦作業安全管制措施，並列為各機關年度重要考核。（88 年司特四等）

△試擬台北市政府致函所屬機關學校，請提早辦理防颱準備工作，以確保市民生命財產安全。（88 年高考）

△試擬行政院函所屬各機關：為遵守行政中立，禁止公務人員於辦公時間從事各項公職人員選舉之助選活動，並督導所屬確實遵行。（89年司特四等）

△試擬教育部致公私立各級學校函：邇來坊間違法盜拷光碟（CD）之事有所聞。請加強宣導智慧財產權觀念，俾師生了解合理使用規範，以尊重他人著作，並提昇智慧財產權之保護。（90年普考）

△試擬台中市警察局致函所屬各分局，請加強取締轄區飆車行為，以維護社會安寧。（90年高考）

△試擬內政部警政署致所屬直轄市及各縣市警察局函：司法院大法官會議於九十年時二月十四日作成釋字第五三五號解釋，大幅限縮警察執行臨檢權限。請通令所屬深入了解，遵照辦理，以維人權。（91年高考二級考試）

△試擬交通部致台灣鐵路管理局函：密切注意所屬員工品德生活，並加強維修車輛及各項設備，以保障行車安全。（91年鐵路員級特考）

△試擬交通部民用航空局函國內各航空站：請加強對登機旅客作安全檢查，以避免意外事件之發生。（91年民航人員四等特考）

△試擬台北市政府致各級機關學校函：應確實處理垃圾分類與回收，以維護環境衛生。（91年一般行政第二梯次初考）

△試擬行政院文化建設委員會致函各縣市文化局（中心），建請調查所屬地區具歷史價值之建築，並提報閒置空間再利用之相關規劃。（92年稅務人員、第一次警察人員三等特考）

△據專家預測今年將有暖冬現象，全省雨量不足，各大水庫可能均有缺水情事。試以經濟部水利署函請各縣市政府，加強宣導節約用水，並研商具體可行辦法送審。（92年稅務人員、第一次警察人員四等特考）

（本資料取自楊正寬著應用文）

國家圖書館出版品預行編目（CIP）資料

應用書信與公文 / 林安弘編著. - - 四版. - -新北市
　　：全華圖書，2014.01
　　面 ；　　公分
　　ISBN 978-957-21-9298-6（平裝）

　1.漢語　2.應用文　3.公文程式

802.79　　　　　　　　　　　　　103000387

應用書信與公文　第四版

作　　　者　林安弘

執行編輯　余孟玟

發　行　人　陳本源

出　版　者　全華圖書股份有限公司

郵政帳號　0100836-1 號

印　刷　者　宏懋打字印刷股份有限公司

圖書編號　0905803

定　　　價　新臺幣 490 元

四版一刷　2014 年 1 月

Ｉ Ｓ Ｂ Ｎ　978-957-21-9298-6（平裝）

全華圖書 / www.chwa.com.tw

全華科技網 / Open Tech / www.opentech.com.tw

若您對書籍內容、排版印刷有任何問題，歡迎來信指導 book@chwa.com.tw

臺北總公司（北區營業處）
地址：23671 臺北縣土城市忠義路 21 號
電話：(02)2262-5666
傳真：(02)6637-3695.6637-3696

南區營業處
地址：80769 高雄市三民區應安街 12 號
電話：(07)381-1377
傳真：(07)862-5562

中區營業處
地址：40256 臺中市南區樹義一巷 26 號
電話：(04)2261-8485
傳真：(04)3600-9806

歡迎加入 全華會員

● 會員獨享

會員享購書折扣、紅利積點、生日禮金、不定期優惠活動…等。

● 如何加入會員

填妥讀者回函卡直接傳真 (02) 2262-0900 或寄回，將由專人協助登入會員資料，待收到 E-MAIL 通知後即可成為會員。

如何購買 全華書籍

1. 網路購書

全華網路書店「http://www.opentech.com.tw」，加入會員購書更便利，並享有紅利積點回饋等各式優惠。

2. 全華門市、全省書局

歡迎至全華門市（新北市土城區忠義路21號）或全省各大書局、連鎖書店選購。

3. 來電訂購

(1) 訂購專線：(02) 2262-5666 轉 321-324
(2) 傳真專線：(02) 6637-3696
(3) 郵局劃撥（帳號：0100836-1　戶名：全華圖書股份有限公司）
※ 購書未滿一千元者，酌收運費 70 元。

全華網路書店 www.opentech.com.tw
E-mail: service@chwa.com.tw

全華網路書店 www.opentech.com.tw

※ 本會員制如有變更則以最新修訂制度為準，造成不便請見諒。

讀者回函卡

2011.03 修訂

填寫日期： ／ ／

姓名：　　　　　　　　生日：西元　　　年　　月　　日　　性別：□男 □女

電話：（　　）　　　　　　傳真：（　　）　　　　　手機：

e-mail：（必填）

註：數字零，請用 φ 表示，數字 1 與英文 L 請另註明並書寫端正，謝謝。

通訊處：□□□□□

學歷：□博士　□碩士　□大學　□專科　□高中·職

職業：□工程師　□教師　□學生　□軍·公　□其他

學校/公司：　　　　　　　　　　　科系/部門：

· 需求書類：

□ A.電子 □ B.電機 □ C.計算機工程 □ D.資訊 □ E.機械 □ F.汽車 □ I.工管 □ J.土木

□ K.化工 □ L.設計 □ M.商管 □ N.日文 □ O.美容 □ P.休閒 □ Q.餐飲 □ B.其他

· 本次購買圖書為：　　　　　　　　　　　　書號：

· 您對本書的評價：

封面設計：□非常滿意　□滿意　□尚可　□需改善，請說明

內容表達：□非常滿意　□滿意　□尚可　□需改善，請說明

版面編排：□非常滿意　□滿意　□尚可　□需改善，請說明

印刷品質：□非常滿意　□滿意　□尚可　□需改善，請說明

書籍定價：□非常滿意　□滿意　□尚可　□需改善，請說明

整體評價：請說明

· 您在何處購買本書？

□書局　□網路書店　□書展　□團購　□其他

· 您購買本書的原因？（可複選）

□個人需要　□幫公司採購　□親友推薦　□老師指定之課本　□其他

· 您希望全華以何種方式提供出版訊息及特惠活動？

□電子報　□ DM　□廣告（媒體名稱　　　　　　　）

· 您是否上過全華網路書店？（www.opentech.com.tw）

□是　□否　您的建議

· 您希望全華出版那方面書籍？

· 您希望全華加強那些服務？

~感謝您提供寶貴意見，全華將秉持服務的熱忱，出版更多好書，以饗讀者。

全華網路書店 http://www.opentech.com.tw　客服信箱 service@chwa.com.tw

親愛的讀者：

感謝您對全華圖書的支持與愛護，雖然我們很慎重的處理每一本書，但恐仍有疏漏之處，若您發現本書有任何錯誤，請填寫於勘誤表內寄回，我們將於再版時修正，您的批評與指教是我們進步的原動力，謝謝！

全華圖書　敬上

勘 誤 表

書號			作 者
頁數	行數	書名	
		錯誤或不當之詞句	建議修改之詞句

我有話要說：（其它之批評與建議，如封面、編排、內容、印刷品質等‧‧‧）